国家社科基金重大项目

"中国近代日记文献叙录、整理与研究"

（18ZDA259）阶段性成果

北京大学中国古文献研究中心成果

近代文学与文献考论

Silverfish
Remember

Literature
and
Documents
in a Century

张剑 著

凤凰出版社

图书在版编目（CIP）数据

　　近代文学与文献考论 / 张剑著. -- 南京：凤凰出
版社，2024. 12. -- ISBN 978-7-5506-4306-2

　　Ⅰ．I206.5

中国国家版本馆CIP数据核字第2024S9R220号

书　　　　名　近代文学与文献考论
著　　　　者　张　剑
责 任 编 辑　单丽君
特 约 编 辑　姜　好
装 帧 设 计　陈贵子
责 任 监 制　程明娇
出 版 发 行　凤凰出版社(原江苏古籍出版社)
　　　　　　　发行部电话025-83223462
出 版 社 地 址　江苏省南京市中央路165号,邮编:210009
照　　　　排　南京凯建文化发展有限公司
印　　　　刷　南京新洲印刷有限公司
　　　　　　　江苏省南京市六合区雨花路2号,邮编:211500
开　　　　本　890毫米×1240毫米　1/32
印　　　　张　10.625
字　　　　数　296千字
版　　　　次　2024年12月第1版
印　　　　次　2024年12月第1次印刷
标 准 书 号　ISBN 978-7-5506-4306-2
定　　　　价　108.00元
　　　　　　　(本书凡印装错误可向承印厂调换,电话:025-57500228)

张剑《近代文学与文献考论》序

左鹏军

由于张剑兄的客气，我得以先睹为快地读到这部新著的书稿。我由此想到的也最想说的是，到底什么是近代文学？究竟有多少个近代文学？应当怎样研究近代文学？这样说，这样问，可能有人会觉得，这些还是问题吗？或者这些还是值得问的有意义的问题吗？既然这样问了，我的回答就必然是肯定的，就一定是觉得这样的困惑和疑问都不算多余。为什么会这样想、这样问？其实，在我看来，这样想、这样问、这样说，从近代文学及其研究的角度来看，是有着一定的缘由、一定的背景的，而并不是明知故问、故弄玄虚，大概也不至于是自觉无聊、没话找话吧。

在我有限的学术经验中，在这么多年来参加的一些关于近代文学研究的学术研讨会或其他学术活动中，颇有些意外地发现，尽管大家研究的对象也都是近代文学，写成的文字大概也都是关于近代文学的学术性文章或著作，但是，从研究的方式、对象、内容、观念、方法、话语等方面来看，一些研究之间又存在着很大差别，甚至存在着明显的矛盾和对立，有时候甚至连进行一些有意义、有价值的学术交流和沟通对话都变得很艰难。这种现象和情况的出现与延续，当然跟不同研究者的年龄、性别、教育背景、学术经历、学术视野、所处阶段、能力水平等方面明显存在的差异密切相关，但是更加内在的、深刻的、隐微的、持久的，当然也是更值得关注的，应当是不同研究者之间知识结构、学术立场、学术方式和学术观念的差异，尤其是对于作为一个人文学术领域、作为中国文学史上一个特殊阶段的近代文学的不同认识和理解、不同体验和感悟。

当然,从作为一个人文学术研究领域,作为中国文学史上一个面临并发生着深刻变革、剧烈转换的特殊阶段,也可能是一向不大被有些人认可、看好,甚至不大真正被瞧得起的近代文学所可能提供研究的学术空间、学术前景来看,这种情况一方面是正常的、可喜的,至少说明近代文学研究还有着比较广阔的学术空间、比较丰富的学术可能和比较活跃的学术氛围。与此同时,对这种局面的存在和延续,也不宜沾沾自喜、心满意足,而应当看到其中包含着的关于学术观念、方法、视野,研究水平、能力、创新可能等更加内在、更加隐性的取舍难题与价值困惑。

从这个角度看待张剑兄的近代文学研究,总会发现有一些不同流俗的特别之处,有一些值得认真体会和领悟的用意与用心。对于包括张剑在内的所有研究者来说,在学术研究的路程中,从来就没有人可以上天入地、包打天下、无所不为、无所不能。因此在并非无限的学术研究时间与空间中,既要有所作为,也要有所不为;或者更准确地说,只有更多地选择有所不为,有所舍弃,才能更好地选择可以有所作为的这一小部分。从这一角度观察张剑的近代文学研究,从他的所为和所不为中,可以发现一些颇有兴味的现象;假如愿意,更可以体会到一些值得深思的蕴含。这大概是张剑进行自觉选择、自我要求的一种结果,也是他学术眼光、学术理想、学术追求的一种体现吧。

一是不做没有文献根据的研究,特别是没有充分文献根据、没有新文献根据的研究。近些年来,张剑的近代文学研究最突出的特点,就是通过大量的稿本日记进行"情境文学史"的建构,综合运用目录、版本、校勘、辑佚等传统文献学的方法,文本发生学的方法,还有新兴日记学的方法等,对以往一些未被关注的人物事件、来历交往、文学史细节、文学创作及其他文学现象进行了细致入微的考察,并有许多令人耳目一新,甚至眼界大开的发现,对于逼近文学史研究的最大可能和认识近代文学史的真实样态,具有值得关注的方法论价值,也具有值得借鉴的启发性意义。虽然"知人论世"早已是人所共知的文学批评主张,也是一种基本的文学研究方法,但能够较好地做到或者真正做到的研究者,并不能说有很多。而基于日记等原始文献进行的"情境文学史"建构,就可能比一般所说的"知人论世"更加具体、更具有可操作性,这对于需要寻求突破性进展而又苦于找不到门径、不得其法的许多研究者来说,应当是具有明显的启发性和引导性作用的,至少是提供了一种可供参考的学术路径,一个有可能取得收获、取得突破的学术方向。

不仅如此,张剑对于日记文献的乐此不疲,甚至可以说是沉潜痴迷而不愿自拔,不仅仅是出自一己之私、满足于一己之用就算罢了,更不是把一些珍稀文献作为独家之宝、独得之秘进行"养在深闺人未识"的独占式处理,好像有一种生怕不复在我家的小气与担心,而是怀着一种"学术公器"、兼善学界、同道分享的豁达心愿,想方设法把许多珍贵的文献发现公之于众,使之能够更加充分地发挥作用、推动相关问题与领域的研究进展。由张剑教授、徐雁平教授、彭国忠教授主持,凤凰出版社连续十年已出版了十辑的《中国近现代稀见史料丛刊》中,就有大量的稿本、抄本、未刊、稀见日记;或者准确地说,这套书最原初、最核心、最有文献价值的部分,就是大量的日记史料,尤其是稀见未刊、稿本抄本日记史料。非常明显,假如没有对于文献的专注和热爱、没有通达广阔的学术情怀,是一定不会做、也不肯做这样的事情的。

当然,张剑兄关注的近代文献,远不仅仅是日记而已,还有其他类型的文献。比如他对莫友芝早年诗作珍本《影山草堂学吟稿》的发现和关注,对《黔诗纪略后编》的关注,对稿本《画话》和《井蛙鸣》的关注,等等,均可见他对于近代珍稀文献用心之勤、用功之深。这大概也是他在本书的书名中特意标举的"文学与文献"并重、"考论"兼具的用意吧。正是因为保持着如此浓重的对于珍稀文献的兴趣,持续着一直以来的对于文献发现和运用的执着,才可能获得如此丰富而有意义的文献发现。当然,很多人都会认为,这样的幸运并不是每个人都可以碰见;但我更想说,这样的用功用心,更不是每个人都可以做到,这样的执着刻苦,更不是每个人都愿意并且能够一直坚持的。

在许多研究领域,包括近代文学研究界在内,似乎存在着一种挺有意思的现象,就是一旦有人在前面蹚河开路,就会有一些后来者紧紧跟随、及时效仿,就如同当年胡适讽刺批评过的"一窝风"那样。比如一旦强调文献的重要性,许多人就纷纷表示关注文献,也似乎一下子都懂得了文献;就像一旦强调理论的重要性,就有许多人又空前地重视理论,也似乎一下子就懂得了理论一样。其实文献的探索、发现、考辨和利用,不仅关乎研究者的基本文献知识和能力,比如最基本的标点、断句、理解、评述;而且关乎研究者的勤奋程度、研究条件,比如是不是在具有一定文献积累的基础上,持续关注某个方面的文献信息,具有及时发现、准确判断、合理运用相关文献的意识和能力;更关乎研究者的手眼高低、眼光长短、见识深浅。

二是不做太多预设性的研究,特别是不做那些原本就没有什么学术意义和价值,原本就不可信、不可靠的预设性研究。作为人文学科的文学史研究,不是不可以有预设性,许多人文领域都有一定的预设性,这种预设性甚至是人文学术中不可或缺的;就如同自然科学研究中不可能没有某些假设、猜想一样。但是,当某种研究被过于主观、强烈的预设性所控制或决定的时候,就必须引起研究者的应有警觉,或者应当设法予以拒绝、进行躲避,或者需要寻求突破,甚至进行反驳了。一个多世纪以来的中国近代文学研究也是如此。在既往的近代文学研究中,一些理论观念的预设、文学史观念的预设、话语方式的预设、某些结果与结论的预期等等,给近代文学研究带来了明显的导向性、倾向性,也带来了明显的非文学性、非学术性的弊端,而且有些预设和做法在某些方面、某些范围内还相当流行,在许多时候似乎已经成为一种自然而然和理所当然。

比如,在认识和评价作家作品、理论批评和创作现象的时候,是否符合近代社会"反帝反封建"的基本性质，是否符合"社会发展的必然规律"，是否表现了"反帝爱国"的时代主题，对于当时的社会政治、黑暗腐朽统治、思想文化和正统文学思潮及文学创作趋势是否具有突出的批判性与叛逆性，是否符合"诗界革命""文界革命""小说界革命""戏剧界革命"的时代潮流，是否符合各体传统文学形式和体制走向没落、消解直至死亡的必然方向，是否符合走向通俗化、白话化、浅易化、民间化的正确方向，是否符合"旧文学"是"死文学"或"半死的文学"、只有"新文学"才是活文学、白话文一定战胜文言文的必然趋势，是否反映了从"旧文学"全面解体、消亡到"新文学"全面兴起、强盛直至取得话语主导甚至舆论霸权的地位，等等，都是长期以来近代文学研究中被明显设定、强势给予，甚至强行规定的一些基本立场、基本原则和所谓正确的方向，甚至是一些人早已习以为常、自然而然、理所当然的一种"研究"套路。

　　假如在这样的预设中、在这样的立场和态度下进行近代文学研究，可以说，已经是完全没有出路的，也是不可能取得什么有价值的学术成果的。张剑在自己的近代文学研究中，有意识地躲避或突破诸如此类的种种似是而非、无甚学术意义和价值的所谓"定论""规律"，从文献出发、从史料史实出发，不做那些所谓"宏观"式的、"总览"式的思接千载、气势如虹的研究，而是扎扎实实地进行重要文学现象、文学史问题的研究，既不谄媚迎合、投其所好，也不剑走偏锋、孤芳自赏；既不急躁功利，也不固步自封，走的是一条稳健而沉静、自重而深邃，既符合近代文学实际，又符合自己学术理念、学术追求的道路。

　　三是不做没有突出开拓性、创新性的研究，特别是不做任意曲解、强加于人、强行创新式的研究。学术研究的目的和意义在于创新，没有创新价值的研究是没有意义的研究，甚至可以说不是研究，这是谁都知道的道理。但是，事实情况是，并不是所有的研究者都具有学术创新的能力，也不是所有的学习者、研究者都知晓学术创新所需要的必备素养、能力和条件，也并不是所有的所谓"创新"都是创新，或者都是有学术价值的创新。比如知识素养、研究能力、学术眼光、研究习惯、条件环境等因素，都对研究者的创新可能和创新能力产生直接影响，甚至可能在某些方面起到决定性作用。随着学术的发展、条件的改善，加之研究者人数的明显增多，近代文学研究界的局面也日趋活跃、成果也日益增多，而且有日趋丰富多样、走向繁荣的趋势。但是，不得不遗憾地指出，已经发表或出版的某些所谓研究成果，是没有什么创新价值，也是没有什么学术意义的。还有一些成果是以故意误读、故意曲解的手段，通过任意假设、主观发挥，然后强加于古人和今人，而造成所谓问题，然后再进行研究，表现出明显的不顾事实、不讲学理、强行创新的非学术、反学术色彩。

张剑的近代文学研究，宛如一股清流，在近代文学研究中发出清泠的声响，带来一种难得的宁静和清爽气息。既不重复他人，更不重复自己，一直进行着有意义、有价值，更有开拓性、探索性的研究。这是很不容易做到，也是更不容易持续做到的境界。他的研究总能给人一种别开生面的感觉，似乎总是找到别人心中所有、别人笔下所无的新颖选题和精妙角度。这种创新意识、学术眼光和学术追求，更是不容易做到、不容易坚持的境界。山西寿阳人祁寯藻，非常有名的"祁文端公"，甚至有人以"大清宰相"这种不伦不类的名号称之，是许多人都知道的一位高官型诗人。陈衍在《石遗室诗话》卷一中曾给予高度评价，所编《近代诗钞》更是以之开端，其地位影响由此即清晰可见，甚至有人将其与曾国藩并称，有所谓"前有祁文端，后有曾文正"之目，三巨册《祁寯藻集》也已经出版了十几年。但是，关于祁寯藻诗歌的研究，却似乎没有引起太多人的兴趣，相关研究成果也并不多。因此张剑对于祁寯藻诗歌的专题研究，就具有明显的意义和价值。而根据《袁昶日记》进行的关于袁昶对陆游接受的研究，根据新近出版的《夏承焘日记全编》对于夏承焘放翁情缘的研究，都反映了张剑近代文学研究的学术敏锐性、选题的创新性、研究角度的独特性。读这样的文章，总是能得到不少学术收获，也可以得到许多关于学术眼光、学术视野和治学态度、研究方法的教益和启发，甚至还可以从中得到舒心愉悦的学术感受。

四是不做枯燥干瘪、饾饤琐屑、混杂拼凑、了无趣味、毫无生气的研究。学术研究通常是孤独寂寞的思想活动，也是宁静自适的精神愉悦，这种脱俗性和超越性有时候难以言传，更难以为局外人所理解。学问的寂寞、宁静与超越，学术研究中的自适与自得，颇有一点像庄子所说的"独与天地精神往来"，也颇如陶渊明所说的"此中有真意，欲辨已忘言"。但并不是什么问题都值得研究、都可以研究，也不是什么研究都有学术价值和思想意义。其间的差异和差距，跟研究者的手眼、见识、襟怀与追求密切相关，或者说就是这些学术研究中更加内在而核心的因素的外在表现。在林林总总的近代文学研究中，有一些令某些人心心念念、乐此不疲的所谓"研究"，实际上已经流于细微、琐屑、偏狭、孤陋，既看不出有什么蕴含、深度、潜质，也看不出有什么见微知著、以小见大的价值。这样的研究实际上是没有什么价值和意义的，更是没有什么学术趣味、研究乐趣的，当然也是不可能有什么学术希望和学术前途的。

张剑的近代文学与文献研究，在关注学术意义和价值、关注学术创新与持续之外，还颇注意其中可能含有的新奇性和趣味性，这就使一些研究带有很强的独特性和个人性特点。在这样的理念和追求中所写下的学术性文字，也就经常不同于某些空洞的高头讲章、枯燥的长篇大论，而是经常具有很强的灵动性和感悟性、可读性和可期待性。他对于林庚白与张璧二人爱情经过及相关史实的探究和揭示，就充分体现了这一点。以林庚白日记和相关材料为根据，对林庚白和张璧的恋爱经过、故事原委、具体细节以及无言结局，进行了细致的考察和深入的探究，对二人在这一过程中的心理、想法、心态和感受也进行了既有文献根据、又合情合理的阐述，不仅令人信服，也颇可以令人解颐。对于林庚白这样尝自称"十年前论今人诗，郑孝胥第一，我第二"，十年后论"今古之诗，当推余第一，杜甫第二，孝胥不足道矣"的如此疏狂、自信、自恋的文士来说，有一些故事，而且有一些特别的故事，是一点也不意外、不新奇的。这样的人物假如没有什么故事、没有留下什么趣事，反倒可能会令人感到一些失望和不满足。但是此项研究并没有到此为止，也不是为了钩稽这位胆敢睥睨古今诗人、笑傲古今文坛的奇士畸人的个人隐私或风流韵事、花边新闻或者无聊旧闻，而是在梳理文献、呈现史实、描述经过的基础上，进一步思考这种另类人物的时代价值以及这种人格、行事、经历可能具有的文学史和文人史价值。这样的研究，对于深刻全面地认识林庚白及其所处的时代，以及那个时代的知识女性的遭逢与命运，具有特别直接、真切的意义和价值。

这样的研究往往是拓展研究领域、深化学术判断、推动研究进展的有效途径，也是一种效果明显的学术方式。就如同好多年前，周质平通过细致考察和深入研究，根据书信往来等其他原始文献，将早已湮没于历史的尘埃之下的胡适留学美国期间的一场恋爱故事发掘并揭示出来，先是出版了《不思量，自难忘——胡适给韦莲司的信》，随后又出版了《胡适与韦莲司：深情五十年》；又像多年以前，在张爱玲去世之后，夏志清将初到美国的张爱玲与自己的交往、张爱玲的真实工作与生活境况进行了有根据的回忆，并编成《张爱玲给我的信件》一书在海内外出版，揭示了张爱玲的最后岁月的一个重要侧面。此类研究的进行和新见文献史料的发现与揭示，不仅有显而易见的学术价值，而且通常容易产生比较大的学术文化影响。张剑对于林庚白与张璧恋爱过程、情感经历的研究和揭示，影响力和吸引力虽然可能还比不上胡适、张爱玲，但是这种研究的开拓性、启发性和引导性意义，应当是大有可观，也应当是值得期待的。

五是不做没有充分重要性、丰富学术蕴含和明确学术史依据、清晰学术史意识的研究。原始文献和学术史，是进行正规学术研究的两项必备条件，也是进入一个学术领域的两张入场券，这也是谁都知道的基本规则。但知道是一回事，做到往往是另一回事。在近代文学研究界，知道这一基本道理和要求而做不到或者不愿意做到，不知道甚至不理会这一基本道理而当然不可能做到却并不觉得自己做不到的现象并不鲜见。这既关乎个人的学术品质、学术成长和学术前途,也关乎近代文学研究的学术品位、学术声誉和学术未来,因而应当是一个非常严肃、相当严峻、应当引起研究者,尤其是年轻的学习者、研究者足够注意的问题。

关于近代文学史和文学批评史上的"宋诗派"或"宋诗运动",是一个特别重要而且意见说法、认识评价颇有分歧、争议的问题,也是一个无法绕过的关乎整个近代诗学史的重要问题。在过去的一些近代文学史教材、专门性近代文学研究著作中,对此要么语焉不详、不够贴切、远不深入,要么简单地一笔带过、浮皮潦草、勉强应付。在更早一点的某些近代文学史教材和著作中,在一些高校中国语言文学专业的近代文学课堂上,或者将宋诗派和宋诗运动及其代表性人物,当作"反帝爱国的诗歌潮流""个性解放的尊情思潮"的对立面,当作"诗界革命""新诗运动"的敌对者,进行一通谴责批判了事;要么索性对其不予理会、不予涉及,仿佛从来就没有存在过一样。这样的处理,当然是不恰当的,而且是存在着明显的颇有些严重的问题的。但是,关于"宋诗派""宋诗运动"及相关问题的研究难度、研究水平、学术史背景,在很大程度上限制或决定了这一领域的进展。这种限制或决定、认识或导向,一方面来自长期以来以进化论、新文学与新文化、从"诗界革命""新派诗"走向"白话新诗"的文学史观念,一方面来自相关文献史料的被长期湮没、难见天日,被边缘化甚至被故意遗忘;当然也与这些文献通常具有较大难度、容易令人生畏甚至心生厌倦,没有相当水平能力的研究者无法读懂、无法涉足有着较大关系。

正是在这样的背景和情境之下,张剑对这一问题进行了有针对性、有文献根据、有理论思考的重新清理和深入研究,得出的认识和结论不仅令人信服,而且具有启发思考的学术思想力量。尽管陈衍在《石遗室诗话》卷一中,就具有开宗明义意味地提及程恩泽、何绍基、祁寯藻、魏源、曾国藩、欧阳辂、郑珍、莫友芝八位在清代道光、咸丰之际具有崇高地位、广泛影响的诗人,在所编选的《近代诗钞》中也给予这些诗人足够的篇幅,甚至对他们有所偏爱;但是后来的许多研究者,尤其是从进化论、不断革命逻辑、白话新诗、新文学与新文化角度进行研究或评价,缺少古典诗学功底的一批研究者,对这一问题的认识并不深入,评价也就难以贴切有效。从胡适的《五十年来中国之文学》(1922)、陈子展的《中国近代文学之变迁》(1929)、《最近三十年中国文学史》(1930),到吴文祺的《新文学概要》(1936)等著作,莫不如此。而且,特别值得注意的是,恰恰是这些以新文学、新文化为基本立场、价值尺度的著作,深刻地影响了其后将近一百年的近代文学研究。而差不多同时出现的对于近代诗坛和传统文学真正有深切体会、更有学术含量和价值的一些著作,如钱基博的《现代中国文学史》(1932)、汪辟疆的《光宣诗坛点将录》(1945)等,却并不意外地没有产生应有的学术影响,甚至他们的名字都阒然无闻、渐被遗忘,他们的著作都长期湮没、难得一见。这也可说是近七八十年来,在"破旧立新""不断革命"的总体思维方式和行动方式之下,在"主题先行""以论带史"的研究风气和独断话语之下,包括近代文学研究在内的中国文学史研究、中国人文学术研究的多个领域学术观念、学术方法、话语方式、研究水平、成果质量、学术风气发生逆转式变化,甚至出现明显倒退的一种反映或写照吧。因此,尽管钱基博到"山雨欲来风满楼"的1957年还在世,汪辟疆到"五洲震荡风雷激"的1966年才离去,但是令人遗憾却并不意外的是,他们的著作早已被有意无意(其实主要还是有意)地遗忘了。相当明显的例证是,钱基博的《现代中国文学史》直到1986年5月,在中国大陆绝版多年后,才被纳入岳麓书社的"旧籍新刊"系列得以再度出版,汪辟疆的《汪辟疆文集》直到1988年12月才被纳入"南京大学古典文献研究所专刊"在上海古籍出版社出版。而且,假如不是由于当时正在主持岳麓书社工作的钟叔河先生的非凡见识和不懈努力,不是由于受尽屈辱、历尽坎坷之后终于得以重回讲坛的学生程千帆先生对于已经去世二十多年的老师的追怀并亲自编辑整理老师的遗作,这两种著作肯定是不可能得以面世的,作为后来者的我们,当然也就不可能有读到这些著作的机会和幸运。就是在这种显然不正常、不应该却延续了多年的情况下,直至二十世纪八、九十年代编著出版的几种中国近代文学史教材和专门著作,对于"宋诗派""宋诗运动"的基本认识和总体评价,实际上仍然停留或徘徊在半个多世纪以前的水平,并没有取得什么真正的进展或深化。

正是在如此复杂、如此艰难的学术史背景下,面对如此有难度、不容易处理的选题,张剑对"宋诗派""宋诗运动"及相关问题进行了再清理、再反思和再评价。仅由此一点来看,就应当可以看到这一选题的重要性和针对性了。在具体的研究中,张剑得出的认识和结论也是值得关注、引人深思的。他指出:"不惟'宋诗派'的说法不严谨,即使'唐宋派''性灵派'等影响甚大的说法也大有疑问。"按照张剑的"解构性"用意和做法,这样的认识和思考自然也顺理成章。在我看来,这种"解构性"的背面或另面,恰恰就是"建构性"。因为"解构"和"建构",只不过是一体之两面,不可分割也无法分割。没有有针对性、有见识、有勇气的"解构",也就不可能有什么有效的"建构"。而由近代"宋诗派"问题引发的对于明清时期其他诗文流派如"唐宋派""性灵派"的关注,则让我想起钱锺书先生在《谈艺录(补订本)》中对于文学流派必然存在的某些局限性和不得已性的评说。也让我想起了1985年5月,在杭州大学古籍研究所举办的元明清文学讲习班上,徐朔方先生在讲到明代后期"临川派"与"吴江派"的争论时,坚决不同意有所谓"临川派"的说法,他非常坚定地说,"临川派"是不存在的,只有汤显祖一个人,"派不起来呀!"这些言论和认识,都是足当关注、富有启发性的学术见解。

不用说明也知道,以上这所谓的"五不做",自然是我的杜撰。其实也包含着怎样做和做了些什么,只是观察角度和表述方式有所偏好、有所差异而已。这当然没有为了应和时下随处可见、遍地流行的以各种数目字起首的各式各样的简称概称的意思,只不过是我读张剑这部新著时的所感所悟、所思所想。

　　张剑兄的近代文学研究所以如此这般，并非自然而然，也非出于偶然或者来自什么"妙手偶得"，可能也并不是他人可以复制的。张剑早年主要从事宋代文学研究，一直重视文献考据与理论分析的结合，尤其是在陆游研究、宋代家族文学研究等方面卓有建树，出版的著作和发表的论文都颇有影响，已经展现出不同流俗的学术气质和学术格局。转入近代文学与文献的研究之后，由于具有这样的学术根柢、学术储备，带着这样的学术视野、学术眼光，遂使张剑的近代文学与文献研究不仅渊源有自、有章有法、与日俱进，而且别开生面、别具特色、引人入胜。从经典化已经相当充分、认可度已经相当高、大家林立的宋代文学研究，走向根柢尚浅、地位不高、"道阻且长"的近代文学研究，当然可以有"溯洄从之，溯游从之"的自在从容、自得自如，但是更多的，可能是"飞流直下三千尺""轻舟已过万重山"的快意感觉吧！

　　从选题范围和研究角度来看，张剑的近代文学与文献研究也具有分明的特点，甚至可以说已经形成了自己的风格。一个是西南贵州的情愫，一个是宋代文学，尤其是陆放翁情怀，构成了张剑近代文学与文献研究的两个明显特色。这从他对贵州独山诗人莫友芝一往情深的关注中，从他对贵州明清文学总集《黔诗纪略》和《黔诗纪略后编》的关注中，从他对珍本《影山草堂学吟稿》《影山诗》的关注中，尤其是从他编校的《莫友芝全集》《莫友芝日记》等著作中，都能够非常明显地感受到。张剑的近代文学与文献关注点当然不仅限于贵州一地，他整理的《翁心存日记》和《翁心存诗文集》就清楚地表明，他的学术视野、关注范围也在于江南文学与文化家族，尤其对近代政治、思想与文学产生了重要影响的常熟翁氏，当然还有其他区域和其他方面的关注与研究。

　　宋代文学的文献根柢和研究经验对于近代文学研究的有力支撑和滋养，是张剑研究近代文学与文献的另一个独特优势，也可以说形成了他自己的一种学术风格。比如关于袁昶对于陆游的接受的考察，关于夏承焘对于陆游诗词、诗境甚至形成了一种放翁情结的认识，假如不是对宋代文学、不是对"亘古男儿一放翁"的极为熟悉和一往情深，是断然不可能选取这样的角度，也不可能有这样的研究出现的。这可能是张剑的敏锐之处，也是他的近代文学与文献研究的特殊之处和不可及之处吧。

张剑对于宋代文学尤其是陆游的关注，一定跟他所具有的相当深厚的宋代文学修养，特别是深挚的放翁情结有关。对于陆游的关注和研究，其实也是许多近现代文学家、学者的一种共同兴趣和关注点之所在，包括梁启超在内。梁启超的最后著作也是《辛稼轩年谱》，但是由于病重未能完成，可以说梁启超是带着遗憾离开人世间的。从近现代学术史上看，陆游可以算得上是一个非常幸运的诗人，即使是在二十世纪五十至七十年代学术文化环境日趋反常的特殊情况下，陆游作为一位以表现爱国热情和反抗精神为主要形象的诗人，以其"中原北望气如山"的豪迈，"心在天山，身老沧洲"的悲慨，"但悲不见九州同"的遗恨，当然也可以包括"遗民忍死望恢复，几处今宵垂泪痕"的沉痛，"山盟虽在，锦书难托""泪痕红浥鲛绡透"的感伤缠绵（只是不大可能处于特别突出的位置而已），加之特别高产以至将近万首的诗词，总是能够获得比较广阔的解释空间和较大的流传可能。因此，他的诗词依然可以在许多古今人物都已经被批倒批臭、许多古今著作都难见天日的情况下出版发行，依然可以成为为数不多的可以阅读和研究的对象。夏承焘、钱仲联等一代学者对于陆游的特别关注和持续研究，也可能与这种极为特殊而有意味的思想文化背景、学术环境和学术可能性密切相关。

而另一个关注点或者说兴趣点，即对于贵州人物、家族、文献与文学的特别关注，也是张剑近代文学研究的一个突出特色。这从关于贵州诗人、家族、文献、文学总集等的研究中可以分明地看出。这种选择，固与近代贵州文学、学术取得的杰出成就，对于中国近代文学、学术做出的突出贡献直接相关；从来历渊源上看，可能与梁启超在《清代学术概论》中对于"生长僻壤"贵州遵义的郑珍的特别关注，并在咸丰、同治年间中原文气不振、"中原更无闻焉"的情况下,称郑珍为"稍可观者"(另一个是广东顺德的黎简)有着一定的关系,也可能与钱仲联曾经用"清诗三百年,王气在夜郎"这样的诗句表达的对郑珍诗歌成就的赞誉有关。这些情况,对于其他从事近代文学研究的人来说,一点都不会陌生,也都有可能关注得到。但是,在我所见知的近代文学研究界,对贵州的近代文学与文献如此一往情深、坚定执着,下过如此深度功夫、坚持了这么多年的人,除了张剑以外,可能没有第二人了吧?这其实反映了张剑治学的一种学术品性,就是"咬定青山不放松";同时也再次证明着一个浅显而深刻的道理,就是"天道酬勤"。这种学术精神和学术追求,对于许多近代文学研究者——特别对于我——来说,当然是很好的教益和值得学习的榜样。

我已经不记得是什么时候、什么场合第一次见到张剑的了。但清楚地记得的是,我于张剑,其实真的是未识其人,先见其书;未闻其声,先读其文。及至后来得以见面,才非常意外地发现,与我的想象和估摸根本就不一样,甚至可以说完全相反。原来他还是一位翩翩青年,最多才是小中年,至少比我年轻许多。近几年来,张剑兄又从原来的研究院讲学上庠,差不多以每年发表多篇高水平论文、每年出版一部高质量著作的速度在进行着近代文学与文献的研究,也还兼顾着宋代文学的研究;同时也广大教化、传道授业,培养着从本科生到硕博士研究生等各层次专门人才。张剑的学术之路,正处在最好的阶段,也正是突飞猛进、硕果累累的收获季节。

2024 年 2 月初,已经是癸卯腊月末,小年已过、临近甲辰春节的时候,当张剑兄告诉我这部新作将要出版,并要我写个序文的时候,我最直接的感受根本就不是喜出望外,因为我从来没有敢这样想过;而完全是突如其来、出乎意外!因为我很清楚,我何以有这样的资格?随后又自我安慰、自我疗救式地想:向来既不会说、也不会写的我,本非名家,更非名人;在张剑认识的人中间,既能说又会写、既是名家也是名人的多的是,他却偏偏找到了我!思来想去,觉得张剑要我写序的原因可能只有一个,那就是:友情。假如是这样,就不可能不让我深切地意识到,在这个熙熙攘攘、利来利往的时代,我又有什么理由拒绝这种简单而朴素的友好友善呢? 在这个真真假假、虚虚实实的世道,我又怎么能够、怎么可以不珍惜这种难得的真挚的友情友谊呢? 更何况,真率热诚、谦虚严谨、不耻下问,也从来都是张剑的学术品质和为人底色,我何不就此机会,说说对于这部著作、对于近代文学研究的若干印象或感受,以就正于张剑兄和近代文学研究界的同道呢? 在这样的矛盾和纠结心态与情绪中,我总算是给自己找到了一个似乎可以说服自己、能够让自己相信的理由。那一刻,我的内心甚至出现了那么一点难以言说的隐微的自得、虚荣的虚幻感觉。实际上,与其说我有什么资格为张剑兄的这部新著写序,不如说我是想借这样的机缘,留下我们友谊的一点印痕,这于我,必定是珍贵而难得的记忆。正是:

　　浮世浮生别有乡,利来利往各奔忙。此情不待成追忆,当时已觉不寻常。

左鹏军

2024 年 3 月 17 日于香港中文大学旅次

目录

张剑《近代文学与文献考论》序 ·············· 左鹏军

上编　日记与文学研究

稿本日记与情境文学史建构
　　——以中国近现代稿本日记为例 ·············· 3
略论袁昶对陆游的评价和接受
　　——兼谈日记对接受史研究的启发 ·············· 27
爱是一种文学塑造吗?
　　——林庚白与张璧情感分析报告 ·············· 44
夏承焘的放翁情缘
　　——以《夏承焘日记全编》为中心 ·············· 98

中编　版本与文献编纂

珍本《影山草堂学吟稿》考述 ·············· 141
《黔诗纪略》编纂过程考述 ·············· 149
《黔诗纪略后编》版本及成书过程述略 ·············· 163
沈尹默《寺字韵唱和诗》的文献学视角 ·············· 181

下编　作家与作品脞谈

年龄的迷宫
　　——清人年龄研究中的几个问题 ·············· 203

《画话》《井蛙鸣》及作为文艺家族的翁氏 ……………… 218

道咸"宋诗派"的解构性考察 ………………………… 233

祁寯藻诗歌管窥 ………………………………… 260

莫友芝人生及学术成就诹论
　　——兼谈《莫友芝全集》的整理原则 ………… 277

莫友芝《影山词》考论 …………………………… 294

附录:《翁心存诗文集》前言 …………………………… 314

上编

日记与文学研究

稿本日记与情境文学史建构

——以中国近现代稿本日记为例

近些年来,随着公私馆藏的相继开放和数字化技术的飞速发展,文学新史料不断被发现,文学的文献学研究得到极大关注和推进,国际人文学术也有明显的物质文化研究转向,文学史的书写面临着文献学的严峻挑战。如何将文学史书写与文献学研究有机结合起来,使文学史一直葆有过去与当下的良好的对话关系,学界在积极思考理论并进行实践。本文拟以稿本日记为突破点,对此问题做一些粗浅的探讨。

导言:情境文学史与稿本日记的契合

文学史应该可以包含这样的三个维度,即:真实文学史、约定文学史和情境文学史①。

真实文学史,是对文学史原貌完全客观的再现和还原,不过时间的不可逆性、文学本身及其周边生态的复杂性、文学史家的主观性、语言的有限性和多义性等,使真实文学史只能是一种高悬的理想。

约定文学史,是基于人们对稳定性和秩序感的本能诉求,经过博弈和淘洗,在一定时空范围内为多数人所接受、认同的文学史。它当

---

① 笔者在《从〈桂岩吟馆存稿〉到〈兰馨堂诗存〉——家族文化层累性的个案分析》(《文献》2010 年第 2 期)一文中对文学史三个维度的称法是"真实的文学史、约定的文学史和构成的文学史",并认为"所谓的'还原历史',通常是在'约定'的意义上说的,也只有在这个层面才具有操作性"。今想法略有变化,将"构成的文学史"易作"情境的文学史",且认为"还原历史",应该在"情境"的意义上展开。

然是一种"相对真实",但具有一定的稳定性和普遍性,因此是文学史的主流,对人类知识的传递发挥着重要影响。中国文学史上,我们都认同《诗经》《楚辞》、汉赋、唐诗、宋词、元曲的文学代表性,也多认可李白、杜甫、白居易、唐宋八大家乃至"鲁郭茅巴老曹"的文学地位,这些都属于约定文学史的范畴。

情境文学史①,与约定文学史的稳定性相对,它追求动态和多维,力求贴近文学发生发展的具体时空和场景,最大程度展现文学史主客观两方面的发生发展全景,包括作家的心灵史和生活史,作品的发生史、发展史和生态史等。它多维度不断逼近"真实文学史",发现和释放那些被禁锢、压抑、遮蔽、遗忘的材料,使过去与当下的对话和互动更合情理、更有解释力、更能回应新出现的问题,从而有效挑战日趋僵化和模式化的"约定文学史"。必须注意的是,情境文学史的多维和动态,并非是那种无序化、碎片化、消解中心和意义的解构,而是高举真实文学史的旗帜,去打开新知的门窗,它有着明确的追求和指向性。所谓的"还原历史",应该在"情境"的层次上去说才有更积极的意义。

真实文学史必须作为理想高悬不忘,这也是史家的责任和自觉,没有这个约束,文本会陷入想怎么说就怎么说的失控状态。有了这种理想,我们才不致目迷五色,沉醉于碎片化的细节中不可自拔;才有动力建立能够在某一时空范围内维持人类知识和价值体系稳定性的约定文学史;才有动力建构能够不断挑战、松动,甚至修改"约定"的情境文学史。保持了这三个维度的文学史,才能丰富多彩、面目可亲。

如何能够深入"情境的文学史",途径非一,其中利用稿本日记即是一条切实可行之路。这是因为:

其一,相较于一般稿本所具有的版本价值、文物价值和书法价值,

---

① 笔者在《情境诗学:理解近世诗歌的另一种路径》(《上海大学学报》2015 年第 1 期)将情境界定为:"'情'指的是一种主观化的感受,近于心灵史性质;'境'指的是一种外在境遇,近于生活史性质。"但这种界定尚不够周延,本文的情境则包含与研究对象相关的主客观所有层面。

稿本日记是一种有知觉、有活动、有生命的文献。由于它是作家亲笔书写的个人生活记录，其透射出的生命气息更为浓烈，文字更有感情和温度，也更容易让人在观瞻抚摩前人手泽中与之相亲，进入历史的情境。

其二，经过自己审订或亲友修饰过的印本日记①，其目的多是要流传于世供人阅读，某种程度上已经相当于一种公共书写，中间难免会有诸多隐讳、修饰甚至扭曲。而稿本日记不仅具有一般日记共有的排日记事的特点，可以彰显事物发展的变化过程和时间链条，还具有原始性、私密性和唯一性，是相对纯粹的私人书写，更能直观反映出彼时的情境。

但是，近现代之前②，稿本日记数量较少；近现代之后，数量则过于庞大以致无法统计。比较而言，近现代稿本日记数量既可以大致把握，又足资利用③，具有较强的可操作性。况且，这一时段，旧中国遭逢"数千年来未有之变局"（李鸿章《筹议海防折》），最终浴火重生，建立了新中国，此期的稿本日记，有着某种承前启后的意义，对于今天中华民族伟大复兴也具有重要参考价值。

因此，笔者认为，近现代稿本日记特别适合担任进入情境文学史的开路先锋。本文也以之为例，尝试探讨稿本日记进入情境文学史的三种具体方法。

---

① 有些稿本文献（包括日记），虽经整理刊印，但印本内容与稿本保持了一致，我们仍将这种印本视之为稿本系列；那些经过本人或他人删定、与稿本在文字内容上有所不同的出版物，始属本文所说的区别于稿本的印本。

② 本文所言近现代，沿用一般历史学分期，起止时间为1840—1949年。

③ 据笔者初步统计，近代有稿本日记传世的作者目前所知为1100多人；现代按历史学分期不过三十年，有稿本日记传世的作者数量尚未经全面统计，但数量应该不会超过近代。

补充与改观:传统文献学方法

目录、版本、校勘、辑佚、辨伪、注释等都是中国传统文献学的重要组成部分,当然可以从这几个方面对稿本日记做基础整理工作。不过,我们的目的是用传统文献学的方法,发现稿本日记从哪些方面可以推进或挑战既有文学观念和论述,从这个角度看,似可拈出补充与改观两个关键词。

日记作为一种无所不包的特殊文献类型,往往会在其中附载自己的诗词等文学作品。这种现象,早在宋代张舜民的《郴行录》里就初见端倪,金代王寂的《辽东行部志》《鸭江行部志》亦将自作诗歌载入其中,明清以降,甚至成为一些文人的自觉意识。王诒寿(1830—1881)在其稿本《缦雅堂日记》自序中就明确说:“朋从之往返,读书之得失,以及米盐之零杂,皆当书之以备遗忘;而诗古文词稿亦附焉。”特别是近现代稿本日记,保存的内容和原始信息更为丰茂,其例不胜枚举。因此,当本人自编文集或后人编辑该作家文集时,稿本日记就成为一种重要的底本和资料库。但是,将作家稿本日记所收作品与已经印行的文集做一比较,经常会发现诸多日记中的作品并未在印本文集中出现,或即使出现也经过了较大修改。这样,利用日记对印本文集可做大量辑佚、补充和校勘的工作,从而使人们对文学图景的认知更为丰富和全面。

以《诗经原始》闻名文学史的方玉润(1811—1883),自编有诗集《鸿蒙室诗钞》二十卷,但是稿本日记中仍保留了不少未刊入集中的诗歌、游记、书画题跋等。如咸丰七年(1857)三月十九日所作《书四祖寺壁》:“英雄何处问沧洲,战罢飞樽醉佛楼。塔赌黄金输宝相,山藏碧玉剩清流。皈依万里留旧梦,杀伐千秋纪壮游。多少顽云挥不去,征衫犹带酒痕浮。”咸丰十年四月廿九日《酬徐典文》二绝:“海上童男去几千,中山门第即神仙。而今吴下推才子,尚有先生作后贤。”“敢抱神龙济世心,风雷长此昼阴阴。开樽且谱求凰操,月下还烦细审音。"皆颇有气势而诗集未收。方玉润平生最为看重之作《平贼廿四策》,曾上呈曾国藩,并借此短暂入幕,堪称其人生中的高光时刻。该策先录存于日记,后又根据战争形势变化以及诸位友人建议,进行了多次调整、修改,最终收入《鸿蒙室文钞二集》中的定稿,廿四策的名称、顺序和内容都较日记原稿所载有了较大不同。

前举《缦雅堂日记》主人王诒寿,诗词文俱擅,但仅编有《笙月词》《缦雅堂文》,大量诗歌却散见稿本日记中,完全可以钩稽成集,补全人们对其创作的认识。

近代文学名家陈曾寿(1878—1949),生前即有《苍虬阁诗集》十卷、《旧月簃词》一卷①印本流传,身后其子邦荣、邦直编成《苍虬阁诗续集》二卷、重编《旧月簃词》一卷刊行。但从其残存的日记手稿中,仍可辑补大量诗词。而且日记中还录有陈曾寿数篇文章,如《琴园记》《纪恩室诗序》《义犬记(恭代)》等,更是他处未见。

陈曾寿《苍虬阁诗集》所收为光绪三十一年(1905)至民国二十九年(1940)十月之前的诗作。其后诗作收入《苍虬阁诗续集》,据沈兆奎跋云:"自庚辰至今,又十年,而师归道山,遗诗百六十首,散在日记中,邦荣、邦直昆季,永怀庭诰,躬自钞集。更出师所作书画数纸,贸之以为手民之资,不足则闽县李墨巢、镇海金雪滕及兆奎助成之,为《诗续》二卷,于是师之诗乃全。"《续集》虽由稿本日记中钞出,但仔细比较,仍发现漏收不少日记中原有的诗歌,如《用山谷题宗室画诗意》《题龙女献珠图》《题张大千〈东坡吟望图〉》《题北齐校书图》《答梅泉寄示之作》等。

现有印本对于作家作品的反映,其实只是浮出水面的冰山一角,

---

① 陈曾寿著有《苍虬阁诗集》十卷、《苍虬阁诗续集》二卷、《旧月簃词》一卷,张寅彭、王培军曾汇集诸本标点整理,统名为《苍虬阁诗集》(上海古籍出版社 2012 年版)。本文则仍分别名之。

有时会给人一种假象和误导,而依据稿本日记,可以补充诸多未知的信息;当这种补充文献积累到一定程度时,现有的文学认识会渐渐改观乃至颠覆。补充和改观,类似量变和质变,量变到某一节点上,会发生质的飞跃,或重新发现被前贤论述遮蔽的世界,或改变从被提纯或删减后的印本中所得出的片面印象。

近代文学中的"宋诗运动",语源最早似见于胡适 1922 年为《申报》创刊 50 周年所作的《五十年来中国之文学》,之后经陈子展《中国近代文学之变迁》(上海中华书局 1929 年出版)、《最近三十年中国文学史》(上海太平洋书店 1930 年出版)推广,为学者习用。而"宋诗派"最早语源,似为郑振铎在《小说月报》连载的《文学大纲》(后结集交商务印书馆 1927 年出版)第四十章"新世纪的文学"评易顺鼎、樊增祥二人诗:"皆以清丽婉秀著,无宋诗派之沉着深刻,而时有佳句。"[1]任访秋《中国近代文学史》(河南大学出版社 1988 年版)第五章标列"宋诗派及其他诗词流派"为题,各种文学史、批评史也屡见以"宋诗运动""宋诗派"标目,认为道咸年间存在一个以程恩泽、祁寯藻为领袖,以曾国藩、何绍基、郑珍、莫友芝等为羽翼的"宋诗派"。其实,这多是受陈衍《石遗室诗话》的影响。据祁寯藻、何绍基、曾国藩、莫友芝诸人稿本日记,发现他们并无领袖,诗风不一,诗学观念也并不相同,成员间甚至有的互不认识,很难称派[2]。

张寅彭《苍虬阁诗集·前言》对陈曾寿诗歌特点和成就有过全面的评价,精要得当,但是由于整理者未看到稿本日记,有些仅据印本诗集得出的判断就可重新考量。如《前言》云陈曾寿诗"各体皆备,然以五古、七律所作最夥,集中亦以此两体之作最具情韵。大抵五古近陶,七律则近义山,而绝句最少"。对此陈曾寿民国二十五年元月十九日日记曾有解释:"余所作七绝多不留稿,偶记忆之,写于此。"可见其七

---

① 郑振铎《文学大纲》,《小说月报》1927 年第 18 卷第 1 期。
② 另参笔者《道咸"宋诗派"的解构性考察》,《中国文化研究》2011 年第 4 期。

绝系因"不留稿"而导致收入印本诗集较少。即便如此,陈曾寿稿本日记中记录的七绝也为数不少,另外还有很多只记作画活动,而未录题画文字的情况。如民国二十八年四月十三日:"题四乐斋牡丹三绝句(瀛贝勒,荣宝。廿七元)。答拜夏蔚如、朱德甫。画荣宝斋求人物及马便面,以旧所画者与之,廿四元。旧所画山水小直幅以六十元售与沅叔。"此三绝句内容即未录于日记中,亦失载于印本诗集。入民国后,卖画一直是陈曾寿维持生计和救济亲友的重要手段,其创作的数量是很大的①。考虑到日常绘画以中小幅居多,而题写绝句既适应尺寸又灵活易作,因此如果将这部分创作统计进来,相信会重新调整对陈曾寿诗歌"绝句最少"的印象。

另外,稿本日记提供和补充了一种可与他本文字比勘的原始版本,大量的异文也使人们对作品的理解更加丰富和深入,其在校勘学上的意义毋待多言。不过这里需要指出,异文的产生,有的是作家自己的修改,有的则是编者越俎代庖。

《苍虬阁诗集》系陈曾寿自订,卷四有《挽曹君直诗》并序:

> 君遗言以朝服殓,示不忘君;以衰麻入棺,恨未得终事太夫人。始予与君校录内阁书籍,多共朝夕,以君方从某为校勘之学,未深谈也。国变后,君大节不苟,志气弥厉,始愧相知不尽,而某美新劝进,名节扫地,师固不必贤于弟子。呜呼!岂仅不贤而

---

① 左绍佐稿本日记民国十三年甲子年正月初四载:"农先来坐,言仁先去年杭州卖画,得洋元贰仟块,其所画山水仙佛老松为山水多,仿王麓台原祁也。"陈曾寿自己也并不讳言,曾赋诗言:"我事丹青只易米,日储月敛惟忧患。"日记中对此频有记载。民国元年八月二十日:"持画至筠厂处托售。"民国二十年二月十二日赋诗《寥志弟四十初度时,曾经仿龚半千册子为寿,后复取归,售以易米,今岁寥志五十矣。见吾新作罗汉屏十八幅,以诗来索前债,乃绘罗汉手卷寿之,并次其韵》。民国二十七年十月二十九日:"授课。致询先函,寄画六幅,拟售接济贻先也。"民国二十九年十一月初六日:"季苓来。荣儿来函,在津画展售二千二百余元,除开消外,余一千六百余元。"民国三十五年二月初十日:"子玉午饭后去。善卿来,交代售山水一幅,三万联币。"

已哉?

校书东观共昏晨,谓是骃骎一辈人。岂意波流沈一世,始知抗激有孤臣。失君交臂吾何暗,嗫血呼天迹已陈。未了男儿忠孝事,盖棺遗语剧酸辛。

稿本日记民国十二年二月二十五日亦录此诗,正文基本相同,惟末句"盖棺"作"缘闻"。另外有若干修改痕迹,如"昏晨"原作"朝昏","嗫血"原作"愤世",但后面的一段跋语,与《诗集》中所收之序却颇有差异:

予曩与君直校录内阁书目,晤处甚久,以君为缪某弟子,未深谈也。国变后,君大节不苟,志气弥厉,而缪某美新劝进,为无耻之尤。师不必贤于弟子,呜呼!仅不必贤而已哉?

民国四年袁世凯欲称帝,缪荃孙系江苏劝进首名,被遗老视为贰臣。陈曾寿在日记中痛斥之,但在诗集出版时仍对缪荃孙的姓名做了隐讳,语气也稍缓和,大约因为缪荃孙已经作古,对逝者需存一份宽恕之心吧。

《苍虬阁诗集》卷四又有一首七绝《残梅》:

窥墙绰约照浮卮,添入伤春鬓几丝。绝代何心怨零落,谁教偏作最繁枝。

日记民国十二年二月初七日载:

《落花图》加染。入城,同勉甫至惜仲处,又同至何颂华处,为母亲改方。至黄家诊病。作《残梅》一首。致蒋苏厂一函。
《同惜仲至高庄看残梅》:
窥墙绰约照浮卮,添入伤春鬓几丝。人世难寻如意事,当前还说少年时。移晖寒影相看旧,裛袂酸香欲散迟。绝代何心怨零落,谁教偏作最繁枝。

原系一首七律,被陈曾寿删去中间两联,收入诗集。

《苍虬阁诗续集》虽系陈氏后人从手稿日记钞出,但两者相较仍有一些异文。如续集《寄和梅生》"域中古德渺难求"的"渺",稿本日记作"杳";《次韵寥志》"魂飘终蜃结"的"飘",稿本日记作"惊";《除夕》"沉阴飞大雪"的"沉",稿本日记作"穷",且稿本日记中该日有两首诗,续集仅录其一。这些更动,应是邦荣、邦直兄弟所为。有时更动不当,会导致作品信息遭受不应有的损失。如稿本日记民国三十五年十一月廿五日载一诗:

> 《壬申之冬,上幸旅顺,命臣曾寿扈后继往,后赐狐裘之袭,故虽处关外严寒之地,不知寒也。去秋日本败降,上蒙尘于俄境,消息隔绝。……播迁一载,薨于延集,极人世之惨酷。今冬气候甚冷,乃衣赐裘,感纪一首》:
>
> 忆昔随征扈凤銮,赐裘先与备严寒。十年绝塞无冰雪,终古衔恩在肺肝。录托稼轩南渡惨,葬迷黍席大招难。何能归跗西山塔,苦遇贤徽百世看。

按:"黍"原作"麦","跗"原作"骨","苦遇"原作"苦节"。诗后又附有两注:"《南渡录》:朱后薨,以黍席卷之。""后为上资福,曾造塔于妙峰山娘娘庙前。"

此诗写的是昔日溥仪的皇后婉容曾赐予陈曾寿狐裘,而今婉容已凄苦逝去,陈氏再披狐裘御冬,不禁追忆往昔陪驾婉容的情景,生出物是人非的无尽感慨。《苍虬阁诗续集》卷下亦载此诗,正文相同,但诗后略去两注,诗题也改为《壬申冬北狩旅顺,命寿护宸轩继往,拜狐裘三袭之赐,昨岁乘舆蒙尘,坤维惨闵,今冬严寒仍衣赐裘,感赋》,使诗意变得含蓄模糊。这种变化明显是邦荣、邦直兄弟出于时局考虑而做的修饰，删去两处注尤为不妥，"黍席"或可考出典故出处，"西山塔"指婉容曾为溥仪祈福造塔于妙峰山娘娘庙前，因系今典，不注恐他人无从查找，难晓其意。

动态与心态：文本发生学方法

稿本研究，西方称之为"文本发生学"或"文本生成学"。它不再把文学文本看成是结束的文本，而是视为一个过程性文本。它将同一作家同一作品的不同手稿（包括草稿、初稿、历次修改稿、誊清稿、定稿等），按照年代顺序及相互关系予以辨识、归类、解释，有利于发掘其中更为复杂的意蕴，更有利于了解作家的创作思维和心理动态。法国皮埃尔-马克·德比亚齐在《文本发生学·引言》中就说："文学手稿的分析原则要求尽可能多地关注作家的写作、行为、情感及犹豫的举动，主张的是要通过一系列的草稿和编写工作来发现作品的文本。"[①]当然，大部分作家的作品手稿都不会毫无遗失地保存下来，而是多有散佚，即便如此，利用文本发生学原理，通过残存的稿本，我们依然能够更好地走近作家及其文学世界，走进情境文学史。

稿本日记是作家生命和思想最原始的文字记录，在反映作家创作动态、心理变化和自我形象塑造方面，具有其他文献难以比拟的优势。这一点，不论是从稿本日记的物质形态和书写形态，还是从稿本日记与其他文献的关联中，都不难体会。

稿本日记的物质形态和书写形态，通常包括封面、用纸、装订、格式、印章、墨色、浮签、字体、字号、符号，以及其上的圈点涂抹、增删勾画甚至篡改拼贴等，很多时候可以反映作家的性格习惯、隐秘心态和

---

① 〔法〕皮埃尔-马克·德比亚齐著，汪秀华译《文本发生学·引言》，天津人民出版社 2005 年版，第 3 页。

即时性心情。

嘉道时期著名金石学家张廷济(1768—1848)的稿本日记上多有钤印或关于印蜕的记载。如嘉庆九年(1804)正月十三日记载"嘉兴张廷济字叔未行三乾隆戊子生嘉庆戊午科浙江乡试举第一"一印,并且钤印于此。反映张氏颇以乡试第一为自豪。嘉庆九年十一月廿四日的日记里,亦钤有两方印蜕。一方为"西畯真赏",张氏注云:"朱笛渔先生之印,张廷济藏,文鼎勒款。"一方为"竹田深处",张氏注云:"《说文》:'篁,竹田也。'叔未解元居新篁里,覃溪翁先生署其户曰'竹田深处',秀水文鼎篆刻其印并记。"钤此两印,既可表现自己的赏爱之情,又镌记下了友人文鼎为之勒款的情谊①。

中兴名臣曾国藩(1811—1872)的《绵绵穆穆之室日记》稿本,记事自咸丰元年(1851)七月一日,讫于二年六月十二日,格式上颇为独特,系预先印制的制式册页,每日十栏,首栏登载日期、天气等,末栏刻印以"戒惧""谨独"思想阐释"绵绵穆穆"之意的一段文字;中间八栏,依次为读书、静坐、属文、作字、办公、课子、对客与回信,每日在各栏下填写相应内容。从中可以看出曾氏的自省自讼意识和"日省簿""功过格""读书日程"等对曾氏日记的影响。

袁昶(1846—1900)日记是晚清重要的史料,之前多以节抄本和印本形式流传,其实袁昶尚有六十五册稿本日记,分别藏于上海图书馆与南京图书馆。这些稿本所用纸张的质量、颜色、形制均有相当大的差异,早期日记用纸粗劣且装订随意,书体也疏密不均,中期用纸开始讲究,纸材规格渐趋统一,书体风格也日益稳健。不仅如此,稿本中还保留了不少诗作的原貌,如光绪三年(1877)夏所作《漫兴》达一百零四句,中多怀才不遇的牢骚语,但收入《渐西村人初集》时这些牢骚语全

---

① 稿本日记中的印章研究,参尧育飞《明清日记中的"印章信息库"》一文,载澎湃"日记探微"专栏(2021 - 08 - 10),网址:https://baijiahao. baidu. com/s? id = 17076733176606177611&wfr=spider&for=pc。

被删除，仅剩三十八句。从中皆不难体会袁昶官位和经济水平日益提高，心态也渐趋雍容和谨慎的变化①。

晚清名士、书法家何绍基（1799—1873，号蝯叟）的稿本日记近年陆续现世，观其在翰林院国史馆时期的日记，则多书卷气；而主讲地方书院时期的日记，则多金石气，日记内容也多载临碑事。稿本日记上还有不少涂抹勾画，其中道光十五年（1835）一册日记还被翁同龢得到，何绍基索观后涂去一句始还翁氏，翁氏作跋以记此事：

> 蝯叟乙未归湘日记一本，余以数十钱得于打鼓担上，蝯叟知之，索观甚急，后仍还余，余谓叟"王氏琼箫同行"一语何遽涂去耶？叟亦大笑。

该年何氏回湖南应乡试得中，并纳妾王氏琼箫。检其稿本日记，"王氏琼箫同行"被涂事在道光十五年九月二十八日：

> 早，收拾行李，得吾以园名请，余方作书，因题曰写园，亦聊可写心也。行李下船已未申之交。与得吾别后，到赵竹泉廉访处久谈。到宋迁庭处，已出省。到吴中丞师处，谢谢并还《十七帖》。前从中丞索《坡帖》，中丞未允而以此帖塞望，不敢受也。到吉祥巷徐宅送喜。上船时，子卿、荪石、宅伯俱先至。笙陔、得吾后来。[王氏琼箫同行。]钦使赵丈卯初行，往澧州审案去。

这一天何氏颇为忙碌，但多是男性之间的应酬之事，中间忽然插入一句"王氏箫琼同行"，似有将小妾事与"到吴中丞师处""钦使赵丈卯初行"置于同等重要位置之感，外人看到容易惹起讥笑，且携妾完全是私

---

① 可参朱家英《袁昶日记稿本的流传形态及其史料价值》，《华南师范大学学报》2022年第5期。

事,这可能是何绍基涂去此句的原初心态。结果欲盖弥彰,此事还是遭到了翁同龢的戏谑。

更重要的是,稿本日记一旦与其他文献相关联,在对比分析中更易见出作家心态和创作动态的变化,以及作家对自我形象的有意识塑造,是打开情境之门的金钥匙。

翁同龢的父亲,曾任体仁阁大学士的翁心存(1791—1862)也有二十七册稿本存世,其中对于族叔翁祝封的情感和态度,稿本日记与别集的记载迥然不同。咸丰十年(1860),翁心存得知翁祝封讣音时,曾作三十四韵长篇五古深情回忆咸丰九年翁祝封的造访:

> 去年八九月,吾叔来京师。访我东华馆,拄杖携幼儿。我时方在告,扶病起见之。不晤廿载余,霜雪忽满颐。相见久愕眙,不能措一词。就席展情话,时复扬须眉……坐久进鸡黍,谈深劝杯卮。缕缕述平生,纤悉知无遗。语多虽冗沓,不离孝与慈。酒冷还重温,尘落仍手持。自辰迨申酉,起视晷屡移。甚喜亲情洽,未觉筋力疲……

该诗有手稿存世,后被翁同龢等人收入《知止斋诗集》刊刻行世,诗题均作《得华三族叔祝封东昌讣,诗以哭之》。"就席展情话,时复扬须眉","自辰迨申酉,起视晷屡移",亲友造访达六个时辰之久,而"甚喜亲情洽,未觉筋力疲",从翁心存的追忆中可以感受到两人亲情之厚浓。然《知止斋日记》咸丰九年九月廿八日对当时情景的记载却大相径庭:

> 巳刻族叔华三(祝封)携其次子镜湖(心鉴)来晤。自道光乙未一见后,距今廿五年矣,年已七十三,须发皆白而精神不衰,曩颇木讷,近更健谈,其子年甫廿二,似可跨灶,亦喋喋善谈,留之便饭。老翁盛夸其三坦腹……颇为可厌耳,勉强陪至申刻始去,惫甚矣。

不仅时辰小有差异,族叔来去时间为巳刻至申刻,更重要的是翁心存当时的身心感受是"恚甚矣""颇为可厌耳"。两种心情毋宁说都是真实的。咸丰九年(1859),翁祝封年七十三,而翁心存虽为族侄,也已六十九岁,且在病中,即使实际陪客四个时辰(巳刻至申刻),也已不胜其劳;何况客人本是来打秋丰的穷亲戚,却老在贵显亲戚面前吹嘘显摆,哪能不惹人生厌呢①。但时过境迁,当闻知翁祝封去世的消息时,由于世间亲故又少一人,重视伦理的翁心存仍然悲从心来,涌起了浓浓的亲情,昔日身心暂时的不愉快也早已烟消云散。另外,翁心存如果虑及诗稿有可能被后人刊刻传世(事实也确实如此),他在诗歌中恐怕也会有意展现自己敬宗收族的一面吧。

晚清著名词家谭献(1832—1901),有亲手编定的《复堂日记》八卷刊行传世,于学无所不窥,颇为学林看重。其实谭献另有数倍于刊本的复堂日记稿本存世。据吴钦根博士研究,在刊本日记中,谭献对原始稿本做了一系列的文本重塑工作,如原始材料的剪裁、现实语境的消除、条目内容的重组等。特别是稿本日记中对于先贤、时人的尖刻批评,在刻本日记中完全被抹除,某些激烈轻率的语句一变而为中立、平和。成功将私人性的话语变成公共性的知识,使私人稿本日记转换成为一部可资流传的"著述",谭献严谨的学者形象得以树立。在文本重塑与流传的过程中,谭献也得以重新定义自我、建构自我②。

有意思的是,稿本日记改删变易后的文本重塑,有的只是篇幅裁换,时间变化,不影响基本感情和内容表达;有的则事关重大,甚至完全颠倒,这些地方就值得玩味。

夏承焘(1900—1986)稿本日记1924年3月27日载《病起》诗:

---

① 翁祝封一家未得科举功名,生活困窭,翁祝封的儿子后来也多次找翁同龢告贷或请求荐引工作。参李文君《翁同龢致张曜信札考释》,《江苏科技大学学报》2020年第2期。

② 吴钦根《谭献〈复堂日记〉的编选、删改与文本重塑》,《文学遗产》2020年第2期。

"初消残雪日迟迟,药碗虫声沸响时。小病自愁豪气减,晴窗起展剑南诗。"至 1926 年 2 月 18 日日记中,他改《病起》诗为:"未消残雪雨丝丝,药碗茶声沸响迟。小病自愁豪气减,夜灯起展剑南诗。"在这首诗里,原来的"初消残雪"变成了"未消残雪",原来的"晴日展读"变成了"雨夜展读",但诗歌的基本情绪并未改变,皆是借放翁诗来振起昔日的豪气。

现代文学史上改动最大的日记可能当推陆小曼(1903—1965)日记。随着《陆小曼未刊日记墨迹》(三晋出版社 2009 年版)的问世,人们发现先后作为 1936 年良友版《爱眉小札》附录、1947 年晨光版《志摩日记》附录所收入的《小曼日记》存在大幅删改甚至重写和无中生有的现象,二十则日记中,判若两篇或稿本不见的文字竟然达到十二篇。有研究者指出其中有"为人避讳""为自己遮掩或粉饰""想有点文章的样子""想丰富日记内容"等原因①;也有研究者指出小曼稿本日记是社交展演中的女性自我书写,而刊本日记则是浪漫主义女性自我的书写,"陆小曼日记的不同版本形态,其从面向私人的'稿本'到面向公众的'刊本'的变化过程,恰恰是研究现代女性自我书写的典范对象"②。

总之,在稿本日记不同形态以及稿本日记与作家其他文献的差异对比中,能够发现许多被改变、隐藏或消失的信息,我们的目光也应从关注凝定的作品转向关注创作变化过程,在过程中观其心旨,看其意义如何形成、确定,这种转向对于重新认识作家作品非常重要。

时空与整合:新兴日记学方法

二十一世纪以来,随着大量日记,尤其是稿本日记的整理问世,研

---

① 陈学勇《陆小曼何故如此——校读她的两种版本日记》,《新文学史料》2015 年第 1 期。
② 陈彦《日记写作与自我建构——论〈小曼日记〉兼及其他现代女性日记》,《中国现代文学研究丛刊》2022 年第 6 期。

究者不再满意仅将日记作为各行业索取资料的仓库,而是强调将其作为一种独立文体对其本身进行系统整体地研究,包括文体特征、文本形式、物质形态、书法义例、自我形塑、修辞与叙事、真实性与私密性、数据库建设、整理方法与研究方法等,最终促成"日记学"的建立。这门正在兴起的日记学,起码在两个关键处启示了利用稿本日记进入情境文学史的途径。

首先,日记学强调文体的独立性,就必然要思考文体的形式特征,日记最基本的文体形式特征应是排日记录作家的活动、思想与见闻。利用这个特征,可为作品迅速准确地定位和校正时空,或者发现作品的本事,加深人们对作家、作品的了解。

仍以陈曾寿为例,其《苍虬阁诗集》仅有少量诗作于诗题中显示出具体的时间信息,如卷一《辛亥八月十一日生日感赋》《辛亥八月二十五日舟过黄州》等;其他仅能于卷首标示的时间起止中推测大概。如卷一"乙巳至辛亥",卷二"壬子至丁巳四月",时间跨度均达六七年,有些诗作难以确指为某年所作。而在陈曾寿稿本日记中,多可准确系地、系年。举民国十二年癸亥(1923)元月数日为例:

> 初五日。大母率家人来湖寓。勉甫来下榻。作《华山图》。致梅生函。题《货菴图》七律一首。
> 初六日。作《华山图》。夜为勉甫画册页五开。
> 初七日。同惜仲、同武、邓梦仙、勉甫、七弟、君适、邦荣至灵峰寺看梅,小雨。得孙稚筠丈逝世之耗。
> 初八日。《华山图》成。得梅生覆函。勉甫、君适入城。
> 初九日。入城,至惜仲处。至城寓。勉甫、微吾来。
> 初十日。题《华山图》七古一首。

由此可知,题《货菴图》七律一首系该年元月五日所作,题《华山图》七古一首系该年元月十日所作,均作于"湖寓"(杭州西湖寓所)。这两首

诗在印本诗集中的顺序和诗题是这样显示的:

> 卷四"壬戌至癸亥":《题圮下授书图》《张忠武公挽诗》《过沈庵庵师故宅》《落叶和闻宾门》《白秋海棠》《题徐湘苹女史花卉册》《题王景略货春图》《题五月骑驴入华山图》《幽居》《残梅》《挽曹君直》《寄高颖生》《入世》《人日》《美德孰如羊》……

很明显,诗集中诗作的时间和空间显示度相比于稿本日记都是不高的。而且卷四仅收民国十一年、十二年两年诗作,《人日》一首无论作于这两年的哪一个人日,初十作的《题五月骑驴入华山图》都不应该排序其前。《苍虬阁诗集》中此类未按时间排序的现象所在多有,值得注意。

如日记民国二年癸丑正月二十六日:"接荣师函。夜作挽松厂诗六首。"《苍虬阁诗集》虽收此六首诗,却误排于民国二年之前。民国十一年三月廿六日:"……庭前忍冬花盛开,清香扑鼻,成七绝一首。为子式画折扇面。'绿荫池馆静蜂衙,晓露浮香透幔纱。独表芳心三月尽,忍冬宜唤忍春花。'"《苍虬阁诗集》收入此诗,略有异文,却误放入卷二(民国元年至六年诗)。民国二十一年六月廿五日:"写大小字各一张。夜打麻匠,负二十二元。子献、子涵来。恩雅云来,为画便面山水,甚有唐子畏家法。致憺仲、强志函,托子涵带津。夜醒,百端交集,乃作《幽居》一首,以移此心。'运水搬柴只自供,山中乐事少人逢。偶先睡起鸟声静,独见开时花意浓。云气难消当户幛,龙姿最爱倚廊松。年来真识幽居味,洗尽凡心夜半钟。'"《苍虬阁诗集》收入,却误入卷四民国十一年诗作中。问题是,时间的错乱也会带来空间定位的失误,陈曾寿作《幽居》时身在长春,如果将此作系于民国十一年,则只能作于上海、杭州等江南一带。

南社重要诗人林庚白(1897—1941)的作品,曾由周永珍辑成《丽白楼遗集》(中国人民大学出版社 1996 年版),其中有七律《华安酒楼夜归有感,起呼人力车,科头跣足自霞飞路至黄浦滩周游而返,已三鼓矣》:"一车曳我过江干,江岸科头跣足看。傍水千灯喧短夜,当楼片月写轻寒。非关中酒哀谁喻?! 强与吟秋意未宽。欲唤松风归共语,人间可语亦良难。"后署"一九三二年八月五日四鼓"。中夜如狂,松风共语,似乎是为国事难以安枕。但查该年该日日记:"早起补完了两首绝句。出去找铁城后,顺便看老四一趟,他也感冒了。回来看觉生去,相左。午上佛海来信,催寄亚明先生的履历。饭后写诗,汗流浃背,只好不写下去吧。夜间又得一首绝句。梦璧。"并无相关记载。前后翻找,原来事在 1932 年 8 月 25 日,诗人先与谢冰莹、顾凤城到华安酒楼参加了一场盛大的宴会,受到了名媛的关注,因而想到了他苦恋的对象张璧:

> 我想璧在这样的场面,她必然很高兴。一径到十一点多才散。走的时候,无垢向我笑了笑,我心里感着了一些的愉快。但那位"党皇帝"的妹妹,很注意看我,又拉着明暄问是谁? 我却漠然无所动,她又何尝不美呢? 回来烦燥极了,睡了又爬起来,赤脚穿着拖鞋,到马路上喊一辆黄包车,由霞飞路到外滩,跑了一大圈才回。得了一首七律很美,回来写寄亚子。格外想着可恨的璧,而同时无垢的美丽活泼的影子,也仿佛在眼前似的,太矛盾了吧?

林庚白的中心如醉,深夜狂走,看来只是杂乱的爱情相思而已,与政局毫无关系。集中另有一首《再集定庵句赠冰莹》:"亦狂亦侠亦温文,窈窕秋星或是君?! 今日不挥闲涕泪,商量出处到红裙。"后署:"一九三二年十一月十七日。"该日的日记中虽无对此诗的记录,但次日却有:"今天 B 替我写了'秋星'的题字,真使我愉快!"B 是谢冰莹的代称,通过日记,我们知道这一时期林庚白正与谢冰莹相恋①,并商量将来如

---

① 参见笔者《谢冰莹与林庚白的一段情缘》,《中华读书报》2022 年 11 月 2 日"人物版"。

何能"找寻革命前程的一块基石"（1932 年 11 月 2 日），那么我们对此诗的理解就不会简单地停留于集句诗上，谢冰莹洒脱、豪爽、温柔，就如秋夜的明星那样耀眼，照亮了诗人的内心世界和前进的方向，四句诗贴切自然，虽是集句，如出己手，达到了很高的艺术境界。

总之，借助稿本日记，可以校正集部作品时空的误置，将其一一复原，并借此准确理解作品本事及创作情境；即使是作家本人在编订诗集中有意做出顺序调整，也可追问为什么，使其成为一个有意味的问题。如果充分利用稿本日记这一功能，重新建立文学编年史，相信能够极大改进现有的文学叙述。

其次，日记学强调对自身做整合式研究，在深入把握和整体观照中显示日记的独特性。它既强调入乎其内，在相关语境中对日记内容细读，并以多种主题或多种视角，将碎片化的信息整合为有意义的学术专题；又强调出乎其外，在与其他文献的关联中，较为全面地了解那个时代，消除日记因个人记录而带来的偏失之弊，获得一种动态的整体观，真正走入情境文学史①。

翻阅文人日记，人们可能普遍会有一个印象，即其中多载各种饭局和人际应酬，似乎都是些吃吃喝喝、拜贺庆吊之类的日常琐碎事，明代王慎中就戏称欧阳修的《于役志》是"酒肉账簿"，我们可能也会感到看日记如看花名册，被大量的人名弄得晕头转向。但是，如果从地域、集团或群体等"文学共同体""文学活动"的角度出发去整合那些日记中的人名，他们就会成为学术专题链条之上的一个个必要的节点。

晚清桐城大家萧穆（1835—1904）的稿本日记横跨咸丰至光绪间数十年，内容丰富，人物繁多，徐雁平从其在桐城八年的日记中，统计出私人藏书家 68 人，发现这些"碎金"式的藏书散布在桐城各地，呈现

---

① 关于日记文献相互关联的问题，较深入的思考可参徐雁平《"文献集群"与近代文学研究的新拓展》，《文学遗产》2022 年第 3 期。

出颇具辨识度的"地方空间"。相较于其他城市的聚居型的地域群落，桐城境内是"满天微星式"分布样态。"星散状态而不是过分集中，使得以家为单位的文化传承在空间分布上相对均衡，这种格局有利于整个区域的文化多方面发展，涵育了整体性的地方文化生态。"①这些基层藏书家的名字，就成为理解桐城派深厚基层文化资源和文化氛围的生命标识。

读书是文化人日常生活的一部分，日记多为文化人所记，因此其中充斥着各种各样的读书活动，如何将这些细碎的信息梳理连缀成具有学术高度的系统叙述呢？陆胤分类统计曾国藩稿本日记所载的6529 次读书活动，归纳曾国藩日记中读书活动的分布规律和历时变化趋势，并结合曾国藩书信等史料，指出"看读""校读"等一过式或研究式阅读，主要针对经说、史书、训诂考据、典章制度等类知识性书籍，贯穿曾氏生涯各阶段，体现着道咸以降士大夫在经世风潮下扩充知识边界、把握知识整体的雄心。而"温读""诵读"等反复阅读或出声涵泳，则集中于夜间，专门用来对治经书本文和诗文选本，在曾氏中年以后成为日益重要的修身功课，以把握知识整体为目标的"自讼"功程逐渐让位于追求内在体验的"自适"调剂，凸显了诗文声调的意义。因此曾国藩日记中的"读法"也具有了思想史和文学史的双重意义②。

徐、陆二人的研究都是有机关联外在文献，将日记中散落的信息整合起来，深思细研，在尽量还原的历史场景中凸显重要的学术线索，可谓情境文学史的成功示范。

当然，日记的整合式研究不仅仅是将日记内在的信息关联粘合，更多时候要依赖外部材料的关联，才能对事态有全面把握，入乎其内和出乎其外是分不开的。比如徐文要结合《枞阳县志》等史料，而陆文

---

① 徐雁平《中国古代文学流派的桐城模式——基于萧穆咸同时期日记的研究》，《文学评论》2020 年第 3 期。

② 陆胤《从"自讼"到"自适"——曾国藩的读书功程与诗文声调之学的内化》，《北京大学学报》2021 年第 6 期。

要结合曾国藩书信等史料。内外连通，日记才能对文学史发挥最大的功用，弥补文学史的诸多缝隙，凸显文学史被遮蔽之处，发现文学史描述不确或错误之处，进而改变文学史的某些叙述。

比如晚清名士高心夔(1833—1881)，汪辟疆认为他和王闿运两人"论文谭艺，深相契合……投分至深"①，将之划为湖湘派的重要诗人，此论几成文学史的定评。但高心夔稿本日记中却明言自己与王氏"议论则多所牾"(咸丰十年[1860]十月二日)，高氏诗风也与湖湘派差异明显，高氏诗集《高陶堂遗集》所呈现的诗风多幽微玄奥、奇涩镵琢，与王闿运的古雅精严、辞采巨丽差异明显；王闿运也评高心夔"乃思树帜，自异湘吟，尤忌余讲论，矜求新古"(《论同人诗八绝句》小序)。可见将高心夔归为湖湘派是受了汪辟疆论述遮蔽而形成的错误的文学史认识②。

最后需要指出的是，近现代文学史受掌故之学和报刊之学影响甚大，其实对于作家作品的叙述存在很多模糊乃至错谬之处。稿本日记不加删饰的排日记事记情，使文学呈现一种原初性和时间感，如果我们能够以专题为线索，前后左右、广泛联系地去阅读稿本日记，那么就可以帮助我们迅速进入情境，廓清不少文学史的迷雾。

余　论

任何一种文献都有自己的有效范围和使用规则，稿本日记虽然是建构情境文学史的重要媒介，但也有自身的局限性。

首先，稿本日记会面临真实性的拷问。中外历史上都确实出现过一些完全伪造的日记，如《景善日记》《希特勒日记》等。即使那些确系

① 汪辟疆《汪辟疆诗学论集》(上册)，南京大学出版社2011年版，第45页。
② 参笔者《高心夔自画像及其与湖湘诗派之关系——以〈佩韦室日记〉为中心》，《苏州大学学报》2019年第1期。

本人书写的稿本日记，虽较刊本更能够保持原貌，但也无法断言其完全真实不加修饰。有些修身日记或工作日记，是要拿来给师友或上级检查的，里面未必皆是真实的想法。晚清四大日记之一的李慈铭日记，虽不属于修身日记或工作日记，但其无疑希望将日记作为著作传世，下笔自有考虑。因此鲁迅评价说"从中看不见李慈铭的心，却时时看到一些做作，仿佛受了欺骗"（《怎么写——夜记之一》）。

其次，稿本日记会面临全面性的拷问。即使稿本日记所记皆未虚矫，也不能保证更没有必要将每天发生的事件及心理变化全部记录下来，作家总会有选择地记录，记录那些他认为重要或应该记的。像民国大总统徐世昌的稿本日记，很多重要的历史事件及人物都不予记录，反而记录自己读书、写字、作诗、作画等日常功课，看其日记，常有太简略之感。另外，稿本日记因其唯一性，在流传过程中容易散失，今天我们看到的稿本日记多非全貌，而是有所缺损。因此，必须证之以其他文献，方能对当时情形有较全面和深入的了解①。

再次，稿本日记会面临正确性的拷问。这里的正确性有两层含义，一是从作家角度而言，日记虽无所不记，但毕竟是一己之闻见，所见可能是假象，所闻可能是流言，利用时仍要小心甄别。二是从读者角度而言，稿本日记有作家自己的书写习惯和书例，且多为行草书写，涂抹亦多，如果不能对其书例和字迹辨识分明，容易郢书燕说，或指鹿为马。比如不少稿本日记也记录他人作品，有时并不注明，只以自己懂得的方式书写（如陈曾寿日记录他人之作往往低两格书写），稍不留意，即易出错。

当然，"真实""全面""正确"都是相对的，其他文献在层级上可能还不如稿本日记，尽管如此，我们也不应完全被稿本日记牵着走，而应清醒地看到其局限性与适用性。有时稿本日记不载之作品，需要他种

---

① 张燕婴《浅谈日记资料的有效性问题——以俞樾函札整理为中心》（《华南师范大学学报》2019 年第 1 期）一文也谈了日记的准确性和完整性的问题，可以参考。

文献补充;有时稿本日记录有他人作品,需要细心甄别;有时稿本日记记载简单,需要他种文献加详;有的稿本日记记录有误,需要他种文献辨正;有时稿本日记故意作假,需要他种文献证伪。何况如果仅就文学而言,真正能够给予进入情境文学史切实帮助的,多是那些愿意记录自己作品和文学观念的文人稿本日记,单凭这些有限的资料,显然无法完全揭开情境文学史的大幕。只有保持对其他文献的高度开放,让需要的文献有效参与进来,才能共同汇成情境文学史的动态之流。

另外,情境文学史和史料的丰富性有密切关系。蒋寅在《进入"过程"的文学史研究》中曾说:"当我们面对文学史上的具体时代时,并不是所有对象都为文学史的过程研究提供了可能。……只有明清以后,丰富的历史记载几与档案相埒,而同时档案也最大限度地充实了历史记载,我们才得以从容揭开时间的帷幕,走进文学事件和文学史情境中去。"①相较明清,近现代的史料遗存更为丰厚,特别是近现代稿本日记的大量存世,可为建构情境文学史提供诸多便利。当我们将那些被印本提纯、过滤、修改过的作家作品重新植入稿本日记的具体时空,便有机会走入情境的文学史,看到那些未曾被扭曲的历史镜像,看到浓妆艳抹前的素颜,镜像如生,素颜天然。

虽然近现代之前,由于史料遗存相对较少,稿本日记更难获得,情境文学史的建构会有诸多困难,其研究亦可借助从近现代稿本日记中获得的经验,反推或模拟自身的情境文学史,将文献碎片努力拼合为历史的整体图景——这同样是值得肯定和尝试的一种学术路径。

流水不腐,静止容易带来固化或片面,走入动态的情境始能生生不息。文学绝非被抽离生活的语言艺术,也并非一具审美的空壳,而是生长在悠久历史和复杂社会中的一株大树;走入情境文学史,看到的不应仅仅是脱离枝干、失去生命力、被制成精美标本的艺术花朵,而

① 蒋寅《进入"过程"的文学史研究》,《王渔洋与康熙诗坛》,中国社会科学出版社2001年版,第1—2页。

应是土壤丰美、根深叶茂、繁花似锦的森林全景。在此思维转换的过程中,近现代稿本日记相较于其他时段的日记,更具有操作性;相较于其他文献,更符合建构情境文学史的要求,且可为相关研究提供富有价值的坐标和参照系,因此更加令人期待。

(原载《南京大学学报》2023 年第 3 期)

略论袁昶对陆游的评价和接受

——兼谈日记对接受史研究的启发

袁昶(1846—1900),原名振蟾,字爽秋,号渐西村叟等,浙江桐庐人。光绪二年(1876)恩科进士,分发户部,颇受户部尚书阎敬铭重视,后升至户部江西司员外郎。光绪九年起,兼任总理各国事务衙门章京。光绪十五年二月起任总办章京,是年冬记名御史。光绪十八年十二月外放徽宁池太广道兼芜湖关监督,颇有作为。光绪二十四年升任陕西按察使,旋授江宁布政使,八月入都陛见,又调授直隶,旋命以三品京堂充总理各国事务衙门大臣。又授光禄寺卿,转补太常寺卿。袁昶入京,正逢戊戌政变,复遇庚子事变,端王载漪、军机大臣刚毅、启秀、赵舒翘等主张借义和团打击洋人,袁昶坚执不可,以剿匪抚洋为急务,被当政者以"任意妄奏、莠言乱政"的罪名下狱。光绪二十六年七月初三日,与吏部侍郎许景澄一道弃市,同年十二月,中外议和,下诏平反。宣统元年(1909)予谥"忠节"。

袁昶不仅是当时能吏,而且是著名学者和诗人。他不仅将农桑、兵、医、舆地、治术、掌故等书汇编成《渐西村舍丛刻》;自己也勤于著述,有《渐西村人初集》《于湖小集》《安般簃集》《春闱杂咏》《于湖文录》《水明楼集》《朝隐卮衍》以及日记、书札等大量著述传世;他还成为晚清同光体诗人浙派的代表人物,与樊增祥齐名,李慈铭、谭献、沈曾植都盛推其诗。值得注意的是,袁昶著述中有不少论诗之语,多有精彩之见。特别是朱家英博士新近完成的《袁昶日记全编》①,系据上海图书馆和南京图书馆所藏袁氏稿本日记整理,内容倍于世传抄本《毗邪

---

① 浙江古籍出版社即将出版。

台山散人日记》《乱中日记残稿》《袁爽秋京卿日记》,且将抄本中删去的日期皆予恢复,对于研究袁昶的诗学思想,帮助极大。今据《袁昶日记全编》(以下简称"日记"),初步钩稽袁昶对南宋诗人陆游之评价与接受,并略做接受史研究的延伸思考,以见日记作为原始文献的重要性。

一

日记光绪十六年(1890)六月初六日录有袁昶《跋丙戌以后诗》,其中云:"故知不烦绳削,惟数夔州后诗;风致超然,雅重渭南一老。涪皤有真解,晦翁非妄叹。"①

涪皤系黄庭坚之号,其《与王观复书》云:"观杜子美到夔州后诗,韩退之自潮州还朝后文章,皆不烦绳削而自合矣。"晦翁系朱熹之号,其《答徐载叔赓书》云:"放翁之诗,读之爽然。近代唯见此人为有诗人风致。如此篇者,初不见其着意用力处,而语意超然,自是不凡,令人三叹不能自已。"袁跋意思并不难解,无非是说诗文之品格贵自然,诗人品格则贵超然。但是此处袁昶借黄庭坚和朱熹之语,将杜甫之诗与陆游之诗对举,进而引申到陆游其人,显示出他对陆游人品风度的格外重视。

无独有偶,在袁昶《安般簃集·诗续壬》中,收有七古《答刘默庵何霞客》:

> ……君不见杜陵翁,官马送官徒步归。我余一寒饱其豆,深愧前贤朝忍饥。又不见陆务观,规作牛栏卫菅扉。无钱一笑且罢役,早乞祠禄辞尘靰。古人贫有甚于我,襟抱洒落八极挥。愈我无能为古役,学俭道不能自肥。两君鞭笞开我意,冀起废疾

①　该跋后改编为《渐西村人初集·自序》。

癯癯瘠……

这首诗也将杜、陆并列,赞美二人能安贫乐道。"君不见杜陵翁,官马送官徒步归",应出杜甫《徒步归行》"青袍朝士最困者,白头拾遗徒步归"和《逼仄行》"自从官马送还官,行路难行涩如棘"。"又不见陆务观,规作牛栏卫菅扉",则化自陆游《黄犊》"秋来作栏成,参差出林鱳。青烟起草积,微火近茅舍"[1],寓指陆游营造牛栏草屋,安心乡村隐居生活,见出其境界之高。通过陆诗,从胸襟的洒脱超然去礼赞陆游,这是袁昶对陆游接受的一个重要方面。日记中还有一些线索可以佐证:

> 读陆放翁诗,《心太平庵》者,取《黄庭经》"闲暇无事心太平"之意。(光绪5.闰3.9[2])
> 夜读放翁集尽一卷,时有出世语,真得道人也。(光绪12.5.3)
> 陆游取《黄庭》语榜曰"心太平庵",真洞见理趣,得处浊世修身之诀。(光绪22.5.2)

陆游家族与道教关系密切,家藏道书二千余卷,《渭南文集》卷二六《跋修心鉴》还记载了陆游高祖陆轸随古仙人施肩吾修道的神异故事,陆游承袭的主要是道家静坐、养气、服食之法。他的《心太平庵》诗云:

> 天下本无事,庸人扰之耳。胸中故湛然,忿欲定谁使。本心倘不失,外物真一蚁。困穷何足道,持此端可死。空斋夜方中,窗

---

① "作栏"即"规(作)牛栏"也;牛栏在树林间露出参差一角,似乎护卫着那炊烟升起、微火明灭的"茅舍"(牛栏一般造于居所之旁),此即"卫菅扉"也。

② 以下征引日记,文后括注日期者皆为农历,为省篇幅,日期皆简化为阿拉伯数字,如"光绪5.闰3.9",指光绪五年闰三月九日(农历)。

月淡如水。忽有清磬鸣,老夫从定起。

诗题"心太平"三字,袁昶已指出取自《黄庭经》"闲暇无事心太平"(一本作"行间无事心太平")。务成子《注》此句曰:"恬淡无欲,以道自娱,施利不足,神明有余,则为太平也。"陆诗表达的基本上也是这个意思,湛然无欲自可本心太平,而要做到这些,又和道教的静坐入定、修真养性密不可分。陆游诗中很爱用"太平"或"心太平"这样的字眼,如"万事罢经营,悠然心太平"(《书适》),"学道逍遥心太平,幽窗鼻息撼床声"(《晚起二首》其二),"无事自能心太平,有为终蔽性光明"(《书怀》)等,皆提倡无为物累,顺应自然,因此袁昶誉其为"真得道人也"。《日记》还经常记录袁昶阅读陆游诗歌以涤荡心胸,力求超然尘世:

> 偶有一时之暇,即披陆务观集洗荡胸次。(光绪 11.1.17)
> 夜读陆放翁集,以荡胸解闷。(光绪 14.1.9)
> 夜读陆渭南集,觉仕宦之味有同嚼蜡,今悔昨失,夕觉晓非。
> (光绪 14.3.12)

有时日记甚至直接摘录或全录陆游相关作品,以志慕焉。如光绪二年(1876)九月十五日:"放翁诗'家如梁上燕,岁岁旋作巢''身如林下僧,处处常寄包',予久客之况亦如此,而清兴不逮放翁矣。又云'诗未遽衰犹跌宕,书虽小退亦轩昂',豪放可诵。"即是有感而发的摘句。再如光绪六年四月初九日,袁昶因"累月以人事且多病废学,天时亢热,无资搭篷",遂完整抄写陆游《大热》诗,冀望借诗中的"譬如寓逆旅,百事听主人"获得心地的清凉。袁昶似乎颇喜欢这两句话,日记中不止一次地引用。

二

风致超然,胸中湛然,本心太平,皆意味着心不为外物所缚,从形而上的角度可说是一种精神境界的超拔,但从形而下的角度而言,则可指向一种养生。因为不为外物所缚,则可不计荣辱,止欲止嗔,心安体适,往往得以长寿。特别是陆游长期退隐乡居,寿至八十六岁,更具有一种典范性和说服力,这可以说是陆游被后世诗人不断歌咏的一个重要原因。袁昶日记中曾抄录陆游《老学庵笔记》《斋居记事》中有关养生的知识,提到陆游,也经常伴有对其善于"摄生""养生"的赞叹以及对其长寿的艳羡:

> 陆放翁诗云:"倩盼作妖狐未惨,肥甘藏毒鸩犹轻。"二语原于《七发》,《七发》则得之《易》节饮食、窒欲之谊,此老殆深晓摄生之指,故言之怵迫切近乃尔。放翁年至八十六,古今诗人享大年者未能或之先也。(光绪 9.1.28)
>
> 陆放翁平生善于啬养,寿至八十六,诗人老而逾健,无有过于陆者,尝作诗云:"倩盼作妖狐未惨,肥甘藏毒鸩犹轻。"真得道人语也。(光绪 11.2.4)
>
> 陆务观一官久困顿,早撄衰白,一日忽诵周兴嗣《千字文》,云:"心静神逸,心动神疲,守真志满,逐物意移。"由此悟养生之理诀在不动心也,寿至八十六。(光绪 17.12.15)

"节饮食、窒欲"分别出自《易·颐卦·象传》"君子以慎言语,节饮食"和《易·损卦·象传》"君子以惩忿窒欲"。袁昶认为陆游深得其旨,故能"不动心",从而得享大年。"倩盼作妖狐未惨,肥甘藏毒鸩犹轻"出自陆游《养生》诗,这两句在日记中出现的次数多达十次,可见袁昶对之特别重视。细味诗意,"倩盼作妖狐未惨"指美色之祸甚于狐魅,"肥甘藏毒鸩犹轻”指美食之害烈于鸩毒,总之要人在食色上节欲。有次袁昶酒食过度,归途遂觉腹痛,就不由想起并诵读了陆游的这两句诗,感叹陆游是“洵得养生之真诀者也”(光绪 10.2.4)。在光绪十五年六月廿三日的日记中,他甚至还记载了北宋名臣赵抃挂父母像于床前,以求断绝性爱的例子。

不过,袁昶最难做到的是“惩忿”。其性格任侠善怒,特别是书生作吏,更让他觉得劳心伐形,常有不快愤怒之事。日记里到处可见惩忿窒欲之语,如“吏事极冗极困,俗情极幻极险……时时以忿欲致病自危自儆”(光绪 15.8.3),甚至他认为自己记日记的主要目的即是“排日簿录,所以惩忿窒欲,迁善改过”(同治 6.3.1)。他还为自己取号“羼提居士”(光绪 15.8.1),为所居取名“羼提室”(同治 10.2.5、光绪 18.12.11),以作自我警示。

“羼提”为佛教六度之一,意为安心忍辱,袁昶也不断自我安慰和勉励自己:“作吏耐劳忍辱是分内事。……忍之为德,持戒苦行所不能及,能行忍者乃可名为有力道人。从今署所居曰羼提室,牢记牢记。”(光绪 18.12.11)可惜他却难以完全做到,《日记》里多有他对自己不能惩忿的懊悔:

> 夜有大忿懥,几至误殴匠人毙命,大悔大悔!(同治 11.7.13)
>
> 思一事忿,惩之,戒之。(同治 11.8.1)
>
> 斥去一仆。日内疲累过甚,心不能摄气,遂至虚火上炎,肝木乘土,忿欲交攻,一芭蕉坚之身,能当此克伐乎?今早因责数奴子,耳鸣又大作,予之违惩窒之戒、废克治之功也久矣。(光绪 15.11.28)
>
> 昨夕喧闹彻旦,予忿怒,入欲殴妇,将颇黎窗子打碎四扇,伤右手指,血流殷袖。(光绪 15.12.27)
>
> 颇忏昨日之过于严急。(光绪 15.12.28)

彼亦自谓："鄙性卞急，忿狷嫚骂，内省无忍诉之道力，坠落气壹则动志之病，平日全无省察克治惩忿工夫，故粗厉不检至此。"（光绪22.7.26）但袁昶眼中的陆游却能够做到灵府清净、尽洗忿欲：

> 放翁诗："灵府宁容一物侵？此身只合老山林。何由挽得银河水，净洗群生忿欲心。"又云："八十光阴犹几许，勉思忠敬尽余生。"又云："精神徇物那能久？刀砺君看日日销。"此翁晚年所造深矣。又云："倩盼作妖狐未惨，肥甘藏毒鸩犹轻。"去彼贼生者，与汝养生竟。（光绪21.闰5.23）

袁昶对此不由顶礼赞叹。

三

对于陆游的立身处世，袁昶除了曾引朱熹之语，对陆游作《南园记》有所惋惜外①，其余均加誉美肯定。对于陆游的诗歌，袁昶虽然如前所述，经常阅读，认为可"解闷"，可"洗荡心胸"，阅之如逢老友，亲切熟悉："读放翁、遗山诗，吾故人也，为之色喜。"（光绪7.9.13）并且对陆游诗歌也不吝赞美："读陆诗，萧逸绝尘，虽不及坡公之飞空无迹，华严楼阁，一弹指即现，然亦如野店溪桥，逢一庞眉耆德作世外语也。"（光绪11.3.1）并认为陆游受祖父陆佃（农师）精于字学的影响："放翁集果有绝胜处，非坡、谷所能掩。农师先生博涉字学，放翁习闻之，故每下一字亦审谛不妄，读之殊不厌也。"（光绪11.1.18）但并非一味揄扬，也准确指出了陆诗的若干疏失：

其一，意思浅薄。"陆诗句义颇伤蹇浅，尚不及乐天之律切功致，

---

① 日记光绪九年十月八日："才人往往为虚名所误，朱子谓陆务观能太高、迹太近，恐为有力者所牵去，其后果有南园作记之辱。士君子立身，不可不慎也。"

何况老杜、涪翁。"(光绪 13.12.27)"读陆剑南集,绝句诗逸趣时有之,然多率句野调,亦其病也,不可学。"(光绪 15.4.5)尤其是晚年诗,"蹇浅一似三家村野语"(光绪 16.11.15)。

其二,词句粗硬。"夜烛下读陆务观集,粗硬处固多。"(光绪 13.12.28)"夜读放翁集,词虽权枒粗硬……"(光绪 14.2.23)

其三,风格浅熟。"夜读陆诗,陆诗粗熟而欠工辣,正如鲁市酒味少薄。"(光绪 14.3.9)"涪翁太生,放翁太熟……貌为风格老,则祗形其陋。诗境之浅深稚老,须竢学力之自至,不能伪也。"(光绪 17.10.23)

袁昶之前,清人对于陆诗之弊也多有批评,较有代表性的是朱彝尊、纪昀和方东树。朱彝尊指摘陆诗句法重复圆熟,其《曝书亭集》卷五十二《书剑南集后》云:"陆务观《剑南集》,句法稠叠,读之终卷,令人生憎……予尝嫌务观太熟,鲁直太生。"纪昀评《瀛奎律髓》,对陆游近体诗之弊有"凡近""浅滑""浅易""率易""粗野""粗鄙""粗疏""粗浅""单薄""熟滑""甜熟""圆熟""烂熟""窠臼""滥调""俗调""习调""滑调""格卑"等评价①。方东树《昭昧詹言》则认为陆诗太多"客气假象""矜持虚矫"②。

袁昶在浅、粗、熟等方面的批评与朱、纪二人有相似之处,如其"涪翁太生,放翁太熟"之语即直接化自朱彝尊的"务观太熟,鲁直太生"。但袁昶的不同之处在于,他的批评往往是辩证的,既在评判陆诗缺点的同时又指出其优长所在。如袁昶认为陆诗虽"句义颇伤蹇浅",成就不及杜甫、白居易、黄庭坚,但"寓意亮直,胸襟明了"(光绪 13.12.27);绝句虽"率句野调",成就不如王安石、苏轼、黄庭坚,但"别具一段兀傲嶔奇、迈往不屑之韵,其胸襟固自高"(光绪 15.4.5)。词句虽权枒粗硬,然"佳胜处亦复时一遇之"(光绪 13.12.28);"语语如心坎中所欲出"(光绪 14.2.23)。虽然也认为陆游风格太熟,但他站在诗人立身处

---

① 孔凡礼、齐治平编《陆游资料汇编》,中华书局 1962 年版,第 84—101 页。
② 方东树《昭昧詹言》卷一、十一,人民文学出版社 1961 年版,第 36、238 页。

世的立场,又认为"宗趣超迈,别有安身立命处,小小节目字句,拙雅无妨,不在色泽洗刷求工"(光绪16.7.15),"陆放翁自有安身立命处,不当于字句间求之"(光绪21.10.7)。即字句的工拙皆为小问题,能否于诗中真实表现出安身立命的超然襟怀,才是评判诗人诗歌总体成就的关键因素。尤其是《日记》中如下一段:

> 陆渭南诗词近而意远,格卑而气苍,调滑而律稳,学之者圆熟不已,流为俗调,离之者貌为高古,又伤伪体。盖放翁自有放翁之安身立命处,而皮相之士失之形骸之外。(光绪18.1.29)

分别从语言、气格、律调等方面为陆诗做相当全面的辩护,认为若不懂得陆游安身立命所在,不先从胸襟品格上去认识陆游,那么学习陆诗易流为俗熟,而那些故意不学陆诗之人,貌似诗格高古,但并非心声的自然流露,反见虚伪。

总之,陆诗表面的蹇浅,内蕴着亮直;表面的率易,内蕴着豪放;表面的粗硬,内蕴着奇崛;表面的熟滑,内蕴着自然——它们都是陆游光明俊伟人格的外化。诗学即人学,这和袁昶首重从胸襟气度上接受陆游的习惯一脉相承。

因此,袁昶对于方东树"客气假象""矜持虚矫"之类的指责,可想而知是绝不能同意的,因为在袁昶看来,陆游诗歌恰为其真实人格的反映。

需要说明的是,"权枒粗硬"之类的词汇,通常是送给江西诗派末流的,而陆游诗歌恰被后人当作是疗治江西末流的药方,现在袁昶却以"权枒粗硬"来评价陆诗,这该如何理解呢?不妨看《日记》中的两则记载:

> 读放翁集,七言古体枝老叶硬,斫头不屈,是最为胜。(光绪14.3.11)

與中读求阙斋诗,玉溪生句律,欲学杜者当从此入门,而又为宋初西昆派之祖本。公孳乳于玉溪者深,故兴象佶微,深婉而善讽,可以药昆体之晦涩,亦无西江粗硬槎牙之病。(光绪20.3.20)

结合之前例证,大约可以认为第一则所谓的"枝老叶硬",与"杈枒粗硬"基本同义,可能主要指陆游七言古体(绝句则逸趣野调),虽语不修饰,但朴拙自然,"语语如心坎中所欲出",刚强不屈之气感染人心。前人虽也认识到陆游古体学梅尧臣、曾几,有粗率之病,但袁昶对陆游诗歌"杈枒粗硬"之类的评价,却带有粗服乱头的自然美倾向,有其特定语境。第二则是说曾国藩之诗,善学李商隐,从而避免了西昆末流的晦涩和江西末流的"粗硬槎牙"。这里的"粗硬槎牙",是刻意的雕琢、破碎拙硬、东施效颦,与袁昶评价陆诗的"杈枒粗硬"貌同心异,两者不是一回事。

四

袁昶被推为浙派诗歌后期巨匠,影响颇大。其诗歌渊源取法颇广,前人也众说纷纭,但多以为宗宋诗、宗江西诗派,特别是受黄庭坚沾溉甚深,这些看法大抵不错[①]。不过我们似乎更应注意袁昶本人如何言说,日记光绪元年(1875)八月有袁昶自述《承师家法》,因较重要且罕见引用,全录如下:

> 山人五言取法陆、谢,上及汉乐、孔文举、魏武帝,下兼用子美、左司。七言取法庾、杜、韩、苏、黄五家。五七言近体、五七截句法兼梁、陈、四唐、汴宋。说经、诠理、考史之文,及金石有均之文,参法董先生、贾大夫、韩吏侍、顾处士。论事之文略用陈同父、

---

① 参马卫中、张修龄《论晚清浙派诗人袁昶》,《苏州大学学报》1995年第4期。

魏默深。随手往复札牍，兼法兰成、坡、谷。真书取法伯施、率更。小篆取法李阳冰。

仅以诗论，光绪元年八月以前的袁昶诗歌，五古取法陆机、谢灵运，兼汉乐府、孔融、曹操、杜甫、韦应物（左司）。七古取法庾信、杜甫、韩愈、苏轼、黄庭坚。五七言近体，绝句兼取梁、陈、唐、北宋。

日记光绪十七年（1891）一月三日，袁昶对自己的学诗历程又做过一番回顾：

> 仆不工于言情赋景，学《选》不成，去而学韩，学韩不成，乃时时阑入于半山、涪翁，以掩其槎牙粗硬之迹，才绌志赢，意犹未慊也。

此可与其光绪十年七月廿四日的一段话相互佐证："予谓介甫最工唐体，不堕正始之音。即山谷律诗之清空屈强，从杜公夔州后句法入手，然酝酿醇雅，绝无槎牙粗硬之态。姬传姚氏谓山谷独深造昆体工夫，泂知言也。降至徐师川、陈简斋，真江西野调矣。"不妨认为，《文选》、韩愈、王安石、黄庭坚，尤其是王、黄，即使到光绪年间，亦对袁昶诗歌产生着持续性的影响，因此张之洞才谓之"双井半山君一手"（《过芜湖吊袁沤簃》）。

袁昶自述诗歌家法时从未提到过陆游，说明陆游对袁昶的影响，主要不在诗歌方面。从日记看，光绪之前，陆游几乎没有出现；光绪之后，陆游出现次数才变得频繁起来，但多与修心养生相关。日记光绪元年十月廿六日载："予自辛未秋冬得怔忡疾，迄今五年，每遇行役劳顿，或有极拂意事，即发。发则耳鸣目眩，坐卧不安，如是数日，或兼旬乃止……深虑伤生之故，欲借广大甚深佛力解之。"可知同治十年辛未袁昶患心疾，之后广阅佛书欲化解之。而修心养生之途，除阅读相关典籍外，典型人物亦足取法。陆游长寿且心地光明、襟怀超然，是较为理想的典范,故袁昶乐于接受,这也是陆游对袁昶的影响,主要在人格与养生,而不在句法诗艺的重要原因。

尽管如此,由于袁昶对陆游人格与养生的接受,也主要依赖阅读陆游作品,因此袁昶的诗歌实践不可能完全避免陆游的影响。事实上袁昶的确创作了不少与陆游相关的作品。有的是诗题中直接呈现,如光绪十四年(1888)一月所作《戏效陆体咏长安早春》、光绪十五年四月所作《题陆放翁先生小像六绝句》;有的是诗题中有所隐含,如光绪二十四年四月所作《栖真九老之阁赞》取上古桐君真人,汉严光,晋许迈、郭文举,唐皇甫湜、方干,宋范仲淹、陆游、谢翱九人各为四言赞语①。

更多的是在诗句或诗句注中直接出现与陆游相关的信息。如光绪十四年五月所作《戏书》:"近爱山阴陆务观,心行平等得安便。"光绪二十年三月所作《踏青》:"莫笑于湖陋费湔,踏青聊快放翁颠。"光绪二十年冬所作《六潭居士寒夜独酌走以病足不获侍密坐而呼童奴送酒往戏作》:"绿衣有公言,老学费笺搜。"注云:"陆放翁拈出此事,言为坡集作笺注甚不易。见《老学庵笔记》。"光绪二十三年八月所作《送汤蛰仙大令之鄂州》:"自课余生尽患敬,放翁家法励予任。"注云:"陆龟堂诗:八十光阴犹几许,勉思忠敬尽余生。"

尤其是陆游自名其号或其居的"龟堂""心太平庵",更被频繁地使用。如光绪十一年四月十三日所作《却扫》:"龟堂老子似伧荒,却扫无尘世虑忘。"光绪十一年四月廿一日所作《莫嗔》:"莫嗔诗老陆龟堂(放翁先生以名其居),只共渔樵说短长。"光绪二十年十一月廿一日所作《辟西轩》:"身耽白业老复丁,庵榜黄庭心太平。"均以陆游自比。而光绪二十二年六月廿二日为樊增祥所作《云门五十有一初度以诗为寿》其九:"诗人例以渭南名,老学庵真心太平。八十六翁诗万首,胸无蒂芥又长生。"《集中桃花源律诗三章制题既新造言尤妙予一再和终不能

---

① 关于陆游的赞语为:"久困倅蜀,晚得吾州。千峰榭辟,万什雕镂。符竹三世,龟堂一沤。心太平庵,朴逸夷犹。"

到(七首)》其一:"同爱两诗人白陆,予尤思'以陆名村'。老嫌束缚金鱼袋,共醉江南卧竹根。"其二:"穿碑先丈德功镌,文似泷冈表必传。忠敬由来根孝友,龟堂一老气常全。"则将樊增祥比作陆游。无论自比还是他比,皆重在胸怀气度。

不过,这些还都是依赖关键词检索可以较易获得的数据,有些则为隐性或深层化用。如袁昶《朝隐厄衍》诗支乙收有《规鹿柴》诗并序。"规鹿柴",顾名思义,是想营造一个类似王维隐居鹿柴的静谧乐园,诗序优美,言自己在净土院前,规雇丁壮,开凿园林:"台下环植佳木美箭,激流溉之。复买驯鹿数头,放散其间,任逐水草移徙。又为之柴,暮而得所止。"想要回到"伏羲、几蓬氏之世",无为而治,不言而化,以育群生,然而客质疑曰:

> 信佳观矣,然子之所规,得毋类陆务观之规牛栏乎? 且至人境智两忘,无所待而动吾天机,今子乃有待乎?

指出"规"仍是有意之役,无所待始臻天机。按序中陆游"规牛栏"之语,并非陆游成语,而是袁昶化用陆游若干诗歌中的意象、意境而熔铸的新词,无法仅靠检索"牛栏"二字找到其准确出处①,这反映出袁昶对陆游及其诗歌的熟稔和深刻理解。

五

由于当时文献条件限制,《陆游资料汇编》"袁昶"条仅录《题陆放

---

① 陆游诗歌共出现"牛栏"六次:"小雨牛栏湿,微霜碓舍寒"(《村舍二首》其二)、"家添豚栅还堪赋,路认牛栏每不迷"(《老健》)、"碓舍临山路,牛栏隔草烟。问今何岁月,恐是结绳前"(《过村舍》)、"细路牛栏湿,疏篱绩火明"(《雨后出门散步二首》其二)、"篱槿花开柿叶丹,土沟东去过牛栏"(《晚步舍东》)、"鱼梁东畔牛栏北,举世谁能识此悲"(《蹭蹬》),它们可能对袁昶的"规牛栏"有所影响,但皆非其正确语源。

翁先生小像六绝句》,显然并不全面,袁昶大量论述陆游和其他诗人的看法,记载在其日记里,不能仅从别集诗歌标题中去检索。这就提醒我们,从日记特别是文学家的日记出发,也许可以改变我们过去的文学认识,乃至发现新的文学图景。比如徐雁平曾选取李慈铭、谭献、袁昶、张佩纶、皮锡瑞、张枫、徐兆玮等人的日记,考察这些桐城"局外人"如何在较为隐私的日记中更直接、真实地批评桐城派,从而丰富和改变了人们对桐城派文学的看法①。再如今人研究认为,清代以来陆游的接受史,呈现清前中期较为兴盛,晚清较为低落,二十世纪三四十年代达到高峰的态势②。但是从袁昶日记看,我们发现陆游不仅在其心中颇具分量,而且也受到不少人的青睐:

> 忽忆儿童时尝于是日赴郭外社饮,夜随一老仆笠屐行,经学前坊,急雨寒灯,光明灭不定,四顾寂寥,殊恐人。比归,则吾母及弱妹坐待,携手劳问,吾父方秉烛小楼上钞陆务观诗未眠也。(光绪 9.1.15)

> 阁公近极喜读楚词、陶集、陆放翁诗,于诸公身世之故有概乎其言之。公退老后日课如此,胸襟固不同流俗也。(光绪 15.3.20)
> 阁公致仕后,于温经外,最喜读陶集、陆渭南诗。(光绪 15.4.9)
> (陶浚宣)心贲以手模董香光、陆放翁、亭林先生、查初白、陆三鱼、恽南田六像见视,风致野逸,使人欲弃百事而从之游。(光绪 15.4.22)

袁昶的父亲、上司(阁敬铭)、同年(陶浚宣),对陆游都颇为喜爱。其他

---

① 徐雁平《贬抑桐城派的众声及其文学史意义——以"局外人"日记为考察范围》,《南京大学学报》2019 年第 3 期。

② 参张毅《陆游诗歌传播、阅读研究》,复旦大学出版社 2014 年版;潘静如《陆游诗在近代诗学史中的地位——近代诗学"祧唐祖宋"说述微》,《中国诗学研究》2017 年第 2 期;林雨鎏《清代陆游诗歌接受研究》,厦门大学 2023 年博士学位论文。

晚清日记中,也多载有时人对陆游的接受。如《陆游资料汇编》失收的方玉润,其稿本日记即记有近代诗人简宗杰的《居敬斋诗稿》"专仿放翁,颇得其清腴豪宕处"(同治 1.8.22)、唐金照诗歌"以剑南为法"(同治 4.2.7);而且方玉润本人也非常推崇陆游,他为唐金照《诗剩》所作序云:

> 剑南宗派,屹然中立,无所偏倚。既不与李、何为胜衰,又不为蒋、赵所排击,则以其诗中境界,亦自有唐宋两宗在也。夫根柢风骚,关心时政,发为哀音,激成壮藻,则把彼浣花,以成绝调。至于流连景物,抒写性情,一草一木,无不入诗,则突过元祐,独唱宗风,此剑南之所以独成其为剑南者也。(同治 4.2.8)①

居然将陆游诗歌盛夸为兼融唐宋、直承杜甫(浣花)、"突过元祐",评价之高,不亚于清中期的赵翼。

再如谭献日记,《陆游资料汇编》虽据谭献亲自选录、编印的《复堂日记》八卷本收入三则,但谭氏稿本日记中尚有不少论及陆游处,特别是以下三则:

> 读放翁诗,广大精微,有宋一人而已。(同治 8.8.9)
> 舆中阅放翁诗,宋之杜公也。(光绪 2.8.22)
> 放翁不立讲学门户,而纯实慷慨,志行卓然,南渡第一流也。诗篇大家,老杜后一人而已。杂文亦朗诣。题跋、家训之属,往往朴挚有远识。(光绪 7.2.27)②

---

① 白云娇整理《方玉润日记》,未刊本。
② 谭献稿本日记系吴钦根博士整理,待刊。吴博士另有《谭献〈复堂日记〉的编选、删改与文本重塑》(《文学遗产》2020 年第 2 期)论及印本与稿本之别,可以参看。

将陆游诗歌与杜甫等量观之,抬至有宋第一人位置,未予收录实为遗憾。可以推想,如果日记之外,再合以其他文献,也许会发现晚清并非陆游接受史的低谷。

日记最基本的文体形式特征是排日记录作家的活动、思想与见闻,因此利用日记特别是稿本日记,还有一个其他类别文献很难具备的优长,就是可以为史料迅速准确地定位时空,将之纳入一种过程中去考察,使史料具有动态与活态,某种程度上可以还原具体的语境,重建情境的文学史①。而仅依赖资料汇编或其他后人整合过的文献,这些相关信息的原始文本形态可能会被改变或丢失。

这也对我们如何做接受史研究有所启发。接受史的重心应该落实在接受者身上,强调对接受者意义的挖掘。而如何落实和挖掘,绝不能停留于文本与文本之间的静态比较上,而要进入文献生成的过程中,力争从文学本体研究拓展至更广阔的文学文化研究来理解接受者的心曲,并投射至文学创作活动之中;使文本的世界不再以两点对应式的线性方式发展,而是以多节点的网状结构与外界发生联系。这样的接受史,才立体,才有深度,才是一种理想的情境接受史。以袁昶对陆游的接受为例,本文虽试图从多个角度立论,但限于篇幅,织网未密,仍留有不少可以弥补的空间。如袁昶对陆游的态度,是否亦受到他人的影响?其父和阎敬铭之外,曾国藩的作用就值得专门探讨。这不仅因为曾氏在近代伟大的影响力(袁昶日记里亦有阅读曾氏著作的大量记录),而且因为袁昶对陆游品格、修真养性、养生等方面的表述,在曾国藩那里大都可以找到相关言论,从而又构成一条"陆游—曾国藩—袁昶"的接受链条。另外,袁昶乡试座师张之洞诗歌亦取法陆游,袁昶崇敬其师,由此又可构建一条"陆游—张之洞—袁昶"的接受路径。如此等等,可以见出接受史研究的复杂性。

---

① 张剑《稿本日记与情境文学史建构——以中国近现代稿本日记为例》,《南京大学学报》2023 年第 3 期。

　　最后还要补充的是,如果从共时性角度看,陆游在晚清的接受程度与其他唐宋大家相比可能有所不如,袁昶日记中陆游出现的次数就不及杜甫、韩愈、王安石、苏轼、黄庭坚;但某一人物的接受史当然应该站在历时性角度,则陆游在晚清的接受程度未必逊于其他时期。另外,我们以前的诗歌接受史研究,在材料过于依赖专门的诗论诗话,相对忽略日记、书信等史料,而后者恰恰更能真正体现日常和普遍的诗歌阅读与接受状态。正是有感于陆游接受史研究的薄弱和资料的不充分,故拙文先以袁昶对陆游的接受为研究对象,期望既可补充或强化相关学术史链条,又可使人意识到重编陆游研究资料的必要性,打破仅靠有限的专门论著去研究接受史的范式。

(原载《华南师范大学学报》2023 年第 5 期)

爱是一种文学塑造吗？

——林庚白与张璧情感分析报告

女性有无真相？这是基于男权中心主义提出的问题。现代女作家白薇就曾痛诉："在这个老朽将死的社会里，男性中心的色彩还浓厚的万恶社会中，女性是没有真相的！甚么真相，假相，假到牺牲了女子一切的各色各相，全由社会、环境、男人、奖誉、毁谤或谣传，去决定她们！"①的确，历史上的女性形象，基本上是由掌握话语权的男性书写和建构的，她们更多表达的是男性自身的情感与欲望、理想与幻想，古典诗词中代言体对女性的制造即是显例。真正的女性，在历史上多是失语者和沉默者，男性语言无意也无法揭示她们的"真相"。即使是在女性意识觉醒的"五四"之后，女性语言通常也是缺席的，有时故事越是浪漫惊奇，女性的声音越趋于沉默②；无妨说，我们之所以被那些爱情故事打动，如吴宓与毛彦文、顾颉刚与谭惕吾、郑振铎与徐微等，更多是由名望更高、文笔更好、拥有优势资源的男性单方面的书写造成的。林庚白与张璧的一段绝世之恋同样如此。

林庚白（1897—1941），谱名学衡，字浚南，曾号愚公、子楼主人、摩登和尚等，福建闽县人。早慧，四岁能文，七岁能诗，有神童之目；1909年考入京师大学堂预科；次年由汪精卫介绍，入同盟会；1912年与柳亚子订交，入南社；次年担任众议院议员，兼任宪法起草委员会秘书长；

---

① 白薇《悲剧生涯》序，文学出版社1936年版，第5页。对白薇这段话的研究，可参〔美〕刘剑梅著，郭冰茹译《革命与情爱——二十世纪中国小说中的女性身体与主题重述》，上海三联书店2009年版。

② 此就大概而言，不排除反例，如石评梅对高君宇、王映霞对郁达夫、秦德君对茅盾等，都留下不少关于对方的文字。

1917 年任众议院秘书长；护法运动中曾任非常国会秘书长兼广州大元帅府秘书。1924 年任铁路局长及铁路会办；1927 年赴上海闭门读书，研究马克思主义等学说；1928 年受聘外交部顾问及南京市政府参事；1936 年任立法院委员等，次年抗日战争全面爆发，撰写《抗日罪言》，主张抗战；1941 年，在香港被日军杀害。林氏不仅早年即奔走国事，鼓吹革命，有政治家、新闻家之誉，而且著书多种，今存《丽白楼遗集》①中收其诗词、政论、随笔、诗话、词话、日记、书信、小说等著述十数种。又编有《人鉴》和《广人鉴》（未完稿），前者主要批解民国期间 117 位人物的生辰八字，有不少应验，然而失误更多，《林庚白自传》②谓自己"推算得奇验，这本是偶然的"，但人们只爱对应验的例子津津乐道，林庚白因此被人视为命相大师。林的诗才亦负时名，是南社健将，他自诩"今古之诗，当推余第一，杜甫第二，孝胥不足道矣"（《丽白楼诗话》）。不仅自信其旧体诗"为旧诗开一新纪元……似非仅诗坛之幸。于中华民族之前途，必将以吾诗之反映而影响于思想"③，并且自信其新体诗"尤能戛戛独造，别开意境，堪于语体诗史中，辟一新纪元"（《子楼随笔》）。虽颇显自大夸诞，但他被柳亚子誉为"一代天才""方驾杜陵"④，在诗词创作上也确很有不凡之处。

林庚白的性格真率多情，敢言果行。1930 年 1 月 21 日，他在南京认识了铁道部女职员张璧，对之一见钟情，从此魂梦牵绕，无法自拔，数年间狂热追求，并写下大量恋爱诗词和情书，不少腾播人口，成为民国时期一件颇为轰动的风流韵事。此事虽以郎有情妾无意而惨淡收

---

① 周永珍编《丽白楼遗集》，中国人民大学出版社 1997 年版。按本文所引林庚白诗词文，如未做特别说明，均出该书；为省篇幅，多用随文括注方式，必要处始以脚注标出页码。

② 《林庚白自传》，《丽白楼遗集》下卷附录，第 1219—1226 页。下引均简称《自传》，不注页码。

③ 《与柳亚子书》（一九二九年十一月二十日），《丽白楼遗集》下卷，第 1028 页。

④ 姜德明所藏《丽白楼自选诗》系柳亚子持赠陈叔通之本，上有柳氏钢笔题跋，引文即从跋语中摘出。见姜德明《燕城杂记》，复旦大学出版社 2012 年版，第 53—54 页。

场,但由于女方鲜少资料留存,人们对这场情事的了解多依赖林庚白公开发表的作品,难免有偏颇误解之处。所幸林庚白稿本日记与张璧致林庚白书信陆续现世①,男性更真实的心理和女性不屈的独立意识由此浮出水面,我们也得以结合其他史料,对两人之间的情感纠葛重作分析。

当然,本文写作的目的,不仅是想尽量还原一段真实历史,为因材料被遮蔽而导致失声的弱势女性讲几句话;更重要的是想借此思考以下问题:蕴含了现代性的爱情不朽论是对传统三不朽的有效补充,这种不朽之爱如何被作家塑造,成为一种独特的文学书写方式? 林庚白作品中出现了大量现代社会常见的 NPD(自恋型人格障碍)现象,如何适当借助精神分析理论,讨论作家自我形象塑造及心理人格等问题? 林庚白稿本日记大胆裸露之程度,古今罕见,如何看待和利用此类隐私性很强的日记? 如何认识林庚白这种另类人物的时代价值?本文提出了一些看法,以请教于方家。

一、为爱造影:低首平生独此花

林庚白、张璧两人初次见面的时间,周永珍《林庚白年表》中认为是 1929 年 12 月 11 日②,但林庚白自己有不同的说法。他在 1930 年 5 月 29 日给柳亚子的信中说:"《第五次的二十一号》,系弟与诗白之第五次纪念日! 因弟之识伊,始于一月二十一号也。"③《丽白楼遗集》上卷收有这首《是第五次的二十一号吗?!》,落款"五月廿二日,南京",按

---

① 林庚白日记现存《子楼日记》和《虎穴余生记》两部分,均收入《丽白楼遗集》。《子楼日记》尚存稿本,现藏上海图书馆,《丽白楼遗集》收入时删去了一些内容,本文使用稿本。《虎穴余生记》仅有 1941 年 12 月 8 日至 12 月 19 日,与张璧无涉。张璧书信目前发现两封,一封为 1930 年 2 月 19 日致林庚白,夹于《子楼日记》稿本内;一封为 1932 年 11 月 23 日致林庚白,存于友人丁小明之手,承其赐观,特此感谢。

② 《丽白楼遗集》下卷附录,第 1253 页。

③ 《与柳亚子书》(一九三〇年五月二十九日),《丽白楼遗集》下卷,第 1049 页。

此计算，两人首次相识，是在 1930 年 1 月 21 日。这些都是公历日期，因为不仅林、柳之间通信多以公历计日，而且《子楼日记》1930 年 9 月 21 日："廿一，即废历七月廿九……今天是星期日，又是第八次的二十一号，却过着这样枯寂、烦闷的生活，恋爱真是牢狱啊！"也很明确 21 日是指公历（林在九月本该言第九次的二十一日，此言八次，大约未计第一次之故）。但是，这里还有一个矛盾需要解决，即林庚白后来向张璧追忆两人相识时说：

> 第一次我们在妇协围炉的一夕，实在已经是第二次了，那天的下午，我们在你的 L 妹妹家，已见过了……因此第一次会面后，我虽很爱你，但同时我也疑着你的性格。经了十多天考虑，才决然于一九三〇年一月一日去看你。记得你拿了我的名片，又惊又喜地走出了办公室，一同到客厅里闲谈，这次的谈话，使我感着愉快，自不待说，但这里要特别记载着的，是两句话：一句是问我"认识不认识 L 次长？！"，另一句是"我住在 S 街三十七号表姑母姓 L 的家中，她的房子，在三十七号的花园内最末一进，芾同志有空儿可常常去玩"。于是我就在这一个星期六的晚上八点以后，"那天是一月三日！"径到 S 街三十七号的末一进去看你。①

林庚白有长期记日记的习惯②，他信中的这些日期应该无误，据信知"一九三〇年一月一日"前两人已经见过面，这该如何理解呢？原来信里这几处时间是按农历计，因为农历一九三〇年一月三日（公历

---

① 《与张璧书》，《丽白楼遗集》下卷，第 1065—1066 页。按 1933 年 9 月至 11 月，林庚白创办《长风》半月刊，出版四期，从第二期至第四期，连载了其给张璧的长篇书信《芾先生的一封情书》，《丽白楼遗集》收入时题作《与张璧书》）。
② 残存《子楼日记》手稿第一册（1930 年 9 月 18 日—11 月 19 日）首页书："日记，卷第三十五。"第二册（1931 年 2 月 5 日—4 月 2 日）首页书："日记，卷第三十八。"可知林氏记日记的持续性。

1930 年 2 月 1 日)正是星期六。那么公历 1930 年 1 月 21 日对应的是农历一九二九年十二月廿二日,正好与信中的叙述也大致对得上。

《丽白楼遗集》里,对张璧的称呼有"诗白"、"蕖"、"璧"、"蕖妹"、"璧妹"、"C"("C"有时也指他人)几种。其中"诗白"是林庚白刚认识张璧时所用的称呼,大约是赞美张璧有诗意且纯洁如白璧;"蕖"则是张璧乳名①;"C"是民国时期"张"的韦氏拼音的首字母。

林、张二人相识时,林庚白虚龄 34 岁,张璧虚龄 22 岁。《与张璧书》中回忆 1930 年往事时有"那时你已二十二岁了""我实是三十四,如果照外国人计算,还只三十三岁"。

张璧是江苏女子,1927 年 6 月,在国民党南京市党部妇女部指导下,南京市妇女协会召开成立大会,选举执行委员 9 人,张璧之姐张修即是其中之一②,因此,张璧可能是南京人,也是妇协的骨干分子③。张璧应该接受过新式学堂教育,《与张璧书》中说张璧与 Y(杨玉英)同学,杨玉英 1929 年 1 月曾在上海大陆大学读书,不久即到江苏妇女会任秘书④,张璧与之同学应即在此期。张璧认识林庚白时,应该刚到南京铁道部上班不久,因为 1930 年 2 月 19 日她致林庚白的信中有"我来京也将两月了""总是吃了早点才去办公"云云。张璧之父张亚明,据《申报》等资料,可知其任过江西师范讲习所所长、武昌高等师范

---

① 《与柳亚子书》(一九三○年十一月二十日):"蕖即是璧,乳名蕖。"《丽白楼遗集》下卷,第 1052 页。

② 张修还是 1928 年成立的江苏省妇女协会整理委员会(简称"妇整会")委员,1929 年全国妇女协会筹备五委员之一,1934 年召开的南京市妇女文化促进会发起人大会主席。参见《中国妇女运动历史资料·民国政府卷 1912—1949 上》,中国妇女出版社 2011 年版,第 185 页;《江苏省志·社团志·妇女团体篇》,方志出版社 2000 年版,第 23、29 页。

③ 林庚白《与柳亚子书》(一九三○年二月七日)介绍张璧:"伊曾为苏省妇协常委会主席,近以左倾被解散。"(《丽白楼遗集》下卷,第 1040 页)据相关资料无法查到,存疑,但其为妇协骨干当无疑问。

④ 吴福荫《为争正义掷头颅——杨玉英烈士传略》,中共无锡市委宣传部、中共无锡市委党史工作委员会编《不灭的地火》,中国卓越出版公司 1991 年版,第 200 页。

教授，1922 年 11 月在上海中华职业教育社任职，1927 年参加中华职业教育社第二次执行委员会，当选为十周年纪念会筹备委员，1928 年 4 月任中华职业教育社上海职业指导所所办佣工训练所训练员，后赋闲。又据林庚白《子楼日记》及《与张璧书》，张亚明因要抚养张璧的两个弟弟，急于找工作，林庚白遂找当时江苏省教育厅厅长陈和铣（孟钊）帮忙，使其于 1930 年 11 月得到了崇明县教育局局长的职位。

据林庚白描述，以一般人的标准，张璧的体貌，并非国色天香："脸就像个三角形。"[①]"扁而大的脸孔，是平塌的鼻梁，是宽阔的嘴，又是高大的身量。"而且脚较大，和林庚白相等，亦可见其并未缠过足（《与张璧书》）。从相法上看，张璧甚至有克夫的寡妇相[②]。但这些都是林庚白为了突出张璧相貌缺点而刻意为之的，以之证明自己异于众人的审美标准。张璧实际的体貌气质，至少均在中人之上，否则断不会令久历情场的林庚白痴迷如此。

张璧的性情，"节俭，但好胜要强，而在交际上，面子上，尤其要落落大方"，"一方面含着封建社会女性的成分，以虚伪的贞节、贤淑为美德，而另一方面，又投于资本社会女性的怀抱，同化于资本社会的现实"，因此常表现出矛盾和动摇（《与张璧书》）。

张璧的才能，女红方面是"一些的技能就都没有，连一根针也不会拿"，学问与社会能力方面，"固然很好，但……这样学问和能力的女性很不少。而且在一般的男性，本不很需要"（《与张璧书》）。

但是，林庚白却觉得张璧的体貌"都是含有诗意的美"，特别是张璧的声音和眼睛，在林庚白看来更是消魂：

---

①　稿本《子楼日记》第三册后附致张璧信草稿。

②　《浣溪沙·偶作》"貌纵相妨吾亦肯"，自注："有操相人术者，谓璧妹貌必妨夫。"《丽白楼遗集》上卷，第 227 页。1933 年 5 月 25 日，林庚白致柳亚子信中亦解释："'貌纵相妨'四字，因有人看相，说璧的相像寡妇，我自己也会看相，觉着这话'不无道理'。"（《丽白楼遗集》下卷，第 1097 页）

心上温磨鬓上尘，眼波能说十年人。(《眼波》)

冰雪聪明珠玉貌，眼波一剪向谁青?!(《五月二十二日官斋书忆》)

眼波中有无穷世，岂止湖山属女儿?!(《独游莫愁湖有感》其一)

葬我平生是眼波，光阴露电奈渠何。(《望后二夕再至大光明》其二)

吴语轻盈招我魂。(《书事》)

剩觅吴侬亲软语，此心枉是万夫雄。(《八仙桥青年会宿舍》)

难忘水样吴侬语。恐真个、招魂去。(《青玉案·夏夜听雨有怀璧妹》)

张璧还有一种不加雕饰的自然美，林庚白谓之："乱头粗服浑宜画，眼语眉言尽是诗。"(《有怀》)"全才似此知非易，不枏如君肯等闲?"(《连日阴雨，见瓶梅有感，寄似诗白》其二)当张璧很不好意思地说："我的脚太是大了。"林庚白回答说："那是自然的美啊!"(《与张璧书》)

至于张璧身材的高大，在林庚白看来是"阿娜刚健，兼而有之"，其"学识思想，亦皆向上之流者，虽未十分猛进，却可以彻底革命化"①。张璧性格上二重性的弱点，林庚白也认为不仅是个人性的，而且是现代中国社会所谓知识分子的通病，同时也是"中国的革命或进化之一最大暗礁"(《与张璧书》)。但只要接受了林庚白的爱和思想，迟早会得到光明的幸福。

林庚白为张璧写过的情诗中，颇为得意的有《瓶梅盛开，有怀诗白》四首，以瓶梅比拟张璧，认为"句句是花，句句是人，自以为咏梅之作，无逾此者"②。其一云"离合神光才半面，浅深春色已全身"，其二云"颜色休教金粉污，梦魂倘许鹭鸥陪。先春祝汝勤珍惜，桃杏纷纷只

---

① 《与柳亚子书》(一九三〇年二月七日)，《丽白楼遗集》下卷，第1039页。
② 《与柳亚子书》(一九三〇年二月十八日)，《丽白楼遗集》下卷，第1040页。

下材"，其三云"容华岂似寻常艳，风度端应自古难。若把牡丹矜国色，评量未觉此心安"，他认为梅花先春独开，清高脱俗，蕴内在之美，凌寻常之艳，是那些只会欣赏桃杏牡丹之流难以理解的。因此其四云"低首平生独此花"，就不仅是"情人眼里出西施""弱水三千，我只取一瓢饮"等爱情心理学的自然映射，而且突出了林庚白超越流俗的眼光。

另外，林庚白《孑楼日记》残存五册，时间起止分别为：第一册公历1930年9月18日至11月19日（63天）；第二册公历1931年2月5日至4月2日（57天）；第三册公历1932年8月1日至9月30日（61天）；第四册公历1932年10月1日至12月11日（72天）；第五册公历1933年4月1日至6月21日（82天），共计四年间335天。其中确指张璧的"璧"字就出现了405次，仅"梦璧"就出现了70次，亦足见他对张璧的一往情深。

林庚白这种对爱情的热烈投入，除了自身性格多情之外，也有其时代背景。

二十世纪二十年代的中国政治与文化，复杂多变。政治上国共两党由合作到破裂，社会矛盾和冲突加剧，反帝反封建运动曲折前行，中国仍处于半殖民地半封建社会；文化上新旧、中西思想同时并存，特别是北伐胜利后国民党实行一党专政，令民众失望，知识人面临道德困境和精神迷茫，彷徨无方向感成为一种时代病。

林庚白经历了民国成立后无数政治斗争，对社会有深刻的认识，但同样逃脱不了这种时代的无序感。据《自传》，他于1924年创办《复报》，这时受"五四运动"影响，很同情"社会主义"，然而也很享受由政客转向官僚的资本社会享乐生活，国共合作时他对于唯物主义的马克思主义有所怀疑，于是跑到上海闭门读书，做社会科学研究，国共合作破裂后他对中国革命和国民党的前途亦感怀疑，从而想把人生的意义暂时转移到爱情上：

我终是含有矛盾性的性格、欲求、生活方式，很多和思想冲突,更因着东方民族性"忠于所事"之旧道德观念,支配我,驱使我,对于和我自己历史上关系很悠久的革命的政党——国民党,不能够忘情,虽则我也怀疑着中国的革命和国民党的前途。这样使得我对于灰色的人生,更起了模糊的观感,感着人生的一切,都没有什么趣味,于是我要找寻刺激、麻醉,来替代我幻想中的慰安。同时我的想象中,有一位异性,恰合于我的需要,可是机会不凑巧,整整五年,不曾碰着。另一方面,又于无意中,遇着了一位我的主观认为很美、很聪明、很柔和,而且可以训练出来的安慰者,不待这一个时期中的我,是迫切的需要这么一位异性了。①

虽然二十年代末期强调个人幸福的恋爱神圣论已较"五四"时期有所退潮,但仍是诸说竞逐的二三十年代中一股很有力量的声音,特别是对人生的前途和事业的意义产生迷茫时,爱情的安慰显得尤其重要。在传统三不朽的价值坐标之外,"五四"之后还出现了爱情不朽论,寻找真正的感情,同样可以让人生变得充满意义和价值。1928年8月20日,林庚白写有一首诗给柳亚子、郑佩宜夫妇,其中也表达了类似观点:

> 所以我觉着——
> 世界上只有美跟爱。
> 无论时代怎样变迁,
> 它总能够永远存在。②

在后来的《与张璧书》中,林庚白回顾总结自己的感情历程,又说到恋爱的重要性:"我虽不是恋爱的至上主义者,但我觉着除了革命,

---

① 《林庚白自传》,《丽白楼遗集》下卷,第1225页。
② 《给亚子、佩宜》,《丽白楼遗集》上卷,第69页。

或是其他真正的事业以外,世俗的一切欲望,都不及爱的重要,这是我的人生观。"这里需要注意的是,林庚白虽然受到时代思潮和个人需要的影响,承认恋爱的重要,却不视之为至上的、第一位的,在其之上,还有"革命"和"其他真正的事业"。1929 年 8 月 15 日他作新体诗《雨后燕子矶》:"可笑那殉情的男女,为什么除死方休?我不相信恋爱的神圣,人生终于一个骷髅。"可见,他是在对"革命"和"其他真正的事业"失望的特殊时期才暂时将爱情视为最重要的,他迫切需要一位异性用爱情来滋润自己、安慰自己。

这位林庚白"主观认为很美、很聪明、很柔和,而且可以训练出来的安慰者",就是他后来狂热追求而不得的张璧。值得深思的是,在《与张璧书》中,他同样将对方看作是可以"训练出来"的理想伴侣:

> 我理想中的爱侣,要于公于私,都有益的,至少可以接受我思想的,再慢慢地训练出来,你恰是适合于我需要的一女性,不能和旁的人相比。[1]

可见这个"理想中的爱侣"是林庚白主观准备创造出来的,此一时期的他需要爱,于是就造出一个符合他想象的理想女性形象,并将之投影到张璧身上,认为可以逐渐改造对方的思想,使其成为自己幻想中的理想安慰者。这种做法是所谓成功人士或精英人士的常见病,在实践上是十分冒险的。茅盾 1928 年曾写过一篇小说《创造》[2],描写家庭富足的君实为了找到能够"时时刻刻信仰他看着他听着他,摊出全灵魂来受他的拥抱"的"理想的夫人",对其姨表妹娴娴进行思想改造并娶之为妻,他踌躇满志地说:"社会既然不替我准备好了理想的夫人,我就来创造一个!"开始似乎很成功,但逐渐君实感到:"这位长久拥抱在

---

① 《与张璧书》,《丽白楼遗集》下卷,第 1072 页。
② 《东方杂志》第二十五卷第八号,1928 年 4 月。

他思想内精神内的少妇,现在已经跳了出去,有自己的思想,自己的见解了。这在自负很深的君实,是难受的。他爱他的夫人,现在也还是爱;然而他最爱的是以他的思想为思想、以他的行动为行动的夫人。"于是君实指责娴娴"你破坏了你自己,也把我的理想破坏了",但娴娴回他"是你自己的手破坏了你的理想","你召来了魔鬼,但是不能降服他",甚至认为纪念品上的"丈夫"二字夫权意味太浓,都用刀刮去了,同时刮去的还有君实"创造"的妄想。林庚白的"训练"和茅盾的"创造"虽然一在现实、一在作品,但无疑具有较强的同构性,都是一种失败的冒险。

林庚白遇到张璧后,也曾改变以往论调,鼓吹过恋爱的神圣和圣洁,但是他理想的爱本来就是一个投影,在现实中是否能够如此殊难凭信。比如他在《与张璧书》中一面标举"我不希冀任何条件的交换,这才是神圣的爱哟","这是多么圣洁而恳挚的爱哟";一面又强调"男或女的容貌、财产、地位乃至性技能"(林庚白谓之"羡慕的爱")等条件的重要性,认为其皆能给予张璧满足,而张璧对他也大部分属于"羡慕的爱"。这无疑又否认了张璧作为理想之爱的存在,实属一个悖论。

让人好奇的是,在这场情事中,双方的具体表现如何? 林庚白是否会在理想之爱的美梦与幻影中越陷越深? 令其"低首平生独此花"的张璧反应如何? 其中有无变化? 我们又该如何分析和评价呢?

二、对影生情:梦非有实却生情

依据林庚白日记、诗词、书信(尤其是长达近两万字的《与张璧书》),以及张璧致林庚白之信等相关史料,可以将林张二人情感发展历程分为五个阶段①:

---

① 林庚白现存资料中公历日期与农历日期混杂,需要小心辨别,大体说来,与柳亚子信的落款日期多为公历,《与张璧书》中的日期则多为农历,本文引用《与张璧书》或其他资料中的农历日期时,除将之转换为公历时间,且在其后括注农历时间,以便与原文对应。

第一个阶段是试探期(1930年1月21日至4月18日)。两人在南京相识,虽然彼此印象深刻,但林对张是狂热的爱,张对林更多是敬佩和好感。特别是2月2日,林约张次日一起看电影,张答应了,但要W女士陪同,表现出一种得体的矜持。2月3日,张知晓林有妻、子,难免失望,但也由此尽力想将与林的感情限定在同志和导师之内。张璧该年2月19日致林庚白信客气称其为"庚白同志";1932年11月23日致林庚白信更称其为"庚白先生",并回忆了两人开始时的交往:

> 以后你曾屡次的来看我,和写信给我,表示你的为人,是超然的,不同流俗的,我因为朋友的关系,又因为是你是年长,是一个学者,所以我是和你来往,但我不敢说你就是我的朋友,在口头在信里我都这样表示过,请你做我的先生,把我似学生般的勉励着和指教着,你是应允了,所以才有以后的交往。
>
> 这以后你就介绍书我看,告诉我应该做怎样的人,并且指示我的途径,这样使我确相信你是不同流俗,是我的良师,是我的导者,并且因为你是有夫人和许多小孩的,所以我更大胆的毫无顾虑的接受了你的指教,恰像小孩听信大人似的,但谁知这样就会引起后日的误会,这确是出乎我意料之外的。

面对一个声名显赫但已娶妻并有着六个儿女的前辈,积极从事妇女解放运动的张璧的这个态度是极正常合理的,她的这些叙述大抵可信。在二十世纪二十年代后期至三十年代前期流行的革命文学中,男性普遍扮演着女性的革命导师和启蒙者角色,这不仅是小说,也是现实。当时虽然女权初开,但妇女受教育程度仍远不如男子,最先接触新思想新文化的也往往是男性知识分子,即使是妇女运动本身,开始阶段也是男性提倡和推动得最积极。区别在于小说中的男性导师常表现为革命与恋爱的合一,而现实不一定如此,女性需要男性的帮助,并不意味着非要付出爱情和性的代价。

第二个阶段是培育期（1930年4月19日至7月15日）。4月19日（三月二十一日），林张在致美楼饭店正式谈及情感的话题，林请求不必现在而是要给他未来一点希望，张点头默许。《与张璧书》："二十一日之夜，我俩在致美楼吃饭，我的谈话中，有最重要的一句是：'我对于你不求满足的现在，但不能不希望光明的将来。'瞧！这是多么圣洁而恳挚的爱哟！……你终于含笑中点点头。"但是张璧1932年11月23日的信里却说："何况天下那里真的有铁石心肠的人呢！只怪我是心慈，我是脆弱，我怎当得你那样的哀泣和苦求，在致美斋……"可见心软点头有之，含笑点头却大有可疑。不过林从此将之视为大胆进攻的信号：先是给张璧谋个咨议名义，每月有车马费 X 百元；5月3日（四月五日）又送其雨衣和月经带；7月7日至13日（六月十二日至十八日）更加细心照料生病的张璧，并且一再保证自己会离婚，不使张背负道德的责任。在这个过程中，张璧被进一步软化了。

第三个阶段是蜜月期（1930年7月16日至10月28日）。蜜月期由三个吻组成。7月16日（六月二十一日）夜，林向张正式求爱，首次获得张甜蜜的一吻；9月1日（七月九日）两人划船夜游南京后湖（玄武湖），9月15日（七月廿三日），再游后湖，归途汽车中，张璧因林的请求再次献吻；10月28日（九月七日），张璧又一次吻林，并说"等你把（离婚）手续弄清楚吧，我总是守着你"（《与张璧书》）。《孑楼日记》10月28日亦载："于是相约，我仍为她而努力一切，以待事机之成熟，我俩之间依然维持着六月二十一确定的爱的关系，而彼此相守。最后她还说她决不另找对象，只守着我。"蜜月期的这些材料完全来自林庚白方面，张璧的信里基本跳过了这一段，也许在她看来，自己的表现可能是一时的意乱情迷，并非本我感情的自然流露，因此刻意遗忘；也许还有其他原因（不排除林有着辉煌的革命经历和现实资源，能给予她切实帮助等因素），无法确知。林庚白的叙述容有夸张和误解，却不可能完全向壁虚构。

第四个阶段是衰落期（1930年10月29日至1932年11月23

日)。伴随着漫长衰落期的是漫长的相互折磨,张璧虽然没有抵挡住林庚白各种手段的纠缠和进攻,对其有所表达和承诺,但旋即后悔,这里面固然有其姐张修和来自社会舆论的压力①,但最重要的原因应该还是张璧本人即从事妇女运动的积极分子,对牺牲其他妇女利益换取自身幸福的做法本能抵触,林庚白是因为她才决定离婚的,因此即使林离婚成功,她在情感上也总觉得不能接受。1932 年 11 月 23 日信中说:

> 在口头在信里我都这样的表示过,我说:我做过妇女运动工作,我不能拯救被压迫的妇女已是我的罪过,我更不能再做压迫妇女的事,去给人家笑骂,并且我声明,以前对于你的完全是一片率真,没有一些男女的爱念,希望你不要轻易的忘记了你过去的历史,和你夫人的好感!请你以对于我的希望,去希望你的夫人,和造就你的夫人。先生! 这个我是否是这样说过和写过,我想你可以在你清渐的脑海里浮泛得出,也能在我给你的信里看得到,倘不是淡忘和遗失的话!

这一阶段,张璧对于林庚白是能躲即躲,躲不过也表现得极为冷淡,希望林能知难而退;但对于林庚白来说,却以为只要和原配许今心离婚即可获得伊人芳心。他在 1931 年 1 月 27 日《与柳亚子书》中说:"我这半年多以来,痛苦的总因,还是在我和璧的问题,不能够解决! 这里面的情形,十分复杂,最近许和我中间,经了旁人的调停,把协议离婚的手续办了,大概一线的光明,可以渐渐扩展?"②两人理解既异,做法也就各自不同,于是出现张璧信中所讲的情形:

---

① 《与柳亚子书》(一九三一年一月二十日):"不料还更有顽冥的,居然骂我不道德,也同时骂璧,说她拆散了别人的好好家庭,太不名誉,几乎把她吓退!"《丽白楼遗集》下卷,第 1054 页。

② 《与柳亚子书》(一九三一年一月二十七日),《丽白楼遗集》下卷,第 1054 页。

这是不幸的,你竟会向我求爱,在这里我不得不明白告诉你我不能如你的愿望,我只得向你疏远,我是不愿再看见你,但是那时候你是怎样呀!请你细细的想一想,先生!你会那样不惜时间的来部里,一点钟二点钟的候在会客室里,要我来会你,不惜厚颜的当着大众拉扯着逼迫着一定要我给你出去或五分钟十分钟的谈话,一次两次的,不知继续了多少次,先生!请你想一想吧,那时你说的是什么,我对你表示的又是什么呢?!

……诚然,这是我的错,我不应该在那时再给你以面子,我应该当着大众给你再多的难堪,或许不致造成今日这样的结果和这许多的难过。但是你是超流俗的男性啊,我不能以普通一般女子对付男性的手段来对付你。何况天下那里真的有铁石心肠的人呢!只怪我是心慈,我是脆弱,我怎当得你那样的哀泣和苦求,在致美斋,在金陵咖啡馆,国际联劝社,中央饭店,你都这样过,你还当着我的女友,这样不得不使沉默的忍住了我内心的愤怒,又因为你对于我过去的好感,我只得站在友谊的立场上,维持了我们的交往。然而自此以后我的确没有给过你一些好感,虽然你是以死来恫吓我!

这个"以死来恫吓"与林庚白《与张璧书》中提到的"否则一九三一的二月二十五日之夜,我早已葬于安眠药的窒息之中了,这恐你至今不知道呢"不是一回事,因为此事是张璧以前所不知道的,但已足见林庚白被爱情折磨几欲自尽之状。林庚白一再纠缠,一再被冷淡,这种"不同心意的状态"大约从 1930 年 10 月持续到 1931 年 10 月,又从 1931 年 10 月延续到 1932 年 10 月,张璧信中如是说:

然而谁知凭是我这样对你,你还是不稍改变你的态度,而我们的关系,也就在这种不同心意的状态下,又继续了一年,一直到这次,你的来京!

自然那次我是给了你大大的难堪，但是这个并不意外，迟早总有一日，因为我的态度早就向你明白的表示过，只是你不明白——不，不，你不理会，你一再的屈解，你一再这样的屈解，我对于你所以还不十分决绝你的，好像我对于你还是有什么可能似的，并不了解。是事实逼迫着我，我不得不这样的给你一个打激。

信中所说的"大大的难堪"是指 1932 年 10 月 30 日，林庚白去南京找张璧所遭遇的情形，《子楼日记》记载如下：

十二点如约而去，那知事体之谬妄，太出乎人情，她又撒赖了！争执了半晌，只得由她，勉强吃了饭，又到屋里来，后来夏的弟兄同来，晚半天她又请我们吃蟹，我的心里实在说不出那样难过，我真不相信璧是那样的女人！晚半天张修居然也来，最后我俩在屋里谈判了半晌，我真算情至义尽了。多方的解释给她听，她所有的烦闷的原因，我也都替她说了出来，而且告诉她：光明就可实现。但她是一句不响，后来又走到院子里，踱来踱去了一会，又进来不知做什么，我在外间暂坐一会儿，进来后她忽然开口同我的小孩情形和霞飞坊的组织，我很忠实地和她说。九点多我想走了，我真是遭遇了空前的创伤和痛苦，再坐不下去。她要把一只箱子还我，但太滑稽了，不是我的，而且我给她的东西还多着呢！东西以外的也还多着呢！最后送出来，箱子由王妈又拿去，因为我不要，我只要她所保留的我写给她的信。天啊！难道这真是我俩的最后一幕吗？就是极无耻卑下的摩登女子，也不是这样，她居然这样吗？戴着一颗碎成了片片的沉重的心，离了渔市街，先后找居、张，才回到安乐算了两天账，在鱼市街跌了一交，在安乐又跌了一交，我几乎全失了知觉，惘惘地到了下关，买票上卧车，一夜也不曾睡。

林庚白受此打击，并未放弃执念，继续写信给张璧，张璧于是在 11 月 23 日回复了这封更加决绝的信，至少在张璧看来，这应该是宣告两人关系彻底结束的最后一信。

第五个阶段是追挽期（1932 年 11 月 23 日至 1934 年 12 月 12 日）。林庚白收到张璧的绝交信后，其实仍未偃旗息鼓，又做了许多徒劳的挽回和努力。如在十二月十六日（1933 年 1 月 11 日）至二十八日（1933 年 1 月 23 日）之间又找张璧深谈过数次（《与张璧书》），现存日记最后一册日期为 1933 年 4 月 1 日至 6 月 21 日，其间他仍不断"梦璧"和给张璧写信。《丽白楼遗集·过江集》中有《一九三〇年七月九日之夕，余与璧妹游后湖甚乐，今且四稔矣，七月九日又届，追怀昔欢，赋此奉寄》，时在公历 1933 年 8 月 29 日。但终于无可挽回，随着 1934 年 12 月 12 日他由上海霞飞坊居处迁居辣斐德路一二七一号之"双梧书屋"，两人情缘也终于了结①。1937 年 8 月 20 日，林庚白与林北丽喜结良缘，算是揭开了自己爱情生活的新的一页。

分析林张两人情感风波，固然张璧负有一定责任，由于心软或一时的意乱情迷，给了林庚白纠缠的机会和幻想的空间，但主要责任还应由林庚白来负。我们只要略微读读他那封近两万字的《与张璧书》即可感受到，这是一个极其自恋、自负、武断而又确有才能的男性。他不仅放大张璧对自己的情感，逐段批驳张璧的来信，而且从各个方面列举张璧应该嫁给自己的理由，"我觉着我俩的爱，无论从道德、情感、理智的任何一点上观察，你都不会负了我，也不应当负了我"。

首先是道德。从旧道德论，张璧曾经与他有亲吻、拥抱等亲昵行

---

①　林庚白《丽白楼遗集》上卷《水上集》收《霞飞坊故居》："三秋曾此爪泥存，意有如尘世亦昏。徙宅偏师初破虏（始迁霞飞坊，'一·二八'变起），移居旧恋已无恩（离故居时，与璧乖违）。爱憎事往只成忆，寇盗年来各自喧。射日虞渊吾未馁，风云儿女待重论。"其移居霞飞坊事在 1932 年 1 月 25 日，由霞飞坊搬至双梧书屋事在 1934 年 12 月 12 日（该日其作《双梧书屋记》云："双梧书屋者，余将去'孑楼'所僦居之宅也。"另据周永珍《林庚白年表》），中历三个秋天，其自注既云"离故居时，与璧乖违"，即以此日为两人缘尽之时。

为，"固然不发生法律上的效力，至少只要你具有封建社会女性的道德"，也应该终身许之；从新道德论，"和一个已结了婚而要离婚的异性相爱，是绝对的合于道德，是新的妇女所应有的觉醒，是解除了这异性和他的妻彼此间痛苦"。这颇有些断章取义的诡辩术味道，因为我们完全可以得出相反的结论，即无论旧道德和新道德，破坏他人家庭都是不道德的，尽管它可能并不违法。

其次是情感。林庚白认为对张璧百般照顾，甚至连张璧的相片都"天天以鲜花伴随"，其爱"热烈、真挚、忠实"，这种"圣洁而恳挚的爱"，使他"不曾对于其他异性，稍稍交际"，他自诩"人格的崇高与伟大、圣洁"，在情感上就像傻瓜，对张璧"一些恋爱条件也不曾有"，从而认为对方也应该爱他。但是我们从《孑楼日记》里发现他并不十分忠实："格外想着可恨的璧，而同时无垢的美丽活泼的影子，也仿佛在眼前似的，太矛盾了吧？"（1932 年 8 月 25 日）"又很想念璧，同时也会想念着无垢。"（1932 年 10 月 5 日）"今儿真对不住璧。我居然抚摩了很久冰莹的丰暖的乳房……但我终是对得住璧，不曾再进一步，挨住吧。"（1932 年 9 月 21 日）"今晚 B 第一次和我接吻，很甜蜜地给了我一个吻。"（1932 年 10 月 24 日）看来只要不和其他女性发生性行为，林庚白认为自己就算忠实于对张璧的爱，那么他却要求"一个女性，关于肉的接触上，已经和异性有了关系，虽不一定达于最后之一幕，也应当终身以之"，这不是太矛盾了吗？

最后是理智。林庚白从"功名、事业和必要的衣、食、住、行、育、乐"等方面大做文章，基本意思就是从男方看，他名气大、事业成功，有经济能力使女方生活过得舒畅；而且相貌英俊，不显老，年龄虽大女方十几岁，却是男女最佳婚配年龄；虽结过婚，但有经验，懂得体贴人、照料人，总之几近完备。从女方看，已经二十五六岁，年龄不具备优势；且身体不好，体貌均有瑕疵，又不会做家务；纵使有些学问，也很难被更优秀的男人看上，总之女不如男。因此他劝张璧："和我同一条件的男性，多半已婚，剩下的他们，所要求的对象，在一般的客观上，要找比你强得多的,不会来爱你,就有,那一定是玩弄之意多,不会和你结婚的。这样看起来,我至少于你是适合的!"不得不说,林庚白很善于推销自己,能够把不利自己的一面(如年长、已婚)转化为有利的一面。再加上他给过张璧很多关心和帮助,还帮助过张璧的父亲,他更有理由认为:"由于爱和恩的总和,你都该牺牲了一切,来实现这'光明的将来'。""无论我的前途从高一等或低一等的估计,我俩的爱,都应当完成……你还等待着甚么呢?"

但是,无论林庚白如何巧舌如簧,雄辩滔滔,如何"生平最自负对于观察、分析、判断一切的事和人"(《与张璧书》),如何"对于她'情至义尽',无论在情感方面,理智方面,我都已替自己,替她很精密地想过了。她所有的烦闷,以及造成她一切烦闷的环境,和附带的问题,我也都一件件替她考虑了,计划了"(《自传》),他所有的考虑都是基于强势男性的视角,代人做主,没有真正公平地将张璧视为一个有独立人格和思想的女性,没有尊重她的独立判断和选择。林庚白到底不曾真正了解张璧,不了解爱不是被精密考虑和计划出来的,反而如张璧所言"一再的屈解"。至于他在《与张璧书》中所说:"有好几个比你强,换了任何男性们,都要离开了你,而另找新的出路,但我绝不肯这样。""相信这些尊重你、体贴你、原谅你、帮助你、指点你,都是恳挚而细腻,'无以复加'了。"更充满了居高临下的傲慢和自大,这哪里是妇协骨干张璧所需要的呢?即使张璧曾有一时的意乱情迷,站在人性的立场上,也是能够原谅和理解的。面对被光环笼罩的成功人士的疯狂追求,又有几人保证自己不会为那光彩短暂吸引呢。

诚然,现实中真正的张璧有可能平凡,但最可贵的是她拥有完整人格和独立的思想,任你威逼利诱,我只愿做我自己,如她信中所云:

> 是的,你对于我好,恰像你来信所说:为着我你是受过许多的磨折和蒙受过莫大的牺牲的,虽然这并不是我所主使的,但是我还是感激。我总是知道的。我了解你并且信任你,那是不同流俗

的男士，有超人的见解，有远大的前程，是的确能给我幸福的，但这都算是我的命薄，我是无福消受，我不能相逢你于廿一年前，我又不能像普通女性似的肯夺人所好，世上有几个保志宁似的能那样苟安能耐呢。我是只好给你最后的拒绝了。因为我是参加过妇女运动的。

　　但我呢虽然是这样的浅薄无能，但我还不甘没落。我还有精神上被践踏剩余的一些自尊心和进取心，这样她会驱使我向前走的。大概我还不致停滞在这样的一个时代里。像你先生所猜想的那样的。先生！请放心！

　　……我的名誉生命都可以牺牲的啊！只要不强制我的意志，不违悖我的主张！

信中所说的保志宁毕业于上海大夏大学社会系，是民国时期"十大校花"之一，1931 年 6 月 18 日嫁给比自己大 26 岁的王伯群，王时任民国交通部部长兼大夏大学校长，地位十分显赫。张璧虽然相信林庚白"是不同流俗的男士，有超人的见解，有远大的前程，是的确能给我幸福的"，但依然不愿像保志宁那样依附于人①。无论她中间是否有过动摇和犹豫，从最终决定上看，这都是一个值得敬佩的女子。

　　"梦非有实却生情"（《梦》），这场情事，说到底主要是林庚白一直沉浸在自己所造的爱之幻梦中不愿醒来。尽管林庚白后来意识到现实中的张璧有可能只是一个并不完美的女子："从小想做'超人'的我，仅于求为一平凡的人而不可得，那我的三十六年的生命史，也就是由一岁到三十六岁的生活，至少是太无意义，太无价值了。"（《自传》）但"便教是梦也温柔"（《得璧妹书却寄》），他既然欲暂寄情感和人生价值

---

　　① 王、保二人结婚及之后发展，当时报纸有许多渲染和不实之词。据汤涛《人生事，总堪伤——海上名媛保志宁回忆录》（上海书店出版社 2018 年版），保志宁是非依附型的独立女性，但张璧也只能从当时媒体了解到的信息加以判断。

于此,又哪里能轻易承认有着辉煌成功经历的自己会有如此的失败。正如林徽因分析徐志摩对自己的爱时所说:"徐志摩当时爱的并不是真正的我,而是他用诗人的浪漫情绪想象出来的林徽因,可我其实并不是他心目中所想的那样一个人。"①林庚白与其说是爱张璧,不如说他爱的是自己造出的幻影。因为这幻影寄托了他迷茫时的人生意义,于是林庚白对影生情,生出无限爱恋,难以自拔,"未知何世根先种,纵坠轮回念不磨"(《意态》)。不过,既然他的无限深情是建立在一厢情愿的基础之上,那么这种自作多情的苦果还要由他自己来吞咽和消化。

三、因情成文:情真有触尽诗材

不可否认,林庚白是一位很有特色的优秀诗人。他的诗歌,虽然不像自吹的"余第一,杜甫第二",但善于发抒性灵,熔铸古今语言,以今之意境与情绪入诗,表现时代精神和社会性质,于诗坛确有独特的贡献。林庚白论诗,强调"情之真"和"有意境"②,其曾赋诗曰"意境情怀两逼真,君诗我自爱清新"(《荫亭偕游公园晚诣觉林饮遂招大至》),特别是情真,曾再三标举:

> 境之极而意于是乎出,其诗始工,亦由其情之真也。若乃所处非古人之身世,但蕲其貌似古人,非仅丧真,且并失古人之真,其所得止于古人面目之伪而已。此宋以后诗之所以日衰也。(《丽白楼诗话》)

> 昔人谓哀乐过人者,其诗必工,盖由于情感之真实所感召也。

---

① 梁从诫《倏忽人间四月天——回忆我的母亲林徽因》,收入胡木清、黄淑质主编《梁思成林徽因影像与手稿珍集》,上海辞书出版社2014年版,第208页。
② 参看林怡《一代诗豪南社健将林庚白其诗其人》,《福建论坛》2015年第11期。

此无论其思惟与旨趣之为何，若往往能以沉着胜，故胜国遗老与共产党人之作，果其富有真实之情感者，要不妨并存，此惟忠于文学若艺术之人，乃可与语。（《庚甲散记》）

体弱翻思奋，情真却写哀。（《病中》）

得饼欣然心尚孩，情真有触尽诗材。（《人生》）

只要情真，随处皆是诗料，皆可写入诗中，甚至成为播诵人口的名篇。林庚白在这场失败的恋爱中尽管时时曲解或美化着张璧，但他为之付出的情感却是真挚热烈的，并激发了他诸多创作灵感。林庚白用文学方式塑造爱情，表现求爱不得的痛苦和缠绵相思，仅《丽白楼遗集》中所收与张璧相关的诗词就超过了百篇，它们大半都是写给张璧的情诗，旧体、新体皆有，而且即事入诗，本事多可考见，不少篇章至今仍饱蕴动人的情感和力量。现实世界的爱情苦果酝酿成了文学世界的情感美酒，现实世界的失恋泪水浇灌出了艺术世界的爱情鲜花。兹举数首如下：

脉脉微波各自持，雪窗疑有绿涟漪。乱头粗服浑宜画，眼语眉言尽是诗。入座爪泥呼盏记，隔江魂梦付灯知。君心如电侬如线，百转千回总耐思。（《有怀》）

吴语轻盈招我魂，围炉雪后掩重门。平生不爱矜眉样，一见无端惹梦痕。鬓影灯光如此夜，鞋尖泥泞可怜温。少陪自是寻常语，最有秋波易感恩。（《书事》）①

这两首诗的本事很清楚，一看即知是 1930 年 1 月 21 日的情事，当晚

---

① 《丽白楼遗集》中诗词所署日期均为公历，《有怀》《书事》后署日期为一九三〇年一月廿日，但此为 1 月 21 日事，疑整理时有误；同标"一九三〇年一月廿日"的还有《废历除夕》，按除夕为公历 1930 年 1 月 29 日，显然该诗所标日期亦误。

林庚白与江苏妇协诸成员围炉夜话，对张璧一见生情，《与张璧书》回忆当时场景："临走的时候，你向我掷过了一个流动而娇媚的眼波，同时很温柔地说一句：'芙同志，少陪了。'"诗中"少陪"一语即源于此，本来是客套语，但配上张璧的眼波和吴语，诗人顿觉消魂。诗歌从伊人的形貌到两人脉脉相通的情意和心理感觉，都写得颇为生动，尽管那种相通可能只是诗人自己的感觉。

> 道是送行却有行，惊鸿飘燕可怜生。灯光难写千般意，春涨能知此际情。敢以温馨忘爱敬，恰于委婉见真诚。金焦好月如相念，照我回车更几程？（《诗白有京口之游，余送至车次，絮语忘情，车竟启行，遂相偕诣京口，饭于镇江饭店，夜分复归，触怀有作》）

此诗诗题即为本事，送行居然一下送到目的地，诗人对伊人之深情可以想见。后署日期为"四月十日夕于南京雨中"，亦能帮助理解诗中"春涨"一语，盖春雨水涨，恰似诗人爱情的萌生；但诗中"爱敬""委婉"之语，亦暗示了张璧保持距离之姿态。同年六月廿日所作《病榻》诗，更能见出诗人的苦恼与痴情：

> 难知海漾女儿心①，病榻扶杯弱不禁。各有烦忧如水沸，相持泪眼是春深。柔丝一缕防人觉，香汗更番与梦沉。恨不晨昏汤药畔，为渠慰贴替呻吟。

《与张璧书》中曾载此诗本事："六月十二至十八日在 S 街的一周……

---

① "海漾"疑为"海样"之误，可参林庚白《Confeserie 茗坐有作》："未须迟暮感黄金，海样烦忧刻骨深。婚宦初谙人世味，爱憎难料女儿心。羝羊进退愁无那，乳燕去来弱不禁。花信近年怜渐减，天涯惘怅况成阴。"

是我每天到你的病榻旁照料你，熨帖你之一星期。"诗人虽直欲以身相
代张璧之病痛，但终难确定张璧对自己的心意，"各有烦忧如水沸"的
"各"字妙，似已感受到两人并非同心。这种感觉和苦恼好像从培育期
开始一直贯穿到追挽期。如作于培育期的"灯前万语翻成默，檐际微
频只费猜"（《中央饭店雨夜有感》），"求爱真教作尾闾，迷离扑朔竟何
如"（《尾闾》），"礼教残骸浑未撤，依然似，女儿家"（《唐多令·病魇》）；
作于蜜月期的"忽惊凄惋忽成欢，信宿心波幻万端"（《沪宁车中作》）；
作于衰落期的"惘惘金焦岁又冬，车尘隔雾与愁浓。一年自溺艰辛味，
四海谁怜瘦损容!？忍睹情场成市道，疑从地狱觅欢踪!？思量百计浑
难遣，侠客黄衫更不逢！"（《京口车次》）；作于追挽期的"情牵可欲终成
误，意在矜持转失真"（《与友人论晚近中国女子为赋此》），"似嗔似怨
乍回腰，半面匆匆近却遥。知是矜持还是恨，别来未减女儿娇"（《一月
卅一日书事》其一）。或迷惘，或怀疑，或无奈，或痛心，或愤激，或焦
虑，都带有一种无法掌控局面的不自信感。

　　词为艳科，较旧体诗更善于言情，林庚白的词对这场情事的记录
更加热烈坦露，甚至出现了诸多香艳肉感的细节①：

> 鬓角眉心几点愁，乱蝉阴里绿如油。湖滨曾共系兰舟。
> 雪夜记同摩托卡，晚春看打乒乓球。不堪往事数从头。（《浣溪
> 沙·忆旧》）

该词作于 1932 年 12 月 12 日的追挽期，是时收到张璧的拒绝信不久，
词作回忆两人旧情尚显文雅克制，以"摩托卡"（当时"汽车"的译词）、
"乒乓球"两个富有时代感的物事入词，意境新鲜且传达出当时真实具
体的情思。

---

① 林庚白旧体诗中亦有艳诗，如《六月二十一日书忆》《梦后二首》等，但远较词之
数量为少。

重叠心情，四年更比三年紧。爱憎悲悯，并作心头刃。

挤不思量，又被春愁引。千回忍。镂肝雕肾，只换深深吻。(《点绛唇·春晚有感》)

由"四年""春晚"可知，此词作于1933年暮春，亦属追挽期之作。用合字法喻示旧情愈久愈炽，忍耐就如心头插刃般苦痛，但为换佳人深吻，愿意忍痛千回，乃至"镂肝雕肾"，粉身碎骨，在所不惜，"吻"字富有现代爱情气息，确能表现林庚白善于熔铸古今之诗才。

夜半歌声似水柔。梦魂黯逐月光流。玫瑰床畔，倩影暗香浮。　　情到疑深才是爱，心当碎尽不知愁。江风弦管，犹自绕高楼。(《琴调相思引·午夜闻歌》)

半面亭亭乱发垂，眼波难趁汽车飞。思量莫是那人儿。

蹑足记曾亲素履，将身愿更作中衣。也教消得一生痴。(《小庭花·晚思》)

二首皆收入《丽白楼遗集·过江集》，仍属追挽期之作。前词由夜半歌声联想到伊人歌喉、床畔、花香，尚属含蓄，"情到疑深才是爱，心当碎尽不知愁"亦富哲理。后词"蹑足记曾亲素履，将身愿更作中衣"则发展陶渊明《闲情赋》，但已近猥亵矣。

而作于1932年10月左右(属衰落期)的《浣溪沙·有忆》四首，则将女性乳房及其想象的女性生理反应等细节写入词中，文笔更显轻浮：

曾见抛书午睡时，横斜枕簟腿凝脂。小楼风细又星期。　　隐约乳头纱乱颤，惺松眼角发微披。至今犹惹梦魂痴。

乍觉中间湿一些，撩人情绪裤痕斜。昵谈曾记傍窗纱。　　悄问怎生浑不语，莫教相识定无邪。几回镜槛脸堆霞。

草长莺飞旧梦痕，官斋悄悄又黄昏。那时悔不更温存。　　衣薄风帘刚出浴，灯红两枕记推门。思量曾几暗销魂。

中酒心情醒未曾，羝羊进退两无能。柔情如网一层层。　　记换鞋儿长短称，更看指血浅浓凝。荷荫澹月水边灯。

《与张璧书》中曾详载四首词的本事，可知是对蜜月期情事的回忆：

> 于是我决心于六月二十一日之夜，永永可纪念之夜，正式的向你求爱。……你斜躺于我的怀抱中，跳跃的心房，短促的呼吸，紧贴着我俩的脸庞和胸脯，终于你的温暖的舌尖，微微地度进了我的口中，这长时间的甜蜜之吻，启示了"光明的将来"够多么温馨而美妙?！吻后你走到梳妆台的面前，整理蓬松的头发，同时像想什么似的在发呆。我跟了过去，把你紧紧地搂着，问你："是不是勉强?"你笑了起来，很温柔地回答一句："没有一些勉强。"次日你又带了 L 表妹，和我一起看影戏，逛 H 湖去，后来在 M 咖啡馆吃饭，因我说有点感冒，你让我吐出舌尖来给你看，这比着甜蜜之吻，更使我的心灵上，充满了幸福的光明。……使我最不能忘记的是七月九日之夜，天空有星，有云彩，有滚圆的月亮，在灯光树影的掩映中，我俩踏着月色，走进 H 湖的船上，一径撑向万荷深处，这时候，微微的风，吹来一阵阵荷花的清香，和远处的歌声人语，简直把我俩安在另一个的世界。我俩偎倚着，谈笑着，你拿了你自己和我的各一只手，并排地搁在电筒上，比较那手指里面的血色之浓淡，后来我瞧着你的皮鞋，我说："我和你一样大。"你就脱了下来给我穿，恰是一样大，你很不好意思的说："我的脚太是大了。"我说："那是自然的美啊！"到回去的时候，你说："昨天燕的夫妇，采了一对荷花带回去。"于是我也去采了一对递给你。

两相对照，词中的色情想象的意味更浓一些。不过其四能够脱欲写情,如病酒、如羝羊,"柔情如网一层层",写出坠入情网欲罢不能之感;"荷荫""澹月""水边灯",以柔和之景衬托换鞋、比指的浪漫,情意宛转,温馨感人,可称名篇。

林庚白还作有一些新诗,不少也与这场情事相关:《难忘》《献给爱的女神》《是第五次的二十一号吗?!》《记得》等,充满着温情、喜悦和光明;《整整的三年》《只要我的心换你的心》《保重》《假使》《谁说》《冷不了我这一颗温暖的心》《一个星期·仿哈代》《失恋》等,则更多不甘、期待、煎熬和愤激的情绪。其中作于 1933 年 1 月的《冷不了我这一颗温暖的心》写得较好:

> 雪花片片飞,
> 冷不了我这一颗温暖的心。
> 温暖的心,在北平;也在南京。
> 在北平有的是旁人的生命力,
> 在南京有的是梦一样的声音。
> 梦一样的声音,
> 水一样的模样,
> 还有那含着无穷尽的世界的眼睛。
> 整整的三年到如今。
> 呀! 整整的三年到如今。
> 冷不了我这一颗温暖的心。

《孑楼日记》1932 年 9 月 24 日记:"十分想着璧。也很惦念着远在北平的垢,可是垢比我强多了,有杨在陪伴。"诗歌大致是写自己温暖的情思南北皆有所寄,然而在北平的柳无垢有杨镇邦爱护着,不需要他这份情意,因此他三年来一直爱着南京的张璧,百折不挠,痴心仍热。"梦一样的声音,水一样的模样,还有那含着无穷尽的世界的眼睛。"语言干净,诗味悠长。

　　以上诗词塑造痴情苦恋,各有独到之处,较好呈现出情感的万千波澜;虽说有的诗词涉及肉欲,但总体上尚不严重,还在传统审美雅趣味可以接受的范围。但是到了新体诗《整整的三年》里,林庚白却一反《冷不了我这一颗温暖的心》里的心甘情愿,一反《记得》里"我愿意毁了魂灵,我愿意陷在泥淖里万劫不能翻身",转而愤激地说"我毁灭了自己的尊严","精神被踩躏得不值一文钱",指责张璧"不管人家的痛苦缠绵",对他"还要责备求全",痛恨自己"不知哪一世种下了的孽缘",完全换了一种腔调。到了《失恋》,更是恶意猜想"她爱的是金钱,她崇拜的是地位",并粗鄙想象伊人与别的男性同房,"她同别人家开房间,她替别人家脱下了皮带。低低的声音喊哥哥,你的东西真大",遗憾自己出于"神圣而纯洁的爱","始终没有领略到最后的滋味",从而得出结论:"凡是发生过性的关系,女的固然多半要吃亏,可要没有这关系,男的更容易被女的抛弃。"这已经是近乎病态的写作了。

　　林庚白甚为欣赏明代女子张红桥《念奴娇》词"于床第之爱,何等勇于自白"[1],他与郁达夫一样,都是主观性很强,很注重个人经验性,也很愿意自我暴露隐私的作家,特别是他们的情欲越遭受压抑和挫折,对性隐私的描写就越暴露,这种暴露不仅刺激着自己和读者的神经,也使其容易沉迷于意淫的快感之中,无疑是一种不良的写作风气。郁达夫因《沉沦》《迷羊》等小说饱受道德诟病,林庚白也曾因写《一半儿·本事》《声声慢》等词被夏敬观嘲讽为"性词"[2],但他却甚为得意,《声声慢》后有跋云:

　　　　雨窗无俚,偶读秦淮海《河传》一阕,辄效易安体,踵为此词,颇自以为千古绝唱,不仅淮海之《河传》瞠乎吾后,即原作亦差可

---

　　① 《子楼随笔》,《丽白楼遗集》下卷,第 823 页。
　　② 《子楼诗词话》:"映庵以余尝倚《声声慢》《一半儿》诸阕,谓子之词集,宜名以'性词',盖相谐也。"《丽白楼遗集》下卷,第 905 页。

抗乎？盖原作为性冲动的苦闷而发，此则进而描写性冲动的现实，以至秽亵之事，出以极沉着之辞，美妙天成，不落纤巧，胜读秘辛万万矣。若夫芬芳悱恻之致，抑又可于弦外得之，世有知音，必且抚掌！①

《子楼日记》1932 年 10 月 21 日也记载："回来写了一阕《声声慢》，真是绝唱。"可见他真是以性描写为光荣欣快的。之后为了回击别人的批评，他又创作了更为露骨的《醉春风》，题注云："余以《声声慢》《一半儿》诸作见诉于卫道之士，映庵谓余词集宜名曰《性词》，盖相诮也，更倚此阕使咋舌。"词云："浅醉人前共，暖玉灯边摊。回眸入抱总含情。痛，痛，痛。轻把郎推，渐闻声颤，微惊红涌。　试与更番纵，全没些须缝。者回风味忒颠狂。动，动，动。臂影相兜，臀儿相凑，舌尖相弄。"②这些皆为明清色情小说中的俗套描写，并无创造性，已完全沦入纯粹肉欲描写的恶道。时人曰"文字以写情为难，写淫为易，若谓展览人体，谁不能之"，并希望林庚白"勿再才不正用，为文坛之妖孽"③，这种批评是颇有道理的。

　　林庚白一味追求情感之真，不避讳对象的公开和私密，不顾忌语言的雅致与粗俗，唯情是从，不惜将诗道高雅转为诗可下流；这固然有可能使其对于情感各种细微和边界之处的书写较前人有所拓展和创新，甚至破体为文，将小说中某些描写对象与技法融入诗词，某种程度上确可说是"情真有触尽诗材"。如《醉春风·午思》"眼角春深，舌尖香腻，涨生桃洞"与《浣溪沙·有忆》"午觉中间湿一些"，涉及女阴分泌；《梦后二首》其二"颠倒连宵梦自温，分明是梦也怀恩。柔情水样无人觉，渥得重衾偌大痕"，涉及男性梦遗，这些都是以前旧体诗词未能、

---

① 大风《当代文坛名人林庚白（上）》，《时代日报》1935 年 1 月 27 日。
② 《长风》半月刊第一卷第二期，第 26—27 页。
③ 爱梅《检讨林庚白之诗词》，《金钢钻》1935 年 6 月 23 日。

未敢或不屑描写的，而在小说中才时有出现。尤其是《梦后二首》，不再以观赏尤物的态度吟咏带有性意味的女性身体或物品，而是自我审视和暴露男性生理的最为私密之处，在诗史上并非没有一点突破性，"浼"字也用得出人意料。但如果不加控制，就很容易导致自然主义的下半身写作，滑向一味的肉欲描写和审丑的恶趣。林庚白公开发表了不少《丽白楼遗集》未予或不予收入的恶俗的性诗性词，明显有失控现象。如新诗《只要我的心换你的心》"我愿意做你高跟鞋里边的小钉。我愿意做橡皮熨帖着你的月经"，就和《醉春风》一样毫无美感而言。他的部分诗词被称为"性诗""性词""性史式的新诗"，他的人被讽刺为"肉麻诗人""下流诗人""橡皮诗人""性学博士张竞生第二"，这和他写作太多此类"脐下三寸"作品有着直接关系。

应该指出，林庚白在追求张璧的过程中，对于性趣味的偏爱和盲目自信，可能是导致其求爱失败的一个因素。他自己精力充沛且对男女之事知之甚多，有时过分迷恋自己所谓的性经验，难免误读对方的情绪，可能造成适得其反的效果。比如他想要从情欲上挑逗和诱惑张璧，忘记对方毕竟是一个未经人事的女子，不一定能够接受这种示爱方式。《子楼日记》1932 年 8 月 29 日："晚上写了一封很好、很恳挚的信，预备寄给璧，但也可以说是富于性的诱惑力的一封情书，可要是细细地一看，就知道其中不少'至理名言'啊！"[①]这封约两千字的长信底稿还保留在稿本《子楼日记》里，摘取数段可以看他是如何改编文本对张璧进行性诱惑的：

> 亲爱的 C，你是怎么一回事呢？简直要使我发狂了。现在我先钞三段的日记给你看：
>
> 十九日，热。真是奇怪，控制了两年零三个月了，为什么这些

---

① "富于性的诱惑力的一封情书"一句，《丽白楼遗集》删去了"性的"二字，模糊了叙述性质。

天性的冲动会这样利害，总是睡了又爬起来，起来又去睡，终于睡不好。昨晚上几乎要手淫，好几次都强制住，但终于梦见她了，这美幻而愉快的梦，损失了我许多宝贵的精，虽则起来后精神反觉健旺，我还是懊悔，早知这样，不如手淫。古人说过，性交只要三天复元，手淫要十四天，梦遗却要二十一天啊。起来后心里仍是不平静，就手淫，去洗了个澡。

对比该日日记相关之处："十九日，热。真是奇怪，昨夜又梦见她了，这一次的精遗得太多，有些倦。睡到九点多才起，起来心里还是不平静，什么都做不成，吃过了中饭才好些。又洗个澡后出门……"

林庚白信中添加了一些内容，渲染遗精的宝贵，暗示其为张璧做出的牺牲，并为后面大肆谈性张目。

二十五日……走的时候，密司W向我微笑，掷过了一个美妙而含着怨意的眼波，我心里也会感着一丝的愉快，同时我想着这眼波终不及C的娇媚啊！可是那位"党皇帝"的妹妹也长得很美，几次指着我问密司Y是谁？怎地我漠然无所动呢？？回来烦燥极了，大约是多喝几杯白兰地之故，总是不能安稳，于是爬起来，赤脚抱鞋，也不穿长衫，跑到马路上喊了个黄包车，由霞飞路到黄浦滩兜了一大圈才回来，写了一首七律很美，我又想C此刻要是在，必然要狠狠咬她一口。

对比该日日记相关记载："……走的时候，无垢向我笑了笑，我心里感着了一些的愉快。但那位'党皇帝'的妹妹，很注意看我，又拉着明暄问是谁？我却漠然无所动，她又何尝不美呢？回来烦燥极了，睡了又爬起来，赤脚穿着拖鞋，到马路上喊一辆黄包车，由霞飞路到外滩，跑了一大圈才回。得了一首七律很美，回来写寄亚子。格外想着可恨的璧，而同时无垢的美丽活泼的影子，也仿佛在眼前似的，太矛盾了吧？"

信中删去了对柳无垢的思念,使自己纯情化,增加了别的女子"美妙而含着怨意的眼波"不及张璧的娇媚,突出曾经沧海难为水之深情。

> 二十七日,和冰闲谈,她告诉我好些不满于凤的话,我替她解释了许多,凤应该怎样感佩我啊?? 不但不揩他的油,还帮着忙,但由冰的谈话,想起 C 能够获得了我这样爱人,在恋爱当中,会替自己的对象,前前后后,大大小小,都研究得那么细密,而且通盘打算过,这够多么幸福啊,任何男性不能够如此。

对比该日日记相关记载:"起来和冰莹闲谈,因她的谈话,想起璧能够得我的爱,多么幸福啊! 任何男性于恋爱中,不会替自己、替对方,前前后后,通盘打算得这样细密。"信中增加了与谢冰莹谈话的内容,衬托自己的高尚形象,突出任何男性都不能够像他优秀,与他结合是多么幸福。

之后信中大谈恋爱的灵肉合一:"关于灵的方面,彼此要始终……互相尊重。关于肉的方面,彼此却要疯狂般的亲密,不但性的冲动要相互求共满足,而且应坦白。"并且由张璧看过《她是一个弱女子》所描写的内容,就凭自己的经验"确信你也是和我一样地性欲很强,而且很容易冲动"。接着谈"关于爱人的生理上构造和两性的相互关系",劝对方不妨手淫:"亲爱的 C,你是初女,无论如何,比我容易制欲些,再不然相当的手淫也可减去初次性里所有痛苦。"又自吹"不但对于爱负责,就是过去的浪漫时期,我对于性友也狠负责的,所以我现在不能够也不愿随便和异性发生关系,而且我决不肯对你不住"。最后坦白自己的目的:

> 亲爱的 C,我不敢往下再写,恐诱惑了你,对于性的冲动,我天天夜夜盼望着光明的将来,早一天实行,我俩的生命之彩青春之火,早一天可以奔凑在一起,免了彼此燃烧而枯竭。可恨啊,你

屡次的信里，□我□□□你几个字都要吝惜，那就是预留了变心的地步。亲爱的C，请你快快写给我吧，祝你愉快珍重。我祝你梦中也在拥抱着我，更祝你由梦幻而现实。

尽管由于涂抹过甚，方框里的几个字不能看清，但大致能猜出是我想你爱你之类的语言，由林庚白埋怨张璧连"几个字都要吝惜"，可以看出张璧对他是颇矜持冷淡的。林庚白带有色情意味的书信，正常人看了多少都会有些不适，特别是被林庚白在《爱的女神》中赞扬"不是一件物而要成一个完全的人"的张璧，看了这些信恐怕更会增加逃离感。张璧的拒绝信中表示"我的确是拣最好的说了呢"，这应该是实话，因为有些地方可能涉及性，她是不好笔之于书的。

四、史耶文耶：我与此花同不朽

林庚白的诗词，相对来说较好理解。因为他强调真实的情感，也强调"一代有一代之文物典章，而文物典章所被，人情与风俗亦因而异，形诸诗歌，宜表其真实"①。两者结合起来，即是要用自己真实的情感和生命体验去传达时代的真实。林庚白这种以身传史的意识非常自觉。在《自传》中，他就说过：

> 我过去的一切，本身就是很好的小说或随笔，而且也可以说是近三十年中国社会的一个小小缩影，同时在这些里面，可以找着很多的现代中国的史料，颇有写出的必要。

而其诗词中，也有诸多类似表达：

---

① 《丽白楼诗话》，《丽白楼遗集》下卷，第976页。

三十三年身是史，高楼俯仰有炎凉。(《夜起书感》)

三十六年身是史，可怜沧海又扬尘。(《自题小影》)①

三十九年身是史，行藏何止限于诗。(《意行霞飞路得句》)

吾侪便是中华史，何限黄垆感逝哀。(《汕头舟次感怀邓仲元》)

一身岂料成诗史，九国空闻有责言。(《西迁感怀四首》其四)

身是中华兴废史，却来就月玩宵凉。(《顾家宅花园纳凉》)

事往思量身是史，想生仿佛貌如真。(《眼波》)

可见不仅他的自述与文章，即使诗词，也都有自传的影子。但是，按照常识，再追求真诚的作家，也最多保证他主观情感和陈述行为的真实，而不能保证他所描述的内容都是符合客观真实的。陈衍《近代诗钞》评林庚白："诗人喜铺张，往往非实录。"时人也曾说他"牛皮大师"②等。但他既然创作态度和动机是真实的，我们即不妨借助遗存的相关文献和后见之明，分析他在这场爱情中的自我认知和对自我形象的建构，讨论其诗词如何塑造爱情；如何美化自我情感使其正当、正确和合理化，以回避可能发生的谴责；如何通过文学的意淫宣泄自己情感的焦虑和性的苦闷；如何在文字的追忆中抚慰自己的情感创伤。大致说来，林庚白主要通过以下几种方式。

一是强调自己的守信，埋怨对方撒赖耍赖，明明答应过自己，却又不断反悔，有违道德伦理：

灯前一诺几回肠?! 语重心长各感伤。捉腕难忘春夜冷，点头可似女儿常?! 身疑近俗初求恋，意有如山未肯狂。百练平生成绕指，威仪每对胆先惺。(《一诺》)

---

① 此据《丽白楼遗集·诗存》录，《林庚白自传》中，"三十六年"作"三十四年"。

② 仁康《林庚白的笔调：牛皮大师与肉麻主义》，《十日谈》1934 年第 30 期"文坛画虎录"。

春来所得是无眠,坐负金焦万态妍。留命已拼酬一诺,寻欢宁忍逐群贤?愿为蝴蝶依君侧,恐有鹧鸪聒我前。鸥梦迢迢何日稳?一花一屋恣流连。(《翔风兄妹、绶孙、志澥同游金、焦,有怀诗白》其二)

当时爱好倘前因,一诺何曾惜此身。言誓等闲成覆水,猜疑多事苦飘茵。故知迹往情难尽,可信形疏意转真。病起思量浑隔世,来生肺腑漫相亲。(《长至日病起偶题》)

低徊镜槛泪难收,苦语危辞夜未休。濒死真疑身是赘,相猜忍遣爱成仇!?飘摇去日千回诺,黯淡横波一段秋。玉碎瓦全吾早决,寸肠已断不能柔。(《书事》)

周家园子三年秋,意共长江江水流。对菊持螯思此会,杀鸡炊黍欲何留?!爱怜休遣几成恨,信誓无端忽见尤。心不能伤肠早断,他生莫更觅温柔。(《国历十月卅夕书事》)

念玉人微叹。悄关情,年时出处,倘如侬愿?!撒赖佯羞终不改,难掩心头缱绻。春去矣,平安信断。知是含嗔还作态,这相思,挤共春泥烂。爱与恨,埋无算。　最怜彼此猜疑惯。记曼声,过来些坐,炉边低唤。若道今生缘法浅,怎遣那回相见。更入抱,温馨历乱。誓约万千魔万丈,镇堪嗟,万事为君散。况鬓雪,愁边攒。(《金缕衣·寄怀璧妹》)

自己一诺不惜身,而对方的"千回诺"却常常撒赖佯羞,飘摇不定,使彼此猜疑苦恼,自己为之肝肠寸断。林庚白这类描写恋爱中反反复复、患得患失、敏感多疑心情的诗词都颇细腻真切,只是并不符合他和张璧的实际情事。他着意塑造的是负心女子痴情汉的形象,但女性一时的心软和意乱,一时的情感动摇乃至生理的应激反应等,不宜视为发自内心的真正承诺和感情需要,换言之,这种特殊情境中一时的承诺本就不具有长期有效性。张璧的信里已经说明林庚白的哀泣和苦求使其心慈脆弱,即使还有其他原因,如暂时感动于林的痴情,暂时出于人性的虚荣心享受林给她的条件优渥的爱，暂时有不妨嫁给他的想法等，也不能视为其负心的证据。俗云"强扭的瓜不甜"，应该看到，在整个情感历程中，张璧一直是处于被动的、勉强的状态，其真正的心理是逃避和抗拒的，她最后的拒绝恰是顺从了本心的表现。

二是与强调自己的守信相关，林庚白还以情动人，着力美化自己的感情；他以张璧为对象的诗词，善于描写自己对爱情的忠诚和执着，描写自己的相思之苦和失恋伤痛，让人感动，让人同情，是他作品中很有光彩的部分。第三节已经举例颇夥，兹再举数例补充之：

> 中人容易是春寒，病眼临书亦倦看。半月来鸿成怅望，一楼语燕盼平安。沉沉药裹愁千叠，黯黯邮筒意百般。知是蛛丝还是茧？怜渠未死有盘桓。（《病起有怀璧妹》）
>
> 倾河注海泪难干，易地思量倘未安？！碎尽心肝销尽骨，车窗执手苦相看！（《六月一日中央饭店夜坐》其二）
>
> 愁来一夜浓如酒。揽镜添消瘦。思量事事总难忘。最有欢情和恨裂人肠。　　前尘千亿心头住。心力难凝聚。生生世世梦魂牵，除是梦魂灰了不相怜。（《虞美人·寄璧妹》）

"春蚕到死丝方尽"般的思念，倾河注海，碎心销骨都难以抑止，而且要生生世世魂梦相牵，用情之专，直令顽石点头。

> 挥手终难斩爱根，梦中意能极温存①。尚留刻骨缠绵忆，浑忘剜心断烂痕。故国余生惟有恨，中年初恋便成恩。此情长共江流住，已逝还来荡我魂！
>
> 冤亲魔障百思量，却悔蹉跎未忍狂。魂梦犹通余恋沸，猜疑不断热情僵。为君九死偏丛怨，似我平生太要强。消尽书痴磨折

---

① 意能，疑为"意态"之形讹。

分,眼波如海石如肠!(《梦中二首》)

这两首诗作于 1940 年,"此情长共江流住,已逝还来荡我魂",现实中的情缘已尽,然相思刻骨椎心,魂梦中情感仍然沸腾,叹自己用情之深,悲佳人铁石心肠,虽愿为之万死不惜,然如逝水难以挽回,写得极为沉痛缠绵。

三是放大自己的感觉和感官印象,不断重复难得的几个温馨时刻,证明曾经两情相悦;乃至进行性幻想,并且想象对方也和自己一样喜欢肉体的亲昵,从而推测对方在灵与肉上都爱着自己。可惜林庚白获得这样的机会极为有限,大致只有蜜月期之吻、灯前诺言、后湖泛舟、比较指血浓淡和脚之大小等几个镜头:

> 没有一些勉强,吻罢语低神往。入抱镇相偎,晚风吹。生怕温馨吹冷,镜畔深深交颈。长记那时娇,几心跳。(《昭君怨》)①

> 舌尖徐度颊生春,无那心波跳荡频。浅浅娇羞眉际影,微微喘息臂中身。知应合眼千回忆,比似销魂一倍真。此诺三年吾忍负,天涯莫更怨飘茵!(《六月二十一日书忆》)

> 动魄惊魂致美楼,石城春水去悠悠。相偎难忘灯前诺,孤往能生心上秋。未信中更关好爵,可教从此抉吾眸?!四年一念千回忍,赚得微霜点鬓愁。(《过致美楼有怀》)

> 风微露定黯忘归,澹荡荷香绿四围。远棹歌声疑在水,疏林月色欲浮衣。较量指血同浓淡,比拟鞋身孰瘦肥?!长祝清辉如我意,鸥波夜夜永相依!!!(《后湖夜泛同璧妹》其一)

> 轻盈吴语,记相逢,恰是寒梅时节。一剪秋波浑昨梦,炉畔灯光如雪。病榻深杯,车窗密吻,往事温馨绝。荷香依旧。后湖曾几圆月?!　　已自孤负花期,愿花开处,珍重体轻折!检点心头

---

① 《子楼随笔》,《丽白楼遗集》下卷,第 795 页。

多少恨,不共斜阳明灭。海誓云情,锁磨难尽,此意诗能说。团圞双影,画楼沉醉何夕?!(《寄奴娇·寄怀璧妹》)

现实中的肉体亲昵仅限于少数的几个吻和拥抱,于是林庚白只好在诗词中增加感官刺激,乃至进行性的联想,以满足和抚慰自己更深的欲望:

> 为的是叫你摸不着边,也会得躺在你的面前,也会得给你肉同舌尖。这不全是欺骗!甜,甜,甜。(《整整的三年》)

> 不是夫妻,却似夫妻。书缱绻,言逾床第。心惊怕,孽种泥犁。记些时,声颤神亲,最惹相思。 只今花事天涯,过尽荼蘼。若有情,早成眷属。休无故,多事猜疑。蓦然忆后湖归路,吻我臂儿。(《两同心·本事》)

> 流波病靥斗微酣。曾记丁香入抱含。脉脉不言心自甘。恣娇憨。一半儿佯羞,一半儿揽。

> 深深颦损两眉头。乍动花枝意态柔。约略似嗔还带愁。影轻兜。一半儿欹斜,一半儿凑。(《一半儿·本事》二首)

但这些只是来自男性的眼光、感受和判断,对方是否同样如此,恐怕大有疑问。林庚白虽然号称"本事",却也没有绝对的信心敢说对方认同此事,在直接寄给张璧的诗词里,他的笔调就有所收敛:

> 并蒂芳笺散万愁,便教是梦也温柔。天涯咫尺飘红叶,莫遣浮萍逐水流!

> 灯影金焦记夜分,前尘如梦复如云。深宵一样江楼月,悄向花荫更忆君。(《得璧妹书却寄》二首)

> 疏疏密密檐阴雨。蓦勾起逛千情绪。凉意宵来深几许?!江南天气,小姑居处。忧恨无重数。 难忘水样吴侬语。恐真个、

招魂去。梦到荒园墙角路。跳珠声里,麝香微度,拥被和伊住。
(《青玉案·夏夜听雨有怀璧妹》)

二诗一词皆写得婉约缠绵,情致动人。词的末句虽言"拥被和伊住",
近于柳七,但只能视为一首梦中同床共枕的意淫诗,因寄的对象即是
当事人,无法捏造事实。但是到了他后来公开发表《浣溪沙》时,笔调
就放荡许多:

> 莫作浮萍逐水流,梅花合是几生修。记曾入抱半含羞。 絮
> 语灯边烹雀舌,吹香镜畔弄鸡头。便教是梦也温柔。

明显看出是从《得璧妹书却寄》中改编而出,却以双关手法,将女人的
舌尖、乳头等隐私部位纳入词中①。而到了《声声慢》《醉春风》,就更
不堪入目了。
　　四是对自己的爱情高尚化,将之与革命联系起来,回避迷醉儿女
私情之类的道德指责。

> 那儿是爱和革命的结晶?! 那儿是生与自由的模型?! 是第
> 五次的二十一号吗?! 希望你永远记住——记住要学哥仑泰至少
> 也要做宋庆龄!!!(《是第五次的二十一号吗?!》)
> 折取双莲并载回,红衣翠带念湖隈。冰肌不耐蚊雷啮,絮语
> 频惊野蛤催。俯仰情场余一默,商量世局递千哀。爱君岂仅亲芗
> 泽,待共澄清把臂来!!!(《后湖夜泛同璧妹》其二)

哥仑泰(1872—1952)是苏联信奉马克思主义的女革命家,致力于妇女

---

　　① 《青琐高议·骊山记》:"一日,贵妃浴出,对镜匀面,裙腰褪,微露一乳,帝以指
扪弄曰:'吾有句,汝可对也。'乃指妃乳言曰:'软温新剥鸡头肉。'……"

解放运动，提倡夫妻平等，甚至认为未来家庭组合的方式是两个相爱相信托的灵魂的高尚结合，可以自由恋爱而不要实际的婚姻。林庚白鼓励张璧向哥仑泰学习，至少也应像宋庆龄一样，嫁给孙中山这样的革命者。他自言与张璧的爱同样与革命相伴，两人都忧心时局，应该亲密结合，共同致力于天下的澄清。在《献给爱的女神》一诗里，林庚白大声礼赞这种爱情加革命的模式：

> 呀，爱的女神！
> 你觉着还是那个可爱那个可憎?！
> 记着吧？ 现代女性的新型；
> 她不是一件物而要成一个完全的人！
>
> 呀，爱的女神！
> 你永不要藏着你处女的天真！
> 你永不要忘了我俩的一见心倾！
> 在这里有的是革命和爱的呻吟。
>
> 爱的女神呀！
> 瞧！ 我为着你而荒时失业，废寝忘形！
> 瞧！ 我无时无刻不记着你的衣食住行！
> 我呀，决不单是为着恋爱和婚姻，
> 我是在替你找那光明的前程！

革命加恋爱，是二三十年代的一种时代和文学风尚①。其模式通

---

① 如二十年代《民国日报》《国民新闻》及许多报刊都讨论过"恋爱与革命"的问题，三十年代茅盾还发表了《"革命"与"恋爱"的公式》（《文学》第四卷第 1 号，1935 年 1 月 1 日），对此类小说予以总结。

常有两种：一种是用革命升华恋爱，当恋爱失败或者与革命产生矛盾时，必须升华爱情，使其转成能为社会和民族谋福祉的情感内驱力和革命的生命能量；一种是用恋爱抚慰革命，当革命失败之际，用爱的力量抚平革命者心灵的伤痕，重新激发其革命的斗志。林庚白无疑更接近第二种，他作为早年即奔走革命并享有大名的政治家，对革命退潮的失望感受尤其强烈，因此不仅在现实世界中强烈渴望和追求着爱情，而且在诗词等文学作品中也塑造着爱情。他通过美化自己的爱情，建构起个人爱情与革命之间的联系，重塑了自我形象，化解了可能出现的道德指责，这个形象虽然未必尽符事实，却是在时代动荡、情感失衡之际安放自己的一种努力和尝试。

有意思的是，林庚白与林北丽之间的爱情，按照一般世俗眼光来看，男方比女方大 20 岁，女方诗才相貌均好，又出身名门，二林之间的结合更具有浪漫故事的元素。但是，现存林庚白赠林北丽的诗词中，极少见刻骨浃髓的夸张字眼，更多是情感朴素和真实的表达，这也可间接证明林张之恋中，林庚白更多是一种对自己爱情理想的文学表演和塑造。因为理想，所以迷恋；因为文学可以传达那种理想，所以迷恋上文学作品塑造出的那个自己和伊人；越是表现力超群的才子，他所塑造的爱也越具有感染力，以致自陷其中，不辨真假。

总之，林庚白通过诗词等诸多手段塑造了他的爱情，将自己塑造为一个多情、痴情但高尚的情种，不仅感动了读者，更感动了自己。《子楼日记》1932 年 10 月 21 日记载："寄了《忆璧》词给璧，她从此要跟着这首词而不朽了。"《丽白楼遗集》中收入了这首词：

> 春寒一纸关情甚，而今几换春寒?！官斋那次记相看。情参惊喜半。意在有无间。　三年信誓应无改。长是孩儿态。佯羞撒赖千万般。莫遣吴波流恨绕钟山。(《忆璧·十月二十一日寄璧妹》)

后有跋云："秋尽日，晴窗茗坐，自度此词为第卅四度之廿一日纪念，名以'忆璧'，犹本意也。"在《与张璧书》中，他又说："为了我俩的爱，我为你而写的许多诗词，都可以永远流传下去，你也跟着而'千古不朽'了啊！"另外他作的若干首将张璧比作瓶梅的诗里，也有一首提到了"不朽"：

> 真成坐对负佳辰，各有心情寂寞滨。新绿宁为群卉饰？澹红已酿隔年春。水天脉脉波光漾，云树深深草色匀。我与此花同不朽，未应只伴苦吟身。（《连日阴雨，见瓶梅有感，寄似诗白》其四）

林庚白其人及其创作的这些爱情诗词，是否可以达到他所说的"我与此花同不朽"的愿望，暂且不论。但只要有人类存在，林庚白热情讴歌的爱情本身，确实是能够千古不朽的。

余　论

林庚白以上的种种行为及性格特征，部分可以通过自体心理学的自恋人格障碍理论得到解释。他在《自传》中回忆：

> 我在五岁以前，父母都已亡故，跟着嫡堂的伯父过活，这一个孤苦伶仃的期间，伯父母待我的慈祥，固不待说；但使我最不能忘掉的，是死了的姨母，和生存着端仪姊姊，尤其是姊姊。她自母亲和姨母相继逝世以来，教养提携，无微不至，简直和我的母亲在时一样。我之能有今日，无论是学问方面，事业方面，思想方面，姊姊都是给予我以很大的生命力的培养。

正如自体心理学创始人科胡特在《自体的重建》中所说的那样："完全的满足——'溺爱'，剥夺了孩子建立精神结构的机会。……他们满足他每个欲望,溺爱他,造成他后来不愿对现实妥协。"①容易形成一种自恋人格障碍。林庚白自幼父母双亡,又系家中幼子,反而获得了伯父母和姐姐的更加爱怜,这使他幼时难以得到恰到好处的挫折,不愿轻易承认失败:"我对于自己认为重要的问题,可绝不妥协,哪怕是全世界反对,我一个人也要坚持。"(《与张璧书》)他对张璧爱情的执着,也许就有这个因素。

虽说人人皆有一定的自恋倾向,但恰当的自恋是一种人生自我价值的肯定。正常人的自恋在爱情中也会将自身理想投射到对方身上,却能把握自己的情感和自我意识,不会将自己与对象混为一谈。而自恋人格障碍者在爱情中,常常通过移情和幻想将对象视为一种理想的夸大的自我,不惜扭曲认知,自我欺骗,找出各种理由"阻碍其谎言幻想的瓦解,而其动机是来自害怕失去自恋的维持,这种自恋的维持是源自他在幻想中所创造出来的夸大客体"②。林庚白对张璧的理想化,并相信张璧也爱着自己,以及他在诗词中各种自慰式写作,皆可视作这一心理的部分投射。不过,这一极度敏感的自恋心理,可能造就林庚白与众不同的思维和认知方式,使他在艺术世界里反而有着超乎寻常的大胆、敏感和创造力。他那些为人称道或为人嘲骂的作品,也许皆与这种自恋心理机制不无关系。特别是那些对性的幻想和描写,也许只有极度自恋者才能达到这种书写程度③。

林庚白虽然百般体贴,看似善解人意,但目的却是想要控制张璧,将之训练为他幻想中的伊人,无法做到真正的平等互动,很可能属于一个"控制型自恋者"。这种自恋者始终力图控制他人,缺乏同理心和

---

① 〔美〕海因茨·科胡特著,许豪冲译《自体的重建》,世界图书出版公司2013年版,第56页。

② 〔美〕海因茨·科胡特著,刘慧卿、林明雄译《自体的分析》,世界图书出版公司2015年版,第87页。

③ 不仅文学作品中,林庚白的《子楼日记》里也不乏其例。如1932年10月26日:"今天B和我说:她昨夜做梦。说着有些儿脸红,大概是梦见我,也许竟是梦和我……吧。"

关爱之心,似乎热切关注你的一切,却很少真正听你说话。比如他追求张璧时不考虑是否占用人家时间,不管对方感受,"不惜厚颜的当着大众拉扯着逼迫着一定要我给你出去",表现出"控制型自恋者"的典型症候:"操控他人是自恋者武器库中的一把重要武器……自恋者善于扭曲事实,制定规则,志在必得。"①

林庚白的自恋还表现在对自己和他人的"双标"。对自己,极度自夸和自信,经常赞美自己是天才,所作是"绝作""绝唱",自己风度迷人,魅力无穷,不乏爱慕者②,他若用心,连柳无垢这样的才女也能追到,因此张璧应该满足:"得了我这样的爱人,还要不知足吗? 假使我以待璧的态度待垢,必然会使杨镇邦失恋!"(《子楼日记》1932 年 9 月 15 日)对他人,林庚白则少有许可,"中外古今的人物,在我眼中,数不上十个"(《与张璧书》)。其实他所谓的魅力、迷人和自信,他的热情、激情和创造力,也都可以在自体心理学的理论框架中得到解释③。

无论其如何魅力四射、玉树临风、自信爆棚,只要他不具有深度的换位思考的同理心,他就可以被划归为美国《精神障碍诊断与统计手册》(第五版)(DSM-5)所定义的自恋型人格障碍。真正的爱,某种意义上是具有无私性的,林庚白如果真的去爱了,就不会如此自恋。这

---

① 〔美〕拉玛尼·德瓦苏拉著,吕红丽译《为什么爱会伤人:亲密关系中的自恋型人格障碍》,浙江大学出版社 2022 年版,第 64 页。

② 林庚白认为杨玉英(石癯,志漪)曾追求过自己,据《丽白楼遗集》,林有多首诗赠杨,《过志漪夜话有作》:"人情望蜀倘非奢? 理欲相持世所嗟。苦为爱怜含怨慨,争教美好补才华? 梅魂菊影俱成恋,萍末鸥边便是家。说与尹邢休觌面,海棠曾见傍梨花。"《志漪寄诗相戏却和》其二:"众浊谁能喻独醒? 春兰秋菊各芳馨。人间爱恋寻常事,莫把长眉斗尹邢!"似指自己选择了张璧,不能再得陇望蜀,劝杨与张莫学汉武帝的尹、邢二夫人避不相见,争风吃醋,而要团结合作。《与张璧书》中也云:"Y 虽拼命向我进攻,我决不会爱她。"但这只是单方面的材料,无法证实。

③ 《为什么爱会伤人:亲密关系中的自恋型人格障碍》就认为:"自恋者都非常有吸引力和都对自己的工作或从事的艺术充满激情,富有创造力。如果人们对自己的工作或爱好充满激情或热情时,脸上都会泛着光芒。与这样的人在一起,你会情不自禁地被他们的激情和热情所感染,又怎能不为他们动心?"(第 126—127 页)

样看来,林庚白的爱,更多停留在自恋阶段,更像是一种自我想象和文学塑造。于是这一场爱情故事,便以风花雪月开始,以梦幻泡影结束。

最后,还有必要回答一下本文开篇提出的两个问题:第一,如何看待和利用此类隐私性很强的日记? 说实话,使用林庚白的稿本日记及书信底稿,我常处于一种艰难的过程中,这既由于其潦草张狂的字迹难以辨识,又关乎一种道德分寸感。日记本身具有自我倾诉、自我剖析、自我认识、自我校正的功能,特别是民族危机深重和时代动荡之际,"无论是为了克服情感困境而进行自我经典化、自我形象重塑,还是为了化解道德危机进行自我辩护,或为了革命的现实需要进行自我认同、自我正名,日记创作一定程度上都可视作是作者在情感危机与时代困境的刺激下,努力寻求自我安放的方式"①。但又有多少人能像林庚白这样敢于如此真实地坦露自己,坦露自己最不绅士甚至黑暗龌龊的一面呢? 况且,这类隐私性极强的日记本身就不是准备给他人看的。那些没有将自己的负面形象记于日记中的人,又有多少资格凭借此类日记就去从道德上评判林庚白呢? 正如一副古联所云:"百善孝为先,论心不论事,论事贫家无孝子;万恶淫为首,论事不论心,论心终古少贤人。"②评判一个人,既需要因时、因地、因事、因行制宜,也需要兼顾其他的综合判断。

林庚白的一生,以身作史,为革命所做的贡献不容抹杀,他在政治上大节不亏,堪称烈士。在文学上,其成就也足以名家,特别是在南社诗坛能够独树一帜。在道德上,他写有诸多性诗性词,固然于社会有不好的影响,但也有很多积极光明、激励人心的作品;特别是他在追求张璧的过程中,没有利用对方短暂动情之际,诱骗与之进一步发生关系,宁愿自慰、宁愿做一场春梦;论其行,虽不能如其自吹那样表现出

---

① 唐海嘉《建构与认同:1930 年代中国文人自传研究》,北京大学 2022 年博士学位论文。
② 〔清〕梁章钜《楹联丛话》,上海科学技术文献出版社 2016 年版,第 52 页。

"人格的崇高与伟大、圣洁"（《与张璧书》），但毕竟有所不为，仍有值得称道之处。

总之，林庚白如此坦露自我的隐私性日记，实是日记研究中一个重要的典型样本。对于这类隐私性日记，我们有幸获观，最好能抱一颗感谢之心。他们不仅满足了我们人性中共有的并非高格调的窥隐癖，为我们释放掉心中一些潜在的欲望，而且让我们真正进入历史情境，抵达人性深层，以他人为镜，校正自己，调适自己，提升自己，对此我们难道不该感谢吗？对待这类史料，我们是迷恋于其中人性下流的沼泽中不可自拔，还是从中发现更多的人性升华，这一切取决于我们自身的修养、选择和眼光，而不应该将其中有可能产生的流弊都归咎于这些史料本身。

第二，如何认识林庚白这种另类人物的时代价值？林庚白和其同时代者虽然都处在"新"和"旧"的分界线上，追求"新"，也无法彻底逃脱"旧"的影响，但其表现得无疑更为复杂和特殊，以至成为无论在民国政治史、情感生活史还是现代文学史上，都是一个颇具症候性而又难以归类的人物。他周旋于国民党与地方军阀势力的合纵连横中，穿梭于革命家、政客、官僚、学者、文人等诸多角色的互换间，政治态度、性格情感、文学表达都有其复杂矛盾性。"矛盾"成为他评价政局、社会和自己生活及情感世界时经常使用的一个词。不仅世道是矛盾的，"空前时世杂矛盾"（《再论诗》）、"吟眺难穷矛盾世"（《庚辰立秋前一日热甚晚眺》）、"陋邦大国千矛盾"（《晓起看雾》），而且连他自己也是矛盾的构成，"置身积重千矛盾"（《三日北碚晓发四首》其三）、"矛盾撑胸铲未平"（《自题小影》其二）、"此心矛盾久相攻"（《矛盾一首寄亚子》）；他在《自传》中也说自己"终是含有矛盾性的性格、欲求、生活方式，很多和思想冲突"。

林庚白去世后，柳亚子等各界名流在桂林为其举行追悼会，与会300多人中，国民党左中右各派和中国共产党都派代表参加。由此可见其政治经历及政治立场的复杂性，某种程度上可说是民初政治史的复杂演进的折射,拿林庚白自己的话说就是:"此身应是中华史"(《自题〈空前词〉》)、"身是中华兴废史"(《顾家宅花园纳凉》)。

王德威评论茅盾、蒋光慈、白薇时曾说,他们"把生命看成实中有虚的建构,把小说看成虚中有实的生命"①,林庚白同样如此,其情感生活与其表现情感的诗词有着很大的同构性,都是那样的热烈放纵,肆无忌惮,这也使他成为争议性人物。这里不妨将林庚白和同时代的梅贻琦、顾颉刚、郑振铎等人处理感情的方式比较一下。梅贻琦曾对杨净珊有过较长一段时间的爱慕,但始终没有公开表达过,直至《梅贻琦西南联大日记》出版,学者才从中找到蛛丝马迹②。顾颉刚对谭惕吾(慕愚)的爱恋长达半个多世纪,妻子去世后才向谭求爱,遭拒后仍难以忘怀,写下了"五十年来千斛泪"的感人诗句,但他更多是将这份爱意倾诉在日记和与谭的私人信件里,没有在公开发表的作品中谈及这份情感;据其日记,即使在梦中,顾与谭也多是相对默坐,相敬如宾,偶有一次顾梦见与谭同寝,梦中还不忘向对方道歉:"予虽一向以理智压感情,但至今日而已失败矣!"③郑振铎对徐微的爱意,在《郑振铎日记全编》中也留有不及于乱的记录,郑振铎公开发表的散文《秋夜吟》写他与学生"小石"夜谈和月下散步的温馨,"小石"即徐微,但郑振铎将小石写成"他",将这份别样深情隐藏起来④。梅、顾、郑三位可说都体现了"发乎情,止乎礼"的君子风范,对感情的处理方式都符合中国伦理传统的美德要求。因此即使后人从其日记中发掘出这份婚外情感,也多报以唏嘘、同情或者尊敬。而林庚白不仅在婚内即公开狂热追求张璧,而且不断将这份私人情感放大乃至歪曲,并写成文字公之于众,当然会遭到很多人的非议。和他同样多情浪漫的才子吴宓追求

---

① 王德威《现代中国小说十讲》,复旦大学出版社 2003 年版,第 96 页。

② 徐韫琪《梅贻琦日记中的"珊"》,《读书》2020 年第 9 期。

③ 余英时《未尽的才情——从〈顾颉刚日记〉看顾颉刚的内心世界》,台湾联经出版公司 2007 年版,第 136 页。

④ 吴真《难中相守:郑振铎与徐微的战时情缘》,《读书》2023 年第 5 期。

毛彦文时,也爱公开发表自己的情诗,金岳霖以天天上厕所却不会逢人即说为喻,劝其勿将私事拿到外边宣传,吴宓虽然生气回怼:"我的爱情不是上厕所。"①但也说明人们对公私的区分有大致统一的判断。

林庚白比吴宓更为大众所不能忍受的是,他还写了大量的性诗性词,这更挑战了大众的道德和伦理底线,这些反叛传统文学、大胆表达自身情爱乃至性爱的诗词,是新文化人也不敢尝试的禁区。林庚白虽然赋予了革命加恋爱文学一种新旧杂糅的暧昧性和刺激性,但无法在古典诗词和"五四"新文学的标准中找到自己的对应位置。这使他像另一位以谈性出名的张竞生一样,在历史上处于另类的尴尬地位。人们谈及他,往往用这表层的刺激印象覆盖了他实际的政治和文学贡献,因此他不仅在中国现代政治史上常被人忽视或一笔带过,即使在民国旧体诗词史中所占篇幅也较为有限,其时代成就没有得到公正体现。

正如陈平原对张竞生的评价那样,虽然新文化运动的滚滚车轮,碾碎了那些异端或步调不一致者,但我们对历史不仅要"关注剑拔弩张的正面与反面,同时也须兼及更容易被忽略的侧面与背面"。张竞生等人"提供了一个独特的观察角度,帮助我们串起了一部'不一样'的中国现代史"②。我们今天重提林庚白,也许会起到同样作用吧。

(本文删减版载于《中山大学学报》2014年第1期)

---

① 刘培育主编《金岳霖的回忆与回忆金岳霖》,四川教育出版社1995年版,第54页。
② 陈平原《新文化运动的另一面——从卢梭信徒张竞生的败走麦城说起》,《文汇报·文汇学人》2018年11月30日。

附录:

张璧三书①

一

庚白同志:

前晚回来,看了杨的信,觉得很不舒服。她是个理智很坚强,而且富有革命性的人,但是在她这封信里,是表示何等的矛盾呀。这固然是她情感太脆弱的缘故,但是假使环境不是如此,也不致这样吧!本来,曾经创伤的她,在心的深处已种下了苦闷的种子,那经得再度的刺激呢?我很想在她痛苦之余给她一点友谊的慰安,但是具有十分惰性的我,迁延到今天还没能写。你的来稿很好,我照抄了,不过我总觉得太对不起她,而且也违心了一点!庚白同志!我在此还是希望你能予以满足,不使她过分失望才好!!!

承你送我多本有价值的书,阅后当然能得很多的益处,谢谢!以后,假使你认为我应该看些什么书的时候,最好把书名示知,让我自己去买好一点,免近流俗!

春之神已光临大地,在这和暖的阳光里,沉浸着沐浴着,任你怎样的枯寂,也不能不有相当的生气。庚白同志!和风吹醒了我迷惘的旧梦,阳光已燃着了我希望的明灯,我将从今天起,满足我求知的欲望

---

① 拙作《爱是一种文学塑造吗?——林庚白与张璧情感分析报告》,利用了张璧致林庚白的两封书信(分别写于 1930 年 2 月 19 日和 1932 年 11 月 23 日)。文章发表后,承友人告知,又在拍卖网上找到 1933 年 6 月 4 日张璧致林庚白的一信。今将三封书信全文整理公布,合称《张璧三书》。

了。本来我来京也将两月了，但是所谓学术、事业，只是荒芜在这游乐的主义中，而没有得到些须的成就，可宝贵的光阴啊，只是这样的消失了。

这几天天气很好，早上七点钟就起身了，时间很充裕，总是吃了早点才去办公，倒没有迟到的事发生。

匆促的写来，草率得很，请恕。祝你好。

璧二·一九。

二

庚白先生：

信收到了，是的我似乎也应该对你说一个明白，虽然我是准备着接受你最后的赐与——不惩罚，但这个也是要请你以东方民族常用的恕字来鉴谅我的一切，平心静气的看我下面所说的话，在你不论是认为对或者是错误，总之我是要说也是应该说的了。

记得在我们认识的当初，是那样一个偶然的相遇，在朋友的家里，在我刚要离开镇江的前一天，没有经过特别的介绍，没有说过一句深切的话，只是同坐在许多人的房间里，杂乱的谈着几句应酬话而已，那个并不能说我是已经认识了你。

以后我来南京，不知怎样你会来找我，这个虽然我也觉得有些突然，但是因为你是我朋友的朋友，并且听说你是对于革命很有认识，肯助长妇运的一个学者，所以我是接见了你，因为我是社会上的人，我不能那样小气。

以后你曾屡次的来看我，和写信给我，表示你的为人，是超然的，不同流俗的，我因为朋友的关系，又因为是你是年长，是一个学者，所以我是和你来往，但我不敢说你就是我的朋友，在口头在信里我都这样表示过，请你做我的先生，把我似学生般的勉励着和指教着，你是应允了，所以才有以后的交往。

这以后你就介绍书我看，告诉我应该做怎样的人，并且指示我的途径，这样使我确相信你是不同流俗，是我的良师，是我的导者，并且因为你是有夫人和许多小孩的，所以我更大胆的毫无顾虑的接受了你的指教，恰像小孩听信大人似的，但谁知这样就会引起后日的误会，这确是出乎我意料之外的。

以后你曾对我说过你的太太怎样不好，怎样的你会对她失望，但是这个我总以为这是你偶然的气话，只得也学着大人的口吻来劝告你，并为你的太太解释，我是怎样以一片纯洁的心灵来默祷着你们的安好啊，我绝对不会想到你对于我有什么的，因为我是信任你是不同流俗。

然而这事毕竟是暴露了，这是不幸的，你竟会向我求爱，在这里我不得不明白告诉你我不能如你的愿望，我只得向你疏远，我是不愿再看见你，但是那时候你是怎样呀！请你细细的想一想，先生！你会那样不惜时间的来部里，一点钟二点钟的候在会客室里，要我来会你，不惜厚颜的当着大众拉扯着逼迫着一定要我给你出去或五分钟十分钟的谈话，一次两次的，不知继续了多少次，先生！请你想一想吧，那时你说的是什么，我对你表示的又是什么呢?!

在口头在信里我都这样的表示过，我说：我做过妇女运动工作，我不能拯救被压迫的妇女已是我的罪过，我更不能再做压迫妇女的事，去给人家笑骂，并且我声明，以前对于你的完全是一片率真，没有一些男女的爱念，希望你不要轻易的忘记了你过去的历史，和你夫人的好感！请你以对于我的希望，去希望你的夫人，和造就你的夫人。先生！这个我是否是这样说过和写过，我想你可以在你清淅的脑海里浮泛得出，也能在我给你的信里看得到，倘不是淡忘和遗失的话！

诚然，这是我的错，我不应该在那时再给你以面子，我应该当着大众给你再多的难堪，或许不致造成今日这样的结果和这许多的难过。但是你是超流俗的男性啊，我不能以普通一般女子对付男性的手段来对付你。何况天下那里真的有铁石心肠的人呢！只怪我是心慈，我是脆弱，我怎当得你那样的哀泣和苦求，在致美斋，在金陵咖啡馆，国际联劝社，中央饭店，你都这样过，你还当着我的女友，这样不得不使沉默的忍住了我内心的愤怒，又因为你对于我过去的好感，我只得站在友谊的立场上，维持了我们的交往。然而自此以后我的确没有给过你一些好感，虽然你是以死来恫吓我！

然而谁知凭是我这样对你，你还是不稍改变你的态度，而我们的关系，也就在这种不同心意的状态下，又继续了一年，一直到这次，你的来京！

自然那次我是给了你大大的难堪，但是这个并不意外，迟早总有一日，因为我的态度早就向你明白的表示过，只是你不明白——不，不，你不理会，你一再的屈解，你一再这样的屈解，我对于你所以还不十分决绝你的，好像我对于你还是有什么可能似的，并不了解。是事实逼迫着我，我不得不这样的给你一个打激。

但是这个我得要声明。我对于你的一切淡漠和冷酷，并不是恶意的，是希望你的悔悟啊！我愿意牺牲我自己，但是我希望你仍能恢复你家庭的完整和安乐。记得在以前给你的信里，好像这样说过："现在我不愿见你，但是我希望在一年以后，能够在你充满了生的活跃的家里，看见你和你的夫人。"这个你可以知道我是怎样的希望着你，为你祝福着啊！

是的，你对于我好，恰像你来信所说：为着我你是受过许多的磨折和蒙受过莫大的牺牲的，虽然这并不是我所主使的，但是我还是感激。我总是知道的。我了解你并且信任你，那是不同流俗的男士，有超人的见解，有远大的前程，是的确能给我幸福的，但这都算是我的命薄，我是无福消受，我不能相逢你于廿一年前，我又不能像普通女性似的肯夺人所好，世上有几个保志宁似的能那样苟安能耐呢。我是只好给你最后的拒绝了。因为我是参加过妇女运动的。

但我呢虽然是这样的浅薄无能，但是我还不甘没落。我还有精神上被踩躏剩余的一些自尊心和进取心，这样她会驱使我向前走的。大概我还不致停滞在这样的一个时代里。像你先生所猜想的那样的。先生！请放心！

不过凭是这样，我还是准备了受你最后的对付。不论是严厉的或惨酷的，寻常的也好超平凡的也好，横是我还有我父母生我的血肉之躯，总是可以忍受的。你就骂我恨我吧！你报复呀！我的名誉生命都可以牺牲的啊！只要不强制我的意志，不违悖我的主张！

是非总是有公论的，一切法律所不能制裁或誉论所不能屈服的事情，都可以有那颗鲜红热烈的心去制裁的。因为自己总不会再欺骗自己的。是好是坏，日久总有人会知道的。

信写到这里可以结束了，先生请你恕了我的率直吧。我的确是拣最好的说了呢！我有我的一颗好心啊！

最后再请你原谅我，题字我还是不能写，你的信也都不在。但我祝福你！

璧于 1932.11.23

三

庚白先生：

雪片似的电报在众人惊疑的氛围中间，我是收阅了。话语是这样的简单，而且茫无头绪。我不知道这究竟是你对我下的警告呢还是什么？真的，我不知道这是为什么呢！

小孩子是无辜的，她并没有一点的事情值得你这样的去注意她，更没有一点的原因为你所借口说是应该去恐吓她或者责罚她！有的只是一个未经世故的童心在人生道上频受着许多的煎熬，是痛苦而且是已经憔悴了的。但是她并不受任何的拘束的，就是强硬也软化不了她呢！记住去年给你最后的一封信吧！她始终还是这样，一个已经决定了的心，也是无法挽回的呢！

倘然人不是完全自私的话，那么我想当一个人他用了许多的方法去对付一个不懂世故的孩子,或是是他要她做件不愿做的事情时,她虽然并没有应允他的要求,但是她为他身受的精神上的打击,内心的痛苦也是够补偿他的损失了,他不应该对她有任何的怨恨呢!难道人果真只有自私么?

人与人之间是常充满了误会的,因误会而得的结果想来都不会是欢乐的。果真还有最后的一幕么?

人生为的是要求快乐,为什么一定要走到痛苦之途呢!先生!回你幸福而快乐的家庭吧,那里有欢乐有情爱欢迎着你去享受呢!先生倘然你果真是爱我的话,那么我请你接受了我这个请求。我不仅是馨香而祝祷着呢!

璧 1933.6.4

夏承焘的放翁情缘

——以《夏承焘日记全编》为中心

著名词学家夏承焘(1900—1986)在其《天风阁诗集》(浙江人民出版社 1982 年版)前言中,曾自叙学诗历程:

> 予自幼爱好诗词。十四岁考入温州师范学校以前,已学作五、七言诗,然而尚未入门。逮入温师,与同学李骥晨夕共处,日以诗词韵语相研讨,乃稍稍得识门径。同时从李骥、梅冷生诸诗友处假阅《随园诗话》、李义山、黄仲则、龚定庵、王渔洋诸家诗,寝馈其间四五年……予早年诵诗,颇喜黄仲则,尝手录其《两当轩集》……中年以后,亦曾喜学陈后山律体。久之嫌其苦涩,始稍稍诵习简斋,期得其宽廓高旷之致。于古诗,则好昌黎、东坡、山谷,于昌黎取其炼韵,于东坡取其波澜,于山谷取其造句。

可知唐代的李商隐(义山)、清代的王士禛(渔洋)、袁枚(随园)、黄景仁(仲则)、龚自珍(定庵),皆其早年学习对象;中年则喜宋代的陈师道(后山)、陈与义(简斋)。古体诗则师法唐韩愈(昌黎)、宋苏轼(东坡)、黄庭坚(山谷)。

无独有偶,《天风阁词集》(百花文艺出版社 1984 年版)前言中,夏氏也自叙学词历程:

> 早年妄意合稼轩、白石、遗山、碧山为一家,终仅差近蒋竹山
> 而已。

可知早年其词学辛弃疾(稼轩)、姜夔(白石)、元好问(遗山)、王沂孙(碧山),后来词的风格渐效蒋捷(竹山)。

《天风阁诗集》前言作于 1980 年,夏氏时年八十一岁;《天风阁词集》前言则作于其八十四岁时①,皆可谓其晚年定评。因此,一般研究者也多据此言其诗、其词。但是,梳理近年出版的《夏承焘日记全编》②,却发现夏氏还遗漏了一位在自己诗词乃至人生中都很有影响的人物,那就是陆游。

现存日记最早开始于 1916 年,但只有少量的摘录稿;较为完整的记录其实始于 1917 年。那一年,夏氏尚在温州师范学校求学,即颇喜读抄陆游诗歌:

> 上午第一时教育,讲《训育论》。二时西洋史,予不出席,讲义托高明代带。坐窗下读陆放翁诗集数本。三时国文,张震轩先生告假。四时英文,讲《文法易解》第二册。下午一时国文,告假。二时几何。退课后予以课暇无事,遂请假归家……灯下抄录陆放翁诗数十首。(二月十四日)

该年十一月二日,夏氏看到倪健秋《闲居》诗时,又指出"甚佳,句似剑南",可见斯时他对陆游诗歌已经较为熟悉。之后陆游更是频繁出现在他的日记中,贯穿在其文学创作、学术研究、教学活动、社会交

---

① 前言虽云系检 1942 年所作"学词经历旧稿"为之,然既未改易,亦说明夏氏至老看法并无改变。

② 浙江古籍出版社 2021 年版。以下简称"日记",凡引自日记者仅于引文后括注日期,以省篇幅;早期日记以农历记日,一九二二年七月初九后改为公历,故本文日期用汉字者(如二月六日)指农历,用阿拉伯数字者(如 2 月 6 日)指公历。

际及其他日常生活诸方面,呈现出不同的接受面相。

一、夏承焘诗中的放翁气象

1919 年四月十三日,日记载"窗下展读年来旧作,每嫌诗境卑卑,无元龙百尺气概,未知是否学力未到或境遇所致。要之,哀易入靡,非少年所当作也。作六绝句以自警",其二云:"铁骑散关豪语工,诗人面目本英雄。九千篇在无卑格,合爇瓣香奉放翁。"夏氏对旧作的哀婉卑靡深致不满,对陆游其人其诗的英雄气概顶礼膜拜。

1921 年底,夏承焘入陕西,次年就任西安中华圣公会中学国文教员兼陕西第一中学教员,陕西险要的地理和丰厚的人文,使夏氏真切体会到"铁马秋风大散关"的意境,也使他更亲近陆游的作品。

1924 年 3 月 27 日,夏氏赋《病起》诗:"初消残雪日迟迟,药碗虫声沸响时。小病自愁豪气减,晴窗起展剑南诗。"可见其要借陆游豪壮类诗来破除卑靡,鼓舞英雄志气。有意思的是,1926 年 2 月 18 日,他又将这首《病起》诗改成:"未消残雪雨丝丝,药碗茶(俗作茶)声沸响迟。小病自愁豪气减,夜灯起展剑南诗。"在这首诗里,原来的晴日展读变成了雨夜展读,不变的是借放翁诗来振起昔日的豪气。

数年之后,夏氏在日记中回忆自己由喜爱黄景仁转到喜爱陆游的历程:

> 灯下读《两当轩诗》,二十岁时笃嗜此集,所作小诗,友人谓有肖黄君处,后以戒作苦语,乃屏绝之。是书转借于冷生许,曾携之客陕,不展卷四五年矣。重摩陈篇,如逢旧友。少时有自负如仲则者数首云:……近三四年来,厌作此等衰颓语,拟一切删之。游秦以后所作,似较有壮语、典重语,益视此等为浮薄……在秦时喜读陆渭南集,尝有论诗一绝云:"数子词坛共角雄,黄生苦语漫偏工。谁知羯鼓铜琶畔,自有瓣香拜放翁。"拉杂书此,以志数年来

学诗经历。(1926 年 1 月 11 日)

他此期在陕西创作的诗歌,如《过潼关》《秦中杂诗》《西安寒食》等,风格也的确更接近陆游。友人亦谓其出关诸作,"气魄雄健,可与潮州'潼关'之句、放翁'铁骑'一首并轨争驱"(日记 1922 年 10 月 31 日)。这段入陕经历令夏氏十分难忘,1929 年 11 月 25 日,他回忆当年过潼关遇雨,遂吟一诗:

> 一诗哦就出长安,得句还堪傲长官。风雨潼关驴背上,此身谁当放翁看。①

此诗很明显是从陆游《剑门道中遇微雨》脱胎而出,夏氏在这里仿佛成为陆游的当代化身。

不过,夏氏对陆游诗歌的接受并非只偏于豪壮诗,对于陆游其他风格类型的诗,他也同样喜欢,并化入自己的作品。1926 年 2 月 8 日的《日记》"足成旧诗二首",其中之一是《遣闲效剑南》,这是所见夏氏最早一首在诗题中公开标示模仿放翁体的作品:

> 收拾江船马足身,偶来赁庑作归人。梦忘如忆前生事,花落犹思昨日春。不饮无心期独醒,读书有味是清贫。安仁枉作《闲居赋》,愧汝劳劳拜路尘。

此诗值得注意的有两点:一是其言在旧作基础之上增改而成,证明此前已经开始仿作;二是既然是"遣闲"中仿效放翁体,说明夏氏对放翁

---

① 诗题作《十三年过潼关遇雨,忆放翁"衣上征尘"之句》,眉批又修改诗句为:"此身谁当放翁看,酒晕征尘兴未阑。风雨潼关驴背上,又携秋色出长安。"按《天风阁诗集》收入此诗时改为"此身敢当放翁看?酒晕征尘兴未寒。风雨潼关驴背上,自携秋色出长安",诗题作《二十五岁过潼关,忆放翁"衣上征尘杂酒痕"句》。

诗接受的多元性,不仅爱其豪,而且亦得闲(陆游以"闲"入诗题的诗就有 200 余首),夏氏在这里欣赏的是陆游那份在生活中的闲适之趣和安贫乐道的胸襟气度。

1926 年 2 月 20 日的日记,曾记载永嘉地方审判厅厅长曹昌麟(民父)来访之事:"曹民父厅长来,尚未早饭,久谈至十时半去。谓放翁以理学境界入诗,近人惟王静安效之最工,且能融入哲理。又谓放翁有意气语,无牢骚语,胸襟之广,为渊明后第一人。"夏承焘随之予以评价:"此语甚惬鄙怀。近读剑南诗,觉放翁气象不可及,能恬人神智。"

曹氏言王国维诗对陆诗"效之最工",在当时具有一定共识性。如与王国维交往甚密的张尔田,在 1927 年致黄节的信中亦指出王国维"诗学陆放翁,词学纳兰容若"[1],而且王诗确有不少化用陆诗处。以"理学境界入诗"一语今天看来稍令人费解,不过联系到陆诗接受史中重要一脉是从陆游主体人格的修养出发[2],再联系到曹氏后面所言"胸襟之广,为渊明后第一人"以及夏承焘所言"恬人神智",即可明白此处主要指陆游诗歌多修身养性、恬淡无欲之语。诸如:"灵府宁容一物侵? 此身只合老山林。何由挽得银河水,净洗群生忿欲心。"(《杂兴十首》其三)"无事自能心太平,有为终蔽性光明。"(《书怀》)"天下本无事,庸人扰之耳。胸中故湛然,忿欲定谁使。本心倘不失,外物真一蚁。"(《心太平庵》)在陆集中比比皆是。因此放翁诗常有一种超拔不俗之气,即使写日常,也常有一种哲理和安然,夏氏谓为"能恬人神智",并将之概括为放翁气象,《遣闲效剑南》"效"的即是这种气象。

日记 1926 年 7 月 2 日所记《自春徂夏移居妆楼下漫成楼居杂诗十截》,也是夏氏极力摹仿陆诗绝句的例子,他甚至在其十末句中直接承认:"脱手新诗似放翁。"该年 11 月 8 日所作《小极中报笑拈丈并柬

---

① 杨传庆编著《词学书札萃编》,南开大学出版社 2015 年版,第 261 页。
② 张剑《略论袁昶对陆游的评价和接受——兼谈日记对接受史研究的启发》,《华南师范大学学报》2023 年第 5 期。

民父厅长》，爱国以及嗜诗的精神风貌更酷肖放翁：

> 细细茶潮日脚迟，薄凉秋与病相宜。万缘将寂尚忧国，一事最难惟戒诗。人羡君卿宦兼学，世忘方朔老长饥。过从二叟玄谈永，暂信闲中岁月奇。

夏氏有时还直接将放翁诗歌的成句直接借入诗中，如1926年11月11日所录《病起登籀园楼眺晴，归得笑丈诗，即用其韵》："困余笼鹤损风标，小阁凭危气尚豪。渔市人家霜意饱，菊花天气雁声高。闲心何意关蛮触，此手惟堪把蟹螯。安得松寥容坦腹，江风满枕听秋涛。""此手惟堪把蟹螯"即自注"放翁句"，此为陆游《初秋书怀》七律末句。11月13日所录《答笑丈、明父三迭前韵》："楞伽堆案未嫌迟，世劫看残对佛宜。彭泽先生能自传，永嘉名宦例工诗。无妨吾志徒温饱，漫念斯民孰溺饥。颇信放翁名语好，年来用短始能奇。""年来用短始能奇"即用陆游《初到蜀州寄成都诸友》七律次句。

至于诗中化用陆诗语言、意境或以陆诗为典实者更是不胜枚举。如日记1928年6月13日有诗《游仇池坞，是日闻国军下北京》："早岁吟诗学放翁，怜翁不见九州同。乌龙山下翁游处，万里中原落照红。"这是他在严州九中任教时为学生题写纪念册时所作，陆游终身遗恨不见中原恢复，而今日时势喜人，国民革命军北伐已下北京，国家统一指日可待，此诗可视为与陆游《示儿》的对话。1928年7月29日《严州杂诗》其二："野氹不唤放翁还，天遣工吟薄宦间。"其典出自《宋史》："（陆游）起知严州，过阙，陛辞，上谕曰：'严陵山水胜处，职事之暇，可以赋咏自适。'"8月27日"忆放翁'小楼春雨'句，成二诗"：

> 客严州，从端妱借放翁诗
> 儿时学诗好豪语，坐卧挂口翁佳句。十年身世落江湖，题诗半是翁游处。西行来看钓台云，一竿风月两平分。某山某水过翁

近代文学与文献考论

眼，欲携高咏问桐君。一竿昨乞子陵还，想见耽吟薄宦间。身后子云吾岂敢，同看数桁水南山。乌龙压窗青如洗，太华三峰在眼底。怜翁头白望中原，不到函关与渭水。咄咄山城过一夏，作草分茶遣百咤。故人意重不可忘，一编合当荆州借。（翁守严州诗云："名酒过于求赵璧，异书浑似借荆州。"）水村清绝城东路，明年准共移家去。待赁小楼杏花时，招翁吟魂听春雨。（"小楼听雨"句翁自临安来严时作。）①

夜闻风雨作，因忆放翁、钟隐句

杏花初放二分红，便觉春愁写欠工。身在两重吟境里，小楼夜夜雨兼风。

前诗自注何句化自陆诗，直谓"儿时学诗好豪语，坐卧挂口翁佳句。十年身世落江湖，题诗半是翁游处"；后诗"雨兼风"当出自李煜（钟隐）《乌夜啼》"昨夜风兼雨，帘帏飒飒秋声"，又化用陆游《临安春雨初霁》的意境。可见陆诗对夏氏的影响，不仅在字句，而且深入诗境。

再如 1933 年 1 月 15 日的诗作《十一年冬闻辽东战讯不眠作》的"瓜洲""大雪""安得楼船共放翁"等语，明显化用陆游《书愤》"楼船夜雪瓜洲渡，铁马秋风大散关"。1937 年 10 月 16 日的诗作："诸君何至泣新亭，我老犹能大漠行。唤起放翁同愧死，曹蜍李志鬓青青"，直接致敬陆游《夜泊水村》"老子犹堪绝大漠，诸君何至泣新亭"。1938 年 7 月 17 日《夏日杂咏》"不是花时也不晴"，反用放翁诗《春雨绝句》"端忧不用占龟兆，坏尽花时自解晴"。1942 年 4 月 22 日《胸次一首别古津》"胸次几人收华山"，10 月 27 日《追昔游五首（晓枕忆二十岁入秦所经，补作）》其五："落雁峰头望散关，放翁魂魄去难攀。平生胸次知何等，一笑相逢少华山"，皆明显化自陆游《过灵石三峰二首》其二："胸次先收一华山。"1957 年所作《奉答寅恪先生示诗》"老学龟堂能返老，会看

---

① 《天风阁诗集》收入此诗时改题作《严州读放翁诗》，诗句亦有删改。

104

牛背射神光"①,自注:"放翁晚年脱齿复生,能于暗室中见物,有诗记之。"检陆诗,前句可能指《识喜》"齿摇徐自定,发脱却重生",而夏氏误记发脱重生为齿脱重生;后句可能指《中夜睡觉,两目每有光如初日,历历照物。晁文元公自谓养生之验,予则偶然耳,感而有作》。同年6月22日所作《山西道中读〈亭林集〉》"此行莫作诗人看,头白羸驴过华阴",句式明显化用陆游《剑门道中遇微雨》"此身合是诗人未,细雨骑驴过剑门"。1964年11月19日所作《与馨一别十二年,与谈少年游秦事,作二绝句赠之》"共摩铜狄看河清","摩铜狄"三字出自陆游《寄叶道人》:"惊人亦莫摩铜狄,泰华松风足昼眠。"《斋中杂兴十首以丈夫贵壮健惨戚非朱颜为韵》其七:"何当五百岁,相与摩铜狄。"②

直至垂暮之年,夏氏诗歌中对陆游仍难忘情。如1973年《追昔游六首》其三:"百二山河岳影间,放翁无路梦函关。黄流九曲蟠胸次,七字看谁收华山。"吴无闻注:"南宋时函谷关一带已沦陷,放翁梦想恢复中原,但无由实现。"又注"收华山"出自陆诗"胸次先收一华山"③。1974年2月13日《食蟹》:"把得一螯思着句,灯前八堡壮潮来。"自注:"放翁诗'潮壮知多蟹',近年须往八堡乃见大潮。"4月30日作《尻轮行》,诗题注"七十五岁右髋生骨刺,作诗自遣,并寄斐、同、冷三友",诗云:

　　老犹摊书雠鱼虫,久忘屈伸师禽熊。八秩摩髌刺生骨,乃诧
痼疾同放翁(放翁七十余病右足,有诗)。阴陵大泽梦再过,膝行

---

①　按《天风阁诗集》第118页收此诗,题作《广州别寅恪翁》,诗句文字微有差异,此句作"老学放翁能返老,会看牛背射神光"。

②　按《后汉书·蓟子训传》:"时有百岁翁,自说童儿时见子训卖药于会稽市,颜色不异于今。后人复于长安东霸城见之,与一老公共摩挲铜人,相谓曰:'适见铸此,已近五百年矣。'"此即陆游"何当五百岁,相与摩铜狄"出典,而"摩铜狄"三字联用,则始于陆游。

③　《天风阁诗集》,第143页。

楚帐嗤群雄。晨游每被邻姬笑,出入妇臂代扶筇。一筇昔曾行松顶,今乃伛偻学蟠松。南北故交几才杰,眠床债重同书空(眠床债,温州俗语)。尻轮作驾忽浮想,庄生奇语可发蒙。孤枕神游周九塞,乾坤偌大输房栊。五岳旧游有遗憾,偿我天南十万峰。客来谑妇学鹥凤(李白诗"拙妻好乘鸾"),拏云上下应相从。何须作计浮江峡,连宵了了瞰嶲邛。放翁梦路如相逢,诗成咳唾随天风。①

诗题用《庄子·大宗师》:"浸假而化予之尻以为轮,以神为马,予因而乘之,岂更驾哉。"诗写自己与陆游皆晚年病足,而自己以臀为轮,以神为马,虽不良于行,仍可随心所欲遨游太空,梦中说不定还能与陆游相会,天风浩荡中美妙的诗篇也随之而成。此诗颇能反映夏氏幽默乐观的天性。夏氏八十一岁时,脑力已衰,但看到海棠盛开,仍想仿作陆游的《海棠诗》。1980 年 4 月 29 日:"上午与树森游北海,海棠正盛,低徊不能去,欲作一诗学放翁《海棠颠歌》。"诗虽未成,痴心可见。

夏氏倾慕放翁气象,故从诗境到字句都对陆诗多有效仿,由 1917 年的少年时代直至 1980 年的耄耋之岁,可见放翁诗歌对其影响时间的深久。

二、夏承焘词中的放翁诗境

夏氏词与陆游的关系不如诗歌明显,而且夏氏自言不擅填词。1931 年 7 月 3 日曾记载:"自审才性,似宜于七古诗,而不宜于词。"尽管如此,由于夏氏词风总体上刚健清奇,善化宋诗笔法于词中,故有些词作也常用陆诗意境。如 1947 年 1 月 4 日自记:

---

① 按《天风阁诗集》第 146—147 页收入此诗,诗题作《七十余岁右髋生骨刺,作此自遣》,诗句文字微有改动。

予早年既尽力治《白石集》，去岁在龙泉，好读放翁诗，为重制
年谱。间为小词，往往融入放翁诗境。

其实之前他在词作中就曾化用陆诗。如 1937 年的《减字木兰
花·过绍兴沈园》："小词拂拭，听角湖山寻禹迹。白雁南来，莫作惊鸿
照影猜。　云门归魄，夜夜光芒瞻太白。梦路防秋，枕底南山虎髑
髅。"上阕用陆诗《禹迹寺南有沈氏小园，四十年前尝题小阕壁间，偶复
一到，而园已易主，刻小阕于石，读之怅然》和《沈园》中的"曾是惊鸿照
影来"，下阕用陆诗《陇头水》"夜视太白收光芒，报国欲死无战场"和
《醉歌》中的"犹枕当年虎髑髅"等。全词类于集句，每句皆从陆诗中变
化而出，巧妙妥帖。

1943 年 1 月 8 日所作《鹧鸪天·又答养翁、声越》末句："春秧二亩
谈何易，慢把归心比二疏。"自注出放翁诗："挥金岂必如疏传，二亩春
秧也是归。"同年 12 月 18 日所作《玉楼春·读放翁诗，忆桐江旧游》：
"一竿丝外山无数。容我扁舟来又去。不愁伸脚动星辰，何用浮鸥知
出处。　年年山枕听秋雨。苦忆绿蓑江上路。空囊一卷剑南诗，只有
滩声堪共语。"陆游有不少诗词歌咏严光高隐姿态，如《杂题六首》其三
"羊裘老人只念归，安用星辰动紫微"、《题莹师钓台图》"夜窗吾欲听滩
声"、《鹊桥仙》（一竿风月）等；但夏词更重意境的相似，"伸脚动星辰"，
一下就把严光高洁伟岸的形象活画出来，完全不在字句的模拟。有时
虽用相同意象或字词，却夺胎换骨，表达了新鲜的意思，陆游《楚城》
"一千五百年间事，只有滩声似旧时"，人事变幻但滩声依旧，这里的滩
声是无情的；夏氏言"只有滩声堪共语"，这里滩声似乎成为有情的知
己，夏氏对陆游诗境的运化可谓高明。

1944 年所作《鹧鸪天》，词序更明言效陆游晚年诗体："龙泉山居，
读放翁晚年诗，效其体为小词。"[①]词云：

---

① 《天风阁词集》，第 70 页。按此词日记未收。

醉竹贞松共起居。漫愁岁晏孰华予。空根不碍云来去，高枕都忘梦有无。　容闭户，且摊书。涂泥没𬴂不成沽。阴阳燮理非吾事，过雨村村唱鹁鸪。

放翁晚年有许多高枕无忧、沽酒醉卧、踏泥寻景、闭户读书的诗，如"太空不碍云舒卷，高枕宁论梦短长"（《江亭晚思》）、"万事不妨高枕卧"（《上元后连数日小雨作寒戏作四首》其一）、"燮理阴阳岂不好，才得闲管晴雨如鹁鸪"（《醉歌》）、"囊空罢沽酒，一醉转悠哉"（《久雨》）、"最是一年秋好处，踏泥沽酒不辞遥"（《村饮四首》其四）、"明朝寻父老，不怕蹋街泥"（《枕上作二首》其一）、"倦摊书帙小窗幽"（《雨中排闷》）、"得饱不啻足，闭门还读书"（《复窀祠禄示儿子》）等，其中有些字句的因袭是明显的，然夏氏言"效其体"，即不止个别字句的摹拟，而摹仿的是陆游村居诗的诗境，一种山村生活的总体感觉，辛弃疾的村居词与陆游的村居诗也有类似之处，故夏氏此词亦有稼轩的味道。

夏氏暮年词与诗歌一样，亦不乏以陆游为典实。如 1964 年 9 月 28 日作《减字木兰花·沈园放翁纪念馆》："剑南万首。岂但乡邦推泰斗。旷代相望。濯锦江头一草堂。　此翁天放。穷老高吟神更王。梦想防秋。枕底南山虎髑髅。"不仅对陆游的人格和诗才做出高度评价，而且末两句挪用 1937 年的己作，并自注："末句用放翁《醉歌》绝句。"1974 年 4 月 4 日所作《菩萨蛮·淳斋教授斋头见归玄恭赠顾亭林画竹小幅，题小阕请正》"个个矮笺头"句，自注出陆诗《春日》"矮笺移入放翁诗"。1976 年 7 月 21 日朋友赞其作于龙泉的《洞仙歌》似放翁。1979 年 7 月 15 日为刘海粟作《西江月》，其中"海雨天风迎送"句，夏氏自注："陆游：试取东坡诸词歌之，曲终，觉天风海雨逼人。"

值得一提的是，1979 年中华书局出版了夏氏的《霄翁论词绝句》，以八十余首绝句论词，后于 1983 年出增订版，增加至百首，品评词史各阶段的代表人物，论陆游之词曰：

许国千篇百涕零,孤村僵卧若为情。放翁梦境我能说,大散
关头铁骑声。

这与其说是评陆词,不如说是评陆诗,更不如说是在评陆游其人,陆游
文如其人,皆多感慨国事,梦想恢复,爱国热忱至死不衰。夏氏为写定
此诗,曾反复易稿:

1974 年 11 月 30 日:作一诗入《词问》咏放翁,未改定……作
诗一首入《词问》。"函关莲岳恼胡尘,老爱花间彩笔新。唤起温
韦问心事,陆沉身世六朝人。"《放翁文集》卷三十《跋花间集》有
云:"方斯时,天下岌岌,生民救死不暇,士大夫乃流宕如此,可叹
也哉!"开禧元年又有《跋花间集》,谓:"唐自大中以后,诗家日趋
浅薄……会有倚声作词者……颇摆落故态,适与六朝跌宕意气差
近。"今晨写此诗成,翻《放翁年谱》,是日正是放翁生日,甚为自
诧。是为翁生后一千九百四十九年。①

12 月 1 日:写《词问》咏放翁二首与仲联,易纸二番,尚不
称意。

12 月 14 日:写复苕书,写去《词问》论放翁、白石各二首。

《词问》即《湖楼词问》,后改题作《瞿髯论词绝句》。夏氏论陆词的绝句
原为两首,其中"函关莲岳恼胡尘"一首最后被删落,进入《瞿髯论词绝
句》的是另一首"大散关头铁骑声",即使是这首,也有不少改动。如
1975 年 9 月 14 日他凭记忆默写数首论词绝句,涉及陆游,仅写出其中
两句"谁能谱得龟堂梦,大散关头铁马声",并作注云:"放翁多记梦诗,
实皆咏怀之作。论词绝句五六十首,客中记得数首。"1976 年 10 月 12

---

① 按 1974 年为陆游生年 1125 年之后的八百四十九年,此处言陆游"一千九百四
十九年"诞辰,相去过远,疑为夏氏笔误。

曰："放翁诗词多说梦之作,皆其爱国之怀。'枕角檛枪夜夜明,荒村僵卧若为情。堂梦境恋谁听得,大散关头铁骑声。'入《论词绝句》。"10月19日再忆《词问》旧稿数首,论陆游词为:"楼角檛枪夜夜明,空村僵卧若为情。放翁梦境我能说,大散关头铁马声。(自注:放翁多说梦诗词,皆有现实意义。)"与收入《髯翁论词绝句》的定稿相比文字皆有出入。这恰恰反映出夏氏对陆游及其诗词的重视。

三、抱憾未竟的《放翁年谱》

夏承焘诗词创作与学术研究并重,不仅创作自成一家,而且还是博闻多识、成就卓著的学者。他在学术上对陆游也颇为关注,不仅曾为陆游编制年谱,还发心并实际推动了陆游诗歌的笺注,即使对存词百余首且成就亦不及苏辛周姜的陆词,他也与学生合作有编年笺注。在他漫长的学术生涯中,陆游占据着较为重要的位置。

《放翁年谱》属于夏氏用力甚勤,但终未脱稿的一部著述。

1927年10月,夏氏由治经史转攻词学,逐渐建构起"词史、批评史、词体(包括词的起源、词乐、词律、词韵等)、词人(包括年谱、传记等)、词作(包括作品系年、赏析等)、词论(包括词话、评论等)、词集(包括版本、校勘、笺注、辑佚等)"①在内的庞大的词学体系。在词人年谱方面,他完成了《唐宋词人年谱》(上海古典文学出版社1955年版)这部名著,辑入韦庄、冯延巳、李璟、李煜、张先、晏殊、晏几道、贺铸、周密、温庭筠、姜夔、吴文英的年谱十种十二家,引用书目达三百多种,第一次成规模地将史学中的谱牒之学运用于词学,开创了词人谱牒学,促使传统词学走向科学化和系统化。

《唐宋词人年谱》外,夏氏又欲著《唐宋诗人年谱》,夏氏日记1955年5月11日记:

---

① 《夏承焘全集·前言》,第13页。

发新文艺出版社函,告《李易安研究》明年年底交稿,约五万字。《唐宋词研究》五七年十二月交稿,约十万字。附去马湛翁《词人年谱》书签。并告三年内拟写出《唐宋诗人年谱》十种……拟撰《唐宋诗人年谱》目:陈子昂、李白、白居易(附元稹)、张籍(附王建)、陈师道、杨万里、陆游、谢翱、郑思肖。(《李白杜甫年谱》,《元白年谱》,《苏黄年谱》,《杨[万里]陆[游]年谱》。)前人已制简谱者,皆再详补。予为《陆游谱》较钱大昕所作,羡出十倍以上。此书如写成,可与《词人谱》并行,并另著《唐宋诗词系年总表》一书。拟目未定,又思曹植、陶潜诸人谱,亦须改制为详谱。

可惜《唐宋诗人年谱》没有完成,其中提到的"予为《陆游谱》较钱大昕所作,羡出十倍以上",最后也是半成品,此事还需从十一年前说起。夏氏日记 1944 年 1 月 6 日记:

阅放翁诗完,仍须再阅一过,拟为《广放翁年谱》《放翁诗事》二书。

此为所见夏氏欲为放翁作年谱的最早时间。该年 2 月 5 日,夏氏向朋友梅冷生写信借钱大昕《放翁年谱》,并于"午后订纸簿,着手为《广陆放翁年谱》,期于暑假前成之"。自 2 月 6 日至 18 日,每天都在全力写作,既有"作《放翁谱》,颇有发明"(2 月 10 日)的愉悦,亦有"作《放翁谱》,伏案过久,殊厌之"(2 月 15 日)的困倦,至 2 月 17 日,"札放翁集过劳,夕眠不安,精力不济,当从容不迫为之"。之后虽非日课,但也抽暇即做。3 月 8 日,好友王季思送来钱大昕《陆放翁先生年谱》,夏氏感觉"甚简略,不注出处,且多详约失宜处。决于一月内写成《广谱》"。于是又恢复到几乎每日都写的力度。3 月 11 日,任铭善提出"《放翁年谱》,不必加'广'字",于是日记从 3 月 15 日开始改称《放翁年谱》:

　　　始着手为《放翁年谱》,仅写一页,觉用思殊劳,体力太弱之故。心叔谓不必加"广"字,亦不必顾竹汀旧谱。

　　3月20日认为年谱"须高一层看,深一层做",3月22日"写《放翁谱》。放翁自记年代,多不免误。作事要有手挥五弦、目送飞鸿之趣。作《放翁谱》,借此温《宋史》最好"。3月28日:"欲于五月底写成《放翁年谱》,意切心急,遂成烦督。惟考定陆升之遗事一条,及朱敦儒垂老重起,只十六日仍致仕一条,较自喜。阅《系年要录》,秦桧死前一月,诸鹰犬尚恣意搏击。持卷披翻,如天神俯临下界众生,不胜怜悯。"眉批:"读历史之乐。"由此可知夏氏作《放翁年谱》的一个重要目的在于借机熟悉历史。

　　虽然全力以赴,然到4月28日《放翁谱》"才至三十七岁"。5月8日"作《放翁谱》,殊厌倦,又不欲中断。拟稍阁几时,伫兴再作"。5月9日"为《放翁谱》一页,目的在温《宋史》,成书否,可勿问也",此时对能否最终成谱稍失信心。5月16日"作放翁三十九岁谱"。5月27日"写《放翁谱》四十岁",5月28日"写放翁四十岁谱。此翁归乡,予省笔墨许多矣"。虽然可"省笔墨许多",但五月底前完成年谱的计划显然无法达成。因为之后该年日记仍有写作《放翁年谱》的记录:

　　　6月2日:写放翁四十四、五岁谱……夕苦臭虫不寐,起写《放翁谱》,至二时方就枕。
　　　6月3日:写《放翁年谱》四十六岁。
　　　6月4日:写《放翁谱》。
　　　6月5日:写放翁四十八岁谱。
　　　6月6日:上午写《放翁谱》二页……枕上阅放翁诗至半夜。

　　1942年冬,夏氏赴浙江大学龙泉分校任教,1944年6月12日启程返温州,至1945年9月26日始回龙泉分校,其间年谱之事遂告中辍。日记中再次出现《放翁年谱》时已是 1947 年：

> 1 月 3 日：慕骞、李絜非来，送到竺同桂林师范学院笺，问杭州讲席，并寄《广西石刻展览特刊》一册……册中谓桂林水月洞有陆放翁手札石刻，隐山有放翁为方信孺书"诗境"二字。当作书托竺同求之，可入《放翁谱》也。

> 1 月 4 日：予早年既尽力治《白石集》，去岁在龙泉，好读放翁诗，为重制年谱。

"去岁"当为夏氏误记，实指 1944 年在龙泉事。1947 年虽然编写《放翁年谱》旧事重提，但进展迟缓：

> 2 月 16 日：早过孟晋，为梦苕索《文芸阁年谱》跋，因同诣马湛翁。翁……谓叶左文尝著《陆放翁年谱》，考证甚详，劫中其家被炸，此稿不知在否。左文又尝作《宛陵诗历》，考其行年。湛翁谓此无益于读诗，左文遂弃置不为。

> 7 月 25 日：札《南湖集》入《放翁年谱》。在龙泉时属笔为此谱至放翁四五十岁，匆匆去龙，遂不遑成书。后于马湛翁处知龙游叶左文先生亦有此作。左文治宋史甚勤，为此必胜予，因弃置不复措意。前月遇左文同乡某君，谓左文所著书尽毁于龙游被炸时，不知此稿如何。他日有机缘当去书询之。

先是 2 月 16 日夏氏找孙诒让之子孙延钊（孟晋），为钱仲联（梦苕）找资料，然后同去拜访马一浮，听其讲善治宋史的叶左文曾著《陆放翁年谱》，自忖己之作不能胜出，遂暂停。后来又听叶左文同乡讲叶之书稿尽毁于日寇战机轰炸，始有 7 月 25 日"札《南湖集》入《放翁年谱》"之举。亦有前举 1955 年拟撰《唐宋诗人年谱》收入《放翁年谱》之构想。其后夏氏日记中每年偶尔会出现关于《放翁年谱》之记载，想法也在不断调整：

> 1956 年 1 月 7 日：晚与慕骞谈香山、放翁年谱，颇思扩大年谱体裁，成《香山诗史》《放翁诗史》二书，融诗笺入年谱中，别开生面。
>
> 9 月 15 日：思扩大《放翁年谱》为《放翁诗笺》。（眉批：《放翁诗笺》。可仿《苏诗总案》体，为《白陆诗总案》及《唐宋词总案》。）
>
> 1957 年 3 月 21 日：夕偶翻旧作《放翁年谱》，仅一半，思以数旬力写完。
>
> 1958 年 12 月 31 日：枕上思先写完旧作《陆放翁年谱》，再作《放翁全集总案》。
>
> 1959 年 3 月 1 日：以《放翁年谱》示施华滋君，拟合陈龙川、叶水心及放翁为一谱。
>
> 3 月 26 日：今年有暇，当续成《放翁年谱》，先写《陆放翁在四川》一篇。

不过随着 1961 年于北山所著四五十万字的《陆游年谱》在中华书局出版，夏氏也终于打消续成年谱的计划：

> 1961 年 10 月 13 日：午后在南京师院中文系古典组开座谈会，晤唐圭璋、金启华、杨白桦、于北山师专等数十人。于君新著《放翁年谱》，谈放翁事甚多。
>
> 1962 年 1 月 13 日：于北山自南京寄来其新著《陆游年谱》，煌煌四十万言，甚详赡。

从此夏氏日记里再也没有续成《放翁年谱》的记载，写作计划中也删除了此项。目前所存夏氏《放翁年谱》手稿，四十八岁之后字迹潦草，留白甚多，属尚待补充完善的未完成状态，似也可以表明夏氏无意将之加工成书。虽然时过境迁，以今天搜集文献之便利，即使于北山的《陆游年谱》也不无可议之处，夏氏未成之《放翁年谱》的利用价值更是大打折扣。不过从学术史的发展看，前辈为此所做的工作不容忘记。浙江古籍出版社 2017 年出版《夏承焘全集·唐宋词人年谱续编》时，将《放翁年谱》手稿影印收入，这应该是对夏先生一生致力陆游研究的恰当纪念。

四、师生合作的《放翁词笺》

关于陆游作品的整理，《放翁词编年笺注》是夏氏生前唯一公开出版的著作，是书初版于 1981 年，由上海古籍出版社印行，署名"夏承焘、吴熊和笺注"，夏氏还作有一篇简短的《后记》：

> 四十年前，予讲诵杭州之江大学，属苏州彭重熙为《放翁词笺》，尝刊布于《之江中国文学报》。二十年前，四川刘遗贤来从予于杭州大学，别去时，成《放翁词注》。一九六三年复属上海吴熊和增删写定为此编，其致力尤勤于彭、刘，故所获亦特多。然不可没二君前导之功，爰记之如此。重熙工词善书，不通音问数十年矣。一九八〇年八月夏承焘。

知参与此事者先后有彭重熙、刘遗贤和吴熊和，但具体情形如何，尚待进一步探讨。通过日记，可将当时过程部分复原。

夏氏为陆游词作笺注，发心动念于二十世纪三十年代任教之江大学时，当时诸生多美才，如朱生豪、彭重熙、宋清如、张荃、任铭善等，还曾成立之江诗社，由夏氏任社长。夏氏日记 1932 年 11 月 19 日载："命女生张荃取《后村大全集》注《后村长短句》。后村外，若石林、放翁、须溪、遗山，皆可命学生仿此例为之。学生中彭重熙、林衢，可从事于是。"此时夏氏已有为叶梦得（石林）、陆游（放翁）、刘克庄（后村）、刘

辰翁(须溪)、元好问(遗山)诸人词作笺注的系统计划。之后又有如下记载:

> 1933 年 5 月 26 日:张荃来,携《后村长短句考证》见示,甚详赡。予欲以与彭重熙之《放翁词考证》同付刊,为制一序,并命其再为《山谷词考证》。
>
> 6 月 4 日:张荃携来《山谷词考证》一本,尚须增删,将来可与其《后村长短句考证》、彭重熙《放翁词考证》及予作《子野词考证》共刊一本。
>
> 1934 年 1 月 23 日:任铭善来商作《须溪词考证》,前已命张荃作《后(山)[村]词考证》,彭重熙作《放翁词考证》,中央大学某君作《遗山词考证》,皆用本集笺词,不泛滥他书,得任君作而四矣。
>
> 1940 年 10 月 14 日:又拟作《宋金元词集考证》,以词人之诗文集证其词集。放翁、后村二集,往年曾属彭重熙、张荃二生为之。
>
> 1944 年 1 月 20 日:札放翁诗,拟为《放翁词笺》,因细读放翁词一过。在杭州时尝属彭重熙为此,不知有遗漏否。明后年可作《十名家词笺》,须溪、后村、少游,皆已具稿。

综考可知,1932 年夏氏指导学生以词人诗文集笺证其词集,先后成文者有张荃《后村长短句考证》《山谷词考证》、彭重熙《放翁词考证》、某君《遗山词考证》(任铭善《须溪词考证》之作似未成);而至 1944 年 1月,夏氏欲自己动手作《放翁词笺》,将来合入《十名家词笺》中,此时尚无将《放翁词笺》单独成书的计划。

其后日记陆续出现有关笺注陆词的记载。如 1944 年 1 月 21 日:"札放翁词一过,口舌为干。每用心过劳辄如此,阴亏之故。"1945 年 7月 11 日:"阅《吹网录》,得宇文卷臣即衮臣一事,可入《放翁词注》,甚喜。"然人事鞅掌,定稿殊非易事。检夏氏二十世纪五十年代日记,有如下数条：

　　1955 年 12 月 7 日：检旧稿，拟整理《放翁词校笺》、《同甫词校笺》二种。

　　1957 年 9 月 27 日：西南师范学院助教刘遗贤来，从予进修唐宋词，南川人。

　　1959 年 5 月 8 日：刘遗贤送来《放翁词注》，尚须修改。属牟家宽为《龙川词注》。

　　6 月 23 日：吕贞白、陈向平、胡尧芳自上海中华编辑所来组稿，属予写出龙川、放翁词笺注及《词人事辑》。

　　8 月 23 日：晨与仲浦谒一浮翁小谈……予请翁写下列各书封面：《词林系年》《陈龙川词发微》《陆放翁词笺注》《陆放翁年谱》《苏辛词系》《八家词论》。九时微昭诸君自杭来山，为予携到各函件。中华书局八月十五日发《放翁词笺注》《龙川词笺注》《唐宋词研究资料》三书合同。

　　9 月 2 日：发上海中华书局复，寄去约稿合同三纸。《陈龙川词笺注》今年十二月交稿，《陆放翁词笺》及《唐宋词研究资料》明后年交稿。

知 1959 年 5 月 8 日，夏氏指导刘遗贤完成《放翁词注》，但尚需修改；8 月 23 日夏氏请马一浮题写书签，9 月 2 日与中华书局上海编辑所签订包括《陆放翁词笺》在内的三书约稿合同，可谓紧锣密鼓。但《龙川词笺注》延至 1961 年上半年始完成（1961 年 2 月 2 日："午后粘贴《龙川词笺注》，至夕毕。"），《放翁词笺注》则于 1964 年下半年始完成初稿（1964 年 7 月 3 日："札《放翁词》完。"），《唐宋词研究资料》则始终未能完成。可惜 1962 年 4 月 7 日至 1964 年 2 月 12 日夏氏日记佚失，我们无从获知夏氏《放翁词编年笺注·后记》中所言"一九六三年复属上海吴熊和增删写定为此编"的详情，颇为遗憾。按 1955 年吴熊和已经跟随夏氏做研究生,两人曾合著《怎样读唐宋词》《读词常识》等,夏氏对吴颇为赏识,1957 年 4 月 28 日,夏氏"枕上思《东坡词笺注》与吴熊和同作",1959 年 3 月 17 日,"约吴熊和合写《辛弃疾及其词》",俱能见出夏对吴的信任。

之后日记中相关记载较为重要者尚有:

> 1964 年 7 月 1 日:上海中华书局寄来《陆游词笺注》,谓明年度可出版,嘱早修改。
>
> 7 月 3 日:札《放翁词》完。
>
> 7 月 4 日:接上海中华书局函,问《词辞典》及《宋词研究资料》稿,谓《放翁词笺》可不与《龙川词笺》合印。
>
> 7 月 5 日:发上海中华复,告《龙川词笺》应与《放翁词笺》合印……
>
> 9 月 16 日:属汤生发《陆游词笺》与上海中华。
>
> 1965 年 11 月 18 日:昨发沈文焯函,托取上海中华书局《放翁词笺注》、《龙川词笺(词)[注]》及《词人年谱》三种订正稿来。

知 1964 年 7 月中华书局上海编辑所已经排出《放翁词笺注》校样,1965 年底又出订正校样。中间夏氏与出版社还曾就《放翁词笺》是否与《龙川词笺》合印有过商量。可惜随之而来的十年浩劫,使此书面世机会一再延宕。

> 1979 年 10 月 27 日:上海古籍出版社李国章来……嘱予寻找《放翁词笺校》旧稿。
>
> 10 月 30 日:午李国章来看《陆游词笺校》稿。
>
> 11 月 13 日:李国章来,取去《陆游词笺校》和《域外词简介》。
>
> 12 月 21 日:吴熊和来信,附来《放翁词笺注》及《美芹十论作年考》。

上海古籍出版社即中华书局上海编辑所,前身为成立于 1956 年 11 月的古典文学出版社,1958 年 6 月改组为中华书局上海编辑所,1978 年 1 月易为今名。估计订正稿已经佚失,故李国章才嘱夏氏寻找旧稿,幸好夏氏和吴熊和处均有保存,终于在 1981 年由上海古籍出版社付梓问世。

对于这种合作著书的方式,吴蓓曾予评价:"作为一位年老体弱又积累甚多的学问家,不借力已很难完成他的学术心愿,因而开启合作机制似乎是一种不得已的选择……夏承焘晚年出版的著作中,与人合作者甚多,除了无闻先生,还有《放翁词编年笺注》(增订本)与吴熊和、《金元明清词选》与张璋等。但合作而共治大词学的理念对夏承焘来说,并非到京城休养后才有。五十年代还在杭大时,他便将课题、资料、思路提供给学生,与他们合作,指导他们完成……这或许也是夏承焘合作机制的初心,而不仅是他晚年被动的一种选择。"①夏氏抱有"学术者天下之公器"的理念,从不自秘其说,早年即乐意与他人合作分享,晚年力衰,更愿共襄词学盛业,吴蓓的评价是中肯的。

五、推美让贤的《放翁诗笺》

夏氏对陆游诗歌予以笺注的想法是从劝自己的学生沈茂彰开始的。1938 年,原校址在杭州的之江大学因日寇进逼,搬到上海租界复课。夏氏日记当年 11 月 12 日载:"夜沈茂彰送《词律》来,并示论放翁文一首。予劝其为《放翁诗笺》,专笺大事,可借此熟读宋史。"该日上还有眉批:"《放翁诗笺》。"但显然沈生没有进行此项工作。至 1944 年,夏氏仍难忘怀此事,该年 2 月 18 日又记:

> 札放翁第一卷诗,细《宋史》考之,思刺出集中有关史事为注。

---

① 《夏承焘日记全编·前言》,第 14—15 页。

> 心叔谓无多意思。其与《宋史》不同者，或可补史传者，如《十驾斋养新录》举其挽史魏公诗，则可录为一诗。早年有意治《宋史》，恐绵力不能成。如能尽读南宋各家诗集为一编，亦可聊尽夙愿也。

原来夏氏欲以诗证史，故欲以《宋史》注陆诗中史事，借了早年治《宋史》之心愿，这和他做《放翁年谱》时的心理相当一致。也许因为任铭善认为意义不大，故夏氏没有很快投入此项工作。至1947年1月30日，他再申前愿：

> 读放翁诗，思笺其全集……前日见瞿兑之著《中国社会史料》甲集。念若尽辑历代诗集为之，亦一大著作。拟从放翁诗着手，先成赵宋一代，以偿早年治宋史之夙愿。

不过由于国事、校事、家事等诸事羁绊，为陆诗作笺注仍只停留于计划阶段。一晃又是近十年，至1956年1月8日，夏氏与徐朔方谈论应如何整理白居易《香山集》时，夏氏认为可加"编年校笺"四字，"全书体裁拟分两部，前部扩大王文诰《苏诗总案》之规模，分年合编，每年详考香山行实，每一作品作提要，重要者详考内容，即以诗文校笺之体，融入年谱之中"。延伸而及，"《放翁全集》《稼轩全集》亦可依此作。后编为作品编年校勘。前后编可独立单行"。夏氏此时是想模仿王文诰的《苏文忠公诗编注集成总案》，既以编年的形式对陆诗作全面的笺释，又可作为一部详备的"年谱"。这种想法是此前以史学方式"思笺其全集"的加详版和升级版，一经萌生，不可自拔，之后屡屡提及。1956年9月15日："思扩大《放翁年谱》为《放翁诗笺》。"该日又眉批："《放翁诗笺》。"并经常思考，如1957年3月21日："夕偶翻旧作《放翁年谱》，仅一半，思以数旬力写完。枕上又思作《放翁诗系年要笺》，遂不得安睡。"1958年10月21日："检阅旧作《白居易讽谕诗本事》札记，思抽暇写出。《陆放翁诗笺》亦搁置久久矣。"12月31日："枕上思先写完旧作《陆放翁年谱》,再作《放翁全集总案》。仿《苏诗总案》例。"1959年5月28日:"发朱东润复旦大学信……并告十年前为《放翁谱》,不敢示人,近欲为其全集作笺,迟疑不敢下笔。"同时向学界友人征询意见,收获了不少积极回应:

> 1957年3月24日:晨姜亮夫过谈,谓欧人编《莫里哀集》,依年月编作品,尽汇原文,我国陶、杜诸大家集,亦应如此编。劝予于放翁集亦依此体例作,可名《陆放翁全集编年总案》。予意尽录原文篇幅太大,或尽登目录,而选录其重要作品,并加笺注。
>
> 1958年10月22日:(陆)微昭来,与谈近有意整理香山、放翁二家全集笺注旧稿,微昭怂恿早着手,谓此二家将来打不倒者。
>
> 11月21日:刘君谓前夕同学闻予欲为《放翁集编年笺要》,皆甚欢喜。
>
> 11月25日:刘乃昌、牟家宽欲参加予所作《放翁诗笺》工作。

刘君指刘乃昌,时为由山东大学来此的进修生,后成为著名词学家;牟家宽时为由南充师专来此的进修生,后为西华师范大学教授。该年12月19日,夏氏"复北京人民出版社,告近经营为《放翁诗笺》及辛词研究",很快收到人民文学出版社的回复,1959年1月11日:"得人民文学出版社一月八日函,属寄《陆放翁诗笺》及《辛弃疾研究》。"夏氏也积极准备起来,2月4日:"刘遗贤来,取去《放翁年谱》二册、《放翁集》十册,属作人名索引,为《放翁诗笺》初步工作。"6月12日:"发止水函……告欲为《放翁全集笺注》,他日望能合作。"

然而夏氏年近花甲,思想改造、教学任务和社会活动不断,此事遂又耽搁下来。至1960年8月2日夏氏填写作品调查表时,笺注仍在计划中:"拟于两年内写成《词史》,三年内整理《辛弃疾全集笺注》,五年内整理陆游全部诗词笺及《词林系年》,本年内写成《词史论丛》。"但夏氏无疑是心系此事的。当1961年1月28日,中华书局上海编辑所

总编辑李俊民和编辑杨友仁、郑家治来谈组稿时,夏氏终于找到合适的合作者。1月30日记:

> 晨过招待所看李、郑、杨三君,坚嘱予任《陆游全集》整理事。予允作笺,介钱仲联作注。

钱氏国学功底深厚,之前已出版有《韩昌黎诗系年集释》(古典文学出版社1957年版),李俊民等人欣然同意他的加盟。夏氏遂于1月31日:"发钱仲联江苏师院函,言分作放翁诗文词笺注事,期限三五年,以俊民嘱也。"2月2日:"得仲联苏州函,肯担任《剑南集》作注,谓近成梅村、牧斋二集补注,中华书局不为出版,意殊抑抑。发上海中华书局函,告仲联事,并告已约陈耀宗作《放翁集人名索引》《放翁诗话》,将来可为标点校勘工作。"李俊民等人效率也很高,1961年2月22日即寄来约稿合同:

> 中华上海编辑所寄来《陆游集》《唐宋词辞典》《唐宋二十名家词集提要》《词史》约稿合同,《陆游集》由予与钱仲联合作笺注(诗、文、《老学庵笔记》三部分),如何分工二人自商决。予任词、《陆游词历》及前言,由予介孙孟晋任校勘、分段标点。

次日夏氏想法又有变化,由分任词之笺注改为全部笺注皆由钱仲联完成。2月23日:"作仲联复,寄去中华《陆游集》约稿,笺注皆请仲联作,免得体裁不一。"钱氏则表示如自己兼作笺注,恐怕得迟至1968年才能交稿,而且这还是建立在不给陆文作注的基础之上:

> 2月28日:得仲联复,谓教课甚忙,《放翁集》如兼作笺注,须迟至六八年交稿,谓陆文可只校不注,或请孟晋、瑗仲注。

之后陆集笺注步入快车道，相关记载如下：

1961年3月27日：得中华上海编辑所书，属写《陆游集》编注计划。

3月28日：得仲联函，言整理《剑南诗稿》计划，属予写前言及诗历二者。夕即复，并寄计划与中华。

3月30日：发中华函，寄去仲联放翁诗计划。

3月31日：发仲联复，请邀柴德赓注放翁文及笔记。

4月4日：发中华书局函，请寄柴德赓合同。

知钱仲联最后只承担了放翁诗笺注的任务，陆文及笔记则拟请柴德赓任之，也许由于其他缘故，后来柴德赓似未竟此事，夏氏的放翁词笺注也未如期完成。只有钱仲联的陆诗笺注提前杀青。夏氏日记1965年7月1日记：

得钱仲联苏州廿九日函，谓《剑南诗》全部注已脱稿，不久可向中华缴稿。人物方面未解决者十分之二，地理未解决者百分之一，用事未详者不过数千分之一。放翁在杭任礼部郎中时寓旱河，查初白以为即断头河，今人谓放翁寓所在孩儿巷，即旱河否？嘱查六一年四月廿六日《浙江日报》。仲联注此书，引用古今地志不下二百种，其精力可佩，当作书告中华书局。前日接严古津函，赠仲联诗有"龟堂诗万首，笺注喜初成"句，闻之不胜羡慕。

不过次年"文化大革命"开始，一切搁置，因此钱仲联的《剑南诗稿校注》八巨册迟至1985年始由上海古籍出版社出版。

夏氏素有推美让贤之风，有了好的选题或机缘，自己无暇分身或感到他人更合适时，他常乐于推荐或鼓励他人去做。如1929年他即有给辛词作注的想法，然1937年他在《国闻周报》看到邓广铭关于辛弃疾的文章,甚感佩服,之后了解到邓已在作辛词注和年谱,遂搁笔,并提供了自己所作的《稼轩事辑》。《全宋词》他也早有编纂的打算,且做有不少准备,后来知道唐圭璋亦有此愿,夏氏便很高兴地提供资料和意见,玉成此事。关于陆游诗歌的笺注,夏氏也可说是发起者和推动者,只不过最后由于各种原因抽身而退,甘为人梯,这也反映出那一代学者热心学术、成人之美的道德风范。

六、阅读教学中的放翁情结

作为著名学者的夏氏,酷爱读书,陆游作品或研究陆游的论著自然是其经常阅读的对象。如 1926 年 2 月 18 日"阅放翁诗消遣"。1929 年 3 月 1 日:"灯下阅《入蜀记》。"1930 年 2 月 20 日:"阅《放翁题跋》。"1941 年 11 月 9 日:"读陵阳诗、放翁文。"1942 年 1 月 6 日:"读放翁绝句。"1943 年 11 月 16 日:"枕上读放翁诗。"1944 年因为开始为陆游编制年谱,阅读陆游作品次数更加频繁。1949 年后阅读陆游作品的记录亦不少见,如 1964 年 7 月 2 日:"阅《放翁词》,作札记。"1974 年 12 月 2 日:"读放翁诗不能去手,几乎沉湎,欲以忘忧也。"

对于其他学者研究陆游的成果,夏氏也颇为留意,不但尽快阅读消化,而且经常主动问询相关信息。1927 年 7 月 28 日,他接到前辈学人钱振锽(名山)所寄著作《名山集》,当天就阅读完其中的《谪星说诗》,并对关于陆游的部分做了摘录:"钱名山先生寄到《名山》三、四两集,共五本。阅《谪星说诗》一卷完。甚推重香山、放翁,谓'放翁飙举电发,运笔急疾,然宜于七古,不宜于五古,以五古之气宜缓宜宽,不比七古句长体博,无所往而不宜也'。"1957 年 6 月 28 日:"阅蔡竹屏《陆放翁诗词选注》四分之一,浙江人民出版社属为审阅,欲以三四日力尽之。"这虽是应出版社要求审稿,亦是夏氏乐为之事。1959 年 2 月 12 日,外国友人施华滋送来云南欧小牧所著《爱国诗人陆游》,并告知欧还著有《放翁年谱》及《放翁诗选笺注》。夏氏 2 月 14 日即读完《爱国诗人陆游》,并于 2 月 22 日向中华书局发函"问欧小牧通讯处及其所著《陆游年谱》《陆游诗选笺》"。该年 5 月 14 日,他从《文汇报》读到朱东润的《陆游诗的转变》,并闻其另有《陆游对开禧北伐前之立场态度》一文,遂于 5 月 28 日"发朱东润复旦大学信,索《陆游开禧北伐篇》论文,问其《陆游大传》何时完成"。1960 年 4 月 15 日,他等不及朱东润寄赠,"买得朱东润《陆游传》一册",其实朱著 5 月 12 日即寄到。于北山的《陆游年谱》也是出版不久即被夏氏阅读到。夏氏一直不改学者本色,保持着对学术前沿信息的敏感和热情。

就像阅读《谪星说诗》时曾摘引其部分内容一样,夏氏颇爱做读书札记①,或摘引,或撮述,或评价,以加深印象,彻底融会和掌握这些知识。如 1922 年正月十一日曾摘引陆游《跋前汉通用古字韵》:"古人读书多,故作文时偶用一二古字,初不以为工,亦自不知孰为古,孰为今也。近时乃或钞掇《史》《汉》中字入文辞中,自谓工妙,不知有笑之者。"然后为自己辩解:"许督慎尝病予好作古字,其实便其有减于今文者,非有意立异骇俗,此习染自曩观《越缦堂日注》时。"同年七月六日:"梨洲比查初白诗于放翁,查曾从黄游。渔洋谓奇创之才初白逊游,绵至之思游逊初白。"其实是撮述《四库全书总目》之查慎行《敬业堂集》提要:"集首载王士祯《原序》,称黄宗羲比其诗于陆游。士祯则谓奇创之才,慎行逊游。绵至之思,游逊慎行。"至于阅读后做出评价,在日记中更比比皆是:

> 1926 年 7 月 2 日:放翁绝句如香山古诗,伤于轻易,下语不重,不宜多学。
>
> 1941 年 11 月 4 日:午饭后枕上看放翁文,夷犹圆润,如其诗也。

---

① 夏氏勤作读书札记,参见胡可先主编《夏承焘学案》第四编第二章第二节"夏承焘先生的读书札记"(本节由吴蓓撰写),浙江大学出版社 2018 年版,第 545—563 页。

1943 年 10 月 31 日：读放翁诗，时有习气，由篇幅太多也。

11 月 27 日：阅放翁诗，其五古甚可爱，似胜于律绝。

1944 年 1 月 31 日：写出新作五古八首。夕翻放翁此体细读，觉转折处空灵不可及。

1947 年 5 月 22 日：读放翁诗，嫌对句多合掌，如"正欲清谈闻客至，偶思小饮报花开"，此类颇多。

1959 年 11 月 12 日：阅《稼轩词》，其《鹧鸪天》诸调与放翁小诗无异。

这些行家里手的经验之谈，是研治陆游的重要材料。

夏氏自 1918 年开始在学校任教职，之后辗转于小学、中学和大学，教龄近七十年，尤其在大学任教时间最长，1947 年 1 月 13 日他曾记教学之乐："近年教书，意味醰醰，乐此不疲，可以终身。自念禀气尚能和易，口才虽不大好，亦能舒缓有条理，故幸为学子所容。两年以来，未斥骂一学生，学生亦无非礼相干者。一日无课，辄觉心气不舒。念明日有课，今晚即陶陶动兴。工作与趣味合一，乐哉吾生。"其在教学科研活动中，经常会涉及陆游。如在各级课堂或讲演中讲授陆游：1927 年 6 月 2 日："授三课，讲《汉书·李广传》及放翁。"1944 年 4 月 14 日："文学史讲放翁诗。"1947 年 3 月 21 日："师专讲放翁词，大学部讲梦窗。"3 月 26 日："午后三时，在大学部讲演一小时余，讲题《诗到无人爱处工》，听者百余人。"1951 年 6 月 9 日："晨授放翁词二首。"1957 年 5 月 4 日："讲放翁诗二课。"1958 年 12 月 23 日："午后讲放翁诗一小时。"12 月 29 日："午后讲放翁诗二课。"1959 年 5 月 28 日："讲系三陆游二小时。系三课结束。"10 月 29 日："午后讲陆游二课，各同事来听课。本学期予所任文学史五星期，至此结束矣。"夏氏还曾指导各类学生的学业，其中亦有不少以陆游为题。如指导大学生彭重熙完成《放翁词考证》，指导进修生刘遗贤完成《放翁诗注》，与研究生吴熊和合作《放翁词编年笺注》等，俱见前引，兹不赘述。

七、日常活动中的放翁因缘

社会交往、友朋切磋是日常活动中的重要方面。夏氏经常与朋友交流对放翁的看法,交换有用的信息,并应朋友之请举行有关放翁的风雅文事。前举 1926 年 2 月 20 日曹民父来谈陆游"以理学境界入诗""胸襟之广,为渊明后第一人"等语,就颇精彩。该年 11 月 25 日还记夏氏与陈洒周书,引放翁诗:"断蓬不是无飞处,莫与飘风抵死争。"劝其息事宁人。类似记载日记中随处可见:

> 1931 年 7 月 3 日:复善之一书……告近爱白石诗,其意境在放翁上。
> 1936 年 8 月 23 日:于寒川处见石遗一文,谓放翁出于宛陵,而宛陵又出于香山。此语前人未发。
> 1940 年 11 月 16 日:夕往廖忏翁家社集,眉孙、贞白作东。今日为夏正十月十七,放翁生日,即以为题,不限调。
> 1941 年 8 月 19 日:发鲁声复,附去改诗,劝专治放翁、遗山集。

有告友人自己对姜陆二人之诗看法者,有记前辈友人关于陆诗见解者,有与友人同为放翁过生日者,有劝友人学习放翁诗者,形式多样。1947 年与友人交往中引到陆游处更夥,且多有高妙见解。如:

> 1947 年 1 月 26 日:夕贤洛侄自上海来,近肄业上海美专,习西画,今年寒假毕业。谈齐白石画,予举昌黎"羲之俗书趁姿媚"、放翁"诗到无人爱处工"二句告之。潘君天寿评齐画欠书卷气。此尚非大病,闻其人甚好利,作画都为贸利,此则关系其整个人格。其才气奔放,刺激性大,发露太甚,即其微处,可窥见超时媚

俗之意，少高浑古拙之致，与其好利之心，不无关系。此论虽酷，然以大心治艺者，不可不知此。

　　3月12日：王伯敏自上海来，问习艺与为学，拈放翁"一理苟造微，万事等破竹"二语告之。

此皆借陆游诗句谈习艺与为学之道，恰切而深刻。以下则连续三天与友人吴鹭山（天五）谈论陆游：

　　8月1日：与天五席地谈放翁诗。

　　8月2日：午后与天五席地说放翁诗，其七绝气象好者可录为一册。

　　8月10日：夕与天五谈放翁、白石人品。放翁时时有求乞语，白石交游满朝野而以布衣终，此不可及。天五谓白石"数峰清苦"句可评其人与诗，词清而带苦，不及放翁之豪情胜概。能兼白石、放翁为一人，气象乃好。予谓放翁有为，白石有守，合二者乃为完人。

夏氏对8月10日的对话颇感得意，特意在该日眉批："入诗话。"本年夏氏与张嘉仪的交往亦两次引及陆游诗句：

　　8月20日：夕张嘉仪来，谈至深夜。谓前月闻其聘室黄女士在法国堕飞机死，眠食几废，却写成《中国之前身与现身》一书，书成后即劳惫不堪，近始复原。欲为黄女士写忆语。黄在法国治美学十余年，与嘉仪中表亲，以嘉仪先与一侍婢同居，遂不肯与黄成礼。前年黄曾至温州看嘉仪，书札来往不断，今年三十余仍不嫁，心向嘉仪不衰。此事可写为说部。嘉仪述其遗言多含妙理。俗语谓"一通百通"，即通其一，万事毕之意。（放翁亦云："苟能达一理，万事等破竹。"）嘉仪谓半通却障百通。

9月1日:画荷一张,再赠嘉仪。嘉仪悼其聘室黄死于法国飞机,属写此纪念,以黄女士平生最爱此花。为题放翁语云:"若教具眼高人见,雨折霜摧或更奇。"

张嘉仪即汉奸胡兰成的化名,日本战败后,他化名冒充张佩纶的后代,逃到温州,并结识了刘景晨、夏承焘等一批名流。夏氏端人正士,待友以诚,胡氏却谎话张口即来,虚构出一个痴情的未婚妻黄女士在法国飞机失事而死,自己化哀痛为力量,奋力写出《中国之前身与现身》;还请夏氏画荷花以纪念黄女士。夏氏信以为真,以陆诗"苟能达一理,万事等破竹"称美胡氏能一通百通,以陆诗"若教具眼高人见,雨折霜摧或更奇"叹惋黄女士,认为此事可入"说部"。岂料胡兰成满嘴谎言,本身即是在说故事。

夏氏为人和善诙谐,朋友众多,他研治陆游,实多得力于有朋友之助。兹撮述1959年至1961年间得朋友相助诸事以见一斑(为求简便,省却月日):

1959年:德国友人施华滋送欧小牧所著《爱国诗人陆游》,还告知欧另著有《放翁年谱》《放翁诗选笺注》以及陆游焦山摩崖等信息;余健甫寄来放翁佚诗四首;陈伯衡提供陆游焦山摩崖拓片内容;游止水来信愿同编《陆游诗史》;苏联列宁格勒大学教师彼得罗夫与谢列布列可夫来访,告知钱锺书在北京言夏氏于《钗头凤》有别解,刘大杰在上海嘱彼过杭必访夏氏;吴熊和来久谈,"与商《词源》前言及《放翁诗历》";吴熊和劝其写出《词林系年》。

1960年:参加政协、人代会,建议在杭州、绍兴皆创立陆游纪念馆,游止水为改定书面发言;邵裴子来函告知绍兴平水水库发现放翁子子坦夫妇墓,有圹志二,志称子坦为山阴人;闫敏学、赵景瑜、李孝中赠陆子坦夫妇圹志;朱东润赠所著《陆游传》。

1961年:钱仲联答应合作《陆游全集》整理事,承担剑南诗笺注;施华滋函告欲在半年内写成《陆放翁评传及主要诗篇德译》一书,作为博士学位论文;夏氏托陈耀宗作《放翁集人名索引》;刘耀林嘱为《浙江日报》写陆游、陈亮短文;钱仲联从瞿凤起处听说上海图书馆藏陆氏家谱,载放翁卒年;钱仲联读《山阴陆氏家谱》,告夏氏"陆秀夫为放翁曾孙,崖山之覆,放翁孙曾投海殉国者十余人,有宋亡时忧愤不食死者,此史册所未载",夏、钱二人各为诗张之,刊于《光明日报》。

诸友或告以信息,或赠以资料,或到处推扬,或参与合作,朋友切磋之益,于此可见。

夏氏其他日常活动中也经常有"放翁"相随,夏氏对陆游熟稔,当具体时空和经历与陆游有某种相似时,夏氏自然会想起陆游,与之共情:

> 1919 年三月十四日:灯下夜读,听湖上雨声如潮,凉入襟袖,诵放翁"小楼一夜听春雨,深巷明朝卖杏花"之句,令人意一爽也。
>
> 1927 年 11 月 4 日:夜无电灯,与崇玉过东湖玩月。夜色空蒙,寒水如镜。出小东门,江滨烟景平远,尤为清绝。估船钓艇来往江光山影中,如在空际。诵放翁:"恨渠生来不读书,江山如此一句无。"
>
> 1928 年 8 月 2 日:放翁守严述怀诗云:"名酒过于求赵璧,异书浑似借荆州。"酒吾不知异,书则此间今日直无可借。居岩事事称意,惟无书可读,一大缺事。

此为触景生情,使其联想到陆游诗句之例。

> 1918 年六月初七日:窗下临《黄庭经》数行,复读杜诗数首,觉津津有味,陆放翁云"得意唐诗晋帖间",亦家居自修佳趣也。
>
> 1927 年 12 月 11 日:饭前小睡,醒已上灯,甚为恬适,忆放翁"万事由来忌有心"句。
>
> 1941 年 1 月 20 日:夜七时余即思睡,诵放翁"青灯有味是儿

时"诗,自念垂垂老矣。

1951 年 11 月 2 日:母亲昨夜睡仍不安。晨往道前买药一帖。……诵放翁诗:"如今百念成灰冷,回向蒲团一炷香。"自谓近日心境,比放翁尤苦。

此为身体与心境感受,使其联想到陆游诗句之例。值得注意的是,夏氏自幼体弱,故对陆游能够养生和长寿十分艳羡,在日记中经常有所表现。如 1923 年 11 月 2 日:"日来偶有撰述,觉用心甚苦,口内痰结,辄有逆亿命数之病。阅陆游《烟艇记》,放翁自谓少时多病,自度不能效尺寸于世,乃卒享大年。可见少时体弱,亦不足惧,只在自保养耳。"此由身体欠佳,阅陆文而鼓舞自己。1926 年日记开篇即述身世及身体,再次引出陆游少年体弱而享受长寿:"古人如程子、陆放翁皆少弱而享寿考,或亦由书卷恬养之功,未可知也。"1943 年 12 月 18 日因作《玉楼春·忆桐江》一词,用思过度,导致头痛,复起感慨:"念放翁八九十岁,尚才力不衰,自料得寿过六十,已为逾望。去此只十余年矣,思之憬惧,不努力问学,认真教人,悔无及矣。自念乘此筋力未衰,不可一日偷安。平生于世事甚疏远,除教书外无他能,幸学子尚能听从,读一句即当教一句。天五屡约归休,迟迟不应者,实缘此念,不尽为馈粥之思也。"1947 年 6 月 2 日:"读放翁诗,七十以后,尚以身许国,壮怀激烈。自顾中年委靡,好为退婴之思,殆由体弱。早晚定劲习拳,当勿间断。冉冉欲五十矣,再不可悠忽,须挺起脊梁做人。"

总之,这类由具体时空事物诱发的对放翁其人其诗的称引议论,可说是包罗广泛,日记中无处不在。但夏氏从陆游身上汲取的往往不是及时行乐,而是惜时敬业,这点令人格外敬重。

余　论

本文虽然以《夏承焘日记全编》为中心,想要尽量全面地勾勒出夏氏诗词创作、学术研究、阅读教学、日常活动与陆游及其作品之间的关系，但由于诸种原因，还有很多有价值的材料无法在正论中全部列出。

如学术著述方面，本文只列举了《放翁年谱》《放翁词笺》《放翁诗笺》予以论述，未论及夏氏其他有关陆游的研究和学术活动。如《陆游的〈鹊桥仙〉》《陆游的〈夜游宫·记梦寄师伯浑〉》二文①，有比较，有分析，有品鉴，深入浅出，非一般欣赏文章所能及。而刊于《文学评论》1963 年第 2 期的《陆游的词》，较为全面地总结和分析了陆游对于词的态度以及陆词创作的特色，更是常为学界称引。可惜夏氏日记 1962 年 4 月 7 日至 1964 年 2 月 13 日之前手稿散佚，故对此文产生之过程不能详知。夏氏对此文似不太满意，日记中出现过后来不断修改的记载，如 1964 年 7 月 23 日"改《陆游词论》"，7 月 29 日"写《陆游词论》六页，多批判之词"，8 月 25 日"上午写《陆游词论》改稿两页"，8 月 27 日"上午在研室写《陆游词论》稿，下午改成"。1981 年上海古籍出版社出版《放翁词编年笺注》时，将此文移作序言，篇末所署日期："一九六三年三月初稿，一九八〇年八月修改。"日记 1980 年 8 月 21 日亦记："复上海古籍出版社函，附去《论陆游词》稿，闻费二日力修定。"可见直至晚年夏氏也没有放弃对此文的修改，其妻吴无闻女士还参与修订。当然，修改旧作精益求精，乃是夏氏的一个良好习惯。如 1965 年 1 月 22 日："改《辛词论纲》《读辛词》二文，至夕九时半。颇自爱，似胜于《陆游词论》。"但从这则记录里无疑可以看出，与论陆词相比，夏氏更加满意其论辛词的诸作。

日记还记载有其他一些关于陆游的学术活动。如 1954 年 4 月 1 日："夕选诚斋、放翁及晚宋诸家诗。"1955 年 1 月 4 日："午后写《词选》注，至夕了放翁、白石二家，共八九首。"2 月 8 日："夕于《珊瑚网》辑得放翁一佚词。(《大圣乐》，作佛家言。)"1957 年 6 月 15 日："阅《放翁集》，考《钗头凤》词。予谓离唐氏，当实有其事。吴骞疑为好事者为

---

① 收入夏承焘《唐宋词欣赏》，百花文艺出版社 1980 年版。

之,不可信。而此词则疑是赠妓作,或赠蜀妓作。放翁词中赠妓词共二十余首,占全词百分之五。此词前后数首皆赠蜀汉妓之作。"6月23日:"作一小文考放翁离婚事。"1959年4月15日:"上午与圭璋往北海北京图书馆看善本书,见淳熙十四年严州郡斋刊《剑南诗稿》,有括苍郑师尹序;(十册。)宋刻本《剑南诗稿》、嘉定十三年陆子遹溧阳学官刻《渭南文集》,皆惊人秘籍。又有明抄本《陆务观四六》,(二卷。)不知有在文集外者否。《六十家词》毛斧季、陆敕先、黄子云诸人手校本,纸墨如新,馆人嘱好好翻阅。"1961年2月21日:"为《浙江日报》作陆游短文。"

夏氏还有一种毕生系念而终未完成的重要词学著作《词林系年》(又名《词林年表》《唐宋金元词人系年总谱》),以年代为经,以词人行实为纬,以历史大事为参照,兼及词作考系,若珍珠成串,纵贯唐、宋、金、元四朝词史。日记中有若干将陆游资料抄入《词林系年》的记载,其中1928年8月22日最为典型:

> 晴,热。节抄瓯北《放翁年谱》入《词林年表》,苦暍头痛……欲书放翁"万里欲呼牛渚月,一生不受庾公尘"一联自悬。夜梦陆一赠予古剑,醒时奇之,偶成一绝……

这一天与陆游相关活动甚多,先是节抄赵翼《放翁年谱》入《词林年表》,因天热而致头痛;又思书放翁《独游城西诸僧舍》中诗句为联语,以至日有所思而夜有所梦,梦醒后又以诗纪之,足见放翁影响无处不在。

再如以下四例材料:

1927年4月6日:赠同庄丈一联云:"闲官写意胜高隐,佳士倾心如异书。"以同庄嗜板本之学也。下句用放翁诗意。

1961年9月27日:前日钱叔亮属为沈园放翁纪念馆作联,写成一副:"禹迹问遗踪,犹传临水惊鸿句;轮台寻梦路,未死冰河铁马心。"

　　1973 年 7 月 7 日：下午为闻讲陆游"入剑门"绝句，联系陆在汉中策划从瓜洲、大散关北伐的雄心壮志，及壮志消灭后的这一段历史背景，说明陆此绝句并不是闲散心情，乃是志士牢骚。估计陆在蜀几年，一定写了不少好诗，今散佚不见，乃不敢出以示人，托词堕水沉天。

　　1980 年 8 月 29 日：上午收到上海古籍出版社李学颖函，谈陆游《钗头凤》编年问题。闻代复函，谓查《齐东野语》，放翁写此词，实绍兴乙亥岁，当移置《陆游词编年笺注》卷首，请李君径代改动。

前两例是夏氏创作之对联关涉陆游者，而本文前此言夏氏创作时，不仅诗词涉及陆游者未能遍举，而且亦未能举示夏氏其他创作，观此可以补充阙如。后两例可以看出亲人对夏氏研治陆游及其作品的重要性，弥补前此专重友朋之论述。其中的"闻"即夏氏继妻吴无闻，1973年正式与夏氏结婚，照顾夏氏生活，成为夏氏工作中的得力助手。吴无闻成功激发夏氏饱含学术价值的讲解，并且帮助夏氏处理了《放翁词编年笺注》相关问题。类似遗珠尚多，只好此处简单提示，留待以后再论。

　　值得我们思考的是，关于陆游对夏氏诗词创作之影响，为什么夏氏晚年自我总结时会全无提及，而其他研究者关注亦极少[①]？ 前者我们可以提供一种解释思路：即夏氏诗词虽然总体上显得优爽高亮、清空豪放，但善于融新于故，机趣活泼，能够破门户之见，接受上趋于多元化。正如钱志熙所说："夏氏的古近体诗创作，与他的词体创作一样，重视取法与门径，善于学习古人，取法于上，对前辈和时贤也都积极汲取。但是他不主故常，尤其是没有门户习气……能够推陈出新，

---

　　①　目力所及，仅周笃文明确指出"夏老诗词以豪健为宗，深受放翁影响，立志比踪古贤"。见周笃文《侍读札记》，《中国韵文学刊》2012 年第 3 期。

形成自家的面目。"①"夏词之境界的静逸虽不如樊榭,体物的生动入神不如白石、碧山,豪放有力不如稼轩,气象不如东坡,沉郁婉丽不及彊村,但却能结合诸家之长,而自成一体。"②由于接受上的多元化,那么夏氏自述其学习对象时,往往会仅举某一风格最具代表性的作家。夏氏在诗学上提到宋四家,其实已有相当代表性,也兼顾南北宋,其余未必需要尽列;夏氏对于陆游的欣赏,主要是那种豪迈不俗、超旷安然的放翁气象,这种气象,诗有东坡,词有稼轩已可代表,故不必再将陆游附入。夏氏言及豪放常常将辛弃疾与陈亮并举:

> 1975 年 10 月 7 日:《减兰·乙卯秋会于香山,歌和同会诸子》:"西山爽气。今日京华图画里。唤起辛陈。倘识尊前吾辈人。　酒痕休浣。梦路江南天样远。如此溪山。容易重来别却难。"
>
> 1976 年 2 月 7 日:《浣溪沙·集各友好赐和谒文文山祠堂词为册子,名〈河岳日星词〉,恩郑诵先翁题岢》:"红旭当胸语有神。龙蛇落腕笔轮囷。众中谁识此翁真。　共挈辛陈湖海气,来瞻河岳日星人。这回不负扣京门。"

并且夏氏还做过《龙川词校笺》,但言及创作上的学习对象时一样未及陈亮,这和不提陆游或许是一个道理。

至于研究者为何鲜少关注到夏氏与陆游之关系,恐怕既因为被《天风阁诗集》《天风阁词集》中夏氏前言所诱导,以致对其他方面有所忽略,也因为对夏氏日记阅读不细、利用不够。

这又引申出又一个值得讨论的话题,我们该如何看待《夏承焘日记全编》呢?

---

① 胡可先主编《夏承焘学案》第二编第一章"夏承焘的诗学宗尚与创作成就"(本章由钱志熙撰写),第 243 页。

② 胡可先主编《夏承焘学案》第一编第三章"夏承焘的词学观与词体创作"(本章由钱志熙撰写),第 85 页。

众所周知,日记作为一种既建构自我,又承载集体记忆的特殊史料,不仅仅具有私人史和微观史性质,更具有百科全书性质。尤其是那些长时段记录或身份特殊的人物日记,兼具政治史、经济史、社会史、人物史等多方面的价值,如果作者肯做用心和详细的记录,那么这种史料就具备反映整体历史的能力。

《夏承焘日记全编》全书近 500 万字,收集了 1916 年至 1985 年间已知的夏氏全部日记,时间长度达七十年,篇幅比影响甚大的《天风阁学词日记》扩充约三分之二;更为难得的是,夏氏对日记写作有一种自觉的认识:

> 1918 年四月初九日:炎生大哥前日寄到一书……因作书覆之,兼劝其勿间断日记,盖进学问、练文笔莫善于此也。
>
> 1919 年六月初四日:犹忆昔年曾有《自题日记》诗云:"平生不作难言事,且向灯前直笔书。"因录之以自警焉。
>
> 1922 年 12 月 12 日:予所授一级中学生,近颇自知检点心身,互相规戒,盖受日记之益不少。劝人修身行己,莫如劝其作日记。
>
> 1939 年 11 月 17 日:夜阅民国十一年客陕西时日记,在陕三载,读理学书,最检点身心,读书亦最勤苦,册中多自励语。今日阅之,犹起奋感。
>
> 1944 年 9 月 12 日:夕与天五谈诗,因及做日记。天五谓此亦如作诗,机须畅,切忌板滞。若如流水账,不如不为。

他早年记日记,已有明确之目的,即进学问、练文笔、检身心,且要直笔书写,注意写作方法,不能变成流水账。故其日记既是夏氏个人生命史的真实反映,也是夏氏一种有意的撰述,他有意将读书撰述、教书育人、社会活动、人物月旦、山川游历乃至世态万象尽入笔端,也很早就有意将其中与词学相关的内容刊布于世:

1941 年 5 月 30 日：思选写日记为《学词记》，师友训迪，不可忘也。

1957 年 3 月 17 日：夜三时即醒，思札录旧日记为《学词日记》，以下列数事为主：

一、一文一书写成之经历甘苦；

二、记师友嘉惠、名胜言行；

三、读词心得及书林见闻。

暑假返里，当翻早年日记，着手为之。

1984 年，浙江古籍出版社推出夏氏《天风阁学词日记》，随之风靡学界，被视为研治词学的宝库。如今，内容更加丰富的《夏承焘日记全编》正式出版，其价值正如《夏承焘全集·前言》中所总结：

> 依原稿增补完毕的《日记全编》，突破了"学词"主题的匡限，除读书札记、治词方法、治学方法、作品存录、唱和纪要之外，还广涉时政要闻、百姓生活、地方风貌、朋从交游、人物述评、山川游览，以及数次运动中知识分子的心态等等，大大拓展了反映面，不仅是"二十世纪最重要的词学文献""日记文学的上乘之作"，也是二十世纪的珍贵文献，具有重要的史料价值、文化价值和社会价值，是二十世纪优秀的学术成果和文化成果。①

故研究者对于这种可遇不可求的宝藏日记，也需要有目的、有计划、多层次、多角度的精心开发，不要目迷五色，更不要宝山空回。

最后需要指出的是，类似陆游这样，对夏氏产生影响却未出现在

---

① 《夏承焘日记全集》虽属于《夏承焘全集》之一种，但仅载《日记·前言》，未载《全集·前言》，今引文据《夏承焘全集·唐宋词人年谱续编》(浙江古籍出版社 2017 年版)所载《全集·前言》，第 20 页。

其诗词集自序中的人物还有很多,但论影响之深广,陆游最有代表性,故本文先予揭出。如果我们能以陆游为契机,将之一一呈现出来,更能见出夏氏转益多师,渊蓄云萃,领略其学问之博大精深,精神之丰沛富美。

（本文删减版载于《北京大学学报》2024 年第 3 期）

中编
版本与文献编纂

珍本《影山草堂学吟稿》考述

　　"清诗三百年,王气在夜郎"(《论近代诗四十家》),这是钱仲联先生对晚清宋诗派代表郑珍(字子尹)和莫友芝(字子偲)的赞语,郑、莫两人虽处西南边陲,但学深诗雄,名动全国,不愧为贵州历史文化宝库中两颗极其璀璨的明珠。郑珍诗,有《巢经巢诗集》等刊刻问世;莫友芝诗,则刊有《郘亭诗钞》和《郘亭遗诗》,前者收道光二十四年(1844)至咸丰元年(1851)共八年间诗作,为莫友芝三十四岁至四十一岁间作品,后者收咸丰二年至同治十年(1871)近二十年诗作,为莫友芝四十二岁以后作品。2003年,龙先绪、符均的《郘亭诗钞笺注》由三秦出版社出版,该书笺注了《郘亭诗钞》和《郘亭遗诗》的全部作品,还增补了从其他文献中搜获的37首莫诗,共收录莫诗969首,是至该年为止莫氏最完整的诗集。但是美中不足的是对莫友芝三十四岁之前的诗作仅搜获数首,不足以见出这一诗坛雄杰早期的诗歌风貌。由于莫友芝早期作品为人所知极少,也造成了对莫友芝前半生研究的诸多空白点,黄万机先生撰写的《莫友芝评传》(贵州人民出版社1992年版)中,关于莫三十四岁以前的生活便叙述得相当简略。

　　在上海图书馆善本室里,珍藏着一册《影山草堂学吟稿》(以下简称"上图本"),系蓝格抄本,每半页12行,行46字,中缝空白,双蓝鱼尾相对,上鱼尾下方印有"郘亭集",下鱼尾上方标示页码,内有"独山莫氏图书""子偲""其名曰友""独山莫绳孙字仲武印""景山草堂""郘亭寓公"等印记;封面有朱笔大字题"影山草堂学吟稿"七字,旁有题记五行曰:

　　　　咸丰甲寅仲秋,桐梓贼围郡城,郘亭自壬子春至甲寅初秋诗稿尚置湘川讲舍中，竟亡失不可得。而自辛丑以上十余岁少作稿乃以在家而存，因甄其尚易改正者，子弟辈录为此册。乙卯正月十一日记。

咸丰甲寅为 1854 年，咸丰壬子为 1852 年，道光辛丑则为 1841 年，该册诗收录的既是道光辛丑之前莫友芝（1811—1871）的诗作，那么也就意味着莫友芝三十一岁以前的诗作被较为完整地发现了，对于研究莫友芝早期的生活和诗风，当然有着不言而喻的重要意义。

细检该诗册，凡 3 卷 300 首诗，每卷卷首皆标"影山草堂诗钞"六字，除极个别的篇章外，其他均为《邵亭诗钞笺注》所失收。首卷于"影山草堂诗钞"标题后题曰"乙未、丙申"，凡收诗 79 首，首起《张节妇吟》，末至《汇〈杂兴〉诸作寄示芷升复题其后》。其中《宦幸斋丈挽诗》自注："闰六月先生入城，有中秋玩月之约"，按道光十五年乙未（1835）为闰六月；《魏卤香朝瓒既同下第，归至卫辉，将分道沿河东下出淮阴、适姑苏，为置酒相饯，口号三绝句送之》，按友芝于道光十六年丙申落第南归①；《寄子尹滇南》作于秋日，郑珍丙申春赴云南作幕宾，次年夏归至黔，诗当作于丙申秋。可见卷上收录的确为"乙未、丙申"即莫友芝二十五、六岁时的作品。而据卷末两篇《秋间杂兴》（十九首）与《汇〈杂兴〉诸作寄示芷升复题其后》看，本卷诗的时间下限当在丙申秋。

第二卷于"影山草堂诗钞"标题后题曰"丁酉"，收诗 94 首，首起《呈平越峰太守翰三首》，末至《和太守即目》。其中与太守平翰、挚友郑珍唱和最多。郑珍于道光十七年自滇归来就聘启秀书院讲席，当年冬，因赴京城礼部试辞讲席，卷中有《和子尹启秀讲》，应作于当年。平翰，字越峰，道光十六年（1836）十一月至十九年三月，官遵义知府，道光十七年，曾邀郑珍纂修《遵义府志》，因郑珍赴乡试而暂时搁置；道光

---

① 有关郑珍和莫友芝的行年，参考了黄万机先生的《郑珍评传》（巴蜀书社 1989年版）和《莫友芝评传》。

十八年重阳,郑、莫等诗友登龙山赏菊赋诗,平翰以"搓"韵赋诗重提修志事;十月,平翰聘郑珍主修《遵义府志》,郑又引莫友芝为佐,之后众人多次以"搓韵"唱和,卷中所收《登高,时太守与子尹商及志事归来,太守叠苏韵先成,因和作》《过话子尹听莺轩叠搓韵二首》等均应作于此时。故此卷所收诗不仅有道光十七年丁酉之作,亦有道光十八年戊戌的作品,时友芝二十七、八岁。

第三卷于"影山草堂诗钞"标题后另题曰"来青集",后接以"己亥、庚子、辛丑"年号,郑珍、莫友芝在来青阁修志,正式修志时间恰在"己亥、庚子、辛丑"三年,从该卷所收 127 首诗看,首起《听莺轩夜坐》,末至《少年行》,其中有《己亥生日》《庚子生日》《辛丑生日》等,可以断定诗作时间确在道光十九年己亥、二十年庚子、二十一年辛丑,分别是友芝二十九岁、三十岁、三十一岁时所作,另题"来青集",可能因为该卷诗全系修志期间所作之故。

以上三卷共收诗 300 首,是莫友芝二十五至三十一岁七年间的诗作,似与莫友芝题记云"自辛丑以上十余岁少作稿乃以在家而存"的记述有所未契。但我们如果注意到题记后面尚有"甄其尚易改正者"一语即可释然,辛丑以前十余年的诗歌,除了这七年外,其他均被莫友芝淘汰掉了。

通览这三卷诗的内容,可以窥得莫友芝早期诸多富有价值的信息:如关于他的诗风,郑珍在《邵亭诗钞》序里说:"其形于声发于言而为诗,即不学东野、后山,欲不似之不得也。虽然,孟于韩、陈于苏,犹赖之去缲,仅一染耳。……恶知今之东野、后山者,不旋化为退之、子瞻者邪。"认为此时莫友芝诗风近似孟郊和陈师道,尚未得到韩愈和苏轼的神髓。我们看《影山草堂学吟稿》的三卷诗,也有这种感觉,尤其是那些描写亲情或自身感受的五古和五律,颇有孟郊、陈师道酸心涩骨的效果。集中歌行和七古为数不少,多学韩愈、苏轼的雄放奇崛,如《牟珠洞》学韩愈《山石》,《张节妇行》完全打破节律,又颇似韩愈的《嗟哉董生行》,但它们稍欠韩诗的雄浑气势,却掺和了两分孟郊诗的峭涩。值得注意的是,两诗均作于道光乙未年(1835),这说明,早在二十五岁左右,莫诗已经形成了自己相对一致的特点。当然,集中还有许多七律学杜甫、黄庭坚,绝句则多带谢灵运、韦应物的清幽韵味,特别是一些山水小诗,更是清新可人。这些特色,在他以后的诗作中发展得更为成熟。

再如关于莫友芝早期事迹和心态的考索,第二卷中有诗94首,与太守平翰相关的就多达50余首,此期正值修《遵义府志》,可以想见当时贤主佳宾诗酒风流的盛况。在中国古代社会,没有地方官的倾心倾力,地方文化的建设往往是纸上画饼。第三卷的《璋女觞》《得都氏妹凶问》《悼庚殇于外家兼寄其母》等,则让我们感知了作者接连丧女、丧妹、丧子的悲痛,结合本卷的《三月廿日举子敬和大人》《月夜忆阿庚母子途中》,又可考知莫友芝长子阿庚生于道光二十年庚子三月廿日,未满一岁夭于外家,这可以纠正我们以为莫彝孙(生于道光二十二年)是友芝长子的习说。而《己亥生日》中所云:"莫五堕地今廿九,忽忽穷年事奔走。九州欲遍谁识之,一事不就将老丑。昨日春官卸归辔,只看旧甫长骄荗。转为图经不得已,终日舍己芸人亩。捉入莺轩闷欲死,不许来青更抽手。意长力短日月忙,空倚青天搔白首。……"则是此期莫氏心态的真切自我告白。

令人困惑的是,在台湾"国家图书馆"里,还珍藏着两种内容各不相同的《影山草堂学吟稿》抄本:

一种是金镶玉包角六孔线装,卷首扉页有朱笔大字题记,书名作"影山草堂学吟稿"(为区别他本,以下简称"台图一本"),旁亦有题记五行,题记文字与"上图本"完全一致,每半页行数和每行字数、所钤印记、稿纸色彩、鱼尾形状以及字体也都与"上图本"相同。但是所收内容却是莫友芝的影山词3卷,词后附有古今体诗25首[①],页次为9至

---

① 台湾《"国家图书馆"善本书志初稿·丛书部》(台湾"国家图书馆"2000年版)于《影山词三卷附古今体诗一册》下叙录云:"末附古今体诗二十三首。"细核该本,应为二十五首,其中《秋葵》一首仅存诗题和首联。

11页，系残本，这25首诗也并非"上图本"中所有，且创作时间在道光辛丑（1841）之后。

一种是包角线装，内封朱笔大字题"影山草堂学吟寄"（以下简称"台图二本"），旁边题记以及每半页行数、每行字数、所钤印记、稿纸色彩、鱼尾形状以及字体也均同于"上图本"，凡收各体诗66首，页次为1至8页、12至13页，缺9至11页。首页首行顶格题"邵亭外集"，所收诗作既不见于"上图本"，又不与"台图一本"相合，创作时间亦在道光辛丑之后。

从这两种抄本的题名、题记、样式、字体来看，他们和"上图本"应该是同一部书，那又为何内容大相径庭呢？笔者在中国社会科学院文学研究所善本室里，发现了一册由莫友芝曾孙女莫珠姝工笔抄录的《影山草堂学吟稿》（以下简称"姝抄本"），该册系红格抄本，每半页10行，行21字，有前集3卷、外集1卷，收诗391首，版心为双红鱼尾相对，上鱼尾下方有"前集卷上""前集卷中""前集卷下""外集"字样，下鱼尾上方标有页码，前集每卷卷首均题曰"影山草堂学吟稿"（不像"上图本"题以"影山草堂诗钞""来青集"等），外集卷首题曰"邵亭外集"。令人惊奇和兴奋的是，它的前集三卷所收诗作的顺序和内容，竟与"上图本"完全相同；而其外集所收内容，竟然又是"台图一本"与"台图二本"中所有诗作的合集。如果将"台图一本"附诗的9至11页，插入"台图二本"所缺的页次，再与"姝抄本"的外集核对，就会发现连诗作的顺序都是相同的，这足以证明"台图一本"和"台图二本"本是同一部书的不同部分，应该合二为一，共同归属于"邵亭外集"，而这个"邵亭外集"与"上图本"亦应合为一体，可以同称为"影山草堂学吟稿"，一如"姝抄本"的前集和外集。

然而问题到此并未完全解决。《影山草堂学吟稿》的题记明明说是诗稿，怎么会发生"台图一本"所收主体为"影山词"的现象呢？笔者翻阅了大量莫友芝的手稿，终于在国家图书馆所藏莫友芝手稿《邵亭诗文稿》第五册中，找到了一条线索，该册中有莫友芝为自己的藏书所

作的著录,其中《影山草堂学吟草》条下云:

> 咸丰甲寅仲秋,桐梓贼围郡城,邵亭自壬子春至甲寅初秋诗稿尚置湘川讲舍中,竟亡失不可得。而自辛丑以上十余岁少作稿乃以在家而存,因甄其尚易改正者,子弟辈录为此册。又附录影山词二卷(笔者按:此句为莫友芝后来添加)。乙卯正月十一日记。

"上图本"与"台图一本""台图二本"也有这样的题记,惟缺少后来添加的"又附录影山词二卷"一句①。可见它们主要所指的当是同一种东西,即"姝抄本"中《影山草堂学吟稿》的前集三卷。合上综观,可以看出《影山草堂学吟稿》三卷本与莫友芝的其他诗词稿曾有不同形式的搭配,它不仅附录过《邵亭外集》,还与《影山词》有过组合,可能也与《邵亭外集》《影山词》同时搭配过,只是由于某种原因,"台图一本"中的三卷《影山草堂学吟稿》佚失了,只残留了影山词和部分外集诗,因此才会出现题记与内容不能契合的矛盾现象。

由于"姝抄本"《影山草堂学吟稿》中附录的《邵亭外集》所收诗作亦为《邵亭诗钞笺注》失收,因此有必要在此做一简单考述。《邵亭外集》凡收诗91首,首起《平樾峰同守翰权篆仁怀厅"有鹤来止",以黔蜀间旧所未见书来,诧为别后第一快事,并有诗索和次韵》,止于《丰乐桥落成,用坡公两桥诗韵》。首起诗当作于道光二十四年甲辰(1844),中国社会科学院文学研究所另藏有莫友芝手稿《邵亭外集》一卷,上有莫友芝题记云:"此甲辰(1844)、乙巳(1845)、丙午(1846)三岁删去之诗,别录成册,以待改正者,敬烦更为塞鼻一过,看犹有一二气格尚健、可入正集者否。题上有圈皆意欲存而未决者,又附丁未(1847)、戊申

① 关于台湾地区藏本的资料,得力于国家图书馆《文献》杂志王菡先生和文化部白雪华、南京大学中文系卞东波等朋友的帮助,在此深致谢意。

（1848）、己酉（1849）三岁。"而该本前半部所收诗与《影山草堂学吟稿》中邵亭外集的内容、顺序都相一致，且平翰于道光甲辰年辞归，因此首篇诗可定作于该年。尾诗大约作于咸丰元年辛亥（1851），因《邵亭诗钞》卷六收有作于该年的《同晓峰游桃溪寺，沿流下观丰乐新桥三首》，《续遵义府志·关梁》载丰乐桥"在城南五里，咸丰元年建"。内中如《义仓行》《后义仓行》分别标明作于"甲辰岁""乙巳岁"；《溪上逢喻云鉏拔贡经留饷午》标明"以下乙巳岁作"；《共外舅夏辅堂先生论黄理廷燮年丈〈獭笑集〉》标明"以下丙午岁作"；《乐溪三十二咏之八》标明"以下戊申年作"；《诗坞待主人归，酒已熟矣，乃别道访余相差也，用前韵》标明"己酉"；《赠子何弟八首之六七》标明"以下庚戌"；《闰中秋夜半雨止，踏月至城南新桥》，而道光庚戌八月正是闰月；时间跨度和具体年份与《邵亭诗钞》相契合。可见该卷诗的创作时间是在甲辰（1844）至辛亥（1851）之间。

虽然"姝抄本"的《邵亭外集》收录的不是莫友芝三十四岁前的诗作，但毕竟作为外集附于《影山草堂学吟稿》后面，因此容易引起认识上的一些混淆和错乱。如台湾地区《"国家图书馆"善本书志初稿》于《影山草堂学吟稿》条下叙录了莫友芝乙卯（1855）正月十一日的自记（见前），并据此认为："此册为友芝少作，题曰'邵亭外集'，全册正文共十叶，凡收各体诗66首。内页中有墨笔校改……即是道光二十一年前莫友芝十余岁少年时之作品。"即犯了此类错误。

另外，"姝抄本"《影山草堂学吟稿》与"上图本"的关系也值得一提。根据"上图本"封面莫友芝的五行题记和其中所钤的"独山莫绳孙字仲武印"，以及现存莫绳孙的手稿笔迹，可以基本判定"上图本"系莫绳孙抄写，此即题记中所言"子弟辈录为此册"，抄写时间在咸丰乙卯（1855）年间。而"姝抄本"中的莫珠姝，则是莫绳孙的孙女①，台湾地区"国家图书馆"藏有莫绳孙手稿本《莫氏书札摘要》四册，载有莫珠姝

---

① 《文献》刊发本文时笔者误将"孙女"写作"女儿"，此处正之。

的生辰八字："光绪十六年庚寅七月初八日寅时生。"可知莫珠姝生于公元 1890 年，而她能以如此工整娟秀的笔迹抄写《影山草堂学吟稿》，至少是成人以后的事情了。因此与"上图本"抄写时间相比，"姝抄本"要晚很多。但正因为其晚出，所收录也更为完整和清晰。"上图本"时有涂抹勾画，"姝抄本"则鲜有改动，应是誊定之本。笔者正在查阅莫友芝的各种诗文刻本、抄本和手稿，计划整理出一部包括《影山草堂学吟稿》在内的、较为完备和可靠的《莫友芝诗文集》，为莫学研究贡献一点心力。

（原载《文献》2007 年第 1 期）

《黔诗纪略》编纂过程考述

　　《黔诗纪略》是晚清著名诗人与学者莫友芝编纂的一部明代贵州地方性诗歌总集。问世以来颇受重视,流布较广,但有分量的研究论著并不多见。文献整理仅有关贤柱点校的《黔诗纪略》(贵州人民出版社 1993 年版),研究论文亦屈指可数,且多流于简介,对其成书过程多据莫绳孙在《黔诗纪略》中的《题记》,缺乏对《题记》失误的辨正和《黔诗纪略》成书细节的考索。今依据莫友芝传世之各种文献及莫绳孙等人记载,对其编纂过程试作系年考证。引《黔诗纪略》者简称"《黔诗》",引莫绳孙题记者简称"《题记》",引《莫友芝日记》(凤凰出版社2013 年版)者简称"《日记》"。

　　咸丰二年壬子(1852),开始正式编纂《黔诗纪略》。

　　先是,莫友芝"尝病黔中文献散佚,欲私成一书以纪之,逮于逸编断碣、土酉世谱有足征文考献者,罔不穷力搜访,几于大备。衣食奔走,不获专力成书"(《题记》)。莫友芝《播雅·序》云:"乡者友芝尝欲略取贵州自明以来名能诗家之制为一帙,于遵义尤措意。"序成于咸丰三年八月,可证莫友芝编纂贵州明以来诗选是其夙愿。

　　二月,莫友芝往都匀扫墓,道经贵阳,与黎兆勋同访唐树义,共商编纂《黔诗纪略》。

　　《黔诗》卷二十一《杨文骢》下莫友芝按语云:"友芝岁壬子之都匀省墓,道贵阳,伯庸挟《山水移集》偕诣子方方伯,饮待归草堂,遂有纪录黔诗之议。"

　　按唐树义(1792—1854)字子方,遵义人,道光二十五年(1845)迁陕西按察使,二十七年调湖北布政使,二十九年权巡抚,因与上司不合,引疾退居贵阳待归草堂。咸丰三年奉命在籍办团练,五月抵武昌剿捻,次年正月战败身亡。唐以忠义自许,好文学,喜收藏,热心乡邦文献,著有《梦砚斋遗稿》《待归草堂诗文集》等。

黎兆勋(1804—1864)字伯庸(又作柏庸、伯容),号檬村,晚号碉石居士,贵州遵义人。黎恂之子,黎庶昌堂兄,郑珍妻兄。咸丰二年(1852)补开泰县训导,复以防御苗民起义有功,选湖北鹤峰州判。同治元年(1862)调随州州判,同治三年春奔父丧,忧病而卒。著有《侍雪堂诗钞》《葑烟亭词》等。

咸丰二年,唐树义正引疾退居贵阳待归草堂,莫友芝与黎兆勋偕访之,遂有编纂《黔诗》之议。然按语中仅言年而未言更具体的时间。《邵亭遗文》卷六《待归草堂后记》云:"咸丰壬子春,友芝走都匀省墓,得道谒先生于兹堂。"知时在春季。《邵亭书画经眼录·唐杜工部赠太白绝句直幅》又云:"咸丰壬子中春十一日壬辰,黎兆勋柏容、李维寅桂舲、舍弟庭芝,同观于梦砚斋,莫友芝书。"知时在咸丰二年二月。

辨误:莫绳孙《题记》云"咸丰癸丑(1853),遵义唐威恪公欲采黔人诗歌,荟萃成编。以国朝人属之黎先生伯容,因乱,稿尽亡失;先君任辑明代……"系记忆有误,前已足证事在咸丰壬子,非在咸丰癸丑。然议编时有大致分工,莫辑明代而黎辑清代,则当属可信。另参咸丰八年事。

十月二日,莫友芝致信六弟莫庭芝等人,托其寻访贵籍和流寓诗人诗作。

信云:"给事闻有诗牌在鼓楼山(恐此山上存前辈诗不少),得寄信(府考常来匀)远遒辈抄出早寄,贵定邱公禾实《循陔园集》、清平李开府佑、王金事木、蒋见岳世魁诸集并不妨一访。又各府志书尚缺兴义、铜仁、镇远、石阡、都匀及平越州(柏容曾假得平越旧《府志》,太略,亦有所资),有可借处,并当留意。龙友《山水移》一集,乃其三十二、三岁时诗,其《洧美堂集》乃此后之作,犹有影响乎?君采《雪鸿堂集》,记昔年过省,会傅雨亭家仲君,曾言过,有暇当细问之,雨亭稿亦当存一二也。君采诗,陈伯玑选七十余首,当在其所撰《国雅》《诗慰》二书中,二书可访代借否？滋大《敝帚集》，柏容竟将旧本失去，从何下手？且有文集亦当访求。田端云所刻郑天瑜诗稿并其《碧山堂稿》皆当得之，乃有下手处。尔在安平，于陈氏、黄氏诸家亦有所得否乎？十月初二日，邵亭字付芷升弟。柏容、子何同致。"①

信中涉及人名甚夥，"给事"指陆粲，字子余，长洲人，曾任工科给事中，劲挺敢言，谪粲贵州都镇驿丞，诸生有请业者，亲为讲授，士始知文学，《黔诗》中收其事迹。邱禾实、李佑、王木、杨文骢、谢三秀、吴中蕃（滋大）、郑逢元（天瑜）皆有诗收入《黔诗》，蒋世魁（见岳）则有事迹附入《黔诗》。远猷为莫友芝之侄，子何为莫友芝弟子胡长新（1819—1885）字。此信系编纂《黔诗》时托求亲友寻访材料，莫友芝虽素有积累，但正式编纂《黔诗》时，所需资料仍然十分庞大，故向亲友求助。

咸丰三年癸丑（1853），《黔诗纪略》已收诗人逾二百家。

八月，致信唐子方，言今岁可成《黔诗纪略》明代部分初稿。

信云："承命编订黔中耆旧诗，拟尽今岁毕有明一代，旧录新采，通计已逾二百家，须幸按堵，冬末春初，可以开雕，其本朝诸老诗，当竭来一、二岁力成之。"②事实上明代初稿来年春夏始成，参咸丰四年事。

另咸丰八年四月十五日莫友芝致黄彭年信云："拙编《黔诗纪略·明集》，甲寅岁已粗脱稿。……惜柏容所任今集，仅散采盈两笥，历仓皇戎马间，昨又以湖北判官去，汗青殆不可骤期。尊著体段重大，庶几及此爱日，早晚成书，以惠后学。幸毋作辍，为柏容之续，千万千万。"③

此可与莫绳孙题记"以国朝人属之黎先生伯容，因乱稿尽亡失；先君任辑明代"之说互证。盖咸丰二年二月唐树义、黎兆勋、莫友芝三人粗有约定，莫辑明代而黎辑清代，莫氏用功勤勉，很快即粗具规模，而

---

① 信据贵州省博物馆现藏莫友芝家书底稿，承吴鹏兄赐示，据信内容，当为咸丰二年初编《黔诗纪略》时所作。咸丰三年八月致唐树义信已云"冬末春初，可以开雕"，当不致本年十月还在大量求访诗歌。

② 信据《邵亭遗文》卷五。

③ 信从国家图书馆藏莫友芝手稿《邵亭诗文稿》五册中录出。

黎氏至咸丰八年仍"仅散采盈两笥"并最终"作辍"。大约莫氏当时即有所预感，或与黎氏交好愿为分担，因此咸丰三年八月致唐树义信云再费一两年工夫可编"本朝诸老诗"，只是由于资金与精力等原因，最终决定只编刻明代部分。

辨误：现存《黔诗纪略》署名方式均为："遵义唐树义子方审例，遵义黎兆勋伯庸采诗，独山莫友芝子偲传证。"实际上莫友芝一身兼任审例、采诗、传证三事，唐、黎二人并未参与今本《黔诗纪略》的核心工作。也许为了纪念两位老友和编辑初衷，莫友芝才采取了这种方式。另参同治九年（1870）事。

咸丰四年甲寅（1854），《黔诗》稿初成，刊首两卷而止。

二月廿二日，致信莫庭芝，告知上月唐树义兵败自尽事，并言《黔诗》止刻明代部分。

信云："闻唐方翁已殉节武昌，此老能如此结果，大是善终。……此时《黔诗》决定止刻明代，尚不知资能足否？袁华宇一家，尔亦曾访出本子否？及早寄来。"①

袁华宇即袁应福，字华宇，其诗收入《黔诗纪略》卷十，知此时《黔诗》尚未完工。而因唐树义殉难，莫友芝缺少有力支持，遂决定不再编辑清代部分，而仅谋明代部分之梓行。

三、四月之交，在遵义城南湘川讲舍编完《黔诗》明代稿。

《黔诗》卷二十一《杨文骢》下按语云："甲寅春夏，于遵义湘川讲舍编完明代。当龙友两卷间，而方伯湖北殉难报至。"知二月闻唐树义殉难时《黔诗》编至杨龙友卷，已近尾声（杨龙友诗在刻本《黔诗》卷二十、二十一），至三、四月间的春夏之交，《黔诗》稿初成。

辨误：莫绳孙《题记》云："旧所征录既多，而黔西潘君文炳及先君门人胡君长新益相助采拾。迄甲寅夏，得二百十有六人，方外及杂歌谣又卅六首，都为一集，成卷三十。"亦证《黔诗》稿成于春夏之交。然

---

① 信据贵州省博物馆现藏莫友芝家书底稿，承吴鹏兄赐示。

《题记》云"成卷三十"不确，此时尚未有三十卷之规模。咸丰八年
(1858)四月十五日莫友芝致黄彭年信云："拙编《黔诗纪略·明
集》……近复少附益，编成三十卷，通计二百二十余人。"①足见咸丰八
年时始编为三十卷。

**七月，刊《黔诗》首两卷。八月，杨龙喜于桐梓九坝起事，友芝匆匆
由遵义城南的湘川讲舍入遵义城谋守御，刊刻被迫停止。**

《黔诗纪略》卷二十一《杨文骢》下按语云："甲寅(1854)春夏，于遵
义湘川讲舍编完明代。……入秋以两卷付雕，而杨滩喜之乱作，阁置
者十五年。"咸丰八年四月十五日莫友芝致黄彭年信云："拙编《黔诗
略·明集》，甲寅岁已粗脱稿，刊成首二卷。"知《黔诗》曾刊首两卷，此
可以解释莫绳孙题记为何仅云"辛未九月，始整定第三至二十一诸卷"
而不云首两卷之疑，盖首两卷早于咸丰四年厘定并曾刻印也。

**九月二十五日，杨龙喜军放火焚烧遵义东门外双荐山下的府学和
县学房舍，湘川书院被火未燃，莫友芝亟募人抢回一批文籍，其中《黔
诗纪略》损毁三册。**

《黔诗》卷二十二邬昌期《读郭青螺〈黔书·烈女传〉》六首后莫友
芝按语："节愍《读〈黔书〉诗》凡二十首。其五古十首，咏孝义独行。其
七绝十首，皆咏烈女。咸丰甲寅(1854)秋，缮录于遵义城南之湘川讲
舍。八月中旬，桐梓贼起，来逼城，匆匆入保讲守御，未及取携，遂与
《黔诗稿》三册、友芝诗文稿五册，皆为燹毁。而节愍诗并副本亦烬，可
惜也。乙卯(1855)夏重整旧稿，仅门人辈私录六首存，虽不敌所亡之
半，亦罕而愈珍矣。"

《邵亭遗诗》卷二《遵乱纪事》"长发独处守书卷，死生存毁无由探"
后注："九月廿五日焚府县学署，经籍皆烬，文昌宫、魁星楼亦毁，府文
庙墙门皆撤去。时闭城月余，讲舍存否，尚不得消息。""天荒掇拾良独
难，定有呵护劳真宰"后注："连日丰乐桥北民居焚毁殆尽，闻湘川讲舍

---

① 从国家图书馆藏莫友芝手稿《邵亭诗文稿》五册中录出。

纵火未然,及县文庙尚在,此道以渐通,亟募归讲舍中文籍。虽颇亡失,幸《黔诗纪略》诗稿本十九犹存,尚易补缀。"知莫绳孙所谓"原稿亡其三册",事在咸丰四年九月间。

十二月廿三日,致信莫庭芝,言欲觅机继刻《黔诗》。

信云:"尔谓我开春入省将图何处,尚不可知。若能仍旧,我亦可了方翁《黔诗》前半之役。尔亦曾见炳公否?我骤未至省时,能托人先言此否?"①

按莫庭芝曾来信力促莫友芝入省会谋出路,然未有定处,莫友芝本意仍在湘川学舍"旧馆",但湘川学舍乱中被毁,恢复不知何日。莫友芝因催莫庭芝托人向当时的贵州布政使觉罗炳纲(即"炳公")说项,欲谋此旧职以继刻《黔诗》。

咸丰五年乙卯(1855),补葺《黔诗》,并谋付梓。

正月十八日致莫庭芝信,谋复遵义湘川书院旧馆,以毕编刻《黔诗》之事。

信云:"现在方办善后,馆事犹未筹及,我已以旧馆托佛芝翁、承久翁言之。杨星翁已有允语,唯当此倥偬未便催之,且此时度支缺乏,即定亦恐难应缓急,真愁人也。尔两次字俱催我走省,不知有一定可图机会,抑是要见方伯,始为不可必之谋也(尔已见过方伯否?如见过,亦可将此旧馆事乞其致声星翁乎?或有他托,此事不言亦可)。如必欲即来,尔即亟写一字借贵筑马封发来……《黔诗》一节,于有明一代我已费心力不少,因乱中止,甚可惜。我所以必图旧馆者,欲借将此事了却,乃出门,若使他人补为之,(不)如我意也。鄂生归来否?渠即不应刻费,我自成我稿耳。"②

按莫友芝为图旧馆(湘川讲舍),托遵义知府佛尔国春(即"佛芝翁")与贵州按察使于胡鲁承龄(即"承久翁")向奉檄办理遵义团务的杨志奎(号星垣,即"星翁")说项,欲得其帮助,犹恐未妥,又欲托贵州

---

①② 信据贵州省博物馆现藏莫友芝家书底稿,承吴鹏兄赐示。

布政使觉罗炳纲向杨志奎致意，因讲舍被毁，欲恢复必得当地团练之力。然战后"方办善后，馆事犹未筹及"，莫友芝暂未如愿。

本年夏，重新缮理《黔诗》。

《黔诗》卷二十二邬昌期《读郭青螺〈黔书·烈女传〉》六首后莫友芝按语："乙卯（1855）夏重整旧稿。"

本年秋冬，莫友芝在贵阳，与莫庭芝、郑珍、黄彭年、唐炯等时常相聚。莫友芝欲筹资刻《黔诗》，唐炯愿独力任之。

咸丰八年四月十五日莫友芝致黄彭年信云："拙编《黔诗纪略·明集》……乙卯秋冬聚手，即拟整理醵资续雕，以鄂生必欲独任中止。"另参《莫友芝年谱长编》（中华书局 2008 年版）咸丰五年谱。

唐炯（1829—1908）字鄂生，唐树义第四子，咸丰四年在遵义办团练，咸丰六年以知县分发四川，九年署南溪知县，十一年署绵州知县。屡立战功，同治六年（1867）以道员简放。光绪八年（1882）授云南布政使，旋授云南巡抚，光绪三十三年以老病告归。著有《成山庐诗稿》《成山老人自撰年谱》等。按唐炯次年分发四川，故继刻《黔诗》之事中止。

咸丰八年戊午（1858），增益《黔诗》为三十卷。

四月十五日莫友芝致信黄彭年，叙《黔诗》之事甚详。

信云："拙编《黔诗纪略·明集》，甲寅岁已粗脱稿，刊成首二卷，经燹小有损失。乙卯秋冬聚手，即拟整理醵资续雕，以鄂生必欲独任中止，近复少附益，编成三十卷，通计二百二十余人，增于竹庄旧录者五之四，诗称之，或可不负地下方老耶？承示李承露一篇，恰集中所遗，此老行迹亦失传，即述来径羼入，敬谢敬谢。"①

黄彭年提供资料事在咸丰六年丙辰。按李承露收入《黔诗纪略》卷十一，其传证云："咸丰丙辰（1856）黄编修彭年过蜀，出落凤坡，于靖侯祠石刻中得其一诗相寄。"

咸丰九年己未（1859）至咸丰十年庚申（1860），在京师，增入《黔

---

① 信从国家图书馆藏莫友芝手稿《郘亭诗文稿》五册中录出。

诗》十余人。

《题记》云："戊午（1858）冬入都。携置行箧，随所见增录。居京师两载，益十余人。"按莫友芝咸丰八年十二月一日携绳孙赴京，咸丰九年二月半始至，至咸丰十年七月十二日南下，所谓"居京师两载"，即指此期。

咸丰十一年辛酉（1861）五月，在武昌胡林翼幕，寄《黔诗》回遵义。

《题记》："辛酉春至鄂，直发贼上窜，行省戒严，复寄归黔中，是故年来未得校核。"

按《日记》咸丰十一年三月廿二日："蔡念篁十五日自望江来，言望江城中皆移一空……夜，检点书箱，一并前寄存柏容四箱，托其便致遵义。"疑《黔诗》即与此时托蔡携归，然该日日记后附"寄交念篁带回书籍"目录中未见《黔诗》，且与《题记》"行省戒严"之说不合，故《黔诗》当另寄也。《日记》咸丰十一年五月六日："闻有报至，贼之去通城、通山者，又陷咸宁。城中居民移出者纷纷。"时莫友芝正在武昌城中，或寄回《黔诗》在此期邪？

清穆宗同治元年壬戌（1862），得谢君秀《诗慰》，欲补入《黔诗》。

《黔诗》卷十四谢君秀（上）传证云："同治初元客皖口，乃得陈允衡伯玑《诗慰》所录七十四篇。因以《远条小集》为上卷，以《诗慰》增出合'碎拾'者为下卷。"

《黔诗》卷十五谢君秀（下）传证云："陈伯玑《诗慰》载君采先生作七十四篇，友芝岁壬戌客皖，大儿彝孙检去复重昔刊《远条堂稿》者，录得六十篇为一卷，待携归补黔诗前编之逸。庚午（1870）春，乡里稍靖，同人亟欲传是编，索稿于舍庭芝弟，寄予金陵勘定，而彝孙遽以三月半夭逝矣。萍蓬无聊，略点校，常不能终卷。忽忽匝一岁，始及君采，乃搜彝箧，以所录付编。"

以上两条当合观始得事实，即同治元年莫友芝得《诗慰》，由莫彝孙检核不见于《远条堂稿》者六十篇，单录一卷，欲补入《黔诗》，然《黔诗》已寄黔中，直待同治九年始由莫庭芝寄回，而莫彝孙于该年三月夭逝,莫友芝无心整理,直至同治十年,始"以《远条小集》为上卷,以《诗慰》增出合'碎拾'者为下卷",正式补入《黔诗》。

按莫友芝得《诗慰》在同治元年冬,其《雪鸿堂搜逸题识》云:"同治癸亥冬,寓皖,借李芋仙所藏陈伯玑《诗慰》以校此刻,约可增四十余首。呕命彝儿录出,并李本宁一序装入卷中,以待重编。"

同治二年癸亥(1863),言《黔诗》家中别有底稿。

二月三日,致信六弟庭芝,云:"《黔诗纪略》不知莼斋何以寄回?尔有妥便,可封寄筱亭,我家中别有底稿也。"

据信可知《黔诗》底稿非一。然信中所云未得其详,疑莫友芝寄回黔中之稿转至黎庶昌手中,黎又寄莫庭芝。而莫庭芝大约并未遵嘱寄给黎庶煮(筱亭),此本为较全之本,而"家中别有底稿"者则是较原始之本。参同治四年事。

同治四年乙丑(1865),唐炯议刊郑尹遗著并附刊《黔诗》。

《日记》同治五年正月廿八日:"唐鄂生去年九月绥定书来……欲刊子尹遗著,且言拙编《黔诗纪略》亦当附刊,曾致书庭弟索本未得,复有言本在吾家中者仅少龙友,当遣索取钞副寄来。盖不知庭弟处是后录全本,而在家者乃初稿也。然果得初稿来,亦易为力也。"

按唐炯同治二年至五年署四川绥定府,有实力支持《黔诗》付梓。然莫庭芝迟迟未将《黔诗》"后录全本"寄来,莫友芝未能着手整理。

同治九年庚午(1870),断续整理《黔诗》。

正月初一,莫友芝收到莫庭芝所寄《黔诗》;三月一日,唐炯寄刻资五百两(五月二十九日至莫祥芝处,六月二日转至莫友芝处);但三月十五日莫彝孙不幸亡故,莫友芝失去整理《黔诗》的得力助手,心境颓唐,整理极缓。此在他给唐炯、莫庭芝的信及《黔诗》按语、莫绳孙《题记》中皆有记载。

六月九日莫友芝致唐炯信云:"承三月朔重安军次惠书,并《黔诗纪略》刻资五百两(苏州银号协同庆会兑九七平),于五月二十九至江宁舍祥弟许。友芝方在维扬,六月二日奉到,始悉吾鄂老为桑梓军事,勤力驰驱,以成破竹之势。……友芝馆吴门书局二年,以主者议论不协,昨冬辞去。今春鄂督、抚及香涛学使,又以新开文昌书院讲席见招,亦力辞之。而庞省三都转又坚订扬州书局,投老奔波,任人拨置,于自己安身立命,都荒废不可收拾,故乡骤不能归,飘泊依于胡底,前途逼仄,念之悚然。……三月尾自鄂驰还秣陵,将为大儿彝孙谋应顺天乡试,而乃先以月半夭亡,老客僵仆,怀抱可知。甚怪舍六弟前数年,何不早寄我《黔诗》稿子,尔时精力尚足支吾,又有彝儿助为校理,今则仅次子绳孙,学太浅,又绊两淮盐曹卑官,不能少助。润色钩稽,亦非衰病所能更精。然此事更不可已,其芜率处,拟一一听之。惟客中浏览,约增旧编失收者二十家,其已载之君采、龙友两家,增诗二百余首而已,奈何奈何!所来刻资,若在黔蜀,已宽然有余,而在东南,仅能就功之半,以数省皆开局刻书,而手民经乱消落,造就不及之故。所不足者,舍祥弟及黎莼斋当任之。但刻成最速亦须两年,是新缮稿,势不能亟促了事也。鄂老跋如命为之,断不致误。前在鄂亟还,香涛方按试荆州,未得溯江一晤,并访子寿先生,是此行缺典,子寿黔诗序,柏容曾抄以来,仅及柏容之编诗,于本书都不契勘,殆不可用。必欲得两君为序,须书成数卷后,印以寄之,更索乃得当也。"①

按此信中所言子寿,非黄彭年,而是王柏心(字子寿),其曾为黎兆勋未成稿作序,收入其《百柱堂全集》卷三十三中(见图1)。大约唐炯欲得张子洞(香涛)、王柏心二人之序,莫友芝告知王序不妥,须另作②。

同治九年六月十日莫友芝致莫庭芝信云:"苣升六弟如晤:元日得尔字并《黔诗纪略》,具悉一切。我去腊已辞苏州书局馆,开春湖北督抚诸公以文昌书院讲席相招,亦力辞之。而庞省三都转又以扬州书局

① 此据贵州省图书馆藏《莫友芝书札》录出,系年据《郘亭日记》和信函内容推断。
② 王柏心(字子寿)《百柱堂全集》卷三十三《黔诗纪略序》仍云黎兆勋采诗,是仅据黎之辞或首两卷署名方式而推测,实际上并未见到全书。故莫友芝弃此序未用,并在致唐炯信云:"子寿《黔诗》序,柏容曾抄以来,仅及柏容之编诗,于本书都不契勘,殆不可用。"

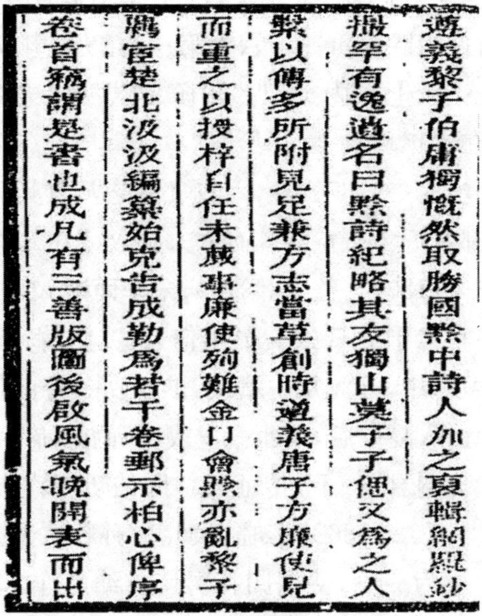
遵義黎子伯庸獨慨然取勝國黔中詩人加之裒輯網羅[illegible]
摭罕有逸遺名曰黔詩紀略其友獨山莫子子偲又為之人
繫以傳多所附見足兼方志當草創時遵義唐子方廉使見
而重之以授梓自任未蕆事廉使殉難金门會黔亦亂黎子
羈宦楚北汲汲編纂始克告成勒為若干卷郵示柏心俾序
卷首竊謂是書也成凡有三善版圖後啟風氣曉開表而出

图 1　王柏心《黔诗纪略序》

坚订，以是绳儿上司，不能不应。二月中以李协相将往贵州，往鄂一送其行，且陈乡里事宜，而协相遽改援陕，岂黔乱尚未即艾耶？四月朔，还抵金陵，而彝儿先以三月半夭逝，又先失一钟孙。（以正月十六续取冯莲溪女于池州，二月中将还。）投老飘泊，而所遭如此，吾弟谓我情何如也！《黔诗》已来，不能不谋付梓。鄂生又寄资来相促。甚怪尔不早寄。我于数年前，精力尚能支应，得更整理一番，今家事乃尔，视听食息都不如往年，惟有听其芜率卤莽上板而已，奈何奈何。”①

《黔诗》卷二十一杨文骢（下）按语：“庚午（1870）开岁，舍弟庭芝寄此稿来江南，携之扬州整理，乃取壬戌（1862）客皖所收石首夏云鼎四云选《崇祯八大家诗》，校龙友旧编，以遣伏暑。而方伯子炯鄂生寄资

① 此据周秋芳整理上海图书馆藏《郘亭书札》，系年据信函内容与《郘亭日记》推断，原整理者未系年。信署六月十日，然据《日记》，当于六月九日已动笔。

促刻之书至。此《略》废兴适于龙友，可异也。今仍旧编二卷，而以四云所录二百十有四篇除复重三十六为第三卷。三卷诸篇，皆不在昔见《山水移》中。……秋七月丙寅记。"知杨文骢两卷（《黔诗》卷二十、二十一）之整理乃在本年夏天。

《题记》："同治庚午（1870）春，六叔父庭芝乃取其稿自安顺寄至江宁旅舍，始合京都及近年所益共廿有六人补入。"

同治十年辛未（1871），整理《黔诗》，未毕而逝。

同治十年二月二十五日致黄彭年信云："《黔诗》昔据诸志集零散两巨箱，惜经燹毁客中，计无从更增改，惟校妥一卷，刻一卷，聊存此毛稿，以待后人补苴，入夏上版，期匝一岁成功，倘能如愿耶？"①

《黔诗》卷十五谢君采（下）传证云："陈伯玑《诗慰》载君采先生作七十四篇，友芝岁壬戌（1862）客皖，大儿彝孙检去复重昔刊《远条堂稿》者，录得六十篇为一卷，待携归补黔诗前编之逸。庚午（1870）春，乡里稍靖，同人亟欲传是编，索稿于舍庭芝弟，寄予金陵勘定，而彝孙遽以三月半夭逝矣。萍蓬无聊，略点校，常不能终卷。忽忽匝一岁，始及君采，乃搜彝箧，以所录付编，感苗秀之不实，念编摩之无助，辄忆竹垞老人'梦中犹定省''遗书尚满床'之句，泫然久之。竹垞《诗综》录君采十三首，并在《诗慰》所收，知其即据伯玑本入选，盖亦未见全集也。十年前闻西江藏家有《雪鸿堂集》明刻本，今消散不可问矣。"

《题记》："辛未（1871）九月，始略整定第三至二十一诸卷，他卷尚待审定，而先君遽逝。"

此可知莫友芝晚年校订《黔诗纪略》之最后情形。

同治十一年壬申（1872），莫绳孙将《黔诗》陆续刻出。

二月，莫绳孙与九叔莫祥芝护丧回黔安葬，道经铜仁，请胡长新过录明杨师孔《墓志》拓文，以补《黔诗纪略》之略。六月十九日，葬父于青田山。

---

① 此据台湾"国家图书馆"藏《邸亭书函稿》录出，系年据信函内容。

张裕钊《莫子偲墓志铭》:"子偲既卒,其季弟祥芝官江宁知县者,请假于大府,以十一年二月与绳孙走万里,载其枢归于贵州。卜六月壬申,葬于遵义县东八十里青田山先茔之次。"

《黔诗纪略》卷十一《杨参政师孔》下有绳孙题记:"先君子辑是编时,于杨参政事实莫由采访,故传语从略。同治壬申春,绳孙随九叔父奉先君丧,自江宁归葬遵义,道经铜仁,先君门人胡教授长新言,昔见持售董文敏撰书《参政墓志》墨迹册子。郡太守袁公开第曾录副本,因丐教授假录一通,邮寄江宁旅寓。比至而是卷已刊成,乃易末三板并梁《跋》补附于右。莫绳孙谨记。"

辨误:"比至"之时当是莫绳孙秋天回金陵后至次年十月《黔诗》刻成之间,具体时间不得而知,《莫友芝年谱长编》误。

同治十二年癸酉(1873)秋,《黔诗》刻成。

《题记》:"读礼中检理遗著,开卷泫然。其未经核定之卷,书眉笔识及粘帖片稿,欲增置未定者,不敢妄自阑入;删改未定者,亦不敢辄去。仅就原稿共三十三卷亟付剞劂,唯第二十二卷《何忠诚公传》以甲寅(1854)之乱阙佚不完,今检先君行箧,所录忠诚遗事,请之江宁汪梅岑先生为补撰焉。……同治十二年十月丙子,第二男绳孙谨记于江宁旅舍。"

此言《黔诗》刻成甚明。

同治十三年(1874)十月,刷印《黔诗纪略》。

台湾"国家图书馆"藏莫绳孙十月十一日致王个峰信云:"蒙代办文书,《黔诗纪略》去冬始草草毕工,未及刷印,侄即北上,日间乃理料刷印,适有寇氏之便,寄上数部,惜不及装订。"

此言《黔诗》刷印时间,与刻成时间相距已一年矣。

民国三十五年(1946),扬州书商陈履恒影印《独山莫氏郘亭丛书》七种,《黔诗纪略》列为第一种,题为《贵州诗纪传证》。

《黔诗纪略》印本系并不复杂,莫绳孙同治十二年十月刻成于金陵后,虽然随所需陆续印出若干部,但直至清社屋,版片仅此一种。民国三十五年(1946),扬州书商陈履恒(1916—1982)大约得到了莫氏若干种著述的版片,遂汇聚莫与俦与莫友芝著述七种六十六卷为《独山莫氏邸亭丛书》。其中《黔诗纪略》赫然列于卷首,不过目录页将书名改为"《贵州诗纪传证》三十三卷",下注"简称黔诗纪",正文书名仍作"黔诗纪略"。1960年扬州人民出版社又重印了这部丛书。1983年,贵州人民出版社出版由关贤柱整理的横排简体《黔诗纪略》,以多种地方志对校莫氏省略概括之处,并于年号处括注公元纪年,颇便查询,但限于当时条件,手民误植及误排误断处亦夥。

印本之外,《黔诗纪略》尚有稿本存世。其稿本一存遵义,为初编之本,今佚;一存莫庭芝之处,为增订之本,即后来莫庭芝寄金陵之本,亦即莫友芝厘定未毕之本和莫绳孙整理刻印之本,此稿本今存上海图书馆,已残,今存卷一、卷五至卷二十六,但仍可正印本不少疏失。

较理想的整理本当以足本同治十二年金陵刻本为底本(简称"刻本"),校以上海图书馆藏残稿本(简称"稿本"),并参校以其他历史文献。

(原载《华南师范大学学报》2016年第6期)

《黔诗纪略后编》版本及成书过程述略

言及明清贵州地域文学,人们多会想到《黔诗纪略》和《黔诗纪略后编》两书。前者是明代贵州地方性诗歌总集,计三十三卷,收录明代贵州二百四十余位诗人二千四百多首诗作,其署名方式为"遵义唐树义子方审例,遵义黎兆勋伯庸采诗,独山莫友芝子偲传证"。实际上莫友芝一身兼任审例、采诗、传证三事①。后者是清代贵州地方性诗歌总集,其中三十卷印本名头最响,收录清代贵州四百二十一位诗人二千二百八十九首诗作,其署名方式为"独山莫庭芝芷升、遵义黎汝谦受生采诗,贵阳陈田松山传证",实际上陈田亦有采诗之功,而莫、黎亦有力于传证焉,彼此并非泾渭分明;更重要的是,此书并非一种版本,还有两种署名不同的稿本存世。但遗憾的是,《黔诗纪略后编》名头虽响,研究却弱,至今尚未搜得一篇专门论文,因此人们对相关的诸多基本问题,都停留于模糊的印象上。兹先就其版本状况和成书过程粗陈大概,以为引玉之砖。

一、参与编刻的相关人物

《黔诗纪略后编》目前发现存世的版本计有三种。其一是保存于上海图书馆、署名"独山莫庭芝、遵义黎汝谦同编辑"的初稿本(以下简称"初稿本")。其二是保存于贵州省博物馆、署名"独山莫庭芝采访、遵义黎汝谦编辑"的再稿本(以下简称"再稿本")。其三是宣统三年(1911),陈田得陈夔龙资助,在京师所刻的《黔诗纪略后编》三十卷本

---

① 参见张剑《〈黔诗纪略〉编纂过程考述》,《华南师范大学学报》2016 年第 6 期。

（以下简称"陈刻本"），署名为"独山莫庭芝芷升、遵义黎汝谦受生采诗，贵阳陈田松山传证"。至于点校本《黔诗纪略后编》（《续黔南丛书》第八辑收入，张明点校，贵州人民出版社 2014 年版），不过是陈刻本的简体横排，毋须单独论述。

几种版本中，陈刻本涉及与编刻有关的人物最多，计莫庭芝、黎汝谦、陈田、陈夔龙四人，有必要分别予以介绍。

莫庭芝（1817—1889），字芷升，别号青田山人，友芝六弟。幼承庭训，治群经及诗词古文。道光二十九年（1849）被贵州学使翁同书选为拔贡，同治二年（1863）委署修文教谕，同治三年署理安顺府学教授①，后因安顺守城功保升思南府学教授，光绪三年（1877）受聘贵阳学古书院山长，与黎汝谦共同完成《黔诗纪略后编》的初步选编。有《青田山庐诗钞》《词钞》传世。

黎汝谦（1852—1909），字受生，贵州遵义人。黎兆祺之子，黎庶昌之侄，光绪元年举人，遂丁母忧；光绪三年至光绪六年，与莫庭芝共同完成《黔诗纪略后编》的初次选编和再次选编；光绪七年随黎庶昌出使日本，充神户领事；光绪十年丁父忧，光绪十六年再使日本，任横滨领事；光绪十九年归国，任职广东；光绪二十六年罢官，光绪二十八年开复原官；光绪三十一年归，寓居贵阳，究心佛典，贫病卒于古寺。著有《夷牢溪庐文钞》《夷牢溪庐诗钞》等②。

陈田（1849—1921），字松山，又作菘山、松珊，号黔灵山樵，贵阳人。光绪十二年进士，授编修；光绪二十四年，保送江南道监察御史；

---

① 《莫友芝日记》（张剑点校，凤凰出版社 2014 年版）同治四年十二月二十七日："得舍弟庭芝信，乃五月自安顺托寄者，渠署安顺郡校官。"莫庭芝信尚存："弟于前年八月委署遵义教授，九翁以阿彝新占籍，恐致多言，特为辞之，至腊月复委署修文教谕，遂于去正到任。此城已经破坏，荒素可怖，耐留数月，指待岁试，以多故不即举行。适安顺教授出缺，太守铁筠禀调署理，五月复回郡寓接授斯任。"其署修文教谕及安顺教授时间皆据此推。

② 黎汝谦生平除编选《黔诗纪略后编》之时间（考证详后），其余据龙先绪《黎汝谦年谱》，收入《遵义沙滩文化论集》（二），中国社会科学出版社 2008 年版。

光绪二十八年(1902)转山西道,巡视东城;光绪三十一年官户部给事中、掌印给事中,上书痛陈奕劻、袁世凯"揽权纳贿""阴谋篡窃",直声震朝野。清亡后以遗老身份寓居北京,曾入清史馆,后贫病而逝。陈田除受莫庭芝委托修订《黔诗纪略后编》外,又因编纂《明诗纪事》,见到一些《黔诗纪略》和《黔诗纪略后编》中未辑或误辑之诗人诗作,遂又编《黔诗纪略补》三卷,附刻于《黔诗纪略后编》后。他的《明诗纪事》,历时十七年编成,洋洋一百八十七卷,录诗四千余家,极为淹博,颇负盛名。

陈夔龙(1857—1948),字筱石,又作小石、韶石,号庸庵、庸叟、花近楼主,室名花近楼、松寿堂等,贵阳人,光绪十二年中进士。仕同、光、宣三朝,历顺天府尹、河南布政使、河南巡抚、江苏巡抚、四川总督、直隶总督、直隶总督北洋大臣等显职,后退隐上海,著有《梦蕉亭杂记》等。陈夔龙一直热衷家乡文化建设,除资助《黔诗纪略后编》印行外,还刊印了杨文骢的《山水移》《洵美堂诗集》和郑珍的《巢经巢诗集》等。

二、上海图书馆藏初稿本

该《黔诗纪略后编》原二十一册,今存十八册,未分卷数。各册封面标识如下:

首册封面题"□□□诗纪略 第一册/独山莫庭芝、遵义黎汝谦同编辑",所残三字,前两字全残,第三字依稀可辨作"黔"字,此册并未题"黔诗纪略后编",《拙尊园丛稿》卷六黎庶昌致莫庭芝函,云莫庭芝与黎汝谦合编"国朝黔诗纪略",杨兆麟《黎汝谦传》则云黎汝谦"与莫庭芝纂《续黔诗纪略》数十卷",可见其称谓不一,但不久即当有定名,观他册封面可知。

第二册封面题"黔诗纪略后编 第二册";第三册缺(收藏单位误将第七册排为第三册);第四册封面题"黔诗纪略后编 第四册";第五册封面题"黔诗纪略后编 第五册";第六册封面题"黔诗纪略后编 第六

册";第七册缺封面及前面部分诗作(收藏单位误认为此册缺);第八册封面题"黔诗纪略后编 第八册";第九册缺封面,"黔诗纪略后编 第九册"数字系收藏单位以黑色签字笔题于白色签条上,按该卷诗多直接裁贴印本《黔风演》中诗歌;第十册封面题"黔诗纪略后编 第十册";第十一册封面题"黔诗纪略后编 第十一册";第十二册缺(收藏单位误将第十三册排为第十二册);第十三册缺封面;第十四册缺封面及黎恂之前部分诗作(收藏单位误排为第十三册,而将第十四册标为缺);第十五册封面题"黔诗纪略后编 第十五册","五"原作"六",旁改为"五",按此册直接粘贴印本《梦砚斋遗稿》中诗歌;第十六册封面题"黔诗纪略后编 第十六册","六"原作"七",旁改为"六";第十七册封面题"黔诗纪略后编 第十七册";第十八册封面题"黔诗纪略后编 第十八册",但本册仅标出郑珍、莫友芝、黎庶焘三人名号简历,各人名号后均留空白页待录;第十九册封面题"黔诗纪略后编 第十九册";第二十册封面题"黔诗纪略后编 第二十册";第二十一册封面题"黔诗纪略后编 第二十一册",按该册以黎汝贞诗作结。

该本文字涂抹较多,时见黎汝谦眉批、夹批和尾批,如"可删""可去""无味""平庸乏真味""此等诗不存为是""此语欠稳""此诗颇稳""悟境语""悟道语""阅历语"等。值得注意的是,全书有三处黎庶昌的眉批,分别是:

第十六册黎恺诗歌:"先大夫诗稿应照新刻本选入,七古数篇必应删去,以非真面也,庶昌记。"此是针对《银河篇》《秋夜曲》《黔山吟》等七古并非黎恺代表作而言。

第十九册黎兆勋传:"邓伯昭、汪梅岑果与定交否,当酌,不可妄攀。庶昌记。卷中尚有题梅岑两女节诗,伯昭则似未见面。"此似针对传中云"一时知名士龚子贞昌运、王子寿柏心、李眉生鸿裔、邓伯昭瑶、汪梅岑□□诸君子咸与为石交"之语而言。

第二十一册黎汝贞诗歌:"汝贞未闻能诗,若如后作,则居然才藻并茂,果已出否。凡存诗少加润色则可,全借他氏,则不可也。庶昌记。"黎庶昌怀疑黎汝贞诗为家族中人代作,故有此语。

三条批语颇可见出黎庶昌不唯亲、只唯实的真性格,是研究黎氏的珍贵材料。

该本成书时间当在光绪三年(1877)和四年。黎汝谦《夷牢溪庐文钞》卷一有一篇代莫庭芝所作的《王个峰诗题语》:"今年余来主贵阳学古书院讲席……丁丑中秋日。"知莫庭芝主学古书院讲席在光绪三年丁丑,而他聘黎汝谦佐选《黔诗纪略后编》事在主学古讲席后。贵州省博物馆藏稿本《黔诗纪略后编》第十九册黎兆勋诗后有黎汝谦尾批,亦云"余年廿六七时,编辑黔人诗",其"廿六七时"正当光绪三年和四年。故知《黔诗纪略后编》由光绪三年正式启动,至光绪四年初稿本已编完。

该本的初稿性质,由第十五册"杨芳"小传后黎汝谦尾批可证:"此传尚须斟酌,此初稿,未暇整饬也。"可断知此稿本系初选未定之本也。这对了解《黔诗纪略后编》的原始面貌颇有价值。不过按照莫友芝《黔诗纪略》的体例,末数卷应为女士诗、方外诗、无名氏诗等,而该本阙如,因此不知该稿本二十一册外是否还有其他缺册。

三、贵州省博物馆藏再稿本

该《黔诗纪略后编》本计二十二册①,第一册封面题"黔诗纪略后编 第一册",又题"共二十本,又附贰本,计贰拾贰本"。之后各册封面顺次题"黔诗纪略后编 第二册""黔诗纪略后编 第三册"……"黔诗纪略后编 第二十二册",每册内均有分卷或拟分卷,略述如下:

第一册首页首行题作"黔诗纪略后编卷一",下署"独山莫庭芝采访,遵义黎汝谦编辑",钤有"贵阳凌惕安获观记"朱文印、"家传精白、

---

① 二十二册外尚另附一小册,无封面,计十一页,钞录释性莲《雪斋草》之序与诗,应视为第二十二册之内容,不宜单独视为一册。

世笃忠贞"白文印,收诗自潘驯至万钟礼;从陈祥士至罗兆甡诗前半部分,题作"黔诗纪略后编卷二",下仍署"独山莫庭芝采访,遵义黎汝谦编辑"(以下各卷皆有署名,方式皆如此,不再重复);自罗兆甡诗后半部分至刘子章,题作"黔诗纪略后编卷三";自李祺至李晋,题作"黔诗纪略后编卷四"。

第二册首页首行题作"黔诗纪略后编卷二",收李专诗至《一花堂访烁吼禅师》;之后又有"黔诗纪略后编卷"(未填卷数),收李专诗《壬申秋杪滇城杂兴六首》至张鲲《七星关》;又有"黔诗纪略后编卷"(未填卷数),收孟传诗《通天洞》至徐闻《莲池避暑和邃庵壁上韵二首》;又有"黔诗纪略后编卷"(未填卷数),收徐闻《雨后莲池即目绝句三首》至罗其昌《答在京诸公》。又有"黔诗纪略后编卷"(未填卷数),收陈珣《柳塘夜渡》至曹维翰《乙酉初秋登黔灵赠瞿脉上人》。

第三册直接粘贴咸丰二年版周起渭《桐野诗集》四卷,于其诗上圈选。

第四册首页首行仅题"黔诗纪略后编",收任衡《秋晚》至郑宜《乡荐归州牧汪公枉驾远迎马上口占奉谢二首》;之后又有"黔诗纪略后编",收郑之侨《题壮义勒》至田榕《短歌行》;之后又有"黔诗纪略后编",收田榕《乙丑二月十七日……不可云诗也》至陈法《邑侯颜公枉驾过访赋谢三章并上大中丞沈公》;又有"黔诗纪略后编",收陈法《庚戌冬十月抵顺德任言怀五首》至《拟朱子十二辰诗》。

第五册首页首行题"黔诗纪略后编卷五",收陈浩《正月十五日燠热之极诘朝雨雪交飞又极严寒何炎凉顿异也聊以志之》至《重登衡麓》;之后又有"黔诗纪略后编",收傅之奕《敝裘篇》至潘淳《薄暮》;又有"黔诗纪略后编",收潘淳《寓目》至《猛雨步家大人韵》;又有"黔诗纪略后编",收潘淳《新秋杂诗四首》至《山途》。

第六册至第十六册、第十九册至第二十一册,册内均拟分三至四卷,每卷前首行均只题"黔诗纪略后编"六字,未显示"卷某"或"卷"字。第十七册、第十八册只分一卷,首页首行题"黔诗纪略后编"六字,第十八册正文仅三页，标示郑珍、莫友芝、黎庶焘三人名号简历。第二十二册未分卷，多录女士诗与方外诗。

该本与初稿本比较，除第二十二册所辑女士诗与方外诗为初稿本所无，以及初稿本所缺三本无法比较外，其他内容和顺序两本大都相同；且凡初稿本上注"删"者，该本基本未再选入，其他批点意见也多采纳；另外初稿本无卷数，而该本已初步分卷。故该本当系在初稿本基础上的再选稿本。

再稿本编成时间当在光绪六年之前，黎庶昌《拙尊园丛稿》卷六《与莫芷升书》云：

> 芷升六兄亲家足下：多年旷绝音问，今春舍侄汝谦书来，始悉山中兄弟近状。从兄介亭、季和徙居省垣，郑子行表兄遂已物故，寨子振作宦蜀都，而郑伯更甥亦客游粤土，庶昌更远适数万里之海外……闻与汝谦辈撰《国朝黔诗纪略》六十余卷，网罗放佚，阐幽发微，功在桑梓，诚甚盛业。窃谓黔人之诗，本朝如周渔璜宫詹、郑子尹及令兄子偲两征君允足为黔南冠冕，自余众家，如家兄伯庸、筱庭亦皆能戛戛独造，克树一帜，合以二百余年鸿篇巨制，襄然大集，润色穷荒，计不在卢雅雨《山左诗钞》、阮文达《两浙辅轩录》、邓湘皋《沅湘耆旧集》诸书之下，似宜趁令弟善征亲家及唐鄂生观察仕宦得意之际集资付刻，以广流传，一塞后死者责。岁月不居，世变多故，正未可视为缓图也。庶昌自二年冬间应湘阴郭公嵩焘之调，奉使出洋，倏经五载，驻扎者英法德日四国，游历者比瑞意奥葡数邦，其于西洋情事，窥之审矣。

据函中所言光绪二年后推五载，知该函作于光绪七年；函中言"撰《国朝黔诗纪略》六十余卷"，知六十余卷本必编于光绪七年之前。复由黎汝谦之诗，可将该本编辑时间再提前一年，黎汝谦《夷牢溪庐诗钞》卷二有《庚辰岁寓居都门，晤同年瓦君阁青，为余道杨君慎斋、阮君小岑为近时毕节诗人魁硕,是时余方撰订〈黔诗〉,成六十余卷,亟欲得同志仇商,恨无由晤。今年夏,余从西道颜子布培霈来毕节,得交杨君,既而获交阮君,已而每过访杨君,而阮君必在,是亦文字之缘也。赋五字长篇奉柬》云:"年来征文献,搜罗遍梓邦。披沙拣金屑,删订费评量。"庚辰为光绪六年(1880),即所谓"六十余卷"光绪六年已成。

再稿本未全部标明卷数,然按其分隔粗略计之,亦有七十余卷,此当即黎汝谦和黎庶昌所云"六十余卷"本,虽然卷数略有差异,但由于再稿本未标明卷数,只是以"黔诗纪略后编"数字大略分隔,故黎汝谦统计时未必严格。更重要的证据在于,该本和初稿本一样,有很多黎汝谦眉批和尾批,且不少批语是黎汝谦晚年所作:

> 此公诗学亦极用力,约有五六分工夫,总嫌书卷尚少、识见未深,终多浮光掠影之词,非胸中有物者也。汝谦识,辛丑嘉平月廿日。(第十册刘启华诗尾批)
>
> 先祖父雪楼公学问渊深、文字尔雅而韬光养晦,于当世无赫赫之名,今读其诗,然后知少壮时之目空一切为谬妄也。光绪廿八年壬寅正月初十日孙汝谦记。(第十四册黎恂诗眉批)
>
> 余少时亟闻公于诗工极深,及公归家不数月而遽卒,时余方十三岁,闻公绪论,作诗总以神韵为主,故少时读公诗,以为胜子尹先生多矣。后十余年,余年廿六七时,编辑黔人诗,犹以公诗为一代作手,故选录尚多。及今再读公诗,则只见一片浮光掠影,毫无实际,而其中尤多文气不接贯处,强欲删去,又恐一时见解未到。今复观之,公真以诗求诗,直不知诗须求之于胸襟见识,而徒以词填塞,按之毫无意义,此所以去子尹先生不啻云霄也。它日此集内仍当删去大半方能付刻耳。壬寅正月廿日汝谦识。(第十九册黎兆勋诗尾批)

三条批语分别作于光绪二十七年腊月("辛丑嘉平月")、光绪二十八年

（1902）正月十日和廿日。黎汝谦卒于宣统元年己酉（1909），这个本子一直陪伴他步入生命的黄昏。如果真有另外一种编次更为清晰的六十余卷本，黎汝谦没有理由不用新编本或者对新编本只字不提的。因此再稿本只可能即是他所说的"六十余卷"本。

上海初编本和该再稿本虽都仍是未定之本，但大略计之，皆收诗人五百余位，诗篇五千余首，数量大大多于陈田的京师刻本，而且面貌有诸多不同，是对陈田本的重要补充。

四、宣统三年京师陈刻本

该本即现在通行常见的《黔诗纪略后编》印本，宣统三年（1911）由陈夔龙资助刻于京师，署名方式为"独山莫庭芝芷升、遵义黎汝谦受生采诗，贵阳陈田松山传证"。

该本与前两种稿本从选人到选诗都有明显差异，乃陈田重新编辑加工所成之定本，陈田虽仅署名"传证"，然亦有选编之功。

据陈田《黔诗纪略补》卷下"莫庭芷"小传："余丙戌请急归，山长一见，以此事相属。余觅写官录副，庸者汰之，佚者补之，搜辑考订，竭数月之力，始克脱稿。"知光绪十二年（1886）丙戌始以莫、黎二人所编《黔诗纪略后编》加工整理。至于"庸者汰之，佚者补之"，陈氏是有资本说这个话的，今存《贵阳陈氏书目》（国家图书馆藏）就录有陈田所藏明本698种，其藏书之富令人咋舌。那么，陈田为这种《黔诗纪略后编》做了哪些具体工作呢？笔者以为，至少有以下几项：

一是增补诗人。

虽然初稿本和再稿本收诗人数量多于陈刻本近一倍，但这是陈刻本有意汰择的结果；而且陈刻本因为刻于宣统三年，后于初稿本和再稿本三十余年，因此不仅光绪十二年陈田做了"庸者汰之，佚者补之"的工作，之后也陆续有所增补。见于陈刻本而不见于初稿本和再稿本的诗人如下：

卷一之越珅、徐必遴；卷二之张度诏；卷四之徐奭；卷五之唐觉世；卷八之丁允煜；卷九之张纯、谢廷薰、张敏文、庐世昌；卷十之李世传、韩鑠；卷十二之倪本毅、李华封；卷十三之何泌、何学林；卷十四之冉中涵、何应杰；卷十五之金鼎梅、陈炳极；卷十六之成世暄、魏鸿、朱凤翔；卷十七之刘荣熙、李泰交、傅桐英、王继远；卷十八之寇秉钧、王玥；卷二十三之石赞清、杨文照、傅寿彤、何鼎；卷二十四之袁如凯、胡万育、黄辅辰、但钟良、萧时馥、周灏、黄彭年、胡长新、李文森、许楷、石凝极、符钟沂、顾敏仁、顾立志；卷二十五之黎庶蕃；卷二十六之丁宝桢、唐炯；卷二十七之喻涛、余昭、杨恩柯、杨恩桓、王汝霖、刘藻；卷二十八之李嗣槐、傅衡、狄松江、孔庆龄、彭应珠、路琮、颜嗣徽、朱轸、赵福均、李世祥、钱衡、黄国瑾、陈馨、杨花池；卷二十九之刘主事之征妻李氏、袁烈女淑秀、周秀才承元妻陈氏、陈教谕讦妻高氏、杨女史林贞、王女史文淑、陈秀才焵农妻王氏、王举人青藜妻孙氏、王女史长姑、犹秀才以栵妻傅氏、傅秀才方坤妻顾氏、国子生徐棨妻许氏、国子生徐棨妻舒氏、赵知县廷璜妻郑氏、张秀才宝琛妻谭氏、桂举人銮妻关氏、陈女史昌纹；卷三十之半月禅师常涵、休休老人福周、赤松和尚道颂、紫石僧、普觉禅师、语峰禅师、僧佛度、藏天禅师明宣、草庵和尚等。

《黔诗纪略后编》亦仿《黔诗纪略》体例不录生者，光绪六年(1880)尚在世的作者到了宣统年间许多已经不在世了，需要陈田补选，特别是有些诗人卒于莫庭芝之后，较有名的如黄彭年及其子黄国瑾，均卒于光绪十六年(1890)，唐炯更是宣统元年(1909)始去世，足以说明补选这些诗人的不是莫氏而是陈氏。

二是增删改写诗人小传。

陈刻本所增诗人，小传及诗自然皆初稿本、再稿本所无，而陈刻本对初稿本、再稿本已有的小传，也多有增删改写。初稿本、再稿本的诗人小传，并无明确撰写体例，且系稿本，所选资料往往失于剪裁，没有章法，或重点不明，或繁简失当。陈刻本在这方面则有明确的意识，如其识语所云："若乃诗派流别，品次高下，余别有论列，详于各家小传。"

如卷一胡学望（陈刻本作胡学汪）传，初稿本和再稿本仅云："学望，小牙，五开人，即今开泰县，顺治中诸生。"选诗也仅一首。而陈刻本选诗达二十首，并详其传云："学汪，初名学望，字小牙，五开卫人（始隶湖北，雍正三年来属，裁卫设开泰县）。康熙中岁贡。小牙性抗爽，黎平教授某迁上元令，招小牙往居衙斋，偲偲举莱芜、鲁山故事相规劝，其人弗之信也，遂与绝交，归。亲旧过从问故，掩口笑，不言上元事。徐曰：'游兴尽耳。'诗格老苍，黎伯容官开泰校官时，曾欲辑《黎平四家诗》，推小牙为第一。有《求志轩集》。"观此不仅明其生平，且明其诗风及诗坛地位。

再如卷一初稿本、再稿本、陈刻本皆选布衣杨应麟一首五律《过邻家》，初稿本、再稿本传云："应麟，字吉庵，正安人，先世麻城籍，明末徙居正安。吉庵天性仁厚，学古有实得。顺治四年正月张献忠余党孙可望等陷遵义，其冬姚黄贼余党袁韬、武大定等由正安寇绥、桐、綦江一带，搜杀如洗，以人为粮。七年九月，可望遣白文选等尽收遵义地，数次兵灾，乱军掳略男妇无数，吉庵巧营救之，多赖以活。尝拾遗于道，访而还之。晚年究心《易》理，著有《易经辨义》三十五卷，今仅得其遗诗一首。"陈刻本传云："应麟，字吉庵，真安州（旧隶四川。雍正二年改正安，五年改属贵州）人。顺治四年，孙可望陷遵义，以人为粮。吉庵营救之，多赖以活。究心《易》理，著有《易经辨义》三十五卷。"两者相较，前者详于史事征引，而后者叙事简而有法，似各有所长，但杨系布衣，位不显，诗艺亦平平，从诗史的角度看，小传简短似较适宜。

又如卷二胡奉衡，初稿本、再稿本选诗二首《齐安送王宓草还金陵》《壬午秋宴集滕王阁分韵》，其传仅一句："奉衡字平玉，号畏斋，五开人，康熙甲子举人。"而陈刻本选诗达四十九首，传更连篇累牍，详其家世生平交游，尤重其诗风和诗作评价："平玉诗格不及乃翁，而和平萧散，派近陆务观。晚岁栖心净域，结踪白社，家有草亭，赋诗偃仰其中。《山居》一集尤为超旷，盖自黄州告归作也。有《藏拙窝诗文稿》《山居吟》。"还附录了胡奉衡的《草亭记》，其原因仍在于陈刻本从诗的角度量体裁衣，较为认可胡氏的诗作，才给予其相应的篇幅。

再如卷二十八黎汝贞，莫庭芝、黎汝谦出于亲族情谊，传其事甚详，录诗亦有八十余首，而陈刻本仅选其诗七首，将传简化为二十九字："汝贞字子干，亦字干生，遵义人，同治中国子生，子干好作绮语，年二十一卒。"颇为得体。

陈刻本署为"传证"，既当之无愧，又可见出其对诗人小传的重视。

三是所选诗人相同，但对入选诗篇有所调整。

这方面有大量例证：如卷一程春翔，初稿本、再稿本录《平越道中望三丰影》《飞云岩》《广顺道中》三首，而陈刻本录一首《滇中杂咏》，全不相同。卷二李祺，初稿本、再稿本录《抚署厅事前紫薇花》《石谱》二首，而陈刻本录一首《黔南杂纪》，亦不相同。卷四徐圁，初稿本、再稿本第二册录七十二首，陈刻本录十九首，有十六首相同，而不同的三首陈刻本皆以徐圁文附其诗后，《夏日游莲池与琴山上人夜话》后附其《莲池洞诗志序》，《月夜天台再赋》附录其《天台山莲花庵记》，《夏日王明府集饮东山》后附其《东山记》。卷八陈浩，初稿本录诗百余首，再稿本删补后仍有九十余首，而陈刻本仅选其中《初度写怀》《欧侍御自衡山冒雨三日至会城寓中见访，有云鹤山庄之约，先示以诗，依韵和之》。卷十余上泗、卷十一犹法贤亦如此，初稿本、再稿本皆录百余篇，陈刻本分别仅录十八首和四首。其他如卷十二李华国、何沅，卷十三张霡，卷十四周际华、花杰、狄觐光，卷十五金鼎寿、傅潢，卷十六唐树义、敖兴南，卷十八李謇臣，卷二十二陈钟祥、戴粟珍、史胜书，卷二十三赵旭，卷二十四蹇谔、王绩康，卷二十六章永录，等等，选诗均有较大不同。

同一诗人选诗不同，有时是编者所得资料不同所致，如胡学望，初稿本、再稿本仅搜获其一首，没有选择性，而陈刻本找到了其《求志轩集》，有充裕的选择空间，故选录二十首，《游飞峰》还不在其内；胡奉衡，初稿本、再稿本搜获二首，未见其集，而陈刻本却拥有其《藏拙窝诗文稿》《山居吟》，故可细选其诗。但是，初稿本、再稿本与陈刻本选诗之所以有较大不同，更有可能是由于诗艺标准和趣味眼光的差异，因为再稿本是黎汝谦在初稿本基础上的再选本，他在初稿本和再稿本上都有批点，体现的是黎氏的选诗眼光和标准，而陈刻本体现的则是陈田的选诗眼光和标准。陈田选诗重诗歌成就，趣味偏空灵神韵一派；而黎汝谦选诗除重诗歌成就外，兼重人物地位和德行事功；其诗学趣味除重神韵才情外，兼重学识议论，晚岁更改弦易辙，动辄即讽神韵为"浮烟涨墨""浮光掠影"，因此才造成黎氏选诗上百首，而陈刻本只选寥寥数首的现象。再看以下数例：

卷八邱中灵，初稿本录《闻雁》《寻梅》《菊》三首，上皆有黎批"删"字，故再稿本未录其人其诗，而陈刻本录存《寻梅》一首。

卷九魏太文，黎汝谦的批点对其不屑一顾："此公诗学殊浅，阅之令人生厌。"（初稿本）"此等诗腐烂极矣，本可删去，姑存之以备一格，兼可见当时廷臣阿谀风气。"（再稿本）但因其中过进士，做过翰林院检讨，其人较显，初稿本、再稿本仍录存其诗五十余首。而陈田仅从《楚游杂咏十二首》中选择了两首，另补充了三首诗味较足的诗歌。

卷二十四安家元，初稿本录《罗施塘怀古》《石板房和壁间韵》《山园偶兴》《观安宣慰所遗铜钟》四首，黎汝谦于《石板房和壁间韵》上标"删"字，因此再稿本只抄存其他三首。而陈刻本只选一首，恰是再稿本所删除的《石板房和壁间韵》。

黎汝谦删除而陈田选入，黎汝谦存录而陈田删略，足见二人审美眼光及选诗标准的不一致。

四是对所选诗歌有可能故意加以删改。

古人汇辑总集或类书，常有删改节略之举。初稿本因系初稿，尚能看出采辑原貌，即有修润，其删改痕迹皆保留于纸面，可以追寻；黎汝谦曾在初稿本第二册中夹有浮签，云："此册中凡有（）①者皆不知何人所为，仍应照原文录，至要至要，受生记。"因此再稿本亦尚能照原貌

---

① 笔者按：初稿本中凡以圆括号括起之文字，系删弃之意。

抄录。而到了陈刻本,诗歌文字则与初稿本、再稿本出现了较大变化。

有的仅是诗题有所变动。如卷十七石锡龄《保定送人南旋乡试》,初稿本、再稿本(第十六册)衍题作《保定送傅渊伯南旋乡试》,诗歌正文相同。

有的则是诗题与正文均有改动。如卷十七桑滋《观景茂春家奇石》,初稿本、再稿本(第十四册)题作《观郡贡生景茂春宅奇石》;诗歌正文陈刻本对初稿本、再稿本亦有删略(方括号内为删略文字):"君家一卷石,离奇何太古。置之闲庭中,观者履满户。[或言本神工,或言借鬼斧。夭矫如腾龙,攫拿如猛虎。排空如祥云,生动如飞雨。缥缈如霓裳,缨络如珠树。巫山十二峰,瑶岛三千路。光快陆离形,终日穷指数。窈窕缭曲状,终日穷目睹。我本有石癖,间尝读石谱。]秀皱透漏瘦,石之佳致五。缺一不足观,外此何足取。我今阅此石,[东山可小鲁。苏髯宜心折,]米颠应首俯。彼此结石缘,三生话倾吐。[愿君崇令名,此石同不腐。]"十六句删成了六句,幅度不可谓不大,有些删节甚不合适,如"我今阅此石,东山可小鲁。苏髯宜心折,米颠应首俯"删成了"我今阅此石,米颠应首俯",诗意缺损颇多。

卷九唐惟克《答吴客口占》:"家在黔山尽处高,人间万事等鸿毛。门前濯足清溪水,流到江南怒作涛。"而初稿本、再稿本(第六册)题作《答问者》,诗句也有差异:"家在黔山最幽处,左邻桃坞右兰皋。门前濯足清溪水,鸭绿春来涨半篙。"

卷十七李荣《草》:"绵绵复芊芊,不断王孙路。乃知南浦吟,不及西陵渡。"初稿本、再稿本(第十六册)题作《拟青青河畔草》,全文作:"小草本无知,一年青几度。绵绵复芊芊,不断王孙路。妾意仑塞芳,止畏行多露。乃知南浦吟,不及西陵渡。安得千步香,毋为荡子误。"

有的则是诗题未改,而改动正文。如卷八邱中灵《寻梅》,陈刻本作:"短笛横吹荒曲岸,蹇驴斜跨小平桥。到来恍入罗浮境,冷蕊疏香称酒瓢。"初稿本原作:"几处梅开灿碧寥,那同群卉任飘摇。霜凝野寺寒初彻,月满山中雪未消。短笛横吹荒曲岸,蹇驴斜跨小平桥。到来恍入罗浮境,冷蕊疏香称酒瓢。"陈刻本将七律改成了七绝。

卷二十四《石板房和壁间韵》,陈刻本作:"为访飞锡人,凉槐荫朝旭。闲门寂以深,春山随意绿。"初稿本原作:"客路入青云,万里投石屋。为访飞锡人,风流忆空谷。闲门寂以深,春山随意绿。鸡声惊旅梦,凉槐荫朝旭。"陈刻本将五律改成了五绝。

卷十李涵侯《辰龙关》陈刻本对初稿本、再稿本(第七册)正文亦有删略(方括号内为删略文字):"崖冥冥,峰岁岁。雷斧下劈青山开,中坼一罅通南北。[入关十里如入穴,环崖转堑径欹折。]岚气欺日阴风屯,朝来走马疑黄昏。[三步一曲踏危壁,人离数武唤不得。下视无底眩眼黑,举首看天不盈尺。关头系马风雨来,大笑逆藩真叛才。辰沅恃此可扼守,嗟彼貔貅百万胡为乎来哉。]只今石痕尚赤色,尽是老蛮士马血。[草根剑镞发铜花,路旁枯骨生荆棘。]战鬼啸雨声啾啾,天阴日暮行人愁。君不见有关雄峻乃如此,师出无名壮士死。"

李涵侯另一首《渡黄河》同样如此(方括号内为删略文字):"孟门吕梁耸地尻,昆仑穷发奔洪涛。万里直下东泄海,黄渠九曲乾坤摇。雷霆殷殷走震怒,排空浊浪没天柱。[岸南岸北两迷蒙,惟看千帆际天去。]老蛟怒起拿云行,日惨惨兮天冥冥。[巨鲸拔浪龙啸雨,]一苇托命[河洲横]。惊胆裂[魄欲断魂],满舟之人泪如倾。壮士叱咤雄风生,临流击剑冯夷惊。西山铲却填河平,终古不听箜篌声。"

至于诗歌正文细微处的改动和其他形式的差异亦所在多有。以卷二十八张人鉴为例,陈刻本共选八首,除《瓶兰》一首外,其他每首都与初稿本、再稿本多少有所不同。初稿本、再稿本(第二十一册)《咏史杂感》原共十三首,陈刻本选其三,诗题改作《咏史三首》,其二"八千子弟楚天秋",陈刻本作"八千子弟楚人羞";其三"天怜铜狄潜朝露,空使金娇葬夜台",陈刻本作"可怜铜狄潜朝露,空使阿娇葬夜台"。《励志》"潜鱼跃九渊",陈刻本作"应龙跃九渊";"努力嗟淬磨",陈刻本作"努力勤磋磨"。《怀廖九》"室迩人亦远",陈刻本作"室远人亦远"。最离奇的是《贡愤》,初稿本、再稿本原为三首(自"属镂葬伍员,刀笔杀李广"起为第三首),陈刻本误将其二、其三连属一首,《续黔南丛书》第八辑收入张明点校的陈刻本《黔诗纪略后编》(贵州人民出版社2014年版),对此亦未能做出纠正。

这种种差异的原因,我们自然可以解释为钞手的不认真,因为陈田是先雇了钞手录副;也可以解释为版本不同所致,因为陈田藏书丰富;但是,如此大规模的不同,恐怕以上两种解释都不甚得力。最有可能的还是陈田自己有意所为,经其加工修改后,文字倒是雅洁了,但也失却了原貌,这不能不说是一种很大的遗憾。这不仅提醒我们利用总集时一定要谨慎小心,而且提醒我们初稿本、再稿本也有其存在的意义和价值。

五、《黔诗纪略后编》的成书过程

陈刻本的刊印缘起,陈夔龙在资助《黔诗纪略后编》印行时曾有序云:

> 曩者莫子偲征君尝憾黔中文献散逸,辑明代黔诗,得二百数十人,并旁征事实,系以传证。其弟芷升偕黎君受生复昉其例,辑本朝黔诗,吾宗松山给谏为之传证,并将汇刊之以观其备。征君道其先,给谏竟其绪,而吾黔作者,遂蔚然成巨观焉。

此段话点明《黔诗纪略后编》缘起于莫庭芝、黎汝谦欲仿效莫友芝《黔诗纪略》之例,编辑清代黔诗,后得陈田为之传证而成。但陈夔龙只是资助人,他仅是根据陈刻本署名方式而言,对于编纂过程及细节并不了解。

陈田作于宣统辛亥(1911)仲冬的《黔诗纪略后编》识语似更可信:

> 搜辑国朝黔诗,自傅竹庄父子始,厥后一辑于黎伯容,再辑于

莫芷升、黎受生，中间又有铜仁徐蔗塘。余丙戌请急归，芷升以此事相属，始克竣事。……余才荒陋，获与兹役，又得小石制府慨捐千金，始克播之海内。二百数十年黔人之诗，乃蔚然斐然铿锵鼓舞而出诸荒山古箐中，亦快事也。若乃诗派流别，品次高下，余别有论列，详于各家小传，兹不复赘云。

他不仅将编纂清朝黔诗的历史提前至瓮安的傅玉书（字竹庄）所辑《黔风》和其子傅汝怀（字确园）所辑《黔风演》，且指出中间又有黎兆勋（字伯容）欲辑而未成，以及徐楘（字蔗塘）所辑《黔诗萃》，承后始有光绪十二年（1886）自己受莫庭芝嘱托编订《黔诗纪略后编》之举，信息更加准确翔实。

在《黔诗纪略补》所附莫庭芝小传中，陈田再次回忆了《黔诗纪略后编》的编纂：

> 道咸间，乡先辈留意黔中文献，莫子偲任明一代之诗，黎伯容任国朝二百年来之诗。子偲书成，播之通都，伯容搜辑极博，经乱散失，存者无几。山长继之，周谘博访，积书盈尺，延黎举人受生佐之。余丙戌请急归，山长一见，以此事相属。余觅写官录副，庸者汰之，佚者补之，搜辑考订，竭数月之力，始克脱稿。暨来京师，余时有《明诗纪事》之役，卅年乃竣事，以其余力采黔人著述，又补十之一二，论别流派，甄录雅故，此书乃蔚然可观，庶可告无罪于先哲，而山长殷殷见属之意若前日事，至此可无憾于地下也。

对《黔诗纪略后编》的编印过程，较之前所作识语愈加详明。

由陈田这两段自述，再结合之前对初稿本、再稿本、陈刻本的考述，《黔诗纪略后编》之编纂过程已可溯源如下：

莫友芝采辑《黔诗纪略》，总贵州明一代之诗，而黎兆勋所采辑之贵州清代之诗因故未成，稿几无存，莫友芝六弟莫庭芝毅然继之，积稿盈尺。光绪三年(1877),莫庭芝受聘贵阳学古书院山长,延黎汝谦佐编《黔诗纪略后编》,至光绪四年,初稿本已就。至光绪六年,再稿本亦粗备。光绪七年,黎汝谦出使日本,将再稿本随身携走,而莫庭芝年老力衰,此事暂时中辍。光绪十二年,陈田举进士,选翰林,因故回乡,莫庭芝力邀陈田参预其事,陈田就初稿本觅写手录副(因为存在诸多初稿本和陈刻本皆有,而再稿本所无的现象,可证陈田是就初稿本录副),删繁补简,搜辑考订,尽数月之力,始得成稿。复历二十五年,最终定稿为三十卷,收清代贵州诗家四百二十四人,诗作二千二百八十二首。另外陈田又独力编成《黔诗纪略补编》,分上中下三卷,卷上、卷中专收明代诗歌,卷下专收清代诗歌,计收录一百位诗人,三百二十四首诗作,其中明代五十五位,一百八十六首;清代四十五位,一百三十八首。宣统三年(1911),陈田得陈夔龙资助,在京师刻成《黔诗纪略后编》三十卷,署名为"独山莫庭芝芷升、遵义黎汝谦受生采诗,贵阳陈田松山传证"。《黔诗纪略补编》则附刻其后。

至此,《黔诗纪略》与《黔诗纪略后编》联珠合璧,明清两代贵州诗人及诗歌灿然大备。而陈田献身文化的高尚情怀和不负亡友的美好品德,也永远值得我们怀念!

(原载《西南民族大学学报》2017 年第 1 期)

沈尹默《寺字韵唱和诗》的文献学视角

二十世纪三十年代末,随着国民政府迁都重庆,大批文化资源和文化界人士迅速向此地集中。仅以出版业而论,有人统计,抗战期间重庆新办报纸的数量达到了 110 家,新办文艺刊物数量也达到了 50 家,作家自办出版社数量达到 120 家左右①,这些出版物,发表了大量抗战作品,有力支持了抗战活动。但抗战并非生活的全部,抗战文艺也并非文艺生活的全部,在血与火的讴歌之外,文人还有其他丰富多彩的文化活动。以著名书法家、诗人沈尹默(1883—1971)而论,一九三九年五月他启程去重庆,九月正式莅职监察院委员,至次年年底,一年多的时间,就创作了四百多首旧体诗②,数量之丰,令人惊诧。但关于国难时事的仅占少数,大部分诗作只是记录日常闲情和朋友间的唱和。对此现象,沈尹默曾先后有过两次解释:

> 入蜀以来见闻思梦,一发于诗,积久浸多,写成三集。其始居新市区梅庄所得者,题曰《漫与》;移寓重庆村后,别为《写心》;迨迁至市外向家湾田舍,则以《山居》名之。谐谑酬应,未尽荟除。本无意于时名,同留迹于日志,将来省览,易得其情,盖一时之作,即一时之事也。廿九年十二月十六日记。

---

① 吕进主编《大后方抗战诗歌研究》第六章《报刊媒介与大后方抗战诗歌》,重庆出版社 2015 年版,第 239 页。

② 据沈尹默手稿《漫与集》(包括《寺字唱和诗》)、《写心集》、《山居集》等统计。对于旧体诗词在抗战时期的勃兴,陈平原《岂止诗句记飘蓬——抗战中西南联大教授的旧体诗》(《北京大学学报》2014 年第 6 期)有所论述。

右长短句若干首，大抵曩时析酲解愠之所为，以其犹贤于饱食终日无所用心，亦既吟成，遂复录而存之备览焉。由今观之，言差近而少讽，悲欢不出于一己忧乐，无关于天下。正如爱伦堡氏所记"小熊无力得食，自啮其掌，掌尽而生命亦随之而尽者"，是可愧也夫。一九五一年十月，尹默题记。

前段文字系一九四〇年底跋于手稿《山居集》之后，"无意于时名""留迹于日志""将来省览，易得其情"等语，道出作者创作的动机重在私人生命的纪念，无意公开发表，因此毋须过多考虑自己的社会角色和责任。后段文字系一九五一年跋于自选自书的词集《秋明长短句》之后，已带有事后反思性质，虽自嘲"悲欢不出于一己忧乐，无关于天下"，然亦自信"犹贤于饱食终日无所用心"。的确，文化人于生死战乱之际犹不废吟咏，既是个人习性和写作传统使然，也因此成为中国文化绵延不绝的强大动能之一。

沈尹默的寺字韵唱和诗，即属与朱希祖（1879—1944）、于右任（1879—1964）、马衡（1881—1955）、章士钊（1881—1973）、汪东（1890—1963）、曾克耑（1900—1975）、卢前（1905—1951）、潘伯鹰（1905—1966）等朋友之间消闲的酬唱。但本文重心不在于研析其内容价值和诗艺高下，也不在于探求新旧转换时期，文人如何利用唱和传统，将琐屑的小事转变为诗意的情趣，而在于讨论不同版本之间的文字差异及由此衍生的一些文献文化学现象。

一、寺字韵唱和与《寺字倡和诗》总集

一九三九年秋冬之际，书法家兼诗人曾克耑（字履川）将两个儿子（曾永闳和曾永闾，皆不足十岁）的大字书法拿给章士钊（字行严）、沈尹默（字秋明）请求指导。章士钊一九一六年出任肇庆军务院秘书长兼两广都督司令部秘书长时，曾见到过十岁女童萧娴的擘窠大字，很

为赞叹。于是这次便借萧娴之事作了一首七古诗《童子曾永闳永闇以大字来诗以勖之》：

> 曩依幕府游粤寺，眼见萧娴作大字。当时一女刚十龄，擘窠有力殊堪异。今年参政来蜀岷，呦呦童子闳与闇。闇且视娴较三岁，字合龙性浑难驯。唯我浪游二十载，明珠未识今何在。簪花妙格亦模糊，只忆袖中有东海。（吾曾见娴手摹南海字联袖中东海句。）曾生兄弟摹墨卿，稚子书高尤可惊。猥以通家求识我，莫使孔融长大专佳名。

虽对二子奖勉有加，但却将"永闇"误看作"永闇"，留下小小遗憾。曾克耑和以《行严丈以诗勖儿子次韵奉答》，既提醒"闇"非"闇"，又幽默回应说将来如有第三个儿子，一定取名作"永闇"。诗云：

> 教儿莫学化度寺，眼中籀斯杂奇字。旁搜分隶绍汉京，要令童年识同异。我携二雏还嶓岷，闳乎闇乎嗟非闇。谷城摹竟发大叫，跳踉奔掷谁能驯？嗟公意气倾千载，晚蹑麻鞋向行在。已看佳句满西川，更有遥情过北海。我初祝儿为长卿，文章妄意一世惊。异日第三雏堕地，定从赞孔拜嘉名。

章士钊看到曾克耑的和诗后，马上回唱一首《吾勖曾生兄弟诗闇误作闇履川有诗见答仍叠前韵还和》，自嘲"子夏失明等阇寺"，又建议将来曾克耑如有第三子永闇，其乳名不妨叫小虎，因为永闳乳名小狗，永闇乳名小牛，因此永闇"不妨更署於菟名"（於菟为虎的别称）。曾克耑再作《答行严丈十三叠韵》回应……如此你来我往，不到十天，两人唱和竟达上百首。章士钊《鹦里曾氏十一世诗序》曾回忆此事云：

> 吾向不能诗，近六七年来，违难东川，假借篇章，驱遣郁滞，多

与并时诗家游接。就中闽侯曾子克耑，夙有《涵负楼集》行世，年未四十，才气坌涌，良未易测其所至。吾尝以七言转韵十六句体相与唱和，数日间展转达一百五十余反，颇为同辈诵说。吾年事独高而诗律弥稚，得曾子为之畏友，功亦略进。

曾克耑《颂桔庐诗存》卷十二录寺韵诗三十首，其后跋云："西来与行严丈以寺字韵倡和，不十日积百三十余首，同辈所惊异也。"其他诗友闻知此事，亦纷纷加入唱和阵营，此伏彼起，蔚成诗坛盛事。

后来曾克耑将其中部分诗歌编成《寺字倡和诗》，油印两大册，计收章士钊141首、曾克耑130首、汪东15首、沈尹默36首、吴镜予3首、潘伯鹰9首、钱问樵10首、李思纯10首、陈毓华25首、王世鼐3首、陈锡襄4首、谭光7首、楚廉山10首，共计400余首。不过这远非唱和诗的全部，据汪东《寄庵随笔》记载："行严方与曾履川竞作寺字韵诗，往复过百叠，一时和者，如陈仲恂、沈尹默、潘伯鹰辈十数君，皆健者。争强斗险，愈出愈奇，余强与周旋，亦至五六十叠。当时称为诗战，推敲论难，辩辞云涌。"①但《寺字倡和诗》仅收其诗15首。另外，朱铭又搜集到江庸、汪辟疆、马衡、朱希祖、于右任、郭沫若、金毓黻、林庚白、卢前、陈配德、梁寒操、姚味辛、刘延涛、程千帆等人数量不等的寺韵诗，可以想见当时诗坛的唱和盛况②。

无独有偶，在寺字唱和活动中，误看文字的不止章士钊一人，沈尹默亦有此种"糗事"。章士钊《四十九叠韵赠尹默》有句"平生一首俳体诗，欲向苇间讨灵异"，沈尹默就误将"俳"看作"俳"，还作《五用寺韵答行严》

---

① 汪东《寄庵随笔》，上海书店1987年版，第116页。
② 此事黎泽济与朱铭叙之已详，本小节至此皆据两人研究撮述而成。详见黎泽济《吟坛喧寺韵》，见氏著《桑榆剩墨》，百花洲文艺出版社1999年版，第320—323页；该书又增订为《文史消闲录三编》，百花洲文艺出版社2008年版。朱铭《抗战重庆的一场"诗战"》，《文汇读书周报》2000年10月28日；《沈尹默的"长打短打"》，《博览群书》2001年第12期；《章士钊寺韵叠唱始末》，《文汇报》2007年7月9日。

赞章士钊"虽然一首佻体诗,落笔便令人诧异"。章士钊复作《五十叠韵答尹默》:"招提本来不是寺,俳优佻达非同字。诗忆当年白话作,先生右眼微有异。"并作注云:"前诗俳体字,尹默语作佻体见答。"沈复作《六用寺韵答行严前诗误俳为佻来诗正之因答》:"招提非寺仍是寺,眼蒙不审俳佻字。"章再作《五十一叠韵答尹默蒙眼作》。反复唱和,"糗事"转为佳话。

其实沈尹默误"俳"作"佻",固然因其高度近视的"眼蒙",但亦有两字草书形近,以及章士钊手稿字体难以辨认的原因。曾克耑就作有《读行严丈手写诗多不可辨识托之以诗七十叠韵》,感叹自己习练怀素草书有年,但对章诗手稿却"一望荒茫烟涨海",并戏云"真难点画别乡卿,把卷猜诗笑且惊。怀素张颠俱不作,堂堂草圣独能名"。

可想而知,擅长草书的沈尹默,其手书寺字唱和诗稿一定也给曾克耑带来过类似苦恼。我们将两种沈尹默存世的寺字韵唱和诗手稿与油印本对比,就会发现油印本有一些明显是因辨识而造成的讹误。

二、沈尹默《寺字韵唱和诗》的两种稿本

沈尹默《寺字韵唱和诗》,有稿本、油印本和抄本不同形态。稿本目前已知有两种存世。

一种现存于中国社会科学院文学研究所图书馆,红格稿纸,半页十行,独立装订,封面无字。正文十六页,首页首行即书诗题"次行严寺字韵即赠",题下注"十一月五日"。末页有跋:"自十一月五日至十二月十二日,得三十六首,附于《漫与集》之末。"由此可知沈尹默的三十六首寺字唱和诗,均作于一九三九年的十一月五日至十二月十二日之间。该册系《沈尹默诗词稿》一函六册①中的一册,其他五册,一册

---

① 《沈尹默诗词稿》购自中国书店,标价 25 元,何时购入不详;然《中国社会科学院文学研究所古籍善本书目》(中国社会科学院文学研究所图书馆编,1993 年铅印本)已经著录,购入当在其前。

封面题"秋明词"（首页首行题"念远词"），一册封面题"写心集"，一册封面题"山居集"，其他两册封面均题"短篱集"；独寺字唱和诗封面无题字，大概因为其本附于《漫与集》后，而《漫与集》正文因故散出《沈尹默诗词稿》之外，收藏者将剩下的寺字唱和诗单独装订成册，出于某种考虑，未曾题签。

一种现存于中国国家图书馆，红格稿纸，半页十行，正文十五页。首页首行题"寺字韵唱和诗"，次行题注："自十一月五日至十二月十二日，得三十六首，附于《漫与集》之后。"据沈尹默之孙沈长庆云："（沈尹默）写于抗战时期的手稿四卷（《漫与集》《写心集》《山居集》《短篱集》及小令）。抗战胜利后，他辞去公职没有了收入，此四卷交给祖母朱芸权作生活费。当时祖母患病，生活极度困难，即使如此，祖母将诗稿始终珍藏身边，去世后则无偿献给国家。"①此批文献装订为五册，计《漫与集》《写心集》一册，《山居集》一册，《短篱集》二册，《念远词》一册。"寺字韵唱和诗"夹于《漫与集》与《写心集》之间，与沈尹默所云附于"附于《漫与集》之末"相合。

两种手稿虽皆行草书写，但文学所藏本涂抹改删痕迹较重，国家图书馆藏本则相对誊写清楚。比如《七用寺韵柬行严》里"承流愧云老夫在""更何敢望颜真卿"，文学所藏本"愧"原作"敢"，涂改为"愧"；"何敢望"原作"无须论"，涂改为"何敢望"；《八用寺韵》里"明月照人阅万载"，文学所藏本"阅"原作"历"，涂改为"阅"，例不胜举。而国家图书馆藏本径作"承流愧云老夫在""更何敢望颜真卿""明月照人阅万载"，于上举诸处均无涂改，可推系沈尹默据文学所藏本重新誊写，交与原配朱芸女士以备生活不时之需。为论述简明计，今将文学所藏本暂简称"草稿本"，国家图书馆藏本暂简称"誊稿本"。

"草稿本"与"誊稿本"相较，除了草稿本涂改处较多外，还有一些文字上的差异。如《十一用寺韵》末四句"当时模榻遍公卿，登善改字

---

① 郦千明《沈尹默年谱·序》，上海书画出版社 2018 年版，第 3—4 页。

群所惊。界奴虞书差足喜,不尔八柱空留名",草稿本在天头有注:"登善改字本兰亭帖,在黄晦闻家,盖即米海岳所见者。故宫八柱兰亭中有张金界奴所进墨迹,董思翁以为虞伯施临写,不可信,但清逸可喜耳。细审唯'咸集'之'集'下'木',略似《孔子庙堂碑》耳。"誊稿本无此注。《十二用寺韵》诗题注,草稿本作"与人谈故宫博物院事,因纪以诗,并柬叔平、豫卿证之",誊稿本作"纪与人谈故宫博物院事,并柬无咎、余清"。草稿本诗题作《十四用寺韵戏赠冀野打油诗》,誊稿本诗题作《十四用寺韵调冀野》,但多题注"闻冀野坠车折腰,戏为打油诗,用博一笑"。《十八用寺韵答右任》末四句"旭初昨日惜荆卿,一椎不中万代惊。安得洪流今日再,洗尽人间战伐名",草稿本天头有注:"旭初偶言,当时秦始皇若被击中,自无徐福入海之事,则日本或亦无有也。故云。"誊稿本无此注。《廿二用寺韵》,草稿本"波澜壮阔人顿惊",誊稿本"顿"作"尽",且誊稿本于"巍巍伊阙神理会,始信坡老清雄名"后多出一注"东坡每以清雄称颜书"。《廿六用寺韵》"漫珍退笔积如山,岂厌求诗深入海"句,草稿本天头有注:"'倾家作酿犹嫌少,入海求诗未厌深',放翁句也。少陵《西阁》诗云:'诗尽人间兴,兼须入海求',放翁盖本以出也。"誊稿本无此注。

另外,草稿本每首诗下多标出创作日期,誊稿本在内的其他版本则基本没有标示。如草稿本《七用寺韵柬行严》下标"六日",《九月寺韵》下标"七日",《十八用寺韵答右任》下标"九日",《廿一用寺韵答遐先兼呈旭初》下标"十一日",《廿二用寺韵》下标"十二日",《廿四用寺韵》下标"十三日",《廿六用寺韵》下标"十六日",《廿七用寺韵》下标"十八日",《廿九用寺韵》下标"廿日",《三十一用寺韵》下标"廿三日",《三十二用寺韵》下标"廿五日",《三十三用寺韵》下标"廿八日",《三十四用寺韵》下标"廿九日",《三十五用寺韵》下标"十二月十日",《三十六用寺韵》下标"十二日",这些都是其他版本所无的,在密集唱和中标示时间,在场感变得格外强烈,这也是草稿本一种独特的价值显现。

三、沈尹默《寺字韵唱和诗》油印本

誊稿本系沈尹默据自己草稿本抄录，不存在辨识错误的问题。曾克耑所编油印本《寺字倡和诗》（简称"油印本"）则隔了一层，难免鲁鱼亥豕之误。

将油印本与草稿本、誊稿本对勘，发现多数地方与誊稿本相同，都采用了草稿本涂改后的文字。如前举《七用寺韵柬行严》，油印本、誊稿本皆径作"承流愧云老夫在""更何敢望颜真卿"，而未采用草稿本涂改前的"承流敢云老夫在""更无须论颜真卿"。

有的地方则与草稿本未涂改前的文字相同。如草稿本、誊稿本《十用寺韵呈行严旭初》"于今两贤吾勍敌"，油印本"勍"作"劲"，按草稿本原作"劲"，后涂改为"勍"；草稿本、誊稿本《十一用寺韵》"右军雄强毋乃似"，油印本"毋乃似"作"乃类此"，按草稿本原作"乃类此"，后涂改为"毋乃似"。草稿本、誊稿本《十八用寺韵答右任》"旭初昨语惜荆卿"，油印本"语"作"日"，按草稿本原作"日"，后涂改为"语"。不过这种现象较少，仅有寥寥数处。

有的地方则与草稿本涂改前和涂改后的文字均不相同，当然也不同于誊稿本。如草稿本《八用寺韵》"眼前已觉人物异"，无涂改痕迹，誊稿本同草稿本，油印本"前"作"中"。

因此油印本所依据的当为另一种本子，这个本子，只能大致推测是曾克耑汇录自沈尹默酬唱时书写的手稿（简称"酬唱本"），与草稿本修改后的文字虽相近，但相近度弱于誊稿本，其他详情无从得知。酬唱本虽可能据草稿本录写，但有时会做文字微调。这些微调，不一定也无需都回改到草稿本上。誊稿本与草稿本文字的差异亦可用微调来解释。即使在电子化时代，类似经验也并不缺乏。当我们将书稿的电子版原稿发给出版社排印后，按规定会经历三审三校，每个校次，我们除了自己的主动修订外，也会积极或被迫接受编辑、校对以及其他相关人员（比如帮自己看稿的师友）的意见，使校样有或多或少的改动，但我们有时却懒得将这些改动全部回改到原电子稿中。

这样，我们就可以理解一些看似不好解释的例子。比如草稿本《八用寺韵》"眼前已觉人物异"，无涂改痕迹，誊稿本同草稿本，油印本"前"作"中"，即可能是沈录写酬唱本时做的临时修改，大约沈尹默对此修改并不完全满意，便没回改到草稿本上，誊稿本中仍旧使用"前"字，因而造成异文。油印本采用草稿本改后文字的"承流愧云老夫在""更何敢望颜真卿"，是沈尹默对微调文字的认可，并将之回改至草稿本上。油印本采用草稿本改前文字的"于今两贤吾劲敌"，是沈尹默在酬唱本完成后，又对草稿本做过修改，这些修改当然无法体现在酬唱本中，而只能体现在誊稿本上。

油印本与草稿本、誊稿本的文字差异主要可归为四类：

一类如前所云，可能是沈尹默书写酬唱本时临时对底稿做了修改，油印本忠实写刻，造成异文。如草稿本和誊稿本《次行严寺字韵即赠》"明珠草木共光辉"，油印本"共"作"借"。《三用寺韵寄友》，油印本"寄"作"赠"。《四用寺韵》"混流浩荡遂东下"，油印本"浩荡"作"滚滚"。《六用寺韵答行严》"要令恶马如鹿驯"，油印本"令"作"使"。《十五用寺韵答遏先》"清奇恍睹永叔字"，油印本"恍"作"如"。《十六用寺韵答旭初》"磊砢长松有节目"，油印本"砢"作"落"；"不愧春华盖代名"油印本"代"作"世"。《三十用寺韵》"湛翁精舍如古寺"，油印本"如"作"类"。《三十二用寺韵》"仲将覆辙漫相惊"，油印本"辙"作"车"。这些字的字形并不相似，在草稿本上亦无修改痕迹，不可能是辨识之误，只能解释为沈尹默临时改写所致。

一类亦如前所云，酬唱本是据草稿本未涂改前的底稿录写，油印本忠实写刻，从而与涂改后的草稿本形成异文。如草稿本、誊稿本《廿二用寺韵》"信行孤本乃类此"，"乃类此"为"毋乃似"涂改而成，油印本即作"毋乃似"。《三十一用寺韵》"君但求实毋求名"，"实"为"己"涂改而成，油印本即作"己"。

　　一类可能是油印本写刻蜡版时之误。如《次行严寺字韵即赠》"源流清浊分江岷"，油印本误"岷"为"泯"（其他尚有数处"岷""泯"之讹）。《再用寺韵赠旭初》"小嚣胸肵在于斯"，油印本误"肵"为"肌"。《九用寺韵》，油印本误"用"为"月"。《十二用寺韵》"故宫余物未点污"，油印本误"汙（污）"为"汗"。《十三用寺韵赠冀野》"马牛风及南北海"，油印本"牛"误作"中"；"捛除百事就此业"，油印本"业"误作"荣"。《十八用寺韵答右任》"洗尽人间战伐名"，油印本"伐"误作"代"。《三十一用寺韵》"斜风疾雨临川字"，油印本"疾"误作"瘦"；"遇下侃侃上訚訚"，油印本"侃侃"误作"你你"；"时喜讦激行则驯"，油印本"喜"误作"春"。《三十五用寺韵》"流传笔札何多奇"，油印本"流"误作"凉"；"他年差比留嘉名"，油印本"嘉"误作"台"。此类形讹会造成明显的文义不通，可知写刻蜡版者文化程度不会太高，故有此诸多失误。

　　最后一类则可能是曾氏未经深思的辨识之误。如《九用寺韵》"若从人欲探天理"，油印本误"欲"作"愿"。《十二用寺韵》"鹿山止此劣文字"，油印本误"劣"为"当"。《十三用寺韵赠冀野》"过从虽少久知名"，油印本误"过从"为"遇空"。《十七用寺韵答潘伯鹰》"嗟余学书四十载"，油印本"书"误作"堂"；"我无一笔何足惊"，油印本"笔"误作"弟"。《三十四用寺韵》"幻出流沙与瀚海"，油印本"沙"误作"河"；"抱蔓词成或有名"，油印本"抱"误作"花"。曾氏交付写刻蜡版时应有相对工整的整理本，"欲"与"愿"、"劣"与"当"、"从"与"空"、"书"与"堂"、"笔"与"弟"、"沙"与"河"、"抱"与"花"，草书字形近似而楷书字形分别明显，因此写刻者当不任其咎，应系曾氏辨识不察之误。

　　因为无法起前人于九原，以上我们只能大致推测，分类举例。即使如此，也有难以判断之处。如《十二用寺韵》"子春若肯证赝鼎，赝鼎亦当传其名"，油印本误后处"赝鼎"作"鼎鼎"。查草稿本，后处"赝鼎"省代以两点，誊稿本由于是沈自写，故将其正确誊为"赝鼎"；而酬唱本当同草稿本亦用两点省代"赝鼎"，所以油印本才据常例将之视为省两个"鼎"字。只是无法判断，是曾克耑交付写刻者整理本时已误，还是他仍省以两点,而被写刻者所误。再如《十五用寺韵答遏先》"新篇首题云顶寺",油印本"篇"误作"匾",系不知此指朱希祖叠寺韵诗"歌乐山头云顶寺,云山九迭纷题字"而言,而误以为题匾于云顶寺也。然"篇"与"匾",草书、楷书字形均有近似之处,换用此误字,文义从表面上看亦可通,所以既有可能是曾氏之误,也有可能是曾氏无误而写刻者致误。这种疑难,无妨暂时存疑。

四、沈尹默《寺字韵唱和诗》传抄本

油印本目前仅知桂阳陈毓华(仲恂)有藏本,其嗣子陈秉立继藏,后来陈秉立将之寄往台湾欲觅出版未果,后陈故去,此本下落不明。所幸朱铭经黎泽济帮助,获得复印本。但时隔多年,原油印本因油渍渗漏等原因,有不少已经比较模糊,复印本更觉漫漶,且复印本个别页数因中缝装订未能复印完全,辨识起来更易产生错讹。周金冠所编《沈尹默先生佚诗集》(浙江华宝斋书社 2002 年版),其中收录的寺字唱和诗即据此复印本整理,再请书法家夏鹤龄、张守忠、罗一农等转抄(简称"传抄本"),因而除沿袭油印本之误外,又新增了不少讹误。举其要者胪列如下:

1.《次行严寺字韵即赠》"自公退食铺池寺","铺",传抄本误作"铺"字。按此典出黄庭坚《寺斋睡起》其一:"小黠大痴螳捕蝉,有余不足夔怜蚿。退食归来北窗梦,一江春月趁渔舡。"《四部丛刊》影印宋刊《豫章黄先生文集》本诗题下有注:"元《醋池寺睡起》二首,其一东字韵。"据此,则《寺斋睡起》原称"醋池寺睡起"。醋池寺即铺池寺,沈诗袭此,意为自从您如黄庭坚一样退食归来醋池寺,就开始料理文字①。

---

① 今台北"故宫博物院"藏《宋四家真迹》册页中有黄庭坚手书此二诗,诗后题曰:"右归自门下后省卧醋池寺书堂。"按此典故出处受教于周裕锴先生,并承董岑仕女史检示相关文字。本文亦承董女史及俞国林兄审阅一过,一并致谢。

2.《再用寺韵赠旭初》"小豀胸胚在于斯",油印本误"胸胚"为"胸肌",应系写刻者之误。此处因中缝装订,文字复印不完整,故传抄本更误作"得肌"。

3.《四用寺韵》"往往伯有来相惊",传抄本误"伯"为"怕"。按此用《左传》"郑人相惊以伯有,曰'伯有至矣',则皆走"之典。

4.《七用寺韵柬行严》"直至少陵用始驯",传抄本误"始"为"姑"。

5.《十用寺韵呈行严、旭初》"五言长城刘长卿",传抄本误"五言"为"吾言"。

6.《十一用寺韵》"幸有云仍定武在",传抄本误"仍"为"伋"。按云仍即远孙之意,比喻后继者。

7.《十二用寺韵》"强摹难于超北海",传抄本误"于"为"以"。

8.《十四用寺韵戏赠冀野打油诗》"卢公蹒跚上清寺",传抄本误"蹒"为"满"。"良久得车悠然登",油印本"悠然"误为"悠愁",传抄本再误为"悠悠"。

9.《十八用寺韵答右任》"身手未入少林寺",传抄本误"身"为"自"。

10.《十九用寺韵答行严》"余事高歌梁尘惊",传抄本误"尘"为"鹿"。

11.《二十用寺韵》"此生自断休问天",传抄本误"生"为"身"。

12.《廿四用寺韵》"三代两汉几案间",传抄本误"间"为"问"。

13.《廿五用寺韵》"既惭其实斯惭名",传抄本误"惭名"为"渐名"。

14.《廿七用寺韵再戏答行严》"好此区区世上名",传抄本误"此"为"比"。

15.《三十用寺韵》"开物成务倘未能",传抄本误"未"为"求"。

16.《三十三用寺韵》"游目帖中汶乃岷","帖中汶乃",油印本误作"帖中后来",传抄本再误作"怡中后来"。按此指王羲之《游目帖》"要欲及卿在彼,登汶领、峨眉而旋"。"事繁物增字孳乳",传抄本误"孳乳"作"寻化"。"别裁伪体明所亲",传抄本误"伪"为"得"。

17.《三十四用寺韵》"中边皆蜜",油印本误作"中间皆蜜",传抄本再误作"中间皆密"。"镂皮翠里浅黄瓤",传抄本误"镂"为"缕"。

"里浅黄瓤",油印本误作"里浅黄纸",传抄本再误作"经液萤纸"。"青门学种非今事",传抄本误作"奇门学径非今事"。

18.《三十五用寺韵》油印本大片模糊,故传抄本错讹最多,几不能卒读。"蝘蜓耽模法华寺",传抄本误"耽模"作"跪祷"。"欧寒何热各性情",传抄本误作"岁寒何凝春性情"。"一重一掩神俱闇",传抄本误"重"作"坐"。"物象入纸森以驯",传抄本误"森"作"淼"。"怀瓘书品评千载",传抄本误"书"作"善"。"近惭叔未与墨卿",传抄本误"墨"作"马"。"远愧颠素草蛇惊",传抄本误"颠素"作"聩景"。

不难看出,其中多有不解其意的形讹之误。周氏是纺织专家和收藏家,也是文史研究爱好者,但对文献校勘未必熟稔;抄写者均是书法家,未必解诗,况且他们可能更看重表现自己的书法艺术,在校勘上并不任责。看朱成碧,未便苛求。

不过,传抄本将诗歌的句中注,全部合并为该首诗的尾注,用小字书写,名之曰"沈氏自注",如此改变了原来文本的体例,却是不妥。传抄本还对少数人名作了"编者注",最后一首的编者注兼及对该组诗产生背景的整体解释:

> 编者注:上述三十六首和寺韵诗,作于一九四〇,是在重庆上清寺陶园由章行严发起的一次诗会后陆续写成的,这次诗会参加者多为社会名流,主要有章士钊、于右任、沈尹默、卢前、曾履川、朱希祖、汪东、潘伯鹰等。主要内容有论书法、论曲牌、分韵,有写时事、友情等。原油印本作"整齐五体",后铅印本作"整齐百体"。

这段表述多误,三十六首诗作于一九三九年十一月五日至十二月十二日,非作于一九四〇年,也并非专门发起的诗会,皆已见拙文前述。三十六首诗仅个别诗作曾经铅排,整体上并无铅印本。这最末的编者注,实为蛇足。

五、文献的确定和稳定

沈尹默的寺字唱和诗曾有部分作品公开发表,《时代精神》杂志1940年第2卷第3期刊有其三首诗《次行严寺字韵即赠(十一月五日)》《再用寺韵赠旭初》《三用寺韵赠友》(姑称为"报刊本")。在草稿本中,第一首诗句"十年相遇还相卿",报刊本"相"作"为";第三首诗题"三用寺韵寄友",报刊本"寄友"作"赠友";诗句"经卷还思塔里字",报刊本"塔"作"场";"谁言道丧向千载",报刊本"向"作"而"。

值得注意的是,除了"赠友"系异文外(油印本亦作"赠友"),其他三处均为误字。"相卿"系"相卿卿"的省文,改"为卿"文义不通。"道丧向千载"系用陶渊明《饮酒》诗中的成句,"而"字系"向"字的形讹。"经卷还思塔里字"上句为"钟声苦忆凤林寺","经卷""塔""寺"皆寺庙意象,可知"场"字亦是误字而非异文。《时代精神》虽由国民党官方出版机构独立出版社负责出版,但考虑到抗战时期的困难,校勘粗疏似可理解。

看来,沈尹默《寺字韵唱和诗》油印本、传抄本、报刊本的校勘竟无一堪称良善者。虽然古人早有"校书如扫尘,一面扫一面生"(《梦溪笔谈》引宋敏求语)的甘苦之言,但油印本、传抄本、报刊本之"尘"似乎多了一些,他们会影响到《寺字韵唱和诗》文本整体的确定性和稳定性吗? 这需要用数据来说话。

我们依据草稿本,将《寺字韵唱和诗》切割为诗题(含注的诗题合计为一题,因油印本、传抄本往往将草稿本的诗题注并入诗题)、诗句、诗句注三个部分,再将各部分油印本和传抄本有差异处的数量对应标出如表1:

表1　油印本与传抄本差异数量

草稿本	诗题(含注)36	诗句576	诗句注15	合计627
油印本	25/2	54/28	11/0	90/30
传抄本	25/2	83/62	15/0	123/64

表1中"/"前为有差异处的总量，"/"后为有差异且确系讹误的数量。换算可知，油印本与草稿本的差异率约14.4%，讹误率约4.8%；传抄本与草稿本的差异率约19.6%，讹误率约10%。但很多时候，只计算差异率意义不大，因为难以弄清某些差异是否由原作者自己修改造成，而讹误率似乎更能说明问题。这样看来，不管是油印本还是传抄本，其文献总体上还可称是确定和稳定的。况且不少讹误，即使是仅凭一般常识就可校改回来。如：

　　油印本《九月寺韵》明显是《九用寺韵》之讹。油印本《十二用寺韵》"故宫余物未点汗"，"汗"明显是"汙（污）"之讹。油印本《十八用寺韵答右任》"洗尽人间战代名"，"代"明显是"伐"之讹。油印本《三十一用寺韵》"遇下你你上阆阆"，"你你"明显是"侃侃"之讹。油印本《三十二用寺韵》"直愿八蠡测大海"，"八"明显为"以"之讹。油印本《三十四用寺韵》"中间皆蜜"，明显是"中边皆蜜"之讹。《三十五用寺韵》"凉传笔札何多奇"，"凉"明显是"流"之讹。另外，寺字韵唱和诗第三句压"岷"字韵，但油印本至少有四处误作"泯"字。

　　传抄本多于油印本的讹误中，也不乏一望即可校改处。如果接受这些校改，油印本和传抄本的讹误率会降低一半以上，如果再动用其他查考手段，讹误率会进一步降低。如：

　　草稿本、誊稿本《三十一用寺韵》"斜风疾雨临川字"，油印本、传抄本"疾雨"作"瘦雨"，诗词中常用"斜风细雨"，以"瘦雨"替代"细雨"，似乎是新鲜的修辞，但这不过是郢书燕说式的误解，因为后面有"临川字"三字的限定，此处只能是"疾雨"，宋牟巘跋王安石行书《楞严经旨要》，赞其"运笔清劲峭拔，有斜风疾雨之势"。再如草稿本、誊稿本《三十六用寺韵》"整齐百体删草字",油印本、传抄本"百"误作"五",文义表面似亦可通,但细考此句,系指于右任作《标准草书》,设计草书部首写法的"代表符号",用来统一历史上同一字草书的多种异构,而且草书亦不存在"五体"之说,因此须改"五"为"百"。

调用传统校勘学的各种手段和经验,可将讹误率一降再降。油印本和传抄本在文献总体上的确定性和稳定性也就显得更强了。

那些不能或不易判断为讹误的差异,通常是诗题或注中文字的增减。如草稿本《十八用寺韵答右任》诗句注:"自无徐福入海之事",油印本和传抄本作"自无有徐福入海之事",仅多出一"有"字,文义不受影响,不好断定"有"字是油印本所依的酬唱本即有,还是油印本失误造成的衍字。

另外一种情况是,虽没有字数的增减,但诗句中互相竞争的异文都可以读得通,也不易判断这些异文是否讹误。比如草稿本、誊稿本、报刊本《次行严寺字韵即赠》"明珠草木共光辉",油印本、传抄本此句作"明珠草木借光辉",两者皆可说源自黄庭坚《呈外舅孙莘老二首》其二:"甓社湖中有明月,淮南草木借光辉。"但一系改字化用,一系直接摘用,都读得通,不好判断油印本的"借"是讹字,还是沈尹默酬唱书写时临时的改字。这种情况,也是古今中外校勘历史上的常见现象。但只要有详细的校勘说明,就不妨视为不同的文本并存,这其实不会对文本整体的确定性和稳定性带来根本性的冲击。

余　论

在校阅古代典籍时,我们常为异文现象而烦恼,希望能够获得一种原作者心目中的定本,然而中外丰富的校勘实践告诉我们,这近乎是一种奢望。正如杰罗姆·麦根《现代校勘学批判》所指出的那样:"即使整理者能够完美地校正幸存文献的文本,剔除所有非作者因素,结果也不一定就是曾经存在于作者意识中的作品的文本。"①

这不仅因为古代典籍往往经过多次的辗转传抄或刻印,各种损耗和偶然性不断,我们很难"剔除所有非作者因素",完美无瑕地复原任何一条链条,进而探知未经损耗前的原始面貌。而且另一个重要原因在于,有时连原作者也未必愿意或者能够将自己的文字定于一尊,他有时因为追求完美或认识发生变化而修改,这样的每一次修改,都是作者某一阶段某一"意图文本"的体现。比如著名词学家夏承焘早年的日记里,就记载他对旧稿的多次删改:"因参观乙卯年诗草,痛加删改,然鸡肋者尚复不少。"(一九一六年元月初四)"抄乙卯年诗草二三笺,间有删改。"(同年七月廿二)"间又翻观年来诗稿,甚有改正也。"(一九一七年二月二十八日)"间又翻阅乙卯年诗草,略有校正。"(同年闰二月初三日)②

另外,原作者有时也会因为师友的意见、出版商的要求或其他原因而修改,当他心甘情愿时,这种修改可视为"意图文本";当他碍于各种原因不得不接受修改时,其实应将之视为另外一种类型的文本,这些都增添了校勘的复杂性。因此,尽管杰罗姆·麦根仍强调校勘"必须尊重文献,是它们让我们的洞见成为可能",但他更认为校勘是一种重现作者意图文本的"历史重建,尽管它可能不符合任何曾经存在的物质形式……重建的有效性完全取决于重建过程中思考的质量"③。

我们不否认杰罗姆·麦根的"洞见",但也应看到,其对传世文献总体确定性和稳定性评判的相对漠视,容易助长人们对传世文献可靠性的怀疑。从这个方面看,我们对沈尹默这组《寺字韵唱和诗》的文献学观照,也就有了小小的补充意义。

---

① 苏杰编译《西方校勘学论著选》,上海人民出版社 2009 年版,第 221 页。

② 吴蓓主编《夏承焘日记全编》第一册,浙江古籍出版社 2021 年版,第 1、11、58、63 页。据该书责编路伟云,夏氏日记手稿中的自撰诗词也多反复修改,整理时从权择取其一。

③ 苏杰编译《西方校勘学论著选》,第 227 页。

　　《寺字韵唱和诗》有着尚未进入刻本之前的草稿本、誊稿本、油印本、传抄本等不同的版本形态，且两种稿本皆为草书，增加了油印本、传抄本产生讹误的危险度。特别是传抄本，较多汇集了容易发生讹误的诸多因素，如因装订造成中缝文字残损，因油印模糊而致误，擅自改变排版格式等。但即使如此，经过我们的统计分析，其文献从总体上仍是确定和稳定可信的。其实很多情况下，传世文献并非都如《寺字韵唱和诗》传抄本那样集各种不利因素于一身，而是获得过作者或者行家的认真校勘。如沈尹默自己刻印的《秋明集》，有民国十四年和民国十八年两种版本，因为都经过了作者自己的校勘，讹误极少。杨公庶民国三十五年编选的《雍园词钞》铅印本，其中收有沈尹默的《念远词》和《松壑词》，我们将之与沈尹默现存《念远词》《松壑词》的楷体手稿相较，也很少发现讹误。这可能有杨公庶本人是内行，他所获沈尹默赠词有可能是楷体书写，《雍园词钞》又经过了认真校勘等缘故（书后附有"雍园词钞勘误表"）。综合以上因素，我们对传世文献的确定性和稳定性总体上无疑应该抱有信心。

　　当然，《寺字韵唱和诗》毕竟只是个案，不能无限放大，拙文也绝没有想要产生多米诺骨牌效应的企图。因为近人同韵唱和，人事俱近，版本源流相对容易理清，而古代文本的面貌无疑要复杂许多，未可一概而论。但是，任何想要挑战传世文献确定性和稳定性的学者，最好能在例举法之外，附上如拙文一样具体全面的量化统计。即在所有样本中，多少可靠？多少不可靠？多少无法判断？各占总量多少？出现问题的样本，是处于核心部位还是细枝末节？等等。这样的研究结果可能更有说服力。

　　在学术研究中，例举法所示常为特异的部分，确定和稳定的部分因其确定和稳定而常被无视。然而正如不能因为某次煤气中毒，就说全部的空气都有问题一样，我们无法因少数的特异而否定总体的确定和稳定。况且我们讨论这些特异部分的目的，往往在于更好地寻找确定和维持稳定。自古以来，校勘学家不都在为防止和减少文献的不确定、不稳定而孜孜不倦地奋斗吗？

我们今天讨论的这个小问题，也是为文献确定性和稳定性所做的一点努力。

　　附记：十几年前，我曾将中国社会科学院文学研究所收藏的六册沈尹默手稿诗词予以整理，后扩大为沈氏诗词的全面搜集。张晖兄闻知此事，即送我齐鲁书社影印的《沈尹默手书词稿四种》，并介绍我与上海的朱铭先生认识，且获赠资料数种。人事鞅掌，岁月如流，近日始得闲暇董理旧稿。旋闻中华书局将影印沈尹默若干诗词手稿，其中已包括文学研究所收藏的稿本内容（文学研究所收藏为草稿本，中华书局影印为誊稿本），而予向之整理亦可以废矣。经杭州郦千明先生牵线，得获观沈氏《寺字韵唱和诗》誊稿本，朱铭先生又惠赐《寺字倡和诗》油印本复印件；遂撰此文，以兹纪念。然则张晖兄之云亡，十载于斯。烟云邈矣，故人何在？向秀闻笛，怀思无穷。

（原载《北方论丛》2023 年第 2 期）

下编

作家与作品胜谈

年龄的迷宫

——清人年龄研究中的几个问题

近代海盐名人朱彭寿(1869—1950)见闻极博,腹笥甚厚,曾受徐世昌之邀编纂《清儒学案》,尤长于人物生卒及事迹考证,所著《旧典备征》、《安乐康平室随笔》、《古今人生日考》、《皇清纪年五表》、《清代大学士部院大臣总督巡抚全录》、《清代人物大事纪年》(以《皇清纪年五表》为基础,整合《皇清人物考略》《皇清人物通检》而成)等均为研治清代人物的重要参考书。然而即使是他,也曾感叹清人年龄记载之混乱:

> 文人为士大夫撰墓志传状,于生卒年岁最宜详考,稍不经意,即易传讹。犹忆光绪壬辰八月间,寿阳祁文恪师世长,卒于工部尚书任内,时年六十有九,实生于道光甲申。然旧时所刻乡会试朱卷,则皆作乙酉生,盖循俗例,应试时少填一岁耳(少填岁数,南宋《登科录》中即已如是)。迨接讣告,乃云生乙酉、卒壬辰,享寿六十有九。以生卒干支与年岁计之,殊不相应。余心知其误,然以无甚关系,故往吊时亦未与文恪后裔言及也。后读王益吾祭酒《虚受堂文集》,其所撰《文恪神道碑》,则云生乙酉、卒壬辰,年六十有八,殆仍据讣告所载,而以年岁推算不合,遂减去一岁,俾与生卒干支相符。然文恪实年,则竟遭改削矣。恐他人文集中似此者正复不少。且所叙生卒干支,与年岁不相应者,亦往往有之。偶阅《疑年》正续诸录,有因年岁不合,辄多方引证,加以说明者。爱举文恪事以破其疑,并为当代文人操觚率尔者勖(又按:吾盐徐忠愍用仪,生于道光丙戌,至光绪庚子七月,以拳匪事遇祸,时年

203

七十有五。乃当时有撰挽诗者,其起句云:"尚书授命时,年已七十六。"使此诗刻集流传,后之阅者以为诗中用"六"字入韵,其见闻必确,鲜不据为典要矣。因记祁文恪事,附识其误于此)。(《安乐康平室随笔》卷一)

朱彭寿首先以晚清大学士祁寯藻之子祁世长为例,认为祁世长的讣告云"生乙酉、卒壬辰,享寿六十有九"有误,因为以古人虚龄计岁的惯例,从光绪十八年壬辰(1892)逆推,如是享寿六十九岁,则当生于道光四年甲申(1824),而非道光五年乙酉(1825)。因此他认为是应试填报年龄(又称官年,即报给官方的年龄)有少填一岁的风俗所致,祁世长实年应生于道光四年甲申(1824)。他又认为王先谦(益吾)为祁世长撰写神道碑时,在生年上仍是误用了少填一岁的官年(道光五年乙酉),只是将享寿改为六十八岁以符干支。接着,他指出这种生卒干支与年岁不相应的问题,在他人文集和《疑年录》《续疑年录》《三续疑年录》之类的年龄工具书中也非少见现象。最后,他以徐用仪本享寿七十五岁,但有人挽诗却作七十六岁的例子,来呼应开篇所说的年龄问题"稍不经意,即易传讹"。

事实上,在祁世长的生卒干支上,讣告所载并无错误。据祁寯藻《观斋行年自记》道光五年乙酉三十三岁:"六月岁科试讫,登衡山,宿祝融峰寺观日出,还长沙。是月,子世长生。"则祁世长生于道光五年乙酉(1825)是笃定无疑的,只是讣告推算年龄时有误,王先谦的神道碑将享寿改为六十八岁是正确的,反倒是朱彭寿本人在这个问题上失之详考。这也从一个方面说明清人年龄的复杂性。

一

博闻的朱彭寿之所以会有如此疏忽,即是他先入为主地认定祁世长在科举应试时所填报的官年比实际年龄减了一岁,由此可见清人官年减岁的风俗非常盛行。这种盛行,有时会影响到人们在私密场合也使用官年。王士禛在《池北偶谈》中就讽刺说:"三十年来,士大夫履历例减年岁,甚或减至十余年。即同人宴会,亦无以真年告人者,可谓薄俗。"比如朱采,同治三年甲子(1864)得浙江优贡,朱卷官年为道光十三年癸巳(1833)六月二十三日生,朱采《清芬阁集》卷首附有相片,旁有赵滨彦题字:"嘉兴朱雷琼亮生亲家年六十九之像,光绪辛丑滨彦题。"如果赵氏题照之年便是朱氏摄照之年,则由光绪二十七年辛丑(1901)逆推,知其生于道光十三年癸巳(1833),好像实年与官年相同。但朱采之子朱熷正《先考亮生府君行述》却云:"府君讳采字亮生,生于道光辛卯年(1831)六月二十三日卯时。"实年其实长于官年两岁。可见即使对于亲家赵滨彦,朱采也没有透露自己的实年(如果赵滨彦题照之年是在朱氏六十九岁之后,则说明朱氏官年减岁更多)。

官年减岁,自然就造成了判断实年的困难;但是,官年并非都是减岁,其中还有大量与实年保持一致的现象。据本人研究,减岁与保持实年的比例大致在六比四上下浮动。另外,还有官年不减岁反增岁的特例:

光绪十一年乙酉(1885)浙江乡试,张儒珍朱卷履历为"嘉庆丙辰年四月廿六日吉时生",即生于嘉庆元年丙辰(1796);但据民国《镇海县志》卷二七《人物传》本传:"张儒珍,字挺秀,久困童子试,光绪乙亥年七十,始游庠,其秋恩科得赐副贡生,乙酉复值恩科赐举人。"由光绪元年乙亥(1875)逆推,知其生于嘉庆十一年丙寅(1806)。官年竟比实年增了十岁。清代科举有恩赏老年考生的制度,光绪年间执行的情况是乡试八十岁以上赏副榜,九十岁以上赏举人,光绪十一年张儒珍实年八十,增岁至九十,果然依例被赐举人。其实就是那次他被赏副榜的光绪元年乡试,也应该是增岁十年才达到八十岁受赏的条件。

张儒珍的增岁尚属动机尚考,但有些人的增岁就难究其因。如宁国府泾县人朱锟,光绪十四年(1888)江南乡试登贤书,当时所填履历的官年为同治五年丙寅(1866)十一月十四日生,但冯煦《清故光禄大夫头品顶戴江苏候补道朱君墓志铭》却载其生于同治七年戊辰(1868)十一月十四日,官年比实年增了两岁。光绪十四年朱锟不过二十岁左右,为何增岁,有点奇怪。下面我们可以再举一个无可置疑的例子。

张集馨之子张兆兰,字畹九,同治九年(1870)顺天乡试中举时,所填履历的官年为道光二十二年壬寅(1842)七月二十日生,但严玉森《虚阁遗稿》卷六《张畹九四十寿序》:"壬午秋初,畹九四十寿辰。"由光绪八年壬午(1882)逆推,其当生于道光二十三年癸卯(1843),官年比实年还大一岁。再看张集馨《道咸宦海见闻录》(中华书局1981年版)自载道光二十三年癸卯年事:"七月二十日午时,大儿兰官生,邵夫人所出也。"该书后附詹嗣贤《时晴斋主人年谱》道光二十三年癸卯亦云:"公四十四岁……七月,成长子兆兰生,邵夫人出也。"可以确认张兆兰实生于道光二十三年癸卯七月二十日。为何方在盛年的张氏在报考时会为自己增加一岁?实在莫测其故。

年龄问题上的错误,大致可分为主动致误和被动致误两种,官年现象不论减岁还是增岁,都属于故意作伪的主动致误,还有所谓的规律可循;但是,因传闻、传抄、版刻、校对、推算等方面不确、不慎而造就的错误,则属于被动致误,其复杂性和偶然性要大于官年现象,几无规律可言。

二

我们知道,考索人物年龄,本人自述之外,讣告、碑志、行状、家传、家谱等,因多来自其亲友,因此通常也被视为可靠的第一手资料。但是,即使这些第一手资料,被动致误对其准确性也造成了一定的影响。

拿曾任民国总理的熊希龄来说,其《双清集》中有《癸亥六月二十五日为余五十五生辰,香儿适于是日赴美留学,余题此诗以赠其行,余与尔母日衰一日,切盼儿学成早日归来,免余悬望也》诗,由民国十二年(1923)按虚岁逆推,其当生于同治八年己巳(1869)六月二十五日;

然集中又有《百字令·五七生辰感叹》词序："丙寅六月二十五日，为余五七生辰。"由民国十五年丙寅（1926）按虚岁逆推，其又当生于同治九年庚午（1870）六月二十五日。均系本人自述，然自相矛盾，二者必有一误。

王宗毅的年龄更复杂，他的《鹤寮遗稿》第九卷《都门笔记（二则）》其二："余幼随先君友篯公在京及十稔，丙子出嗣伯考衡南公回南，至戊戌拔贡朝考，重至京师。而先慈已隔岁见背，先君亦于四月得噎嗝疾，日重一日，延至五月二十七日见背，未及朝试，至十月随六哥扶父母并大哥企曾公槥南归。癸卯乡试获隽，甲辰六月再至京师，七月廿五日考取内阁中书，八月初八日引见点用，九月十九日自京回南，十二月初八日自沪北上。计自七岁进京，十六岁回南，至三十四岁又进京，是年奉讳旋里，及至四十二岁进京，已三度春明矣。"对应年龄为甲辰（1904）四十二岁，戊戌（1898）三十四岁，丙子（1876）十六岁，但却逆推出三个不同的生年1863年、1865年、1861年，颇让人无可适从。幸而王焕功纂修的《王氏族谱》（1955年稿本）卷三"世传"有王宗毅，我们才能确定其生年为同治二年癸亥（1863）。

讣告之误，朱彭寿《安乐康平室随笔》已证祁世长的年龄推算之误；近代著名学者胡玉缙的讣告云"生于清咸丰九年己未七月二十日午时"，与其光绪十七年的乡试朱卷所载"咸丰己未年七月二十五日生"相差五天，讣告书写时匆忙，致误的可能性较大。

家谱中所载家族人物年龄，特别是距离编纂时代较近的人物年龄，一般准确性很高。但下面这个例子却颇有颠覆性：

　　检阅家谱，忽发见错误一事：先府君卒于丁酉年七月初五日，谱中误作八月十六日，当时寄送稿时为仲兄与吾经手，且所有全稿皆由少莲、子闲两叔寄余校阅，自印成至今已三十六年，平时翻阅不计若干次，均未发觉此大误，真是异常怪事。自己亲手写校之本尚且如此错误，读古人之著作，偶尔发见错误，便加讥评，实为少见多怪。（《许宝蘅日记》1956年1月20日[丙申年十二月初

八丙戌]）

　　自家兄弟亲自经手，家族长老精心校对，印成后无数次翻阅，但许宝蘅过了三十六年才发现弄错了父亲的卒期，足见家谱亦难免疏误。碑志、行状、家传致误现象亦不乏见。如傅增湘二哥傅增浚的年龄，傅增湘《藏园遗稿》（1962 年油印线装）卷二《仲兄学渊先生家传》："兄讳增浚，字仲宣，号学渊……宣统元年（1909）己酉二月初八日卒于津寓，年卅有八。"王式通《吏部文选司主事傅君墓志铭》所记相同："宣统己酉，惊闻君疾殁于天津。……殁年三十八。"逆推皆当生于同治十一年壬申（1872），如此则与同母非孪生之弟傅增湘生于同年，显然有误。傅增浚的卒期，在藏于清华大学图书馆的《傅增淯日记》稿本中有明确记录，同于傅增湘的《家传》。因此目前只能怀疑是傅增湘和王式通在推算年龄时产生了失误。王式通的推算之误非此一例，他为汪大燮撰写的《故国务总理汪公墓志铭》："共和十七年戊辰十一月，前国务总理杭县汪公卒于旧都邸第……公生于咸丰十年己未十月，春秋七十。"逆推只能是咸丰九年（1859），而非咸丰十年，己未为咸丰九年的干支，因此此处"十年"系"九年"之误。

　　沈秉成的年龄，俞樾《春在堂杂文六编》之四《安徽巡抚沈公墓志铭》有载："（光绪）二十一年，派充安徽阅兵大臣……七月丙辰，卒于耦园，年七十有三。"由光绪二十一年（1895）逆推，可知其生于道光三年癸未（1823）。然严辰《墨花吟馆诗钞》卷六有作于咸丰十年庚申的《题沈仲复前辈秉成织帘读书图》："嗟我与君皆壬午，三十九年读书苦。"由咸丰十年庚申（1860）逆推，沈秉成实生道光二年壬午（1822），俞樾此处误差一年。

　　袁鹏图的墓志铭则属于衍字而误，其《袁太史诗文遗钞》附有陶模《天台袁海帆太史墓志铭》："光绪十九年九月初七日也，春秋四十有四。"由光绪十九年（1893）逆推，知其生年为道光三十年庚戌（1850）。然违反官年不会大于实年之常情，疑误。查《国朝天台耆旧传》有其传:"袁先生鹏图,字德恩,号海帆……同治丁卯举于乡,庚辰成进士,授庶吉士,癸未散馆,出知建安县,抵任四阅月卒。"知袁鹏图实卒于光绪九年癸未(1883),逆推知其实生于道光二十年庚子(1840),墓志附入诗文集时误将"光绪九年"衍为"光绪十九年"①。

再如毛庆藩,叶玉麟《灵𪩘轩文钞》之《清故护理陕甘总督甘肃布政使毛公行状》:"公讳庆蕃,号实君,江西丰城县人……由员外郎中同治癸酉举人,官户部,至光绪己丑始成进士……十六年七月终于苏,年七十有九。"由民国十六年丁卯(1927)逆推,其似生于道光二十九年己酉(1849)。然叶记有误,与毛庆藩相交数十载的挚友陈三立《清故护理陕甘总督甘肃布政使毛公墓志铭》明载"岁甲子七月九日,吾友前护理陕甘总督甘肃布政使毛公卒于苏州寓庐……公得年七十有九"。由民国十三年甲子(1924)逆推,知毛生于道光二十六年(1846)。叶氏所书,当系将"三"讹写作"六"。

又如冯桂芬,柳商贤《蘧盦文钞》之《三品衔詹事府右春坊右中允冯先生行状》:"先生讳桂芬,姓冯氏,字林一,又字景亭,自号憼叟……生于嘉庆十四年九月初十日,卒于同治十一年四月十三日,年六十有六。"按冯桂芬实际卒于同治十三年,《行状》"同治十一年"定为"同治十三年"之误,如此也与"年六十六"相合。

三

至于正史、地方志及其他人物传记中所载,由于多来自该人物家族提供的行状、墓志、家传等,文献已经二次传抄,致误概率更大。

---

① 据邓政阳先生赐示《天台袁氏宗谱》所载墓志铭:"呕血越一昼夜而卒……光绪十年九月初七日也,春秋四十有四。"如是则《袁太史诗文遗钞》所附墓志乃衍"九"字;由光绪十年(1884)逆推,则当生于道光二十一年辛丑(1841)。宗谱《庵公派系传》中亦云其"生于道光廿一年辛丑十二月十一日寅时,光绪十年甲申九月七日巳时卒于建安县署",然如此与"癸未散馆,出知建安县,抵任四阅月卒"时间不合,存疑待考。

如孙葆田,《清史稿》卷四百七十九本传作:"宣统元年,卒,年七十。"但记载明显有误,因《清儒学案》稿本第 316 册孙葆田《佩南学案》上有徐世昌批注:"宣统二年,余至济南勘路,尚与孙佩南、宋晋之两京卿晤谈。"孙葆田《校经室文集》卷五《吕松岩墓表》后署日期为"宣统二年庚戌冬十月表",可见宣统二年其仍在世。《碑传集三编》卷三十九毛承霖《孙佩南先生传略》:"孙先生葆田,字佩南,山东登州府荣城人……辛亥正月朔日,以疾卒于潍,年七十有二。"另外,《清儒学案小传》中谓其"宣统三年卒,年七十有三"也不准确。孙葆田《校经室文集》卷一《孝经郑注附音跋》:"光绪丙申春……今予年五十有七矣。"卷四《于子和先生家传》:"至光绪己丑恩科举于乡,年已五十有二矣。……先生长余二岁。"由光绪二十二年丙申(1896)和光绪十五年己丑(1889)分别逆推,亦知其生于道光二十年庚子(1840),合生卒干支推算,孙葆田实享寿七十二岁。

而地方志和其他人物传记所载年龄错误也比比皆是,篇幅有限,兹举数例。

金洙,字文波,号五泉,山东济南人,曾知深泽县。咸丰《深泽县志》卷六本传:"由庶吉士改官知县,初莅泽,年方二十余,人以其少也易视之。既而廉明慈惠,胥吏皆钦服。"同治《畿辅通志》亦载:"金洙字文波,山东历城进士,嘉庆十六年知深泽县,年二十,人以少易之。莅任廉明慈惠,胥吏皆不能欺。"如果你认为金洙知深泽县时真是一位少年郎那就大错特错了。其嘉庆十二年(1807)乡试朱卷犹存,载其乾隆三十五年庚寅(1770)生,即使不考虑官年往往减岁而将其视为实岁,嘉庆十六年(1811)他知深泽县时也已经四十二岁。道光《济南府志》卷五十三《人物九》所载金洙事迹较详:"洙生有异禀,读书能识大义,探抉其精微,处事和平有远度。乾隆庚戌恭值銮辂东巡,以献赋召试行在,壬子举优贡,历任文登、福山、黄县、青城训导,丁卯乡试第三人,己巳成进士,改庶吉士,出为深泽知县,讼无三日淹,旧狱多平反,三月后讼顿息。"(民国《续修历城县志》卷三十九本传同)始知他早在乡试获售之前,就已经有丰富的基层工作经验了,所以治理深泽才能有立竿见影的效果。

乾隆间进士赵钧彤,民国《莱阳县志》卷三之三上有王埥《赵澹园居士钧彤传》:"澹园名钧彤,字絜平,别号澹园居士,姓赵氏。……乾隆辛卯举于乡,乙未成进士。……戍伊犁,是为乾隆四十七年癸卯。越八年,归自戍所,母亡兄死,而澹园年五十矣。……嘉庆七年己丑卒,年六十有四。"然其中讹字颇多,乾隆四十八年始癸卯年,此处"四十七"当作"四十八","嘉庆七年己丑"亦为"嘉庆十年乙丑"之讹。赵氏归自戍所时在乾隆五十六年,是年五十,六十四岁卒,时正在嘉庆十年。校正讹误后,可以断定其生年在乾隆七年壬戌(1742)。

咸丰间进士张鼎辅,光绪《鄞县志》卷四十四《人物传》本传谓同治八年加盐运使衔后:"以亲老告养归。归二年卒,年六十。"由同治十年辛未(1871)逆推,其似生于嘉庆十七年壬申(1812)。张鼎辅之父张恕《南兰文集》卷五有《大儿鼎辅事略》:"恕生三子,冢子即鼎辅,生于嘉庆十六年十月十六日酉时。"知县志按实岁计,遂有一年误差。

光绪间举人孙培元,字雨甘,号子钧,崇明人。民国《崇明县志》本传言其:"年十八,由县学生中光绪元年举人。"由光绪元年(1875)逆推,则得出其生于咸丰八年戊午(1858)。然如此要小于他光绪十八年会试朱卷的官年咸丰五年(1855),不符常理。查唐文治《茹经堂文集二编》卷八《孙君子钧墓志铭(丁巳)》:"十五补博士弟子员,光绪乙亥登贤书,成进士……遂以丙辰七月卒,春秋六十有三。"由民国五年丙辰(1916)逆推,知其生于咸丰四年甲寅(1854)。《崇明县志》显误。

光绪间拔贡贺寿仁,民国《广宗县志》卷十四《列传第七》:"贺寿仁,字静山……十九岁补县学生员,光绪乙酉拔贡,时年二十五。……光绪十七年卒,年三十五。"据卒年光绪十七年辛卯(1891)逆推,其当生于咸丰七年丁巳(1857);然后据其得拔贡年光绪十一年乙酉(1885)逆推,其应生于咸丰十一年辛酉(1861)。两者必有一误。

程炳熙,张惟骧《清代毗陵名人小传》卷十:"炳熙字芝岩,武进人,光绪（己）［乙］酉举人……宣统三年病卒，年仅四十七岁。"由宣统三年辛亥（1911）逆推，知其生于同治四年乙丑（1865）。然据《蒋维乔日记》宣统二年十一月十一日："午后四时半，偕练如往送程芝岩之殓。芝岩病瘟月余，换于中医，竟不起，身后萧条，至可悲惨。"可证程炳熙卒于宣统二年（1910），则其实应生于同治三年甲子（1864）。

至于那些人物辞典之类的工具书，因多不注资料出处，无从考核，亦无从采信，此处不论。

四

以上所举主动或被动所致之诸种错误，实乃冰山一角，但已可窥见清人年龄研治之不易。然未可因噎废食，而要知难而进。予以为，研治清人乃至古人年龄，其要有四：

一是明确文献优先等级。可大致划为五个等级：本人自述最优先（如日记、自订年谱、诗文集等，官方履历、同年齿录等官年材料除外），次之以亲友或亲历者各种记述（如酬唱及庆吊诗文、讣告、家传、行状、墓志铭、家谱、亲友所编年谱、诗社齿录等），次之以正史、方志或乡贤所编地方人物志，次之以官方档案履历，最后次之以未注文献来源的工具书及其他文献。后两类文献一般仅宜作为参照旁证，不宜作为直接确定年龄的证据。如夏仁虎，字蔚如，《许宝蘅日记》丙戌（民国三十五年，1946 年）三月初三日戊申（4 月 4 日）："三时赴张伯驹约修禊，至者卅余人……夏蔚如（七十四）"，由此逆推，则其生于同治十二年癸酉（1873）。许、夏二人属友朋，其记载本有一定可信度。然夏仁虎《啸庵词丁稿》有《沁园春·己酉四月三十六初度》，据宣统元年己酉（1909）逆推，夏仁虎当生于同治十三年甲戌（1874）。文献相矛盾时，优先采信上一等级。故此处当采用夏仁虎自述。

又如周铭旂，民国《续修陕西通志稿》卷七一《名宦七》本传："二十六年两宫西幸……次年和约成，铭旂年已七十矣。""和约"当指辛丑条约，由光绪二十七年辛丑(1901)逆推，似生于道光十二年壬辰(1832)。然此处"七十"不确，据其子周汝霖编、其孙周鸿居续撰的《周海鹤先生年谱》(稿本，山东省委党校图书馆藏，收入《山东文献集成》第四辑)，周铭旂"戊子清宣宗道光八年(1828)九月初四日辛丑巳时生"，而至民国二年(1913)十一月二十日始卒，享寿八十六岁。则辛丑时其实已七十四岁矣。亲友所编年谱，比方志优先一个等级，故此处采信年谱。

二是善于利用参照系。后两类文献虽不宜用来直接确定年龄，但各有自己的文献特点，掌握这些特点，对于考证年龄颇有助益。如有些人物工具书虽然未标出处，但绝非空穴来风，当有一定根据，可为人物年龄框定一大致时期；再如官年，虽不可靠，但除个别特例外，官年不会大于实年(或小于或等于)却是普遍规律，因此当据某文献推出官年大于实年的结果时，此种文献往往记载有误。恽毓龄光绪十四年戊子(1888)江南乡试朱卷履历生年为咸丰七年丁巳(1857)七月初六日，求其实年，查得朱彭寿《安乐康平室随笔》卷六记所闻见年八十以上者，中云："安徽候补道、阳湖恽季申姻丈毓龄，八十(咸丰戊午生，丁丑年卒)。"然若以咸丰八年戊午(1858)为其实年，则官年大于实年，疑朱说有误。复查得恽炳孙《澹如轩诗钞》后有恽毓龄跋："光绪纪元乙亥，毓龄年十九。"由光绪元年(1875)逆推，知其生于咸丰七年丁巳(1857)。

同理，吴怀清光绪十六年庚寅(1890)会试朱卷履历生年为同治二年癸亥(1863)十二月初六日，求其实年，查得民国《续修陕西通志稿》卷八十四《人物十一》本传："民国十七年卒，年五十有八。"由民国十七年戊辰(1928)逆推，吴则生于同治十年辛未(1871)，然如此官年竟比实年要大八岁，不合情理；复查得民国《增修山阳县志》卷十有吴怀清《哑道人传》："哑道人，秦南鄙产，盖始终乱离人也。厥生之次年，花门煽乱，发匪窜扰，秦大不宁，南山为甚，山阳城陷者再。"按陕甘回乱及太平军入陕西事在同治元年壬戌(1862)，故知吴怀清生于咸丰十一年辛酉(1861)。《通志》所载有误，"五十有八"疑为"六十有八"之讹。

三是掌握古人一些特殊的年龄表达习惯。除了虚岁计龄和官年一般不会大于实年这些规律外，古人诗文中还常见未满整年而约之以整年的现象，尤其是诗歌，为了趁韵或夸张，约以整年更为常见。前已确证孙葆田生于道光二十年庚子（1840），光绪二十四年戊戌（1898）时五十九岁，但他在《戊戌拟上封事》（《校经室文集》卷二）却说："臣年已六十，并无子息。"张集馨也是如此，道光二十三年他自记四十四岁，却在这年的得子诗中云："四十生儿定衍宗，充闾佳章郁葱茏。"后一个"四"被他约掉了。

清宁波文人王蒔蕙，所著《咸丰象山粤氛纪实》是研究太平天国颇有价值的史料。他还著有《抱泉山馆诗文集》，《诗集》卷六《乙亥元旦》云："卌年事业林泉在，四壁烟霞气象新。"但你如果以为光绪元年乙亥（1875）他四十岁就上当了。因同书卷三有《三十九生辰自感诗》，下注"闰六月十八日。"按同治十二年（1873）闰六月，知此年王三十九岁，两年后的光绪元年他实际四十一岁，诗中"卌年"系约数。

再如顾瑗《西征集》卷一辛丑正月作有《次韵和高子衡观察静中吟》："三十年来悔已迟。"《宿孟县次韵和闰枝同年题壁诗》："愧我茫茫三十秋。"如据此（光绪二十七年辛丑，1901年）逆推，他似生于同治十一年壬申（1872），然此皆约指，不可依据。顾璜《顾渔溪先生遗集》卷四《显考殿卿府君行述》："己卯年，先继祖妣谢世，方挈眷赴都，不孝璜年始十五，不孝瑗与不孝珽才十龄。"光绪五年己卯（1879）时顾瑗十岁，由此逆推，可知顾瑗实生于同治九年庚午（1870）。

除了约零为整的年龄表述习惯，凡在虽入阴历新年然尚未立春期间出生者，清人还有虚两岁的习俗。甘肃著名学者刘尔炘，实生同治四年乙丑（1865）正月初七日，由于该日尚在立春之前，故刘氏门生王烜撰《刘果斋先生年谱》云："四年乙丑，二岁：生母徐氏诰赠宜人，生先生于兰州省城河北盐场堡。时正月初七日亥时。……（民国二十年）十月初九日亥时卒。"此处言"二岁"，即因立春前尚算同治三年甲子岁历，立春后又算同治四年乙丑岁历，各算一岁，故曰"二岁"。今人路志霄、王干一辑《陇右近代诗钞》"小传"综合《皋兰县新志稿》刘尔炘传及王烜所撰《刘果斋先生事略》《刘果斋先生年谱》等材料，载其生卒云："卒于民国二十年十月九日（1931 年 11 月 18 日），距生同治四年正月初七日（1865 年 2 月 2 日），终年 67 岁。"此系就实际年数言之。《刘果斋先生年谱》载"二十年辛未，六十八岁……（先生）口占绝命诗云'回头六十八年中'"，并作按语云："此云六十八岁，即以甲子计年也。"《民国人物碑传集》（下）卷五曹英撰《刘尔炘传略》云"卒于民国二十二年之初冬，年六十有八"，亦系计入立春前之一岁也。

另外还有一点需要注意，即清人统计年龄惯用农历，今人则惯用公历计岁，这就提醒我们，凡人物年龄生于农历十一月、十二月者，要注意阴阳历转换时是否已入公历新年。因古人无此问题，故只附带一提。

四是多闻阙疑。清人年龄，往往有多种文献来源，有些文献的优先等级相同，然而相互矛盾，必须博采详审，情理结合，细心勘验。前举王宗毅自述中的年龄不一，就赖家谱才辨误存真。同样，江人镜《知白斋诗钞》卷四《次韵郭子瀞观察五十初度感赋二首》注："予今年七十有二。"按郭庆藩生于 1844 年，五十岁时为 1893 年，由该年逆推，知江生于道光二年（1822）。卷四作于丁亥年的《前诗成闻东台三弟恶耗续此哭之》亦云："六十六春虚度了，再来春岂胜于斯。"并注云"弟今年六十有二"。由光绪十三年丁亥（1887）逆推，亦为道光二年壬午（1822）。然《知白斋诗钞》卷二《新年述怀》作于光绪四年戊寅元日（1878），自注"今年已五十有六"，似又生于道光三年（1823）。复查《济阳江氏统宗谱》卷四载有江峰青《晓川人镜公传赞》："家人舁公入寝室，已端坐而逝矣，时光绪庚子三月二十九日辰正三刻也，距生于道光癸未二月初五日午时，享寿七十有八岁。"始能确定其生年为道光三年。

除了博访文献以求准确，还要注意对文献的选择和解读要合乎情理，不可胶柱鼓瑟地理解文献的优先等级。如民国十五年（1926）江志伊重修《济阳江氏金鳌派宗谱不分卷》时，自记生于同治二年癸亥（1863），但江辛所撰《江志伊传略》中却云其"清咸丰九年（1859）丁未生"，这里很怀疑江志伊在家谱中使用的是会试官年，因其光绪二十四年戊戌(1898)会试朱卷所填年龄为三十六岁,逆推可知其生于同治二年癸亥(1863);作为证据的还有江志伊的乡试朱卷,所填年龄是同治元年壬戌(1862)生。如果其生于咸丰九年,则乡试减岁,会试再减岁显得很合情理;如果是生于同治二年,则乡试时反而增岁的动机就变得很难让人理解。再加上江志伊还请江辛为该谱作过序,江辛实无必要故意将江志伊年龄写错,因此这里江辛的记载无疑更符合事实。

当然,这只是极特殊的例子。在同一等级文献中,关系密切的亲友所记,从情理上判断往往可信度更高。湖南进士冯锡仁,陈衍撰《清工科给事中莘垞冯先生墓表》:"以庚戌某月某日卒于家,年六十有一岁。"由宣统二年(1910)逆推,其生年为道光三十年(1850)。然冯锡仁之子冯士杰所编《先给事中府君年谱》:"道光二十九年己酉二月十八日午时,公生。"此处当然优先选择冯士杰之说。

翁同龢的外甥俞钟銮,孙雄辑《漫社三集·特别社友题名》:"俞钟銮,字金门,一字次铭,号养浩,江苏常熟人,道光庚戌十月廿八日生,七十四岁。"蒋元庆《常熟俞金门先生事略》(《鄹楼烬余稿》,瞿凤起抄本):"卒于民国丙寅七月初十,年七十五。"由民国十五年丙寅(1926)逆推,则生于咸丰二年壬子(1852)。皆为乡贤所记,文献优先等级相同,而生年不一,二者孰是?查《翁同龢日记》光绪二十七年辛丑(1901)十月二十日:"金门甥五十生朝,到余处避喧。"翁与俞虽非直系血亲,但交往密切,其说可信,由此可定俞钟銮实生于咸丰二年。

再如山西巡抚丁宝铨的年龄,唐文治《茹经堂文集四编》卷八《丁恪敏公神道碑铭》(辛巳):"公讳宝铨,字衡甫,号默存,江苏山阳县籍……己未正月八日晨出,忽遇狙击……抵暮卒,至今莫测其由。哀哉!公与余缔交日下,公少余二岁,呼余为兄。……公享年五十有一。"由民国八年己未(1919)逆推,其当生于同治八年己巳(1869)。郑孝胥《山西巡抚丁恪敏公墓志铭》所载卒年亦为民国八年己未(郑仍用清年号,记以宣统十一年),然言其"殁时才五十四岁",如此丁当生于同治五年丙寅(1866)。文献优先等级相同的碑与志产生了矛盾,此时须综合考虑,郑与丁晚年相处甚密,所言似更可信;作为旁证,唐文治所撰碑文本身即不严谨,其自言"公少余二岁,呼余为兄",唐生于同治四年,丁应生于同治六年,与文中逆推的同治五年又不能一致,因此此处应当采信郑说。

但是并非所有问题都能找到合乎情理的证据,大量人物年龄仍处于无据可查,或歧说难定,或证据模糊的状态,此时须存疑待考,不可也不必妄断和曲断。如湖南道光间举人杨矗,《国朝耆献类征初编》卷三百九十四《孝友》有传:"稍长,嗣伯父健,从宦四方……癸卯岁,(杨)健卒,母罗复久病,矗日夜衰绖,侍汤药,劳毁成疾,服未阕而卒,年五十三。"为伯父服丧,期限为一年,杨矗虽是"服未阕而卒",但我们仍无法判断他是卒于道光二十三年癸卯还是道光二十四年甲辰,此处即须存疑。再如同治间进士施锡卫,民国《嘉定县续志》有传:"光绪辛丑遵例重游泮水,卒,年七十九。"此处"卒"的标点如是上属,就可由光绪二十七年辛丑(1901)逆推知其生于道光二年壬午(1822),但下属更合情理,因此不可据此曲断生年。又如杨福臻,民国《三续高邮州志》卷四:"光绪末卒于家,年七十有三。"按光绪三十三年,高邮县饥民尚有捣毁杨福臻住宅并抢米之事,然"光绪末"是否确指光绪末年? 杨福臻卒于光绪三十三年还是三十四年,仍无法遽定;而且杨氏光绪六年会试朱卷履历所填生年为道光十三年(1833)癸巳九月初五日生,则无论其卒于光绪三十三年还是三十四年,官年皆大于实年,不合情理,故此处颇疑方志于卒年或享寿记载有误。如此等等,皆阙疑为妥。

以上所述,只是对清人年龄复杂性初步梳理后总结的几个需要注意的问题,并就如何开展研究提出了自己的初步思考,自然挂一漏万。相信随着新材料的不断发现,有些疑问模糊处有望明晰,有些已经推定的年龄有可能改写,研究者将不断逼近问题真相,则拙文亦将有荣于抛砖引玉之功焉。

(原载《北方论丛》2021 年第 2 期)

《画话》《井蛙鸣》及作为文艺家族的翁氏

一、《画话》与《井蛙鸣》的作者

2008年,《上海图书馆未刊古籍稿本》(六十册)由复旦大学出版社出版。该丛书系从数以千计的上海图书馆馆藏古籍稿本中,精选而出的四十六种未刊明清学人著述,每种书前有解题,介绍该书作者、学术价值、流传概况等。这批秘笈稿本的公布,实为学林之福。丛书第三十五册至第四十册,收录了题为"(清)翁楚"的一批著作,计《画话初稿》八卷、《画话》八卷、《补遗》不分卷、《画话附录》、《〈广川画跋〉钞》、《翁楚诗稿》六种。解题云:

> 《画话》稿本,附翁楚诗稿稿本,清翁楚撰。翁楚,生卒年不详。字竹君,江苏常熟人。生平不详,从其诗中可以看出,翁楚家境穷困,为生活计,不时地奔走他乡。翁楚是位饱学之士,却不事浊物,与他交好三十年的诗人姚锡范,直到翁楚将手稿出示嘱其作序时,方知他的诗才。而翁楚和杨沂孙能成为忘年交,也是因为他的才学。……翁楚的诗稿,序为他的好友姚锡范所撰……翁楚,史不见传,志不见载,却以他的学识、他的学力,完成了一部中国绘画史料辑录的巨著。今天我们从稿本中知道了翁楚,将有更多的学者,从这个稿本中获益,翁楚该含笑九泉了。[①]

---

① 《上海图书馆未刊古籍稿本》第三十五册,复旦大学出版社2008年版,第3—5页。

但解题所云"翁楚诗稿稿本",笔迹与《画话初稿》八卷、《画话》八卷、《补遗》不分卷、《画话附录》、《〈广川画跋〉钞》等相比差异较大,笔者疑诗稿作者另有他人。细核文本及其他史料,惊喜地发现诗稿的作者实为翁苞封,《画话》系列的作者则为翁楚封,且两人生平皆可考。

诗稿正文首行题曰"井蛙鸣",此当即诗稿题名,前又有姚锡范序云:

> 予与翁子竹君契好垂三十年,去日如驰,好音不作,而奔走衣食于歧路,又复各极困穷,生世艰难,维我两人实甚。客腊归自岭峤,旧雨觌面,共话贫辛,感慨系之矣。日者往访,竹君手函一编曰:"此仆平昔歌咏,子盍为我评点之。"予携归,循览动惊,太阿秋水,飞烁行间,而爱慕欣喜之私,转相骇异。……道光辛丑中秋日,世愚弟姚锡范子俊甫拜手序。

姚锡范字子俊,昭文诸生。性好交游,著有《红叶山房骈体文》《诗词》及《诗话》。由序我们知道《井蛙鸣》诗稿作者字或号为"竹君",姚序又云"归自岭峤,旧雨觌面",可知两人相居不远,可能即为常熟或昭文人。因检《重修常昭合志》卷二十《人物志》,果有载:

> 翁苞封,字竹君,号石梅,常熟诸生。善各体书,工篆刻。性孤僻好洁,常客游。晚归里门,鬻字自给,夫妇躬爨汲,泊如也。①

又检诗稿中有《病遣二首》,其二有句云:"足疑团絮羞扶杖,头怯尖风羡珥貂。"下注:"遂庵佺赠余貂帽檐,以非寒士所服,未之制也。"遂庵为晚清体仁阁大学士翁心存之字,诗稿作者当系翁心存叔父行。因再检同治十三年刊本《海虞翁氏族谱》,复得:

---

① 常熟市地方志编纂委员会办公室标校《重修常昭合志》,上海社会科学院出版社 2002 年版,第 1219 页。

苞封,建辰嗣子,字竹君,号石梅,邑庠生,善各体书,工篆刻,性孤僻,好洁,常客游,晚归里门,鬻字自给,夫妇躬爨汲,泊如也。乾隆癸卯(四十八年,1783)九月廿七日生,道光壬寅(二十二年,1842)卒。配钱氏。葬九渐雨麓公墓右旁少下,子心谷殇,以兄孙同本为孙。①

《重修常昭合志》的相关资料当据《海虞翁氏族谱》撮述而成,《族谱》所载多世系、生卒及葬地信息,惜卒年缺月日。再检《翁心存日记》,知翁苞封卒于道光二十二年十月十一日,翁心存该日日记载:"竹君叔自上年患疟,久未愈,大有老态,今年春发之,夏已渐愈矣,前月庆寿后闻其即觉不适,意谓旧疾复发无害也,乃今日日暮忽来赴,云已于本日未刻仙逝矣。立品甚高,竟潦倒没世,可伤也夫。"②《族谱》所载又当本于翁心存手稿《翁氏家传》:

苞封字竹君,楚封弟也,与心存同游于庠,工书善画,尤精于篆刻。性孤僻,好洁,初授徒里中。忽羡计然术,从人权子母,尽丧其资。乃橐笔游山左,凡十余年,卒无所遇。心存视学粤东,延致廨舍,襄校试卷,客稍拂其意,辄嫚骂之无少诎。晚而晦迹里门,鬻字自给。所居近石梅先祠,因自号石梅子。老屋一椽,不蔽风雨,夫妇卧牛衣中,躬自炊汲,饘粥不继,泊如也。年六十,卒。有子一人,殇,以兄孙为后。③

考定了翁苞封即《井蛙鸣》诗稿的作者,《画话》作者及其生平亦不难在《重修常昭合志》《海虞翁氏族谱》和《翁氏家传》中检出:

① 翁心存初辑,翁同龢等辑定《海虞翁氏族谱》,清同治十三年(1874)刊本。
② 翁心存著,张剑整理《翁心存日记》,中华书局 2011 年版,第 558 页。
③ 《翁氏家传》收入翁心存《知止斋遗集》,国家图书馆藏稿本。

翁楚封,《画话》四卷,稿藏青浦席氏,翁氏藏抄本。(《重修常昭合志》卷十八《艺文志》)①

楚封,建勋嗣子,字南瞻,一字二云,号湘帆。久客山左,工画山水,著《画话》若干卷,今藏青浦席冠甫家。乾隆丁酉(四十二年,1777)二月十四日生,道光己丑(九年,1829)十二月廿七日卒。配萧氏竹溪女,无子,以郐锡次子心田为嗣。(《海虞翁氏族谱》)

楚封,字南瞻,号二云,郐锡之弟。久客山左,年五十余乃归,归而遽卒。有一女,无子,以兄子心田为后,又蚤世,仅存一孙。二云工绘事,尤长于山水,著有《画话》一书,凡四巨帙,未分卷数。张诗舲中丞祥河拟为刊行而未果,今藏青浦席冠甫茂材家。(《翁氏家传》)

由此可知,《画话初稿》八卷、《画话》八卷、《补遗》不分卷、《画话附录》作者均为翁楚封,《〈广川画跋〉钞》也是翁楚封所钞。《画话初稿》每卷下皆注"常熟翁楚二云",《画话》每卷下则注"常熟翁楚二云辑"。按翁楚即翁楚封,"封"字为行辈字,故可省略。

二、《画话》与《井蛙鸣》的意义

《画话》《补遗》《画话附录》的特点和价值,《上海图书馆未刊古籍稿本》解题中说得很清楚:

> 散见于正史、野史、文集、笔记以及其它各种著述中的画论种

---

① 《重修常昭合志》,第865页。按《合志》记载不确,《画话》稿本与抄本俱应在席家。《翁心存日记》道光二十六年五月十二日记:"辰刻旭山来取二云叔所著《画话》五巨册去,此书去年春艺兰寄存予处,意甚拳拳,艺兰殁后问之梦兰,云已录清本交席小米表弟收藏,此其稿本也。今旭山云小米书来,称有人欲刻此书,故索稿本校对,未知确否,只得付之。"

种史料,是中国绘画文献不可或缺的部分。这些正是翁楚《画话》刻意辑录的珍贵资料,而《画话》这种前无古人、后无来者的创例,都是该稿本的价值所在。翁楚《画话》稿本包括初稿八卷、《画话》八卷、《画话续》和《画话附录》,最后还附上自己的诗稿。初稿八卷、《画话》八卷以及不分卷的《画话续》,从历代各种著述中辑录出大量上古至清代的有关绘画的资料;《画话附录》则是翁楚家乡常熟的画家遗闻轶事,以及他所见闻的常熟画事。后有《诸家画谱目》,列南齐谢赫《古画品录》至清唐岱《绘画发微》,虽许多重要文献未录,但目下未知的书目也在其中。《诸家画谱目》后钞录了宋董逌的《广川画跋》……翁楚《画话》,辑录绘画资料,来源广泛,不泛读饱看,不能成此巨帙;不熟知画事,更无由为此广搜博辑。因此可以断言,翁楚是位有深厚绘画造诣的文人,他不仅懂画理,晓画史,而且精于画法。他在记述家乡先辈友朋的画作时,字里行间,透溢着对画法的熟识。应该说,这个稿本,穷其毕生之力,对后来的中国绘画史研究者,有着无量的功德。值得一提的是,画话的附录部分,对研究常熟地区、尤其是清代常熟的绘画,极有帮助,而他所记亲见亲闻的画和事,则更是鲜活生动的第一手资料。①

《井蛙鸣》诗稿的风格和艺术成就,姚锡范序也不吝赞美之词:

> 窃惟予与竹君相知最久,予性素好吟咏,竹君曾未与予谈诗,且其常时绝口风雅,今所诣若此,宜乎识前途者让君三舍也。诗格清刚隽上,不规规于汉魏唐宋,至识见清超,词华高雅,卓然有风人遗音。诚哉,不言诗者独能深得诗教也。夫葩经传世,岂翊诗人,离骚成作,亦只言志。是编篇什不多,超越恒俗,绰有通流

---

① 《上海图书馆未刊古籍稿本》第三十五册解题,第3—5页。

杰士之才,因之美其词章者不能不转惜其遇,激昂起舞,几欲唾壶击碎矣。

虽然在古籍文献电子化飞速发展的今天,再做《画话》此类的资料辑录,已变得越来越轻松,但回到当时的历史情境,还是应该对翁楚封这部穷毕生之力完成的巨帙肃然起敬,尤其是融入作者生命体验的《画话附录》,决不会随着电子技术的发达而减色。《解题》对《画话》"创例"和内容特点的评价十分准确,将《画话》定性为"一部中国绘画史料辑录的巨著"也比较切实。

至于姚锡范对翁苞封《井蛙鸣》诗稿的评价,由于站在朋友立场,有不少过分溢美之处。《井蛙鸣》共收诗一百三十余首,五七言律、绝、古体皆有,像姚锡范所溢美的"识见清超,词华高雅,卓然有风人遗音"的作品实在是少之又少,而是多写穷愁落寞之况:

> 避债台高别有天,异乡今日倍凄然。将余逆旅听残漏,摹汝空闺度瘦年。一样灯前抛玉箸,几回楼上掷金钱。关山难越愁无限,细雨斜风尚着鞭。(《小除夜颎史道中忆内》)
>
> 头白囊空返旧庐,一双清泪满衣祛。穷愁到此真难遣,那有闲心更著书。
>
> 天涯只自悔风尘,岂料刀环境更贫。几个十年经几变,故林相识有何人。(《得子俊书缕述贫况悄然得诗二首》)

真是囊空如洗,债台高筑。但作者拥有知心的妻子和朋友,也可以免费享受无边的风月,于是他用诗歌讴歌着这一切,消解和对抗着穷愁带来的生存压力:

> 柴门一别十年强,回首知心忆孟光。入室且欣藏有酒,看山依旧净如妆。幽禽对语当联句,野卉无言亦自芳。往事只休重感

慨,人间何日不沧桑。(《初归》)

　　为妒梅花艳早春,天教风雪斗精神。翻将茅舍蓬门地,幻作琼楼玉宇人。剥啄无声容我懒,推敲有句忘家贫。何当迟到知心客,坐与谈来一味真。(《己亥新正大雪连朝积二尺许,得诗一首寄子与》)

　　了无长物更何求,回首都成汗漫游。珠海客情同野马,金台旧梦亦闲鸥。风尘只剩心交重,天地能容诗卷留。好在西山仍屋脚,满林红叶照高秋。(《赠子俊》)

甚至在他笔下,出现过心境安谧、带有几分陶渊明和孟浩然气息的山水田园之作:

　　随意出城郭,看山自在行。一痕原上草,总是道旁情。春水流不尽,白云何处生。故人在西麓,相见话新晴。(《西郊闲步访姚子俊锡范》)

　　遥指沧州近,苍茫夜气微。野云随树转,明月带帆飞。村远鸡声小,鱼多水力肥。醉余清话久,不觉露滋衣。(《与诗塘观察舟行夜坐》)

作者似乎心与景偕,完全融化到大自然中去了。然而《井蛙鸣》的主要价值,却是那些直面穷愁、自然写实的诗作。因为写山水田园,《井蛙鸣》超不过陶、孟;写精神力量和超脱胸怀,《井蛙鸣》也无法与苏、黄比肩。只有写作为下层文人的自己的苦难经历,才带有独特的精神印记和生命特征,《井蛙鸣》中的这类作品,有时真给人句句椎心酸骨的感觉。最为典型的是那首《追悼亡儿》:

　　忆昔我为山左游,两儿幼小不解愁。大儿髫龄方六岁,小儿才过岁一周。老妻含悲下楼送,强忍径走不回头。当时未拟长游

衍,客怀日日思乡县。懒云倦鸟知有时,头角峥嵘会相见。不道
一年长子殇,七龄弱息死痘创。得书痛定旋自解,尚有一儿两岁
强。既非巢覆无完卵,一雏虽失犹未妨。况我时时动归思,得归
只在少得志。一索再索骤重绵,此后添一意中事。岂知落落寡世
缘,飘泊天涯竟十年。鹡鸰一枝借方稳,恶耗千里惊来传。顿悟
浮踪诚枉道,急趣归装装草草。顾外原非素位行,春梦醒时人已
老。归来惨淡旧柴门,满目萧条见泪痕。自顾依然穷措大,抛书
浪走吾之过。病妻瘦尽旧形容,孤苦伶仃人一个。妻言忍死盼天
涯,为有征人未返家。大局还宜为君顾,苟延免使路人嗟。徐溯
频年勤鞠育,始自孩提至入塾。八岁读竟四子书,十岁能书字盈
幅。内而稼穑知艰难,外而庆吊走亲族。上而春秋入祖庙,奔走
豆笾礼数熟。时而母忽病支床,兀坐床前不易方。侍汤侍药颇知
谨,手能执爨口能尝。有时纳凉坐夜月,唐诗杂诵声琅琅。窥测
人情度事理,出言辄中成人似。母抚儿喜儿亦喜,人言翁子真有
子。子弟能佳事最良,境虽贫困亦寻常。不望阿爷归载宝,望爷
归乐宁馨郎。何期生命薄于纸,奇疾忽撄来若驶。医言喉风不可
为,十一岁儿三日死。一番听罢黯神伤,不是儿亡是我亡。此后
诒谋竟安在,孽由自作何由悔。伯道虽知有命存,西河抱痛宁无
罪。我离老父事远游,劝驾者谁歧路给。本之不立末焉生,宜我
块然如木瘣。君子达天无惧忧,穷通悟彻敢怨尤。妄想妄求前日
事,吾生今始知行休。中夜忽然狂叫走,无后不孝伊谁咎。庙中
何以对祖宗,地下无由见父母。浃背但觉汗流浆,抚膺频呼负负
负。吁嗟乎!命在难从造物争,安贫守拙了余生。堪叹迂儒不悟
此,谬作牢骚鸣不平。

诗作于道光四年(1824)。作者写他前此十年避债远走山东,斯时长子
始六岁,次子心谷始周岁,离乡不到一年,长子患痘殇,又九年,心谷亦
夭,作者闻讯归来,听病妻垂泪忆心谷的孝顺懂事,悲痛欲绝,以至深

夜奔走狂号,万念俱灰。全诗明白如话,如闻人当面泣诉,深感命运之残酷和无常。这种再现日常化场景的诗歌写作手法,近宋而远唐,代表了宋代以来诗歌的一种新走向,在诗歌史上具有特别的意义。

我们知道,唐宋诗之争由来已久,南宋人严羽《沧浪诗话·诗辨》即批评本朝诗:"近代诸公乃作奇异解会,遂以文字为诗,以才学为诗,以议论为诗。夫岂不工,终非古人之诗也。"以之与他所标榜的"盛唐诸人,惟在兴趣""以盛唐为法"(《沧浪诗话·诗辨》)相对照。严羽在这里很敏锐地发现了唐宋人诗歌审美理想的不同,但处在那个时代之中,他无法完整观照两种审美理想的不同。其实,以盛唐诗歌为代表的古典审美理想追求的是情与景的高度交融,并通过诗歌意象最终体现出"韵外之致""味外之旨"的"意境"[1];而以苏黄等为代表的北宋诗人,则追求一种新的审美理想,即情与事的结合,并通过诗歌"事象"最终体现出个性化、人文化的生命"境界"。这种新的审美理想与古典审美理想的最大区别是用"事"替代了"景",诗歌表现范围极度扩大了,因为事指人类生活中的一切活动和经历的一切现象,"景"不过现象之一而已,无事不可入诗,诗歌于是走向日常生活化。比起宋诗,清诗日常化的程度进一步加深,细节进一步清晰,主要原因之一是下层知识分子的数量增加了,这批历史的"小人物",虽然接受了儒家正统思想的教育,但毕竟不在上位,用不着承担"温柔敦厚"的诗教任务[2],他们中的大部分也不以诗人自居,无需面对来自前代诗歌的压力。对于他们来说,诗歌只是宣泄自我情绪、消遣有涯岁月、记载生活状况和确认士人文化身份的一种手段、一种生活方式,就像农夫耕

---

[1]　古典审美理想的相关论述可参廖可斌《明代文学复古运动研究》第一章,上海古籍出版社 1994 年版。

[2]　即使是中上层的知识分子,其诗文也不再仅仅局限于敷宣王言,而是更加注意个性的表达。王汎森也认为,至少自明中后叶开始,士人和思想界"对普遍全天下的'理'的兴趣趋于淡化,而对私的、情的、欲的、下的、部分的、个性的具有较大的兴趣",见其《晚明清初思想十论》,复旦大学出版社 2008 年版,第 334 页。

田、商人买卖一样自然。他们的诗歌可能不够典雅、精致和优美,但却真实,有一种原初如此的浑朴气象和扑面而来的生活气息,因此别有一番感染力。正是在这个意义上,《井蛙鸣》获得和彰显了它自身应有的价值。

三、作为文艺家族的翁氏

翁楚封和翁苞封是同胞兄弟,因此《画话》与《井蛙鸣》作者的确认和意义的挖掘,使我们意外发现了清代常熟一个新的文艺家族。

综合《海虞翁氏族谱》可知,翁楚封和翁苞封共兄弟五人,其中长兄翁郓锡亦为才艺之士。郓锡原名晋封,字锡藩,号雪帆,生前曾任广东文昌县铺前司巡检,精医术,京师贵人多重之。乾隆三十七年(1772)六月廿六日生,道光二十五年(1845)十月十一日卒。同胞五人,就有三人以文艺或技艺显,堪称文艺之家,这是就横的层面来看;那么,纵向观照这个家族,是否仍当得起文艺家族的称号呢?

家族的五服制度,使我们不宜将命题做纵向地无限拉伸。根据《海虞翁氏族谱》和《画话附录》等资料,我们以翁楚封和翁苞封这一代为起点,向上下各延展四代。可以发现,向下四代中,此家族鲜有俊杰;但向上四代,却是人才辈出。

向上四代,追溯到了清初的翁叔元。

翁叔元(1633—1701)原名栩,字宝林,号铁庵,康熙十五年(1676)探花,历官翰林学士、工部尚书、刑部尚书等。翁叔元文章早年即传诵天下,文学修养深厚。著有《铁庵文集》《梵园诗集》《铁庵年谱》等。

翁叔元有两子:是揆、是平。翁是揆(1690—1749)字叙伯,号雨麓,由岁贡生选授山东濮州知州,擢沂州直隶州知州,一权东昌府,再摄曹、范两县,皆有政声。他虽无著作传世,但擅画,据《画话附录》记载,他的画风近于文征明和陆治一派,曾与苏州蒋深和释目存结画社①。翁是平（1694—1755）字秋允，号寄村，由岁贡生议叙授安徽无为州知州，历官至刑部浙江司员外郎。聪敏博学，精于琴理，工画花木，文华殿大学士、著名画家蒋廷锡（号青桐居士）尝请其画而署己名，人不能辨。《画话附录》赞他："诗宗韦、孟，书法《圣教序》，画仿徐崇嗣，最得青桐之微妙。"②又云："曾大父寄村公，于雍正癸丑任安徽无为州牧，政和事兴，州人爱之。逾年，以属员故挂吏议，去职，留滞任所，徜徉山水，诗酒陶情，游戏翰墨，一落缣素，即为人珍弄，比之米南宫。乾隆元年（1736），开复起用，公赴京，濒行留诗十二章志别，而州之乡大夫士庶以及方外缁流，咸感德不忍别，乃相于赋诗赠行……"③可见翁是平诗歌和书法艺术亦很高妙。

翁是揆有两子：希祖、悦祖。翁希祖（1728—1799）字咏先，号咏谷，国子生，无子，以缵祖第六子建庚为嗣。翁悦祖（1732—1764）字诵清，号忾亭，太学生，曾任安徽桐城县县丞、署太平、桐城知县，任事果锐，有子名承素。

翁是平亦有两子：企祖、缵祖。翁企祖（1710—1801）④字馨咸，号雩坛，国子生，捐授广东盐运司知事，署海剕场大使。企祖长寿而能诗，《画话附录》曾云："乾隆庚戌，先大父雩坛公致仕家居，时年八十有一……作耆年会，皆古稀以上者……诸公之诗，俱叙录于后。"⑤翁缵祖（1715—1789）原名显祖，字衣言，号逸巢，乾隆辛酉顺天举人，选授四川平武县知县，护理龙安府知府，补绵竹县、署绵州及德阳县事，又补浙江富阳县、慈溪县，所在有能声。缵祖尝刊族谱，亦善画，《画话附

---

① 翁楚封《画话附录》："曾伯祖沂州守雨麓公，讳是揆，字叙百，画格在文衡山、陆包山之间，尝与吴门蒋苏斋、目存上人结诗画社。"《上海图书馆未刊古籍稿本》第四十册，第41页。

② 《上海图书馆未刊古籍稿本》第四十册，第40页。

③ 《上海图书馆未刊古籍稿本》第四十册，第29页。

④ 《海虞翁氏族谱》谓翁企祖"康熙庚寅二月十二日生，乾隆辛酉八月十五日卒，年九十二"。按"乾隆辛酉"当为"嘉庆辛酉"。

⑤ 《上海图书馆未刊古籍稿本》第四十册，第45页。

录》云其:"偶点笔作墨梅,不袭寻常蹊径。"①

翁企祖有五子:建基、建宇、建勋、建业、建台。其中翁建台字子民,号湘谷,太学生,善画,《画话附录》云:"五叔父少府湘谷公,讳建台,字沼灵,设色花卉,亦秀丽,惜早年没,未臻大成。"②

翁缵祖有七子:建寅、建戊、建堂、建辰、建龙、建庚、建丙。其中第六子建庚过继给希祖为后。建庚字仓鸣,号柳溪,有五子,依次为郘锡、楚封、秦封、苞封和槐封;楚封过继给同曾祖的兄弟翁建勋(字载亦),秦封过继给同祖兄弟翁承素,苞封过继给同曾祖的兄弟翁建辰(字星北)。郘锡、楚封、苞封的才能,已见前述。

这一支翁氏的文艺之火,从翁叔元开始,代代相传,从未熄灭,尤其是绘画艺术,家学底蕴更为深厚。郘锡、楚封、苞封,成为这文艺家族的最后闪光。

值得注意的是,翁楚封、翁苞封这支翁氏,与政声、文学皆赫赫在人耳目的翁咸封、翁心存、翁同龢一支有着同源分流的关系。《海虞翁氏族谱》记载,"翁氏之先,出于姬姓",明永乐中,翁景阳入赘常熟庙桥璇洲里,是为常熟翁氏始迁之祖。翁景阳四世孙(自始迁祖翁景阳为第一世计算,以下言第几世同此)翁瑞,字思隐,倜傥好义,有子三:臣、卿、相,由此以下分常熟翁氏复分三支,曰:老大房、老二房、老三房。翁咸封一支属于老大房;翁楚封一支则属于老二房。两房兴衰并不同步。

老大房三传至第八世翁长庸,字玉于,号山愚,顺治四年(1647)进士,官至河南布政使司参政,奉母至孝,为官清廉,勤政爱民,人民呼为"翁佛子"。翁长庸长子第九世翁大中,字林一,号静庵,康熙三十六年(1697)进士,任福建上杭县知县。之后历第十世、十一世、十二世数代困顿不显,至第十三世翁咸封(字子晋,一字紫书,晚号潜虚),始中乾隆四十八年(1783)举人,嘉庆三年(1798)选海州(今连云港市)学正,

---

① ② 《上海图书馆未刊古籍稿本》第四十册,第41页。

实心爱民,入祀海州名宦祠,然家境清贫如故。翁咸封次子第十四世翁心存,道光二年(1822)进士,官至体仁阁大学士,位极人品。其子第十五世的翁同书、翁同爵、翁同龢也皆为朝廷重臣,至此老大房翁氏臻至极度辉煌,之后亦能瓜瓞绵绵,不坠家声。谢俊美先生曾精炼概括老大房翁氏:"常熟翁心存一家,父子入阁拜相,同为帝师;叔侄联魁,状元及第;三子公卿,四世翰苑,如此功名福泽的,实属罕见。"①

老二房二传至第七世翁宪祥,字兆隆,号完虚,万历二十年(1592)进士,官至太常寺少卿;其兄翁蕙祥,字兆祯,号少崖,邑庠生,与诸弟以文行相砥砺;翁懋祥,字兆嘉,号具茨,万历四十三年举人,官山东滨州知州;弟应祥,字兆吉,号昇宇,万历二十八年举人,官山西朔州知州;愈祥(后过继给老三房继嗣),字兆和,号泰舆,万历二十六年进士,官礼部主事,改吏部主事。兄弟五人并著俊才。《画话附录》记云:"太常少卿完虚公暨兄文学少崖公、滨州刺史具茨公、弟朔州刺史昇宇公,吏部主事泰舆公,联翩科第,先后服官,当时称为五桂。……周服卿之冕为作《五桂图》。"②之后第八世翁毓英(蕙祥子)诗歌古文,斐然成章;翁毓华(蕙祥子)沉潜好学;翁毓奇(懋祥子)少有俊才,与毓英号"翁氏二才子"。翁汉麐(宪祥子)崇祯十五年(1642)举人,治经深于《春秋》,著有《春秋详节》;翁毓芳(宪祥子)国学生,乐善好施;翁毓澄(应祥子)潜心理学,深于易学。连翁宪祥之女翁静和也"豪于诗,精于书,妙于琴,尤喜画兰,故自号素兰,有《素兰诗集》二卷"③。第九世翁晋(毓英嗣子)善草隶诗词;翁震(毓华子)长于歌诗;翁需(毓华子)顺治三年(1646)举人,任和州学正,上杭知县;翁铉(毓华子)少有才名;翁嗣齐(毓奇子)十岁能文。而至第九世翁叔元官至尚书,更是贵显。以下至第十四世翁楚封、翁苞封时,家道逐渐中落。

----

① 谢俊美《常熟翁氏:状元门第、帝师世家》,中国人民大学出版社1999年版,自序第1页。

② 《上海图书馆未刊古籍稿本》第四十册,第6—7页。

③ 《上海图书馆未刊古籍稿本》第四十册,第9页。

从明中后叶翁宪祥兄弟的五桂联芳,到清康熙间翁叔元的探花独秀,可谓老二房家道的上升期;而至道光年间翁楚封、翁苞封,则是老二房家道的下沉期,故翁心存在翁郱锡亡后感叹:"尚书公(翁叔元)殁,其子孙尚有承平贵公子风,其后寖衰,或营微禄求小试,或以艺术游四方,迨君之亡,而家声日益沦替矣。"①老大房的遭遇恰巧相反,除第八世翁长庸、第九世翁大中在清初稍振家声外,道光以前的老大房,基本处于消沉状态;但从道光朝伊始,在老二房运势将熄未熄之际,老大房却伴随着翁心存的发迹,开始了华丽辉煌的起飞。

四、余 论

明清文学家族乃至历代文学家族研究,已经成为当前学术研究的一个热点,但热闹的同时也泥沙俱下,出现了选题无序化、概念模糊化、方法模式化、结论简单化等问题。近年来,包括笔者在内的一批学者,或致力于该领域的战略性布局,或致力于理论性建设和反思,或致力于实践性研究,已经取得一些成绩②。但仍需要不断地呼吁和努力,才能使这一领域的研究得到良性和持续性发展。

即如对常熟翁氏的研究,就非常有必要厘清宗族(五服以外的同姓共祖者)、家族(五服之内共祖不共财)和家庭(五服之内共祖共财

---

① 翁心存《翁氏家传·翁郱锡传》,《知止斋遗集》稿本,国家图书馆藏。
② 战略性布局如梅新林、陈玉兰主编的"江南文化世家研究丛书"。理论性建设与反思如罗时进《关于文学家族学建构的思考》,《江海学刊》2009年第3期;张剑《宋代以降家族文学研究的理论、方法及文献问题》,《文学评论》2010年第4期;张剑《家族文学研究的分层与守界原则》,《华南师范大学学报》2011年第3期。实践性研究如罗时进《清代江南文化家族雅集与文学创作》,《文学遗产》2009年第2期;罗时进《清代江南文学发展中的"舅权"影响》,《江海学刊》2011年第5期;徐雁平《清代文学世家联姻与地域文化传统的形成》,《华南师范大学学报》2011年第3期;徐雁平《清代家集总序的构造及其文化意蕴》,《文学遗产》2011年第3期;徐雁平《清代私家宅园与世家文学》,《西北师大学报》2011年第4期。

者)的概念,勿将宗族范围内的现象简单看作家族或家庭的问题。五服,应是文学家族研究和家族研究中最核心的概念之一。因为如果没有限制的一直上溯,每个人与他人都可能找到血亲或姻亲的联系,这就是俗话所说"五百年前都是一家",从而消解了家族的意义,也无法处理复杂的社会关系。五服从制度层面将社会划分成了一个个容易管理和控制的家族单元,并浸成习俗,反过来强化着中国古代的宗法等级制度。乃至今天,我们还常以出没出五服论亲戚关系的远近,出了五服的族人,不论荣辱,在法律上和自己既无牵涉,在习俗上也可以无帮助之义务,彼此间影响非常有限。《红楼梦》中所谓的"一荣俱荣,一损俱损",一般指五服以内甚至血缘更近的家族才合适。像常熟翁氏,在第四世翁瑞时已分为不同支派,至第十四世的翁楚封、翁苞封,第十五世的翁心存,老大房和老二房的关系早已出了五服,因此才会出现此盛彼衰,相互并无影响的现象。如果将常熟所有翁氏混为一谈,就很难得出令人信服的结论。

重视五服以内的家族文学或家族研究,决不意味着能够全然不顾宗族。有的族人虽在五服以内,但由于居于不同区域,基本上不相往来,更谈不上什么荣辱与共;有的族人虽在五服以外,但由于居于相近的地域空间或因职业、兴趣等关系,走动较为频繁,彼此间反而多少会受到影响。另外,以某人为基点建构的五服关系虽然组成了家族,但该人五服内的任何一点又可组成另一个家族,当我们以"某氏家族"而不是"某人家族"命名的时候,基点并非唯一,而基点只要超过两个(包括两个),总体上看他们仍是在宗族范围内讨论问题。我们的家族或家族文学研究,需要在总的宗族视野下,划分出不同层级,具体问题具体分析对待,庶几可以实事求是。

(原载《苏州大学学报》2012年第4期)

道咸"宋诗派"的解构性考察

　　道咸以来,何子贞(绍基)、祁春圃(寯藻)、魏默深(源)、曾涤生(国藩)、欧阳磵东(辂)、郑子尹(珍)、莫子偲(友芝)诸老,始喜言宋诗。何、郑、莫皆出程春海侍郎(恩泽)门下,湘乡诗文字,皆私淑江西,洞庭以南言声韵之学者,稍改故步。(陈衍《石遗室诗话》卷一)①

　　有清二百余载,以高位主持诗教者,在康熙曰王文简,在乾隆曰沈文悫,在道光、咸丰则祁文端、曾文正也。文简标举神韵,未足以尽风雅之正变,风则《绿衣》《燕燕》诸篇,雅则"杨柳依依""雨雪霏霏""穆如清风"诸章句耳。文悫言诗,必曰温柔敦厚。温柔敦厚,孔子之言也。然孔子删诗,《相鼠》《鹑奔》《北门》《北山》《繁霜》《谷风》《大东》《雨无正》《何人斯》以迄《民劳》《板》《荡》《瞻卬》《召旻》,遽数不能终其物,亦不尽温柔敦厚,而皆勿删。故孔子又曰:诗之失愚,其为人也温柔敦厚而不愚,则深于诗者也。故言非一端已也。**文端学有根柢,与程春海侍郎为杜、为韩,为苏、黄**,辅以曾文正、何子贞、郑子尹、莫子偲之伦,而后学人之言与诗人之言合,而恣其所诣。于是貌为汉魏六朝盛唐者,夫人而觉其面目性情之过于相类,无以别其为若人之言也。(陈衍《近代诗钞叙》))②

　　有清一代,诗宗杜韩者,嘉道以前推一钱箨石侍郎,嘉道以

　　① 据人民文学出版社 2004 年版。按《石遗室诗话》卷一成于 1912 年,发表于梁启超所编《庸言杂志》。
　　② 据商务印书馆 1923 年石印本。

来,则程春海侍郎、祁春圃相国。而何子贞编修、郑子尹大令,皆出程侍郎之门,益以莫子偲大令、曾涤生相国。诸公率以开元、天宝、元和、元祐诸大家为职志,不规规于王文简之标举神韵,沈文悫之主持温柔敦厚,盖合学人诗人之诗二而一之也。余生也晚,不及见春海侍郎,而春圃相国诸公,皆耆寿俊至,咸、同间犹存,故钞近代诗,自春圃相国始。(陈衍《近代诗钞》祁寯藻名下所引《石遗室诗话》)

自陈衍此数语出,一般文学史和批评史在论及道光、咸丰年间诗歌时大多受其影响,至有"宋诗运动""宋诗派"的提法。"宋诗运动"一词最早似见于胡适 1922 年为《申报》创刊 50 周年所作的《五十年来中国之文学》中,之后经陈子展《中国近代文学之变迁》(上海中华书局1929 年版)、《最近三十年中国文学史》(上海太平洋书店 1930 年版)推广,为学者习用。"宋诗派"最早语源尚未考得,但自任访秋《中国近代文学史》(河南大学出版社 1988 年版)第五章标列"宋诗派及其他诗词流派"为题,并以黄宗羲、吴之振、翁方纲等为清初宋诗派,以道咸间何绍基、郑珍等为中期宋诗派,以陈衍为代表的同光派为后期宋诗派后,各种文学史、批评史也屡见以"宋诗派"标目。它们其实都是以陈衍这些论调作为基点展开的,即认为道咸年间存在一个以程恩泽、祁寯藻为领袖,以曾国藩、何绍基、郑珍、莫友芝等为羽翼的"宋诗派"。本文试图通过分析"宋诗派"人物之间的交往,以及探讨"宋诗派"的盟主、诗论和创作等问题,重新审视道咸"宋诗派"这一颇具影响力的学术命题的合理性。为了取样和分析的方便,本文所论道咸"宋诗派"成员暂限定于《近代诗钞叙》中提及的六位人物:程恩泽、祁寯藻、曾国藩、何绍基、郑珍、莫友芝。

一、"宋诗派"人物之间的交往

程恩泽(1785—1837)字云芬,号春海,安徽歙县人。师从凌廷堪,于金石书画、医算,无不涉及。嘉庆十六年(1811)进士,道光元年(1821)充四川乡试正考官,道光三年至道光五年督贵州学政,道光六年调湖南学政,道光十二年充广东乡试正考官,道光十五年会试知贡举,官至户部右侍郎。熟通六艺,善考据,工诗,有《国策地名考》《程侍郎遗集》等。

程恩泽网罗六艺、贯通百家,号称阮元之后"京师中儒林祭酒"(何绍基《龙泉寺检书图记》),又历充考官或学政,被誉为"一代龙门"(《程侍郎遗集》附录伍崇曜跋)。"宋诗派"中的何绍基和郑珍均为其识拔的弟子,而祁寯藻则是其同事,交往皆算密切。但程恩泽与曾国藩、莫友芝却缘悭一面,人生中并无交集。曾国藩道光十八年始成进士,而程恩泽于道光十七年已病逝。程恩泽虽曾任贵州学政,历按贵州各县,对生员予以岁考和科考,但莫友芝补州学秀才时在道光六年,年十六岁,程恩泽已赴湖南学政任。道光十五年程恩泽任会试考官,已是举人的莫友芝却在该年因故未赴礼部试。道光十八年,郑珍、莫友芝联袂赴京会试时,程恩泽已先一年而卒,停柩京师灵泉寺,莫友芝曾随郑珍去灵前吊祭。曾国藩和莫友芝两人与程恩泽亦无直接的诗歌唱和,道光四年程恩泽曾作有《橡茧十咏》,道光十七年莫友芝用其韵作《山蚕十咏,同平越峰太守、郑子尹明经作,用程春海侍郎韵》,但从其诗题可知,与其说是次韵程恩泽,不如说是奉和平槌与郑珍的诗歌,郑珍诗题作《追和程春海先生〈橡茧十咏〉原韵》,今仍存于《巢经巢诗钞》中。

祁寯藻(1793—1866),字叔颖、淳甫,避讳改实甫,号春圃、观斋、息翁,山西寿阳人。嘉庆十九年进士,历任兵、户、工、礼诸部尚书,体仁阁大学士,卒谥文端。有《𬶍欱亭集》《𬶍欱亭后集》《说文解字系传校勘记》《马首农言》等。

祁寯藻尚文学，喜接士流，识拔多士，与程恩泽、曾国藩、何绍基、莫友芝都有交往，但与郑珍并未识面，只是通过莫友芝有过间接的诗歌唱和。咸丰九年（1859）莫友芝在京会试，房考官王振激赏之，但荐而未售。莫友芝以截取知县候选在都，得与四方名流英才相闻接。又经王拯引见，执再传弟子礼拜谒了王的老师祁寯藻，祁对莫颇为赏识，赐《䜱䜪亭集》外又以诗相赠，称郑珍、莫友芝为"黔中二俊"①，莫友芝随后和诗二首，并云："寿阳相国祁公，闻定甫农部王先生致惜己未礼闱荐友芝卷不售，索观所为诗。农部，相国高弟，缘以再传弟子礼晋谒。蒙惠大著《䜱䜪亭集》，并宠新篇，奖翊逾分，敬和二章，道欣感之怀，恭呈钧诲。"②王拯、郑珍亦皆次韵助兴③。咸丰九年（1859）九月，王拯约请祁寯藻、莫友芝等人宴集于慈仁寺，席间观《王稚子二阙》旧拓。祁寯藻赋诗，众人唱和甚欢，祁寯藻诗兴大发，至有"七叠前韵"之举④，这次唱和郑珍没有再遥相呼应。而莫、祁之间除了这两次唱和外，直至咸丰十年七月十二日莫友芝出京南下，诗歌往还亦寂然不闻。当然并不是说两人其间再无往还，如咸丰九年秋，莫友芝曾向祁寯藻请求篆书"郘亭"榜额⑤。但两人毕竟地位悬殊，即使有往来，也绝不

---

① 《䜱䜪亭后集》中载有祁寯藻赠莫友芝诗《独山莫子偲孝廉友芝，定甫农部礼闱所荐士也，著有〈郘亭诗钞〉，定甫以渊朴许之，顷持诗来见，并以同里郑子尹珍〈说文逸字记〉见示，可谓黔中二俊矣，题句赠之，兼寄子尹》，见屈万里、刘兆祐主编《明清未刊稿汇编（初辑）·寿阳祁氏遗稿》，台北联经出版事业公司 1976 年版，第 1457 页。

② 该诗笺为南京图书馆历史文献部曹红军研究馆员所藏，收入张剑等编辑校点《莫友芝诗文集》中，人民文学出版社 2009 年版。

③ 王拯《龙壁山房诗草》卷十收有《子偲奉所为诗，执再传弟子礼，谒寿阳师，师赠以诗兼寄遵义郑珍子尹，子偲次韵奉酬，窃亦效颦》，郑珍《巢经巢诗集》后集卷五收有《次韵答祁春圃相国柬莫郘亭兼寄鄙人之作》。

④ 见《䜱䜪亭后集》卷十七，并参张剑《莫友芝年谱长编》"咸丰九年谱"，中华书局 2008 年版。

⑤ 莫友芝昔年修纂《遵义府志》时失收"郘亭"古地名，遂以此自号，见《郘亭遗诗》卷五《呈寿阳相国，乞篆书"郘亭"榜有序》，清光绪六年（1880）刻本。

会密切。莫友芝入曾国藩幕府后,与祁寯藻来往更疏。同治二年
(1863)底曾被保举为知县,莫友芝疑祁寯藻有荐引之举,遂于同治三
年向祁寯藻写信致谢,并呈所撰《唐人写本〈说文〉木部笺异》:

> 寿阳相国太夫子钧座:薰时养日中,敬想殿阁横经,以隆儒之
> 望,进冲圣之德,言则孔孟,道侔伊周。伏冀起居益康强,扶中兴
> 之业于勿替,则海内至愿也。友芝自庚申秋出都,倏忽五岁,江湖
> 飘泊,懒散颓唐,故乡骤不可归,依湘乡于研食,读书已迟,制事又
> 疏,百虑皆误,唯有文字结习未能扫除。在皖颇搜遗逸,得唐人写
> 本《说文》木部,有数十事足正二徐,因述《笺异》一卷,极知无当于
> 太夫子之教,等不贤之识小,谨缮本呈上,乞削斥焉。友芝连年寄
> 隐军中,都不作仕进想,去冬忽有江苏差遣之命,闻之悚然。朋旧
> 私议,必我太夫子滥有荐引于小门生,益不敢遽作出山计,恐以就
> 衰之年,稍不胜任,即有累知人之明耳。差便,肃此,敬颂道安。
> 伏冀垂鉴。

从信中内容看,这是他出京五年来首次与祁寯藻通音问。《曾国藩日
记》同治二年(1863)十二月十五日载:"是日接部文,将郑珍、莫友芝、
邓瑶、赵烈文、成果道、向师棣等十余人发往江苏,以知县用,因中外臣
工先后保奏也。"但祁寯藻未必是所猜想的举主,因为中国第一历史档
案馆藏有祁寯藻道光三年(1823)至同治四年的二百多件奏议,其中并
无保荐郑珍、莫友芝之件,"中外臣工"含义模糊,被任用不一定是"中
外臣工"共同荐举的结果,或朝臣或地方大臣,二者居其一亦符合条
件。祁寯藻是否回信,之后祁、莫二人是否还有交往?从两人文集中
查不到任何信息,但大约是没有的。祁寯藻晚岁多病,且同治五年即
归道山,莫友芝只是他无数小门生中的一个,恐怕是无暇也没有精力
应酬了。

曾国藩(1811—1872),字伯涵,号涤生,湖南湘乡人。原名子城,

字居武,乳名宽一。道光十八年进士,选庶吉士,散馆后授翰林院检讨。道光二十五年授翰林院侍讲学士,道光二十七年六月迁内阁学士兼礼部侍郎衔,二十九年正月升礼部右侍郎,八月兼署兵部右侍郎,三十年六月兼署工部左侍郎,十月署兵部左侍郎。咸丰元年(1851)五月署刑部左侍郎,二年正月署吏部左侍郎。咸丰二年奉命办湖南团练,咸丰三年创办湘军水师,咸丰四年九月署湖北巡抚,咸丰十年四月署两江总督,加兵部尚书衔,六月实授,督办江南军务,十月奉命督办苏、皖、赣、浙四省军务,咸丰十一年八月攻占安庆。同治三年六月攻陷天京,加太子太保衔,赐一等侯爵。四年(1865)五月奉命督办直隶、山东、河南三省军务,负责剿捻。同治五年十一月奉命回两江总督本任。同治七年调直隶总督,同治九年调两江总督,十一年二月卒于任,谥文正。有《曾文正公全集》。

　　曾国藩与"宋诗派"中的何绍基和莫友芝交往较为密切,道光二十二年(1842),何绍基服阕还京,曾国藩与之常相过从,请教诗艺,并因受何绍基赞誉而诗兴大发,两人友谊终生未渝。曾国藩与莫友芝初识在道光二十七年,当时莫友芝进京会试未中,嗜书成癖的他往琉璃厂书肆寻求古籍秘本,与时任翰林院侍讲学士的曾国藩不期而遇,偶谈及汉学门径,曾国藩惊叹曰:"不意黔中有此宿学耶。"遂请刘传莹介绍,于虎坊桥置酒订交。离京前,曾国藩与莫友芝曾多次深谈,莫友芝出京归黔后,曾国藩有《送莫友芝》诗云:"我时走其庐,深语非浅商。"之后两人偶通音讯,咸丰元年(1851)春节,莫友芝接曾国藩所寄《刘传莹墓志》拓本,赋长诗追忆。咸丰九年,莫友芝有信请曾国藩撰莫与俦(莫友芝之父)墓志,该年十一月,曾国藩撰成墓志,同信函并寄在京师中的莫友芝,信中谓:"侧闻阁下与郑君息影穷山,搜讨遗经,六合之奇,揽之于一掬;千秋之业,信之于寸心。每览尊集及子尹兄所著书,窃幸并世幽人,已有绝学;西南儒宗,殆无他属,钦企不可言喻。"咸丰十一年七月三日,莫友芝往东流拜见曾国藩,是日曾国藩日记载:"莫子偲来,久谈二时许,即在此便饭。子偲名友芝,贵州独山人,道光廿七年在京城相遇于书肆,旋与刘椒云相友善。自此一别十五年,中间通书问一、二次而已。因其弟祥芝在此,渠来省视,因得再晤。学问淹博,操作不苟,畏友也。"莫友芝原想探望曾国藩和莫祥芝后,与但培良(幼湖)结伴还黔①,但回黔路途不宁,只好暂留曾国藩幕中,没想到一留便是十年之久,而曾国藩对待友朋向来仁至义尽,为解决莫友芝的生计,他先是欲在安庆城中开镜湖书院,以莫友芝掌之,遭莫友芝婉拒后②,又请莫友芝虚领庐州庐阳书院以为谋生。同治二年(1863)又资助莫友芝出版《唐写本说文木部笺异》,并作诗赞之。同治三年,莫友芝安心居幕,欲接家眷来此,向曾国藩言领庐州书院山长薪金不足,当有实授,并乞资助于南京购住处,曾国藩皆诺之。并于同治四年为莫友芝谋泰兴书院讲席,因旨趣不合,莫友芝辞未就,曾国藩不以为怪,又札委莫友芝往扬州、镇江一带搜求文汇、文宗两阁《四库全书》残本,使莫友芝得偿遍历名山大川,尽交魁儒豪彦之愿,也为其撰写目录学名著《郘亭传本知见书目》《持静斋藏书纪要》《宋元旧本书经眼录》等提供了充分条件。同治十年九月,莫友芝去世后,曾国藩亲至莫愁湖(莫友芝停榇处)致祭,并为挽联:"京华一见便倾心,当时书肆订交,早钦宿学;江表十年常聚首,今日酒樽和泪,来吊诗魂。"极一时哀挽之荣。曾国藩与莫友芝的交往堪称文坛的千古佳话,曾国藩对于成全莫

---

① 咸丰十一年六月廿二日,莫友芝在武昌致在曾国藩幕中的莫祥芝信云:"得弟字,具悉在营之况,行止听之天命,殊不必多作计也。……兄《兵略》校完,交卷后即辞益阳,当以此旬内东下,为谒涤帅之行。以兄此番出京之欲见涤老,天下莫不知。前者出太湖,有书相闻,亦谓鄂校事了,即当来,故今不能不一往也,谢其文字起居,其十余年不相见,皆义所在,吾弟言更待者,殊不必尔也。但幼湖约兄中秋前后同还黔,兄此时东来,不过一月、半月勾留,即辞行西上,方能就此伴侣。弟之事与兄举动两无干涉也。"

② 《郘亭日记》咸丰十一年九月四日载:"(曾国藩)又言当为余谋书院,以城中沅圃驻处为讲堂。余以荒落辞,不可,且恐事缓当暂还家,明春乃来。则曰早晚当谋定局,欲暂归且俟变岁后。此老待人挚腃如此,可感也。"该年九月六日,莫友芝致阎敬铭函云:"友芝始至东流,涤帅欲拉居幕府,以与幼湖有秋末西上之约,固辞。安庆既收,又拟即开镜湖讲席以相位置,且谓幼湖今岁晚决不能行,不妨来岁更作计。大府于布衣旧故殷拳乃尔,自不容不为一留。荒落无知,转用惭惧,冀时时箴教之耳。"

友芝成为一代著名学者和版本目录学大家起了至关重要的作用。曾国藩与祁寯藻有交往，但并无诗歌酬唱，且两人关系一度不睦。咸丰四年(1854)清廷曾命曾国藩署理湖北巡抚，祁寯藻忧其尾大不掉，建言相阻，清廷迅速收回成命，遂使曾国藩位列封疆的荣耀推迟了六七年。曾国藩对此难免耿耿于怀，《曾国藩日记》咸丰十一年十二月二十二日："莫子偲、穆海航来看病，剧谈，语次有讥讽祁春浦，过于激厉，退而悔之。"祁寯藻生前，曾国藩对其诗歌并不认可，《曾国藩日记》同治八年三月二十六日载："夜，将《祁文端公诗集》阅二三卷，昔年深不以公诗为然，兹多阅数十百首，其中多可取者。"①"宋诗派"的程恩泽与郑珍，曾国藩则从未相见，自然也无诗歌往来。

何绍基(1799—1873)，字子贞，号东洲，晚号蝯叟，亦作猨叟，湖南道州人。博涉群书，书法雄视一代。道光十六年(1836)进士，改庶吉士，授编修。咸丰二年(1852)任四川学政，咸丰五年因直言降调，遂绝意仕进。历主济南泺源书院、长沙城南书院。有《东洲草堂诗钞》《东洲草堂文钞》《惜道味斋经说》《说文段注驳正》《水经注刊误》等。

"宋诗派"成员中，程、祁、曾、何四人均为进士，出身相似，关系亦密，何绍基性格狂简，与郑珍似未谋面，与莫友芝虽相识，但一度相互诟病。何绍基与莫友芝相识于咸丰九年。咸丰五年四月，何绍基因缕陈时务十二事，被咸丰帝责以肆意妄言，并免去四川学政，次年山东巡抚崇恩聘其为山东济南泺源书院山长。何绍基爱作南北漫游，京师亦置家业，咸丰九年十月，何绍基又来京度岁，至次年二月初三启程回泺源书院②。莫友芝咸丰九年十一月初致黄彭年信云："春闱卷子谬为王少鹤先生所赏，榜后极惜其不售，往还最密，又因以见祁淳甫相国，奖许逾分。鹤翁极工诗古文，尤长倚声，极道吾兄致功之勇，以为畏

---

① 曾、祁二人交往详情可参孙丽萍《曾国藩与祁寯藻往事辩疑》，《晋阳学刊》2000年第2期。

② 何绍基事迹据钱松《何绍基年谱长编及书法研究》，南京艺术学院2008年博士学位论文。

友。此外新识则王子怀、尹杏农、杨细芸、何子贞、孔绣山、潘绂庭、伯寅桥梓，林颖叔勿村、李笤仙、王壬秋、高碧湄、李梅生、刘子重诸君，大概气节文章之士。"可推莫、何两人相识当在咸丰九年十月间。咸丰十年何绍基出京后两人似未通音问，直至同治三年（1864）何绍基漫游金陵，在曾国藩幕中始又聚首，《郘亭日记》该年十一月廿九日载："爵相招午饮，在坐者何子贞、李申甫、刘开生、赵惠甫、魏盘仲也。子贞年已六十六，犹矍铄如己未京华往还时，游兴甚健，不似郘亭颓唐也。"何绍基该年十二月作《金陵杂述四十绝句》（《东洲草堂诗钞》卷二十六）其三十一"席帽联翩群彦集，一时旧雨接新欢"句后注云："涤侯连次招饮，坐客莫子偲、程颖芝、汪梅村、李申夫、欧阳小岑、李梅生诸君，皆吾旧交也。"其三十七注云："城南梁石已无人知者，从莫子偲借看胡证书《狄梁公碑》、裴抗书《白鹿泉碑》，皆昔所未见。"但两人关系似不友睦。同治十年（1871）四月下旬，莫友芝尚为扬州淮南书局总校，他聚局友议合刻《十三经注疏》章程后，往金陵探妻病，莫友芝走后，何绍基来扬州，对章程有不同意见，且越俎代庖主持此事，莫友芝闻之不快，直至何绍基八月一日离开扬州后才回到淮南书局，《郘亭日记》八月十七日载："登舟之扬局，泊汉西门外。先是，与局中约处暑前后当至局，以何子贞议改刻《经疏》章程，有信致涤相，谓子偲且可不来，余遂迟迟其行。局中屡信相催，且闻子贞已行，又不能不一往也。"两人关系之微妙，可见一斑。特别于书法一道，何、莫竟至相互诋诮。丁国钧撰《荷香馆琐言》（《丛书集成续编》子部第91册）载：

> 蝯叟书名满海内，性喜轻诋。莫子偲自负能书，何谓之曰："自苍颉以来，未有尊书一派。"莫为气索。晚到扬州，晤吴让之曰："君书太陋，殆为师（指包世臣）所误，令师固不能书也。"其言咄咄逼人如此。

而莫友芝对何绍基书法也颇为不满，吴云《两罍轩尺牍》（光绪十年

［1884］刊本)卷三收有吴云《致戴礼庭司马丙荣书》,中云①:"子偲论书,极以蝯老为野狐禅。平心言之,蝯老学博而见广,在今日应推独步。惟年望俱高,不免有英雄欺人之处,此訾议所由起也。蝯老尝谓子偲曰,自书契以来,从未有尊书这一派。当面调侃,未免恶作剧,令人难受。子偲亦今之学者也,原不必以书律重。书虽小道,然非有数十年苦功加以读书养气,又多见古人名迹,未足与语也。"

莫、何两人之间的龃龉,既源于各自对书法的认识不同(何、莫皆崇碑学,但何重典雅庄重,中锋运笔;莫重古拙雄奇,铺毫运笔)②,又源于何绍基狂傲的性格③。

郑珍(1806—1864),字子尹,自号柴翁,又号巢经巢主人、子午山孩,晚号小礼堂主人、五尺道人,别署且同亭长,贵州遵义人。道光五年(1825)拔贡,道光十七年举人,主修《遵义府志》,道光二十四年大挑以教职用,次年权古州厅训导,旋去职。道光三十年任镇远训导,咸丰四年(1854)任荔波教谕,咸丰十一年主讲遵义湘川、启秀两书院,同治三年(1864)病卒。郑珍以汉学家兼诗人,有《巢经巢诗钞》《巢经巢文钞》《仪礼私笺》《周礼轮舆私笺》《说文逸字》《说文新附考》《汗简笺正》等。

宋诗派成员中,郑珍诗名最大,识人最少,仅与程恩泽、莫友芝有

---

① 此函承柳向春兄提示,谨此致谢。

② 详参钱松《何绍基年谱长编及书法研究》下编第五章第三节,南京艺术学院2008年博士学位论文。

③ 何绍基于书道亦曾痛诋赵之谦,赵之谦同治九年《与稼孙书》云:"何子贞先生来杭州,见过数次,老辈风流,事事皆道地,真不可及。弟不与之论书,故彼此极相得,若一谈此事,必致大争而后已,甚无趣矣。"又《致梦惺函》云:"从前不愿为君书者,以君为何太史弟子。太史之视弟如仇,前在杭州同宴会者数次,太史逼弟论书,意在挑战,以行其訾。弟一味称颂太史之书为古往今来生民未有,彼无可伺衅而去。然犹向其乡人大肆诟厉,类村夫俗子行径,殊可笑也。君于临书,师太史而以许侍郎合之,善矣。又加以吴让老(让老亦太史所丑诋者),则置龚笠翁于朝冠之侧矣,可骇亦可敬。"此二函分载赵之谦《二金蝶堂尺牍》及《中国书法全集·赵之谦卷》,转引自钱松《何绍基年谱长编及书法研究》,南京艺术学院2008年博士学位论文,第296页。

交往,与祁、何、曾三人并不相识。道光七年,郑珍曾居程恩泽学使幕,次年辞幕归,再无相见。郑珍与莫友芝定交在道光八年,是年秋,郑珍从湖南学政幕返黔应乡试落选,拜遵义教授莫与俦为师,并与其子莫友芝同肆力于古学。郑珍长莫友芝五岁,莫友芝以兄事之。两人不仅常常通宵畅谈,次韵唱和,而且相互勉励,潜心学术。道光十五年,莫友芝有《子尹屡过夜话,复继以诗,次韵》诗描绘云:"君独奚取屡相顾,对话连宵坐山廨。两生行止将毋同,百计惩创不思退。……君言近颇念颅领,练要终惜秋兰佩。高邱无女凤受诒,徒羡汉皋双姊妹。披荆排草世竞病,华冠继履吾非惫。出门祗受群公骄,孰敌抱朴与君期勿坏。嗟予救穷策精要,无须强割平生爱。胡为轭羁不自悔,一例淹留失机会。呜呼此穷何日瘳,搔首问天天亦慨。"道光十八年(1838),两人赴京会试,常对床快谈,共赏珍籍,不愿奔谒权贵,因此受到别人孤立和嘲笑,郑珍《愁苦又一岁赠邵亭》中有云:"艰辛四十传,尘垢至京师。外极行路难,内极慈母悲。随人携柳篮,试罢精更疲。日日琉璃厂,烂纸纵所窥。热处不解就,嘲骂理亦宜。"

两人经常订正对方作品,并互为序跋。郑珍的《樗茧谱》《巢经巢诗钞》《播雅》《说文逸字》等,由莫友芝序或跋;而莫友芝的《邵亭诗钞》,也由郑珍作序。《巢经巢诗钞》和《邵亭诗钞》成书前,郑、莫都曾请对方删裁订正。莫友芝咸丰二年(1852)诗作《陪黎雪楼恂丈过郑子尹望山堂作上元,和主人兼呈雪老》有注云:"子尹方开雕经巢诗,亟索订,予近诗同刻。"而今存莫友芝诗作手稿上,也多有郑珍批改的痕迹。如藏于中国社会科学院文学所的莫氏手稿《邵亭外集》(封面题"邵亭先生集外诗手稿")中即有郑珍诸多批语,扉页有莫友芝与郑珍两人题记,莫题云:"此甲辰、乙巳、丙午三岁删去之诗,别录成册,以待改正者。敬烦更为塞鼻一过,看犹有一二气格尚健可入正集者否?题上有圈皆意欲存而未决者。"后复添笔云:"又附丁未、戊申、己酉三岁。"郑珍于莫题后接题云:"册中经圈点者,并可入正,得增将四五十首。批驳皆究不协意,可无添入也。珍识。"惜莫友芝为郑珍所作订正不可见。

　　两人还精诚合作,留下了不少联璧生辉的著作。道光十七年春,郑珍返遵义,被郡守平翰聘为遵义启秀书院讲席,得与友芝时相往还,两人同游并吟,其乐融融。时遵义知县德亨虑遵田薄瘠、民有不给之患,欲推广饲蚕及缫丝织绸技术,莫友芝向其推荐郑珍所著《樗茧谱》,并为音注以刊布流传,积极推动了遵义一带蚕丝业的发展。道光二十一年,郑珍、莫友芝历时三年,合作修成的《遵义府志》,"时人以配《水经注》《华阳国志》"(黎庶昌《莫征君别传》),梁启超甚至誉为"府志中第一"(《中国近三百年学术史》)。

　　两人在生活上互相照顾,学术上彼此引誉。道光十八年(1838),郑珍被聘主修《遵义府志》,遂引莫友芝为佐。咸丰八年(1858)秋,莫友芝欲进京赴考,也推荐郑珍接替自己坐馆贵阳知府刘书年处。咸丰九年,莫友芝拜见祁寯藻时,不忘呈上郑珍的《说文逸字》,在曾国藩幕府中,莫友芝亦不时为郑珍鼓吹,使曾国藩"极思一见"(同治三年(1864)正月十五日莫友芝致郑珍信)。郑、莫两家又有姻亲关系,咸丰四年,莫友芝长子莫彝孙年十二,毕群经,郑珍奇之,携至巢经巢亲教之学,而学益进,郑珍遂以三女赘于妻之,虽尚未及成亲而赘于遽亡,但仍加深了郑、莫两家的情谊。郑、莫两人,既可称学术知音,又堪称可托生死的好友。

　　莫友芝(1811—1871),字子偲,自号邸亭,又号眲叟,贵州独山人。道光十一年乡试举人,然六上礼部,未获一第。道光后期及咸丰前期,先后主讲遵义启秀书院、湘川书院,并编有《韵学源流》。道光二十一年,与郑珍修成《遵义府志》,极得时誉,名震西南。咸丰十一年入曾国藩幕。同治四年奉曾国藩札委,寻访乾隆间颁存文汇、文宗两阁《四库全书》散失零星之本。同治七年为江苏书局总校,同治九年为扬州淮南书局总校,同治十年访求古籍于扬州里下河,病逝舟中。莫氏为集文学、文字学、音韵学、训诂学、书画学、金石学、版本目录学等于一身的著名学者。其平生著述甚丰,然生前刊出者仅《遵义府志》(与郑珍合著)、《樗茧谱注》、《邸亭诗钞》、《唐写本说文木部笺异》和《持静斋藏书纪要》数种,身后经其子莫绳孙或他人整理出版者又有《邵亭知见传本书目》《宋元旧本书经眼录》《邵亭遗诗》《邵亭遗文》《黔诗纪略》《影山词》《莫友芝诗文集》等。

从莫友芝与宋诗派人物交往看,在日常生活与诗歌创作两方面都来往密切者,只有郑珍;与曾国藩,则是宾主关系,晚年生活上虽得曾国藩照拂较多,但诗歌酬唱却少;与祁寯藻,只是在京期间偶有往来及诗歌唱和;与何绍基,来往不多,且未有诗歌互动;与程恩泽,更是素未谋面。

诗人之间的社会交往和文学互动常被列为文学流派成立的重要参数,但道咸"宋诗派"中,居然没有一个人是和其他几人全部见过面的,且彼此唱和有限(仅程、祁二人唱和较密,郑、莫二人唱和较多)。这样一个关系微妙的交往圈子,能否算作一个诗歌流派,值得仔细考量。

二、"宋诗派"的概念考量

严格意义上的文学流派,除了一定的社会交往和文学互动外,通常更需要有公认的盟派宗主、共同的理论主张和相似的创作风格。"宋诗派"无疑被看作一个诗歌流派,但如果用以上标准来检验,会觉得它名实难符。

首先很难说谁是"宋诗派"的诗坛盟主。一般认为,程恩泽和祁寯藻是这个流派的先后领袖。程恩泽诗歌酬赠对象不算少,但除了与作为同事的祁寯藻有较多唱和外,他和诗派中的其他人物似无诗歌往来,包括两个以诗闻名的弟子何绍基和郑珍,至于莫友芝,两人竟是无缘一见。祁寯藻虽留下两千五百多首诗歌,但他并不以诗闻名,虽在高位,并无主盟诗坛的气象。陈衍《近代诗钞》中给予他崇高的诗歌地位,然而《清史稿·祁寯藻传》只推崇他的政绩和学术,薛福成甚至对他的政绩也无敬意,讥为"宰相有学无识",只承认他"问学淹雅,负重望,一时考据辞章之士,与讲许氏学者,翕然称之"的"儒宗"地位(《庸庵全集续编》卷下)。薛福成的话是针对祁寯藻反对曾国藩掌兵权而发的,自然有所偏颇,但至少可以看出,祁寯藻的诗歌并不受时人关注。祁寯藻对诗坛的影响力甚至不及曾国藩,特别是咸丰五年(1855)曾国藩为郭嵩焘作的《会合诗》,曾营内外和作达百余篇,同治七年(1868)曾国藩作的《赠吴南屏诗》,大江南北赓和者更达三百余人,这是近代诗坛颇负盛名的"会合联吟"和"筵郚唱和",曾氏的这两首诗,奇崛雄肆,是典型的宋诗做派。但如果说曾国藩是"宋诗派"领袖,以他诗作和诗论之寡,恐怕难当其誉。何、郑、莫三人的诗坛凝聚力和影响力显然更为逊色。

其次他们无系统的诗歌理论,也看不出共同的明显宗宋的主张。作为诗人,他们或多或少会谈论过诗歌,但都较为单薄零碎,这和宋代江西诗派的黄庭坚、清代康熙诗坛的王士禛、乾隆诗坛的沈德潜有着天壤之别。而且抽绎他们诗歌理论的最大的共同之处,发现都追求诗的风雅精神,即通过诗歌观风移俗,教化人心。《诗大序》云:"风,风也,教也。风以动之,教以化之。"又云:"言天下之事,形四方之风,谓之雅。雅者,正也,言王政之所废兴也。政有小大,故有《小雅》焉,有《大雅》焉。"这一点,并没有超出正统的儒家诗教观。而在诗歌具体的学习途径和表达方式上,也并不贬唐尊宋,而是调和唐宋,甚至博取百家以近于儒家诗教。如程恩泽在赠吴振棫的诗里就赞美吴氏选诗能够"破除门户还风雅"(《程侍郎遗集》卷三《吴仲容选诗图》),在赠邓显鹤的诗里复云:"我友昌于道,其道去华饰。诗文道之余,实具龙象力。文得欧苏正,诗欲杜韩逼。万卷纷在眼,万卷付销蚀。何必拟前古,要自道悃愊。"(《程侍郎遗集》卷二《订交诗赠邓湘皋同年学博》)祁寯藻的《说诗示世长》①则将这种观点表现得更为典型:

---

① 《𤤤泉亭后集》卷十五,祁寯藻集编委会编《祁寯藻集》第二册,三晋出版社2011年版,第435页。

少小喜为诗,初诵十九首。趋庭赋春草,亦云性情厚。选理苦未熟,泛滥任所取。自闻壹斋训,幸免俗见狙。全豹非一斑,洪钟讵小扣。伥伥不得门,何由窥户牖。(壹斋师云:"读古人诗,必读全集,乃得门径。选本掊扯,不知作者性情所在,何由观感兴起耶。")顾惟才力薄,敢冀言不朽。弱冠习杜韩,惊眩汗流走。苦拈山石句,那有掣鲸手。白傅亦心折,乐府时在口。未解谪仙语,终焉堕尘垢。诗到苏黄尽,山谷岂坡偶。沧海叹横流,遗山亦诤友。中州清淑气,后学沾丐久。唐宋道虽殊,渊源视所受。领会风人旨,博观而约守。岂慕汉魏前,遂薄元明后。国朝群彦出,涵盖无不有。新城秀水外,风雅盛者耇。中间体一变,颇怪简斋叟。名教有乐地,溃决夫谁咎。吾师善说诗,每不妄可否。要在屏浮诞,必先去稂莠。吾衰学不进,旧作诗覆瓿。惟念献诗义(《国语》公卿大夫、列士献诗),缘情不敢苟。迩来肆小雅,时复酌醇酒。欲从柴桑翁,守道事陇亩。艰难感时事,劬劳念父母。所愧失之愚,聊为小子诱。三复駉马篇,一言慎无负。

"唐宋道虽殊,渊源视所受。领会风人旨,博观而约守。岂慕汉魏前,遂薄元明后。国朝群彦出,涵盖无不有",诵读这些句子,无法认为作者是推尊宋诗的。

再看曾国藩,现存三百多首诗歌中,他屡屡疾呼"大雅"之音,可见对诗歌政教功能的重视。他虽然推尊黄庭坚不遗余力,道光年间即沾沾自喜"自仆宗涪公,时流颇忻向",可他推尊黄庭坚正是因为认为"涪叟差可人,风雅通胗毉"(《曾国藩诗文集》诗集卷三《题彭旭诗集后即送其南归》其二)。咸、同年间曾国藩位更高权更重,遂使宗黄之风愈盛,至有"黄庭坚的诗集卖过十两银子一部的辣价钱"[1]。但黄庭坚并

---

① 钱锺书《宋诗选注》序,人民文学出版社 1982 年版,第 12 页。按钱先生此语出自施山《姜露庵杂记》:"黄山谷诗历宋元明,褒讥不一。至国朝,王新城、姚惜抱又极力推重,然二公实未尝学黄,人亦未肯即信。今曾涤生相国学韩而嗜黄,风尚一变,大江南北黄诗价重,部直十金。"

非曾国藩唯一的尊奉对象，咸丰初年他选编《十八家诗钞》时，在杜甫、韩愈、李商隐、苏轼、黄庭坚之外，另增了曹植、阮籍、陶渊明、谢灵运、鲍照、谢朓、李白、王维、孟浩然、白居易、杜牧、陆游、元好问十三家，这表明这时的他已不主一家，开始对各家诗歌兼收并蓄了。在《题朱伯韩诗集后十首》其五中，他直言"造词如日月，万古趋新鲜。窃人者无耻，自得斯为贤"，他实在也有锻造百家化为己用的野心。

何绍基诗名与书名并闻于天下，他提倡"成家尚不从诗文字画起，要从做人起……心声心画，无可矫为"，至于如何做人或做诗人，他说："'温柔敦厚，诗教也。'此语将《三百篇》根柢说明，将千古做诗人用心之法道尽，凡刻薄、吝啬两种人，必不会做诗。诗要有字外味，有声外韵，有题外意；又要扶持纲常，涵抱名理。非胸中有余地，腕下有余情，看得眼前景物，都是古茂和蔼，体量胸中意思，全是恺悌慈祥，如何能有好诗做出来？"①他对诗歌的态度由此可见一斑。何绍基对于宋诗并无特殊的好感，《与汪菊士论诗》中曾谈及他对于古人诗文集的评价："古人诗文集，往往从其子弟门人辑录传世，然如杜、韩、权、陆等巨集，岂能徒靠他人存录乎？盖虽手自存稿而不肯明言，即自命必传，到此时便亦自有蕴藉含蓄之法，所以养文章之福，存羞耻之界也。《三百篇》何尝自著姓名乎？两京、六朝始有最录之集，然零星坠散，亦赖后人收拾，唐人存集，亦不矜矜自鸣，必须传后。白香山自藏诗本于庐山，乃偶然别致事，如羊叔子沉碑之意，只是风雅佳话耳。宋人多自定集，去古远矣。元、明以来，乃有年年订集，每数十百篇即题一集名，势不能不缀辑凑衍充其篇幅，又动辄要人作序，要人题词夸翊。呜呼！廉耻道丧，尚云诗乎！"②他所看重的是学古大家而出以己心眼："诗是自家做的，便要说自家的话，凡可以彼此公共通融的话头，都与自己无

---

① 《题冯鲁川小像册·论诗》，见龙震球、何书置校《何绍基诗文集》，岳麓书社2008年版，第729—730页。
② 《与汪菊士论诗》，见《何绍基诗文集》，第738页。

涉"①,"学诗要学古大家,只是借为入手,到得独出手眼时,须当与古人并驱。若生在老杜前,老杜还当学我"②,对于杜甫尚且如此,对于他人可想而知。

郑珍、莫友芝也并非单纯推崇宋诗。郑珍在《赠赵晓峰旭》诗中鲜明指出:"向来有私见,诗品无定派。性情异刚柔,声响遂宏喝。纷纷倏忽徒,乃凿混沌坏。细思究何益,风雅因之败。"在《跋内弟黎鲁新〈慕耕草堂诗钞〉》中云:"只须诗好,何分唐宋。"③在《论诗示诸生,时代者将至》诗中又说:"言必是我言,字是古人字。固宜多读书,尤贵养其气。气正斯有我,学赡乃相济。李杜与王孟,才分各有似。羊质而虎皮,虽巧肖仍伪。从来立言人,绝非随俗士。君看入品花,枝干必先异。又看蜂酿蜜,万蕊同一味。文质诚彬彬,作诗固余事。"莫友芝在《石镜斋诗略序》中借赞扬黎兆勋表述这样的观点:"伯庸尹过庭之教,于侪辈中最先有诗声。少作千余篇无留存稿。既自风骚汉魏,逮乎近代名家制作,靡不含咀熟烂,彻其正变源流,宵焉得所以置我。"(《郘亭遗集》卷二)眼光似乎都很通达。

当然以上诸人都很强调学问对诗歌的重要性,认为诗虽写性情,但由学问出,学问不厚,诗亦难工。如程恩泽认为:"诗以道性情,至咏物则性情绌,咏物至金石,则性情尤绌,虽不作可也。解之曰:诗骚之原,首性情,次学问。诗无学问,则雅颂缺。骚无学问,则大招废。世有俊才洒洒,倾倒一时,一遇鸿章巨制,则瞢然无所措,无它,学问浅也。学问浅则性情焉得厚。"(《程侍郎遗集》卷七《金石题咏汇编序》)祁寯藻认为:"非学无以扩识,非识无以范才。"(《馎馂亭集》序)曾国藩认为:"凡作诗文,有情极真挚不得不一倾吐之时。然必平日积理既富,不假思索,左右逢源,其所言之理,足以达其胸中至真至正之情。

① 《与汪菊士论诗》,见《何绍基诗文集》,第732页。
② 《与汪菊士论诗》,见《何绍基诗文集》,第737页。
③ 王锳点校《郑珍集·文集》,贵州人民出版社1994年版,第126页。

作文时无镌刻字句之苦,文成后无郁塞不吐之情,皆平日读书积理之功也。"(《曾国藩日记》道光二十二年十一月十七日)何绍基认为:"若想做个一代有数的诗人之诗,则砥行积学,兼该众理,任重致远,充扩性情之最,则天地古今相际。"①"做人要做今日当做之人,即做诗要做今日当做之诗,必须书卷议论,山水色相,聚之务多,贯之务通,恢之务广,炼之务重,卓之务特,宽作丈量,坚作筑畚,使此中无所不有,而以大气力包而举之。"②郑珍认为:"才不养不大,气不养不盛。养才全在多学,养气全在力行。学得一分即才长一分,行得一寸即气添一寸。"(《跋内弟黎鲁新〈慕耕草堂诗钞〉》)③莫友芝认为:"圣门以诗教,而后儒者多不言,遂起严羽'别材、别趣,非关书、理'之论,由之而弊竟出于浮薄不根,而流僻邪散之音作,而诗道荒矣。夫儒者力有不暇,性有不近,则有矣!古今所称圣于诗、大家于诗,有不儒行绝特、破万卷、理万物而能者邪?"(《邵亭遗集》卷二《郑子尹巢经巢诗钞序》)

然而重学问并不能视为"宋诗派"的独门标志,因为杜甫即云"读书破万卷,下笔如有神"(《奉赠韦左丞丈二十二韵》)。严羽《沧浪诗话》"诗有别材,非关书也,诗有别趣,非关理也"这几句名言后面,还有"然非多读书,多穷理,则不能极其至"这几句,虽然严羽重点论述的是"才",而"宋诗派"重点论述的是"学",但在诗是"首性情,次学问"的顺序排列上并无本质区别。宋代以降,随着科举取士的制度化和印刷业的发展,人们掌握文化的欲望变得相对强烈,获取知识的途径变得相对便捷,读书人数量逐渐增大,即使是钻研学术的门槛,也相对降低了,这从宋元明清不少学术著作的作者是布衣或者功名较低的读书人即可感受出来。某种意义上可以说,学问与诗歌一样,不再是高不可攀的东西,而是成为许多读书人日常生活的一部分,因而诗歌中较多

---

① 《与汪菊士论诗》,见《何绍基诗文集》,第738页。
② 《与汪菊士论诗》,见《何绍基诗文集》,第736页。
③ 《跋内弟黎鲁新〈慕耕草堂诗钞〉》,《郑珍集·文集》,第126页。

出现了所谓的"学问诗",这与尊不尊崇宋诗并无必然关系。换句话说,清人诗歌里学问诗比重的增大,只是其生活方式的自然反映和表达,并不一定是因为学习了宋诗的结果。

"宋诗派"诸人的创作风格,也各具面目,多有不同。程恩泽"初好温李;年长学厚,则昌黎、山谷兼有其胜",且程学富才亦雄,为诗"险而未夷,能飞扬而不能黯淡,思力所及者,腕每苦其不随"(张穆《程侍郎遗集初编序》),"文兼燕许之长,而凝重学柳;诗擅杜韩之胜,而豪宕似苏,亦中朝之宿老,而旷代逸材也"(《程侍郎遗集》附录伍崇曜跋)。要言之,其用字用韵虽奇险,而能一气贯注,无暇雕饰,故虽句法生新灵动,风格雄深雅健,但稍欠沉郁顿挫之意。

祁寯藻诗风平易清真,又时有雄豪之气。但他不专宗某家风格,学李白、杜甫、韩愈、白居易,也学苏轼、陆游、元好问,不重句法之生新奇拗,字句之雕饰锤炼。因此他集中虽有不少艰深的学问诗,但更多用典较少的生活诗。张芾《题〈䜩欨亭词草〉跋》云:"道光壬寅(1842)冬十月,淳甫前辈出所著《䜩欨亭词草》三卷见示,受而读之。孝友笃于天亲,忧乐关乎民物。凡怀一友,纪一事,寓一情,义必求其详,言必根诸性,而又覃思研虑,崇实黜华。以少陵、昌黎、长吉厚其力,以太白肆其才,以初唐、长庆畅其旨。沉鸷精快,悱恻缠绵,洵儒者之言,诗人之诗也。"①评价较为客观。

曾国藩的诗作不多,仅留下三百余首。他虽然力图在诗歌创作上转益多师,但受黄庭坚影响最深。陈衍《石遗室诗话》云:"湘乡出而诗字皆宗涪翁……五言古参学左太冲、鲍明远,七言古全步趋山谷。"钱仲联《梦苕盦诗话》云:"曾诗早年五古学选体,七古学韩,旁及苏、黄,近体学杜,参以义山、遗山。自谓短于七律,同、光以后,自课五古,专读陶潜、谢朓二家,七古专读韩愈、苏轼两家,五律专读杜,七律专读黄,七绝专读陆游,然于山谷尤有深契,诗字多宗之。"今观其诗,古体

---

① 《题〈䜩欨亭词草〉跋》,《祁寯藻集》第一册,第794页。

多于近体,造语奇崛,很少选用形象感强的字词或色彩字,自然意象少而人文意象多,审美风格奥衍生涩、奇崛雄肆,的确得了黄诗精髓。

莫友芝被陈衍称为"学人之诗,长于考证"(《石遗室诗话》卷二十八),但那只是就《郘亭遗诗》中的《芦酒》《哭杜杏东及其子云木三首》等诗而言。莫诗其实富于发展变化。莫友芝三十四岁以前的诗作今存《影山草堂学吟稿》,近 400 首诗,被友人评为宗法黄庭坚、陈师道:"正苦太料理,结轖陈黄门。"(黎兆勋题莫友芝《旧诗草》)但黎评并不全面,该集中歌行和七古为数不少,多学韩愈、苏轼的雄放奇崛,如《牟珠洞》学韩愈《山石》,《张节妇行》完全打破节律,又颇似韩愈的《嗟哉董生行》。集中还有许多七律学杜甫、黄庭坚,绝句则多带谢灵运、韦应物的清幽韵味,特别是一些山水小诗,更是清新可人。

三十四岁至四十一岁间的诗作收入《郘亭诗钞》,共 410 首诗,郑珍在《郘亭诗钞》序里认为此时莫友芝诗风近似孟郊和陈师道,尚未得到韩愈和苏轼的神髓:"其形于声发于言而为诗,即不学东野、后山,欲不似之不得也。虽然,孟于韩、陈于苏,犹赪之去缊,仅一染耳。……恶知今之东野、后山者,不旋化为退之、子瞻者邪。"在《郘亭诗钞·题识》中,郑珍进一步对莫诗作了分析:"笔墨力求名贵,故落纸更无惮恅率易语,而短处即因此时时见之。其言情状事处,深入曲到,特是擅长。此其取旨也务远,其建词也务新,句揉字炼,使其光黝然,其声懰然,绝无粗厉猛起气象。是其所取径造境,非直近代诗人所无,亦非鲁直、无己所能笼络。惟用思太深,避常过甚,笔墨之痕,时有未化。……律诗胜于古体,而七律之出入黄、陆,又胜五律;五古之骎骎杜、韩,又胜七古;绝句则全是宋派,意所不属故耳。"[1]此期刻意苦吟,但"苦吟则易伤气格"[2],虽思深笔健,却有失自然之气。

四十二岁以后诗作存于《郘亭遗诗》,共 546 首。虽仍时有奇崛之

---

① 《〈郘亭诗钞〉题识》,《郑珍集·文集》,第 102 页。

② 《跋内弟黎鲁新〈慕耕草堂诗钞〉》,《郑珍集·文集》,第 126 页。

气,如汪士铎所言:"先生诗如秋霄警鹤,汉苑鸣蜩,风露凄清,知为不食人间烟火者。又如五丁开山,斧险凿崖,绝无一寸平土,真可药袁、蒋之性灵,起钟、谭之废疾。"①但他已不欲以诗人身份自喜,而立志学术研究了,他不但认为"作一首好诗不若作一篇好文"②,且对自己以前诗风表示不满:"奇涩为文常自厌,清寒入骨费旁嗟。"(《郘亭遗诗》卷六《试春官毕,有作,寄郑子尹、黎筱亭》其二)特别是进入曾幕之后,写诗已不重文字,而在气格。徐子苓曾评云:"郘亭诗肇原韩、孟之间,气体却自冲粹。阴雨夜阑,从刁斗声中校读一再过,如游名山,如闻异香,如与家孺子、元紫芝一辈人促膝笑言也。"③徐子苓不但看到了莫诗与韩愈、孟郊之间的联系,而且赞美莫诗"气体却自冲粹",冲粹多指道德之气"中和纯正"。徐子苓将莫友芝与东汉高士徐稚和唐代贤人元德秀联系起来,认为其诗中和纯正,得诗教之旨,不以文采及技艺取胜,见解独到。

当然,作为一名知识渊博、多才多艺的学者和诗人,莫友芝诗歌内容是丰富的,风格也是多样的,以上所论,只是就其大要而言。

陈衍《石遗室诗话》卷二十八云:"祁春圃相国有《题馤龛亭集诗》及《自题馤龛亭图诗并序》,已见前第十一卷,证据精确,比例切当,所谓学人之诗也;而诗中带着写景言情,则又诗人之诗矣。"陈衍将祁寯藻看作学人之诗与诗人之诗合一的代表,但祁寯藻在二者相融的方面做得还较为欠缺。真正能使二者融和无间的是何绍基和郑珍。

何绍基,《清史稿》本传言其"诗类黄庭坚",其实他的诗不仅带有黄庭坚的新警奇崛,还带有苏轼的豪放自然。其弟子林昌彝曾说他:"于学无所不窥,博涉群书。于六经子史皆有著述。尤精小学,旁及金石、碑版文字。凡历朝掌故,无不了然于心。尝论诗以厚人伦,理性

① 汪士铎《汪梅村先生文集》卷十二,《续修四库全书》本。
② 黎庶寿同治三年致莫友芝信,见《莫友芝年谱长编》。
③ 贵州博物馆藏莫友芝手稿《郘亭诗钞》卷首附。

情,扶风化为主。其为诗天才俊逸,奇趣横生,一归于温柔敦厚之旨。长篇歌行,鞭笞雷电,震荡乾坤。腾骧变化,得诗家举重若轻之妙。师论诗,喜宋东坡、山谷,其自为诗,直合苏、黄为一手。"(缪荃孙《续碑传集》卷十八《何绍基小传》)梅曾亮则认为何绍基的诗并未刻意学谁,而是"不知其为汉魏,为六朝,为唐宋,自成为吾之诗而已。不必其诗之古宜似某,诗之律宜似某,自适其适而已"(《使黔草叙》)。朱琦更认为他能出入百家,自成一体,使学问与诗歌相得益彰:"子贞平日既肆力于经史百子、许、郑诸家之学。其所为诗,不名一体,随境触发,郁勃横恣,非积之厚而能达其意,所欲出者不能尔也。"(《使黔草叙》)

郑珍的诗歌更被视为学人之诗与诗人之诗完美结合的典范。陈田《黔诗纪略后编·郑征君传》云:"先生诗,则早岁措意眉山,晚乃由韩、孟以规少陵,才力横恣,范以轨度,冥心妙契,直合古人。又通古经训诂,奇字异文,一入于诗,古色斑斓,如观三代彝鼎。余尝论次当代诗人,才学兼全,一人而已。"钱仲联《论近代诗四十家》云:"同光体诗人,张学人之诗与诗人之诗合一之帜,力尊《巢经巢诗》为宗祖。"陈声聪《兼于阁诗话》评价云:"清道、咸间,郑子尹以经学大师为诗,奄有杜、韩、白、苏之长,横扫六合,跨越前代。……其《巢经巢诗》乃精深沉博、瑰诡奇肆如是,盖学足以善其才,才足以运其学,故华实并敷,意境特奇,所主'言必是我言,字是古人字'者,实具有创造性。其诗固甚奥衍,然其佳者,多在文从字顺处。"足见郑珍诗歌才学兼备,且能圆融无碍,非大手笔不能为。故胡先骕《读郑子尹巢经巢诗序》云:"郑珍卓然大家,为有清一代冠冕。纵观历代诗人,除李、杜、苏、黄外,鲜有能远驾乎其上者。"钱仲联也誉其为"清代第一"(《梦苕盦诗话》)。

关于文学流派的标准,学者们一直存有争议[①],但无论如何,流派须有"盟主"("领袖")及自觉的追随者,在这一点上,学者们的认识上

是大致相同的。道咸"宋诗派"不惟难以找出令人信服的领袖,也避免不了理论不一、风格多样的尴尬,它真的能够成为一个诗歌流派吗?至少,对于道咸"宋诗派"概念的严谨性和普适性,我们会发生某种程度的动摇吧?

三、陈衍的近代诗观及其局限

道咸"宋诗派"肇源于陈衍《近代诗钞》的有关论述,而陈衍无疑将"学人之言与诗人之言合""合学人、诗人之诗二而一"看作近代诗的正宗流向,看作道咸"喜言宋诗"者(后世遂有以"道咸宋诗派"目之)的理论与实践标志,从而构建了从道咸"宋诗派"至"同光体"的诗论体系和诗派谱系。我们如果按图索骥,只寻找对自己有利的证据,的确可以从"宋诗派"人物的言论中多少寻绎出与陈衍所论相切合的看法,也可以从"宋诗派"人物的创作中寻找出若干符合条件的诗作。但是,中国古代诗歌理论向少体系,而以感悟性的随笔评点为主。评论家固不乏"操千曲而后晓声,观千剑而后识器"(《文心雕龙·知音》)者,亦不乏随意雌黄,以偏概全者。因其无命题周延的理论表述,也就黑白难辨。而所评论对象的有关言论往往在此环境中产生,梦中说梦,辨识愈难。如果考虑到所评论对象及其言论在不同时空情境中的发展变化,则研究中国古代诗歌理论,实有进入多重梦境的感觉。举例来说,我们常见研究者就某位诗人宗唐还是宗宋发表不同意见,很可能是各就一方面而言,如果那位诗人碰巧本人既有宗唐又有宗宋的矛盾评论,那么不论言其宗唐宗宋还是兼宗唐宋,都是有道理的,然而于解决问题并无实质帮助。

陈衍编有《近代诗钞》,又撰有《石遗室诗话》,当然不属信口开河,而属"操千曲而后晓声,观千剑而后识器"者。但是他无法超越古代诗歌理论的局限,也就无法避免所论的随意性和主观性,再加上他一心要为自己所标榜的"同光体"寻找一个体面的近代祖师,只好在道咸年间处身高位且在诗歌和学术上都有影响力的人中寻找。阮元本来最有资格，他甚至被严迪昌称为"缙绅诗群、学人诗群的总结性人物"①，但他道光二十九年（1849）即病逝，而《近代诗钞》起点断自咸丰初年之诗，且人物须至"咸、同间犹存"。于是在道光朝即荣膺军机大臣、协办大学士，在咸丰朝又拜体仁阁大学士，并于同治五年（1866）始去世的祁寯藻就成了理想人选（曾国藩同治元年始晋协办大学士，其影响在同治始达鼎盛）。

应该说，陈衍对道咸间宗宋风气及学人之诗与诗人之诗相合的论述，的确揭示了道咸以降诗坛的部分状况，但真正的诗坛要比陈衍的描述更复杂多变也广大丰富。咸丰九年（1859）身在京师的莫友芝，用笔记录了"京中所闻及新识诸名辈"（今仍藏于南京图书馆藏稿本《邵亭诗文稿》中），并在书信中告诉给九弟莫祥芝（见《莫友芝年谱长编》咸丰九年十二月十八日致祥芝信）。在莫友芝眼中，京师学界有讲汉学的罗汝怀，亦有讲宋学的方宗诚，更有擅算学的周志甫，治金石的杨岘、樊彬，精天文的杨宝臣等；文坛有讲古文的易佩绅，也有讲骈文的陈寿祺；诗坛有学汉魏六朝的王闿运，学陶渊明的高心夔，学颜、谢的龙汝霖，学高岑的李寿蓉，人材济济，气象万千。作为道咸"宋诗派"主角之一的莫友芝，对于咸丰年间京师诗坛的认识，可能比陈衍的追述更为切实。

论阅读之博，眼界之高，我们对于近代文学史的认知，应该十分尊重陈衍的看法，他的判断在某一层面上自然无可厚非，如我们不把"唐诗"与"宋诗"看作两个朝代之诗，而是看作中国古典诗歌两种最基本的范型，进而以"诗人之诗"归"唐诗范型"，以"学人之诗"归"宋诗范型"之时②，陈衍的看法是有一定道理的。但陈衍也只是一家之说，其

---

① 严迪昌《清诗史》，浙江古籍出版社 2002 年版，第 725 页。

② "唐诗范型"和"宋诗范型"的内涵，不同学者从不同角度有不同看法，但在中国古典诗歌可分唐宋两种基本范型这一看法上是一致的，如钱锺书先生所言："五七言分唐宋，譬之太极之有两仪。"（钱锺书《谈艺录》[补订本]，中华书局 1984 年版，第 3 页）

涵盖力和适用范围都较为有限。钱锺书就对其大力提倡"学人之诗"的说法表示异议,认为不如代之以"诗人之学":

> 自"同光体"起,诸老先倡"学人之诗"。良以宋人诗好钩新摘异,炫博矜奇,故沧浪当日,深非苏黄,即曰:"近代诸公乃作奇特解会,以才学为诗。其作多务使事,用字必有来历,押韵必有出处,唐人之风变矣"云云。东坡谓孟襄阳诗"少作料",施愚山《蠖斋诗话》至发"眼中金屑"之叹;而清初时浙派宋诗亦遭"饤饾"之议。加之此体巨子,多以诗人而劬学博闻,挥毫落纸,结习难除,亦固其然。然与其言"学人"之诗,来獭祭兔园,抄书作诗之诮,不如言诗人之学,即《沧浪诗话》"别才非学,而必读书以极其至"之意,亦即《田园诗说》所云"诗有别学"是也。沧浪之说,周匝无病。朱竹垞《斋中读书》五古第十一首妄肆诋諆,盖"贪多"人习气。李审言丈读书素留心小处,乃竟为竹垞推波张焰,作诗曰:"心折长芦吾已久,别才非学最难凭。"(本事见《石遗室诗话》为十七)陈石遗丈初作《罗瘿庵诗叙》,亦沿竹垞之訿;及《石遗室文》四集为审言诗作叙,始谓:沧浪未误,"不关学言其始事,多读书言其终事,略如子美读破万卷,下笔有神也"云云。余按"下笔有神",在"读破万卷"之后,则"多读书"之非"终事",的然可知。**读书以极其至,一事也;以读书为其极至,又一事也。**二者差以毫厘,谬以千里。沧浪主别才,而以学充之;石遗主博学,而以才驭之,虽回护沧浪,已大失沧浪之真矣。沧浪不废学,先贤多已言之,亦非自石遗始。①

揣摩钱先生的意思,不管是"诗人之诗"还是"学人之诗",其根脚都是"诗",而大诗人总是学养深厚,是真诗人皆有学,此即谓"诗人之学",

---

① 《谈艺录》(补订本),第207页。

不必强分什么"诗人之诗"和"学人之诗"。就诗家而言,读书能使诗歌臻于"其至",但读书本身不是诗歌的目的,如果按照陈衍的理论,将以读书博学为诗歌"终事",虽"以才驭之",尤与诗道"谬以千里"。钱先生在《谈艺录》中又曾批评钱载、翁方纲等人学问空疏寡陋,故"抄书作诗",在诗中大掉书袋,反被"同光体"誉为"学人之诗"之弊;推尊杜诗"读书破万卷,下笔如有神",韩诗"掉文而不掉书袋,虽有奇字硬语,初非以僻典隐事骄人"的"诗人之学";赞扬程恩泽、郑珍皆经儒博识,能为"诗人之学",诗歌妙处在于"能赤手白战,不借五七字为注疏考据尾闾之泄也"①。此足以见出陈衍提倡"学人之诗"为近代诗歌张目的局限性。张仲谋亦对陈衍的近代诗观提出过批评:"陈衍论近代诗,不知是无意于追根溯源,还是有意讳所自来,往往数典忘祖。……据陈衍口气,仿佛清人之宗宋,是近代以来才开始的新风气,而实际上浙派诗人由清初的黄宗羲到清中叶的钱载,已经探索从事百余年了。"②可惜他们的意见没有得到学界充分的重视。

　　陈衍为我们打开了一扇观望近代诗世界的窗户,但我们不应将陈衍的一己之见视为文学史的铁律。当我们的诗学观念和对文学史的认识大多受陈衍之见牢笼时,我们就只能看到陈衍眼睛里的诗世界,从而失去了对文学史真相的探寻和认知。张仲谋曾经感叹"清人论清诗的诗话或论诗绝句虽然也很不少,但大多数是抄来抄去,矮子观场,亲见亲闻的真感受很少"③,我们今天数以千计的文学史著作又何尝不是? 不惟"宋诗派"的说法不严谨,即使"唐宋派""性灵派"等影响甚大的说法也大有疑问。随着材料的不断发现和深入阅读,对其修正甚至颠覆自是题中应有之事。某种意义上可以说,道咸"宋诗派"不过是承袭陈衍近代诗观所构画出来的文学史幻象,它的标准和门槛是陈衍

① 参《谈艺录》(补订本),第176—178页。
② 张仲谋《清代文化与浙派诗》,东方出版社1997年版,第7页。
③ 《清代文化与浙派诗·后记》,第327页。

给定的,其实拆了门槛无东西,近代诗世界本是一片广阔无垠的洪荒天地。佛言"放下着",放下了他者的遮蔽,直面诗的世界,细心体味,五光十色的新鲜才会扑面而来。

(原载《中国文化研究》2011 年第 4 期)

祁寯藻诗歌管窥

祁寯藻(1793—1866)，字叔颖，一字淳甫，避讳改实甫，号春圃、观斋、息翁，山西寿阳人。嘉庆十九年(1814)进士。历官至军机大臣、体仁阁大学士。一生忠君勤政、爱民崇俭、举贤荐能，被誉为一代名相；他又勤研学术，兼综汉宋，并精擅书法，号称一代儒宗。他还留下了3000余首①诗歌，保存在《馏欱亭集》《馏欱亭后集》中。对他的诗歌成就和诗学渊源，人们有不同看法。《清史列传》《清史稿》《诰授光禄大夫予告大学士晋赠太保文端祁公墓表》《诰授光禄大夫太子太保予告大学士赠太保谥文端显考实甫府君墓志》等均只表彰其政事、儒学，而不及诗歌。《祁文端公神道碑》虽言其"以文学受知先帝，故所为诗古文词，皆卓然成家"，却也没有对诗歌着意强调。祁寯藻的朋友徐继畬(1795—1873)《寿阳相国以〈馏欱亭诗集〉见寄，诗以谢之》云："曲江风格倡三唐，少达多穷说已荒。相业诗名两相称，寿阳端合此欧阳。"②认为祁寯藻不仅诗风近于张九龄，而且诗坛影响堪比欧阳修。另一同僚张芾(1814—1862)认为其诗出入唐诗："以少陵、昌黎、长吉厚其力，以太白肆其才，以初唐、长庆畅其旨。"③之后陈衍(1856—1937)则认为祁寯藻不仅开启宋诗法门，且与王士禛(1634—1711)、沈德潜(1673—1769)地位相等，堪称当时诗坛盟主："道咸以来，何子贞(绍基)、祁春圃(寯藻)、魏默深(源)、曾涤生(国藩)、欧阳碃东(辂)、郑子

---

① 《祁寯藻集》第二册《诗词》(三晋出版社 2011 年版)共收录祁寯藻古今体诗2977 首，但如果统计其《静默斋日记》和其他著作中漏收之作，总数已经突破三千首。以下引诗凡出《祁寯藻集》者皆不详注出处、卷数及页码，以省篇幅。

② 白清才、刘贯文主编《徐继畬集》，山西高校联合出版社 1995 年版，第 777 页。

③ 张芾《题〈馏欱亭词草〉跋》，见《祁寯藻集》第一册，第 794 页。

尹(珍)、莫子偲(友芝)诸老,始喜言宋诗。"(陈衍《石遗室诗话》卷一)
"有清二百余载,以高位主持诗教者,在康熙曰王文简,在乾隆曰沈文
悫,在道光、咸丰则祁文端、曾文正也。"(陈衍《近代诗钞叙》)祁寯藻诗
歌宗唐还是宗宋? 其诗歌在当时和后世到底有多大影响? 这些是很
值得研究的问题,但仁智互见,恐怕短时间内难有定论。本文试图跳
出唐宋诗之争的樊篱,以传统"知人论世"的观点,对祁寯藻诗歌做另
外一番较为平实的考察。

一

祁寯藻的一生,除了青少年时代因父亲祁韵士(1751—1815)被系
入狱受到过一些惊吓和磨难,其他时期都相当平稳,特别是仕途,可谓
一帆风顺。他十八岁(嘉庆十五年,1810)成举人,二十二岁(嘉庆十九
年)成进士,二十九岁(道光元年,1821)为南书房行走①,四十八岁(道
光二十年)补授兵部尚书,四十九岁(道光二十一年)为户部尚书、军机
大臣,五十七岁(道光二十九年)为上书房总师傅、户部尚书协办大学
士,五十八岁(道光三十年)即拜体仁阁大学士。另外,除了外放学政
和短期奉旨巡察、办案,他绝大多数的任职都在各部和内廷的显要位
置。对于清皇室给予他的这种荣耀,祁寯藻感恩戴德,没时或忘,再加
上从小接受的儒家伦理教育,其诗歌经常发出知恩图报、尽忠体国的
声息:

> 敢道文章能报国,窃思砥厉勉修身。(《初入直庐呈程云芬前
> 辈恩泽》)
> 恩深只愧文章报,年少翻惊际遇殊。(《五月十二日奉命典试

---

① 《馤馠亭集》卷六《癸未新正二日重华宫茶宴,退直恭纪二首》其二云:"微臣际
此尤荣幸,黄发班行最少年。"注云:"辛巳春蒙恩入直南斋,时年二十有九。"

广东,感恩恭纪》)

共道文章酬圣主,我知忠孝出诗人。(《题诗餙农部〈使闽纪程诗草〉二首》)

勤求公事非多事,屏却私情是近情。(《陇上寄六弟粤东》)

文章与政事,报国将安在。惟此葵藿心,倾阳终不改。愿为尧阶蓂,曷敢望元恺。(《忆昔十首》其六)

生逢圣明世,才疏勉自守。抱兹区区诚,直欲忘衰朽。(《忆昔十首》其九)

岂意词臣预机务,屡乘轺传周名区。时艰任重才力绌,感愧耿耿忧难摅。(《恭邸示题拙集,长句次韵奉谢》)

祁寯藻所经历的嘉、道、咸、同四朝内忧外患,民生凋敝,吏治腐败,是清代的多事之秋,但他平稳的仕途经历和长期的台阁生活似乎限制了诗歌的题材,使其诗歌多为奉制、题赠、酬唱、宴饮、迎送、纪行、时令、摹景之作,带有典型的台阁味,不妨略举两首:

……万里櫜枪落,三时黍稷丰。思艰知稼穑,除暴诘兵戎。屡画筹茭策,新论转粟功。潮平楼见蜃,水涸泽归鸿。厚贶资真宰,诚祈识圣衷。吹葭今夕验,表雪四方同。制度茨阶俭,赓歌藻翰雄。万几存敬畏,一念动昭融。春气香烟远,神光宝鼎充。籝豪持献寿,长此戴帡幪。(《冬至前一日扈驾宿南郊斋宫,恭纪二十韵》)

天颜有喜拜恩多,元日朝回想玉珂。盛世君臣齐寿考,丰年雨雪总调和。叨陪枢禁论思职,许听康衢击壤歌。卅载籝豪无寸补,却惭头白对銮坡。(《戊申岁正月二日,上以元日晴明,丰年兆象,嘉奖耆臣,锡予优渥,洵旷典也,恭纪》)

前诗作于道光六年(1826),时祁寯藻正值南书房。此年虽有新疆张格尔叛乱,但初期的道光帝励精图治,政治、经济有一定起色,祁诗讴咏升平尚属妥帖。后诗作于道光二十八年(1848),经历第一次鸦片战争之后的中国正开始向半殖民地半封建社会沦落,而道光二十七年河南刚刚发生特大旱情,新疆回众又围攻喀什噶尔、英吉沙尔二城,中英磨擦不断,洪秀全(1814—1864)在广西桂平建立拜上帝会总机关⋯⋯此时祁诗中的"盛世君臣"就难免粉饰太平之嫌。

但连绵不断的天灾人祸、内忧外患,使信奉儒家仁爱学说的祁寯藻无法彻底平静下来,笔端也常常逸出对民生国事的不安和忧虑,如《新乐府》三章、《哀流民》、《牵夫谣》、《打粥妇》、《捕蝗行》等。特别是咸丰继位不久,即逢太平天国起事,祁寯藻身为大学士、军机大臣,又长期掌管户部,其压力可想而知。从咸丰朝起,他的诗歌相当频繁地表现出对战乱未消的感叹和对刀枪入库、安居乐业的期待。

　　频年海氛恶,瓯越厌兵事。⋯⋯终当洗甲兵,壮士毋弃置。(《题鹤汀司空〈洗甲图〉》)

　　高位速官谤,忧心急如捣。干戈苦未休,精力暗枯槁。(《忆昔十首》其一)

　　安得兵销民气复,江湖舟楫通盐茶。(《雨舲中丞崇恩寄监临闱中诸诗,即次〈中秋感怀〉韵答之》)

　　师老难供亿,民穷忍扑敲。何时征戍罢,平秩及南交。(《前诗意有未尽,再次二首》其一)

　　苍茫江海国,遗寇犹未勘。近闻战垒移,虎穴何时探。肝肠向来热,寝食能得甘。(《生日示家人》)

　　安得江湖销剑戟,更看烽火化耕烟。(《五台徐松龛继畬七兄寄诗见怀,次和二首》其二)

　　且盼销兵笳鼓竞,先占迎岁雪花酣。(《次韵陶亀芗前辈和张诗舲少宰二首》其二)

　　愿闻销甲兵,更祝免蓍涔。(《丙辰岁十一月朔日实录馆书告

成,上以臣寯藻曾充监修总裁官赏食全俸,感恩恭纪》)

何时洗甲兵,所冀占旄旐。(《雪夜甲起》)

何时海内干戈戢,十亩兄耕待弟耘。(《三兄寄示诗文,题后奉答》)

这些诗句既表达出祁寯藻忧己、忧民、忧国的复杂情感,又表达出他期盼兵消、民安、国治的多重心愿,且少用典故,明白如话,情意流淌得非常真挚自然,这恐怕是其他台阁诗人不易企及之处。

值得玩味的是,对于造成社会动乱原因的分析,祁寯藻从来都是矛头向下,"反贪官不反皇帝"。如道光二十一年(1841)他以户部尚书入直军机时所写的《辛丑九月奉命入直军机处,纪恩述志》:"去年使闽越,默察边衅端。不惟塞漏卮,要在惩贪官。烟土流毒久,滥觞由海关。蠹吏饱其私,窳贾缘为奸。……夷情亦悔惧,王道兼猛宽。审几赖明决,出险毋盘桓。谁贻宵旰忧,屡致劳师干。"在祁寯藻看来,贪官、蠹吏、奸商造成鸦片禁而不止,而明决勤政的皇帝并无责任。不仅皇帝永远是好皇帝,连大臣也多是好大臣,《岳州述所见闻示诸生》一诗即云:"朝廷念蒸黎,水旱闻疾苦。小者蠲租税,大者劳赈抚。常恐饥溺心,不能周比户。况今大臣法,爱民如召杜。忍使赋哀鸿,仓皇怨苛虎。我来宣仁风,意来安百堵。"西汉召信臣与东汉杜诗都曾做过南阳太守,二人俱有惠政,后来"召杜"成为颂扬地方官政绩的套语,但这里却被祁寯藻用来歌颂大臣。对于州县官,祁寯藻的笔锋就没有那么客气了:

……我谓舆夫尔何愚,不锄尔田扛我舆。舆夫答言为役驱,新麦登场不及储。官钱佣夫肥吏胥,枵腹乃使充公徒。我闻此言三叹吁,臂痛若失心转纡。高牙大纛左右趋,当官岂念民艰劬。呜呼,当官岂念民艰劬。(《肩舆道覆,夷于右臂,作此自遣,任邱县》)

这首诗写于祁寯藻道光二年(1822)赴广东乡试主考官途中,对任邱县官吏不恤民生的行径做了抨击。咸丰五年(1855),他又作《拟〈龊龊〉诗用韩韵》:

> 龊龊悲秋士,所悲在薄寒。西风满天地,不闻征戍叹。半菽惨不饱,壁上忍坐观。哀哉江汉民,翻覆随波澜。嗷鸿将安集,雅琴谁为弹。但有退舍劳,无复挟纩欢。大河复东决,旧道淤且干。金堤驻使车,羽檄如奔湍。流离南北间,易启奸宄端。焉得百龚黄,布列郡县官。豺狼塞城邑,饥凤辞琅玕。感彼《春陵行》,知音良独难。(《拟〈龊龊〉诗用韩韵》)

韩愈《龊龊》诗表现关怀民瘼却有心无力之无奈以及"报国心皎洁,念时涕丸澜"之苦痛。祁寯藻的拟诗不仅写出民众被征戍、赋税所苦,以致"半菽惨不饱",复写出民众被水灾弄得无家可归,虽有朝廷救济,却被贪官污吏上下其手,中饱私囊的悲惨处境。韩愈《龊龊》诗中的对策是"愿辱太守荐,得充谏诤官。排云叫阊阖,披腹呈琅玕。致君岂无术,自进诚独难",对自己充满自信;而祁寯藻拟诗的对策则是希望郡县官都如汉代龚遂、黄霸一样贤良爱民,更希望像唐代元结《春陵行》中所描述的那样对于不合理的催征敢于违诏待罪。祁寯藻特别重视州县官,认为他们是社会安乐稳定与否的关键,这种观念在祁寯藻其他诗里也不少见,如《任挹春进士熙弼签掣广东知县,亲老告近,暂还寿阳,赋诗赠行,即简阎梦岩户部汝弼并同里诸君子》云:"江海兵未洗,征调弥八埏。谁欤活凋瘵,所赖吏拊循。涸辙升斗足,救火毋抱薪。县令尚可为,呼吸能通神。河流润九里,独善止一身。愿君奉安舆,观彼陇雉驯。上以报君亲,下以惠吾民。"《新乐府四章·浪穹笋》中还以田云岩为例,对比了好县令和坏县令的不同与影响。

但是不合理的催征诏令是如何产生的?难道下达诏令的不正是皇帝本人吗?对于这个问题,祁寯藻未能或不愿深究。因此连他的学生、后来官至大学士的李棠阶(1798—1865)也对《拟〈觋觋〉诗用韩韵》有所不满,《李文清公日记》咸丰九年(1859)十一月初九日载:"读《馤龡集》有云:'安得百龚黄,分布到郡县',盖呕望牧令之贤也。然大臣法则小臣廉,恐未可第责牧令也。"①但李棠阶也是五十步笑百步,追究责任也只敢到"大臣",比起黄宗羲(1610—1695),甚至曾国藩(1811—1872)来,祁、李到底都算是循分之臣。要他们像黄宗羲《原君》那样惊世骇俗地批评君主专制,或者像曾国藩诗歌"如今君王亦薄恩,缺折委弃何当言"(《感春》之四)那样直接讽刺君王,显然是不可能的。

李棠阶对《馤龡亭后集》还有一番总体评价:

> 夫子三朝元老,致仕后虽吟咏自娱,而感时事之艰危,忧国忧民,缱绻反复,几于无篇不见此意。性情挚处,读之令人下泪。(《李文清公日记》咸丰九年十一月八日)②

尽管祁寯藻安顺的仕途经历和长期的台阁生活使其诗多讴歌升平,然而残酷的社会现实、强烈的职业责任感和儒家伦理关怀意识又使其创作出不少关怀国事民生之作。不可否认,他对民生疾苦、社会病状的揭露和反思不够深刻,但他"忧国忧民"的心是真诚的,也是值得纪念和称道的。

二

与世道、际遇、信念相比,诗学观对诗歌的影响似乎更直接一些。祁寯藻对于诗歌的看法比较传统,那就是认为"性情"是诗歌的本质或中心。他在《段芳山主政承宝〈诗钞〉小序》中鲜明指出:

---

①② 李棠阶《李文清公日记》,岳麓书社 2010 年版,第 1021 页。

诗以道性情，意有所触，言不能已，不必分时代、限体格也。若徒揣摹专家，循习声调，以耳目之濡染，求古人之糟粕，虽山水方滋，而真意漓矣。芳山段君昔与共事枢垣，见其性情爽直，略无雕饰，时军书旁午，未暇酬唱。顷余以老病退休，芳山乃出其近稿相示。大抵文生乎情，意余于笔，不规规缔章绘句，而发言可咏，真气内充。夫本性情发为文章，由文章而见诸政事，其所得安可量哉。①

这种"性情"论在他的诗集中被多次强调：

壮岁能为客，文章见性情。万言今倚马，五字古长城。(《题刘醇夫〈石寮诗草〉》)

脱手文章见性情。(《示三侄世龄》)

天瓶大笔冠时英，心画从来见性情。(《题张文敏临颜书〈论坐位〉〈祭侄文〉二帖》)

底事论诗苦轩轾，缘情体物是真诠。(《题罗田陈九香瑞琳〈食古研斋诗集〉》)

诗以道性情，长短高下无定声。(《读少泉〈游子吟〉〈生日感怀〉二诗，歌以和之》)

诗为心之声，即一言一话。当其欲发时，不发心不快。不知中朝官，胡以诗为戒。……废事不言诗，不诗事亦坏。(《欧公生日，涤甫分得"贲"字，复成此诗呈同人》)

感事篇篇笔有神，咏怀独见性情真。(《孙琴西〈盘谷草堂诗集〉题辞四首其一》)

诗书悉从至性出，能令百世闻风兴。(《何子贞太史题宋拓〈论坐帖〉长句，次韵和之，并简张诗舲司空》)

---

① 《祁寯藻集》第一册，第671页。

"性情"在中国诗学语境中含义相当复杂且富于变化,大致而言,先秦两汉诗学重视诗歌中表现诗人的政治意识和伦理意识,六朝隋唐诗学则重视表达哀乐的心绪和一己之私情,宋代诗学不仅重新强调先秦两汉诗学传统,且对孔子"思无邪"一语做出重要发明,将"思"理解为思想性情,指出诗歌在于"思诚"(黄裳《演山集》卷二一《乐府诗集序》)、在于"使人得其情性之正"(朱熹《论语集注》卷一注),成功地将汉儒"止乎礼义"(《诗大序》)的外在规范,转换为诗人的内在道德修养①,因此姜夔有"止乎礼义,贵涵养也"(《白石道人诗说》)的说法。不惟如此,宋人又认识到学养对于性情、礼义的重要性,释道璨即云:"诗主性情,止礼义,非深于学者不敢言。"(《柳塘外集》卷三《营玉涧诗集序》)元明清诗学,虽不乏主张情性乃个性之真的论调(如杨维桢、钟惺、谭元春、陆时雍、袁枚等),但诗学主流仍是沿着汉儒和宋儒开拓的道路前行。祁寯藻的"性情"论,并不想标新立异。咸丰六年(1856)他为自己的《馤龁亭集》作序时云:

> 忆幼时,从先大夫读书,偶命赋《春草》诗,喜曰:"此子性情尚厚,当可学诗。"……先生(黄钺)尝曰:"诗以言志,言为心声,若徒揣摩格律,雕琢词藻,纵成结构,终乏性情。古人颂诗读书,必先知人论世,盖非学无以扩识,非识无以范才。至于穷通显晦,境遇各殊,敦厚温柔,体要斯在,则视乎其人之自得耳。"寯藻谨识斯语。四十余年,学不加进,时有吟咏……诗之工拙不敢计,惟借是稍答父师之训,纪生平阅历岁月而已。

祁寯藻借父师之口,点明了性情与诗歌的关系,即有性情、"性情尚厚"则可以学诗,诗是用来言志抒情的。他还指出"性情"与"学问"密切相关,不学无以扩大见识、操纵才气进而培养性情,而"性情"的关键是要

---

① 参周裕锴《宋代诗学通论》,巴蜀书社1997年版,第15—21页。

符合传统诗教的"温柔敦厚",与命运的穷通关系不大,与"雕琢词藻"更是没有关系。可见祁寯藻所说的"性情",是勤学且有节制的性情。在一些示子侄辈的诗篇中,祁寯藻又提及与性情相关的其他重要因素:

> 文章关性情,致用乃为切。(《元日示世长》)
> 吾侄喜为诗,脱手辄累纸。诗虽不必工,其言多近理。亦复见性情,涤瑕存其美。锄经有遗编,经训乃根柢。每怀对床时,鸡鸣晦不已。汝念乃考训,慎毋昧厥始。敦厚诗之教,顾名义在是。试读三百篇,正变具微旨。古人惜分阴,游荡众所鄙。玩时而愒日,何以饬伦纪。汝今且学诗,质朴胜浮靡。上以奉慈亲,下以训诸子。贫也夫何病,滥矣斯可耻。哦诗日静坐,静中得所止。汝年正及强,吾衰已久矣。书此作家诫,文渊曷敢拟。(《示六侄世敦》)

除了再次强调"见性情""敦厚诗之教"外,祁寯藻又明确了诗歌要"近理""致用",而培养性情的学问也当以经训为根本,至于际遇的穷通、诗句的工拙,仍非紧要。祁寯藻的"性情"论,让人不由联想起《礼记·经解》和《毛诗序》:

> 温柔敦厚,诗教也。(《礼记·经解》)
> 诗者,志之所之也,在心为志,发言为诗,情动于中而形于言,言之不足,故嗟叹之,嗟叹之不足,故咏歌之……先王以是经夫妇,成孝敬,厚人伦,美教化,移风俗。故诗有六义焉:一曰风,二曰赋,三曰比,四曰兴,五曰雅,六曰颂。上以风化下,下以风刺上,主文而谲谏,言之者无罪,闻之者足以戒,故曰风。至于王道衰,礼义废,政教失,国异政,家殊俗,而变风变雅作矣。国史明乎得失之迹,伤人伦之废,哀刑政之苛,吟咏情性,以风其上,达于事

变而怀其旧俗也。故变风发乎情，止乎礼义。发乎情，民之性也；止乎礼义，先王之泽也。(《毛诗序》)

祁寯藻对《礼记》和《毛诗》都有比较深入的研究，他曾手抄《〈毛诗〉重言》《〈诗〉毛传郑笺古义》(《祁寯藻集》第一册《杂记》)，从他的《读〈毛诗〉》《〈毛诗吟订〉叙》《〈毛诗传笺异义解〉叙》《三年之丧说》等诗文中，亦可看出他对《礼记》和《毛诗》的熟稔。祁寯藻尤其倾心《毛诗》，这从其子祁世长对《观斋行年自记》的补记即可看出来。咸丰九年(1859)，祁寯藻已六十七岁，仍读岳本《毛诗》，并自记云："读《诗》必须细绎，传、笺、序亦不可不读。毛传、郑传分别观之，不必强合。"祁世长补记云："先君性喜读《毛诗》，以其感发性情，长于讽谕；于《朱子集传》《诗义折中》，悉讲求贯串，即在官时，无岁不览诵一过，暇辄讽咏数篇，以自怡悦。今年手批独详，以为家塾读本。"①可见祁寯藻的性情论，受《礼记》尤其受《毛诗序》影响很大，甚至某种意义上可说是《礼记·经解》和《毛诗序》有关文字的翻版。而他倡导学问和经训，又明显可以看出宋儒的影响。

虽然祁寯藻的性情论并没有突破传统诗教的范畴，似乎没有太多新意，但值得我们关注的是，它如何影响到了祁寯藻诗歌的表达方式、修改思路乃至编集时的取舍。"温柔敦厚""主文而谲谏""发乎情，止乎礼义"，这些诗学观念在祁寯藻诗歌创作中得到较为严格的遵循，凡是表达方式上不符合这些要求的，要么经过修改达到标准被收入诗集，要么干脆放入集外。如咸丰八年岁末，祁寯藻曾写作《除夕同舍祭诗，以"数篇今见古人诗"分韵得"见"字》，述及他陈列有陶渊明、李白、杜甫、王维、孟浩然、韦应物、柳宗元、欧阳修、苏轼、陆游十大诗人的画像经常参拜："瓣香各有祝，春气生顾盻。缅思诸作者，风格递相擅。沿波源可讨，论世心乃见。古来辀轩史，采及里巷谚。惟得性情正，能尽风雅变。献诗职久废,豳风日以煽……"①但在其稿本中,"献诗职久废,豳风日以煽"之前尚有"人穷则反本,民劳则思善。忠厚虽近愚,劝讽固所便"②四句,大约考虑到和《礼记·经解》中"其为人也,温柔敦厚而不愚,则深于诗教者也"的说法有所背离,因此定本时删去了此四句。而另一首作于咸丰六年(1856)的《捕蝗行》:

> 咸丰天下多丰年,官军卫民民卫田。军帑虽绌粮可济,海漕且来吴越船。自从飞蝗入畿辅,米价一石钱七千。百廛缓急走钞纸,九府轻重流货泉。宫中圣人心恻然,尚方减膳乐彻悬。诏下捕蝗吏择贤,吏贤岁稔民欢怿。虎去凤来闻自昔,今年十月见三白,冬雪杀虫定宜麦。

在其稿本中,这首诗题作《飞蝗吟》:

> 咸丰天下多丰年,遗寇杀民不杀田。军帑虽绌粮可济,海漕且来吴越船。自从飞蝗入畿辅,米价一石钱七千。炊饼薄于官钞纸,黍糕大如当十钱。宫中圣人心恻然,尚方减膳乐彻悬。下诏捕蝗吏择贤,似闻今年十月见三白,冬雪杀虫定宜麦。③

原诗《飞蝗吟》是客观描述蝗灾,诗中"遗寇杀民"有指责官军不能卫民之意,"炊饼薄于官钞纸,黍糕大如当十钱"给人观感太直接刺激,既不符合重比兴蕴蓄的"温柔敦厚"之意,也不符合委婉劝讽的"谲谏"之旨,因此定稿时均被删落,题目也改为《捕蝗行》,以显现官府的积极形

---

① 《祁寯藻集》第二册,第 444 页。

② 见《寿阳祁氏遗稿》第四册《馤訒亭后集》,台湾联经出版事业公司 1976 年版,第 352 页。

③ 见《寿阳祁氏遗稿》第四册《馤訒亭后集》,第 196 页;第六册《祁文端公遗墨》,第 1—2 页。

象,定稿中的"官军卫民民卫田"美化了官民关系,淡化了灾年多盗的
事实,定稿中的"吏贤岁稔民欢怿",更突出了捕蝗的效果。经此改动,
定稿总算达到了婉陈劝讽的目的。

对于那些既未能"近理""致用",又未能"纪生平阅历岁月"的作
品,祁寯藻往往径予删落,不选入其诗集刊本中,如《春愁词》:

> 劝君莫打黄莺儿,杨柳依依何处飞。劝君莫唱金缕衣,雨雪
> 霏霏何日归。江南三月花满树,乱莺啼尽春将暮。海上春来不见
> 花,纵有春风无著处。春风吹花不容易,吹开吹落缘底事。莫怪
> 看花人白头,白头几见红颜愁。

陈腐的意象,模式化的情感,抒发的只是一片闲愁,与祁寯藻身份和思
想似不相宜,因此落选。另有一些被删诗,如《述怀诗》中的《粤寇三十
首》,觊述太平天国起事以来国家政局军务,并讽刺清军"官逃兵溃竟
如狂"(其二),讽刺两江总督亦弃城而遁,"大官车马走班班"(其六),
痛悼自己幼弟祁宿藻因守御劳烦,呕血而亡,"一腔热血洒危城"(其
十),等等,"事惟纪实,不敢雕琢曼辞"(《述怀诗序》),因此真切感人。
但它毕竟不符合"温柔敦厚"的宗旨,祁寯藻未将之编入集中,却又心
中难舍,遂采取提醒后人不要忘记的做法。稿本《馤飮亭后集》跋云:

> 内有应删诗、《述怀诗》诸绝句,以直叙时事,未合诗人含蓄淑
> 旨,未入后集,然亦不可遂废也。世长志之。[1]

祁寯藻评论彭蕴章的诗时曾赞扬说:"献纳论思有性情,体裁风雅
气和平。"(《题咏莪少司马癸丑岁诗稿三首》其一)这两句话其实正可
以用来形容祁寯藻自己的诗歌。

---

[1]　见《寿阳祁氏遗稿》第四册《馤飮亭后集》,第1页。

三

尽管人存在于社会之中,其行为甚至思想都非完全自由的,而是要受到社会的塑造和限制,但人无疑又具有极大的自由性、创造性和能动性,具有区别于他者的相对独特而稳定的性格特征。诗歌重在表现性情,性格对于诗歌的重要性不言而喻。我国历来有"诗如其人""文如其人"的说法,法国启蒙时期作家布封也留下过"风格即人"的名言。

祁寯藻是一个谨言慎行、谦恭持重的人。其母刘氏性严厉,延师授课,督责备至,祁寯藻自小能够"奉命唯谨,未尝稍失母欢"①,通籍后他多次获得朝廷"勤慎趋公,深资赞襄"②"端谨,学问优长"③"克慎克勤,无忝厥职"④的褒奖,《山西通志·祁寯藻》评价他向朝廷进言,"类皆造膝敷陈,谨密不外泄,虽子弟无由闻知"⑤,《诰授光禄大夫予告大学士晋赠太保文端祁公墓表》评价他即使处理细故,"亦慎之又慎"⑥,这表明"慎"是祁寯藻工作中的一贯作风,他能够长期居于高位鲜少过失,和深得"慎"字诀应该不无关系。

生活中的祁寯藻,同样谨慎谦虚,从不露才扬己。秦东来《禀请祁文端公入祀贤祠事迹节略》赞美他:"自幼读以来,谦恭有礼,不敢以一语骄人。同居庠序、同登科第者,未尝见其疾言遽色。人有不及,辄以情恕。非意相加,悉以理遣。晚年位愈高而心愈恭,省亲旋里,奉讳居乡,入县城必下车步行,入里门亦然。其谦谨有如此者。"⑦张维屏《松

---

① 《祁寯藻集》第一册《附录·禀请祁文端公入祀贤祠事迹节略》,第797页。
② 《祁寯藻集》第一册《观斋行年自记》咸丰四年条,第151页。
③ 《祁寯藻集》第一册《观斋行年自记》同治元年条,第155页。
④ 《祁寯藻集》第一册《观斋行年自记》同治五年条,第158页。
⑤ 《祁寯藻集》第一册,第814页。
⑥ 《祁寯藻集》第一册,第822页。
⑦ 《祁寯藻集》第一册《附录·禀请祁文端公入祀贤祠事迹节略》,第798页。

轩随笔》赞叹他:"寿阳相国性如玉洁,心比春和,学博而不矜,才丰而不露,见人有善必称道之。其休休有容之度,盖有古大臣之风焉。"①这种性格在祁寯藻的诗歌中也屡见端倪:

> 改弦无太急,繁响信难工。(《兖州道中二首》其二)
> 才疏每虑愆尤蹈,守拙常怀盛满时。(《七月四日蒙恩以户部尚书协办大学士恭纪》)
> 孝弟仁之本,忠恕道之常。须臾弗可离,造次不敢忘。圣贤以身教,阐发为文章。斯理千古同,坦荡由康庄。君子素其位,所戒罔念狂。行险者侥幸,往往溃厥坊。富贵天所命,求之未必偿。何如求在己,守约无奢望。繄余入世早,艰难躬备尝。高官与厚禄,自顾时悚惶。(《正月十九日率侄子辈入塾读书,示之以诗》)

祁寯藻做事不赞成改弦太急,亦不赞成行险侥幸,力倡"守拙""守约",时怀惕厉悚惶之念。别人的赞扬,常常成为他自省的提示。如张祥河、何绍基曾夸赞过他的诗,祁寯藻写诗自嘲,谢不敢当:

> 张曰铜墙铁壁,何云色正芒寒。笑倒馒韱亭叟,吾方野服儒冠。(《诗舫子贞谬奖余诗拈此解嘲》)

即便如此,他仍担心有自夸之嫌,在编定诗集时干脆把这首诗删除了。道光二年祁寯藻在广东任乡试正考官时,由于不适应岭南气候,患了舌疾,吃饭说话都很困难,随从为他熬了药,他却因谨慎不敢喝下:"岭南毒炎瘴,刬木如炮燔。郁郁我之心,其气为上焚。对客忽謇吃,当筵重吐吞。僮仆念我苦,煮药和且温。我谢不敢尝,笑汝昧厥根。"《论语·乡党》载有鲁大夫季康子赠药时孔子的应对:"康子馈药,拜而受

---

① 《祁寯藻集》第一册《附录·晚清、民国名人论祁寯藻》,第793页。

之。曰:'丘未达,不敢尝。'"祁寯藻的做法,似乎在模仿先圣先师,这个细节,也颇能反映出祁寯藻生活中的谨慎态度。而这种性格和人生态度,正是造成其雅正平和、温柔敦厚诗风的重要原因之一。

慎重谦和虽如张维屏所云"有古大臣之风",但是所谓"重病须用猛药",时当前所未有之晚清乱局,循谨并不能赢得时人广泛的认同。曾国藩就曾对此现象痛加鞭挞,他在与友人刘蓉的信中云:"国藩入世已深,厌闻一种宽厚论说,模棱气象,养成不白不黑,不痛不痒之世界,误人家国,已非一日。"(咸丰三年十月十五日《与刘蓉》)与郭嵩焘兄弟的信中更是指名道姓地批评了祁寯藻、杜受田、贾桢、翁心存等朝中大臣:"往在京师,如祁、杜、贾、翁诸老,鄙意均不以为然。恶其不白不黑,不痛不痒,假颟顸为浑厚,冒乡愿为中庸,一遇真伪交争之际,辄先倡为游言,导为邪论,以阴排善类,而自居老成持平之列。"(咸丰十年七月二十三日《复郭嵩焘、郭昆涛》)其实,若在盛世,祁、杜、贾、翁都洵为名相,但在衰世,诸人的持重则多少显得有些暮气。对于祁寯藻的诗歌,曾国藩早年也甚不以为然,直至晚年才有所改变,其同治八年三月二十六日的日记载:"夜,将《祁文端公诗集》阅二三卷,昔年深不以公诗为然,兹多阅数十百首,其中多可取者。二更后课儿背书。再阅祁诗。三点睡。"祁、曾两人之间的恩恩怨怨,已有学者做过详细论析①。这里只想指出,曾国藩对祁寯藻为人为诗的不满,既缘于两人个性不同,又缘于诗学追求不同。曾国藩早年性格倔强狷急,诗歌亦追求雄健奇崛,咸丰皇帝初登大统,曾国藩就上书《敬呈圣德三端预防流弊疏》猛烈批评朝政,惹得龙颜震怒,将他的奏折摔到地上,曾国藩差点闯下大祸。随着阅历的丰富和年龄的增长,曾国藩已逐渐明白"欲速则不达",中国的事情急不得的道理,性格愈趋中庸圆通,对于祁寯藻等人也多了一份同情和理解,再看祁诗,观感自然会发生变化。

---

① 参孙丽萍《曾国藩与祁寯藻往事辩疑——并析曾文正书信日记的真实性》,《晋阳学刊》2000 年第 2 期。

徐继畲将祁寯藻比作欧阳修,认为"相业诗名两相称",但欧阳修那种"开口揽时事,论议争煌煌"(《镇阳读书》)的精神,祁寯藻是缺少的。徐世昌(1854—1939)认为祁寯藻"于诗致力甚深,出入东坡、剑南,而归宿于杜、韩"(徐世昌《晚晴簃诗汇·诗话》)。评价当然精彩,但祁寯藻与苏、陆、杜、韩到底有所不同。"东坡文章妙天下,其短处在好骂。"(黄庭坚《山谷集》卷十九《答洪驹父书》)"观苏东坡诗,只是讥诮朝廷,殊无温柔敦厚之气。"(杨时《龟山集》卷十《语录·荆州所闻》)这点与祁寯藻截然相反。祁诗与陆游诗虽有不少相似之处,但陆游诗中对天子的批评,如"群胡自鱼肉,明主方北顾"(《剑南诗稿》卷四《夜读岑嘉州诗集》,按《四库全书》本将"群胡"改为"群敌"),"君王日御金华殿,谁诵周家《七月》诗?"(《剑南诗稿》卷二十一《邻曲有未饭被追入郭者,悯然有作》)是祁诗所未曾有的。陆游恃酒颓放、自号"放翁"的行径恐怕祁寯藻也不会认同。至于像杜甫《病橘》"忆昔南海使,奔腾献荔支。百马死山谷,到今耆旧悲"那种隐刺最高统治者的诗篇,像韩愈"横空盘硬语"(《荐士》)、奇崛险怪的诗风,也都为祁诗欠缺。祁寯藻的诗歌特点,与其所处的时代以及人生经历、诗学思想、个性特征都密切相关,只有知人论世,综合把握,才能更好地理解祁寯藻和他的诗。

当然,像祁寯藻这样的人物和诗歌,可以研究的角度有很多。如祁寯藻《吉水怀杨文节诚斋先生》云:"携来一卷《西归集》,行箧频将好句搜",他的七绝,颇有杨万里绝句的影子;祁寯藻《自题馣龁亭集》又云"规橅壹斋集,仿佛鲒埼亭",郑重表明其师黄钺和先贤全祖望对他诗歌的影响,等等。如果有时间,这些问题都可以再做研究。本文所论,只是管中窥天,不当之处,诚望方家批评指正。

(原载《齐鲁学刊》2012 年第 1 期)

莫友芝人生及学术成就谫论

——兼谈《莫友芝全集》的整理原则

莫友芝(1811—1871),字子偲,自号郘亭,又号紫泉、眲叟,贵州独山人,著述淹贯四部,是集文学、文字学、音韵学、训诂学、书画学、版本目录学等于一身的晚清通儒。其人其学都值得深入研究。

一

莫友芝的生平,可以其集中活动的地域为中心划为三个时期,即"独山—遵义—贵阳"时期、"京师—武昌—东流"时期、"安庆—金陵—苏扬"时期。

(一)"独山—遵义—贵阳"时期

嘉庆十六年辛未(1811)五月初三(6 月 23 日)午时,莫友芝生于贵州省独山州(今独山县)城北三十五里兔场街,祖母张氏赞为"亢宗"之子。莫友芝也的确早慧,七八岁所作诗词已颇有文采。他幼年读书之处有密竹丛丛,竹叶开阖间,隐约可见山影,莫友芝七岁时,借用晋代诗人谢朓"竹外山犹影"之句,向父亲请求以"影山草堂"来命名自己读书的地方。正是在这里,莫友芝完成了由父兄给予的童蒙教育,"周三岁,能识字,先君授之《毛诗》《尚书》《仪礼》《戴记》。时先伯兄总家政,先四兄课耕牧,先三兄补诸生,课治举业。先君有不暇,则三兄授之,皆卒业于此堂"(《影山草堂本末》)。他的父亲莫与俦是嘉庆四年进士,选翰林院庶吉士,且受教于纪昀、阮元等汉学宗师,嘉庆九年丁父忧,服满后遂请辞官,侍母家居;三兄莫方芝嘉庆十九年补秀才,每试冠诸生,已能代父亲传授科举章句之学。莫友芝十一岁时,莫与俦好友麻哈州(今麻江县)夏鸿时来,见友芝正读《尚书》,举成语命属对,皆如意,甚奇之,遂将幼女夏芙衣许配给莫友芝。

道光二年(1822),莫与俦被吏部咨文催赴京选官,行至襄阳,决意从教,遂请改官教职,得遵义府教授。次年十月,莫友芝随父赴任。遵义士习浮躁,莫与俦诏之以学,习之以礼,向学之气日伸。暇时与莫友芝讲授诸经,亦以雅正为本。莫友芝曾回忆云:"逮授子友芝经,乃令以雅故为本。至遵义,悉购集汉、宋经说,及本朝专门名家者置座右,手日披览。谓友芝曰:'学者立身行己,当法程、朱,辅以新吾、苏门、潜庵、稼书之笃近。若言著述,我朝大师相承,超轶前代矣。'每举惠氏《易》、阎氏《书》、胡氏《禹贡》、陈氏《诗》及诸言《礼》家说精核绝者,为友芝指讲。"(《清故授文林郎翰林院庶吉士四川盐源县知县贵州遵义府教授显考莫公行状》)在父亲的精心栽培下,道光六年,十六岁的莫友芝补州学秀才,文名籍甚。道光八年,郑珍来遵义入莫与俦门下,并与莫友芝定交。道光十一年,莫友芝中举人,座师胡芸阁(即胡林翼之父)赠所著《弟子箴言》相勉。次年,莫友芝与夏芙衣完婚。可谓少年得志,意气风发。然后却六上礼部不第(道光十三年、道光十六年、道光十八年、道光二十七年、咸丰九年、咸丰十年),命运又何其蹇塞。

道光十七年,遵义知县德亨虑遵田薄瘠、民有不给之患,欲推广饲蚕及缫丝织绸技术。友芝向其推荐郑珍所著《樗茧谱》,并为音注以传,德亨出资于七月刊布,颇有益于当地蚕丝业之发展。次年十月,遵义府知府平翰聘郑珍主修《遵义府志》,郑珍引莫友芝为佐,殚精竭虑,历时三年,于道光二十一年始告修成。《遵义府志》:"卷凡四十八,为目三十三,成书八十余万言。其为体例,匪依祗编;亦云纂集,匪一家言。溯古究今,必著厥原;毋敢身质,以欺世贤。"(郑珍《遵义序志识》)郑、莫二人也因此名声更振。莫友芝修志时因失收牂柯郡之"邵亭",遂以"邵亭"自号,以志过自警。

郑、莫二人修志的同时,还捐薪俸重刻《张杨园先生集》。张杨园即清初理学家张履祥（1611—1674），字考夫，号念芝，浙江桐乡人，以其所居杨园村，人称杨园先生。其为学早年喜王阳明"致良知"说，中年师法刘宗周，求"慎独"之学，入清后深服朱子《小学》、《近思录》，力主践履笃实，不尚空谈，致力于农桑水利。其务实之风，莫与俦特重之，遂又影响到郑、莫二人。遗憾的是，《重刻杨园先生全书》于道光二十一年（1841）冬末刻成，而莫与俦初秋辞世，未及一见。道光二十二年，莫友芝葬父于遵义县东青田山，并建青田山庐守墓。青田山庐距郑珍望山堂三里，距沙滩黎兆勋所居六里，三家往来频繁，互为婚姻，又同志友善，砥砺诗艺学问，情谊愈加深厚。道光二十四年，莫友芝为生计所迫，主讲遵义启秀书院。道光二十七年，再次礼部试未第的莫友芝往京城琉璃厂书肆寻求古籍秘本，与时任翰林院侍讲学士的曾国藩不期而遇，偶谈及汉学门径，曾国藩惊叹曰："不意黔中有此宿学耶。"遂请刘传莹介绍，于虎坊桥置酒订交，并时相过从，多次深谈。曾国藩赋诗云："我时走其庐，深语非浅商。"（《送莫友芝》）

道光二十九年，莫友芝还校刊刻成《中庸集解》。宋石𡺾《中庸集解》长期晦湮不显，莫友芝从宋卫湜《礼记集说》中辑出佚文，又取用今本《中庸辑略》，以及真德秀《中庸集编》、赵顺孙《中庸纂疏》等他书，为之校补考订，实有功于石氏《集解》、朱子《辑略》乃至《中庸》之书①。

道光三十年，莫友芝受遵义知府佛尔国春之聘，为湘川讲舍山长。为教学便利，莫友芝于任教启秀书院和湘川讲舍之间，编纂了《韵学源流》。

咸丰二年（1852），郑珍《巢经巢诗》和莫友芝《郘亭诗钞》陆续刻成，两人互为序，郑珍赞扬莫友芝为人"制境之耿狷，求志之专精，用心之谨细"，指出其诗似孟郊、陈师道，勉励其向韩愈、苏轼学习，评价颇为中肯。

---

① 参严佐之《版本再造的"得而复失"与"失而复得"——以〈中庸集解〉〈中庸辑略〉为例》，《儒家典籍与思想研究》（第 1 辑），北京大学出版社 2009 年版。

该年二月，莫友芝往都匀省墓，道过贵阳，与黎兆勋同访唐树义，有编辑《黔诗纪略》之议。咸丰四年（1854）春夏间，莫友芝编辑《黔诗纪略》明代部分初成，然唐树义已殉节死，付梓一时无望。而从咸丰四年始，贵州各族民众起事不断，战火遍地，清政府调集数省之力，至同治十一年（1872）才将之彻底平息。咸丰四年八月，杨龙喜就攻围遵义达四月之久，莫友芝适在城中，亲睹此次战乱过程，留下了《遵义纪乱》等数十首具有诗史意义的纪事诗。咸丰六年，莫友芝复任启秀书院主讲。该年作有《甘薯歌》，考证红薯乃贵州土产，异于徐光启《农政全书》称引自国外之说；又作有《芦酒》三首，附考于后，皆颇富特色。

咸丰七年五月，莫友芝应聘贵阳知府刘书年家塾讲席，时六弟莫庭芝亦馆于贵西道于胡鲁家，两家宾主在贵阳时常相聚快谈。咸丰八年十月，莫友芝辞馆欲赴京礼部试，推荐郑珍继主刘馆，郑珍画《影山草堂图》并作诗词以送别。咸丰八年十二月一日，莫友芝携次子绳孙赴京，从此足迹再也没有能够重回贵州这片故土。

（二）"京师—武昌—东流"时期

咸丰九年礼部试，同考官王拯（号少鹤）得莫友芝卷，以为有名家风，乃积学之士，极为推许，反引起总裁赵蓉舫怀疑，遂抑而不取。该年四月，莫友芝援例引见，奉旨以知县用（举人参加会试三次未中者即许挑选知县），在京等候补缺。经王拯引荐，莫友芝又拜识了祁寯藻，并得其惠赠《馤龁亭集》。此外，友芝还结识了许乃普、尹耕云、何绍基、王闿运、高心夔、李鸿裔、张之洞等名流雅士，本年十二月十八日他给九弟莫祥芝的家信谈及此云："前数月来，颇识得海内才人不少：王子怀侍郎（老成练达，有守有为）名茂荫；尹杏农侍御，名耕云（敢言之士）；杨绁芸户郎，名宝臣（长于天文，曾面斥权人罪），皆有识有为，并不得安于其职，或疾或降。其文章之士，则林颖叔侍御，名寿图（能诗，学山谷）；何子贞编修；潘绂庭侍读，名曾绶；孔绣山侍读，名宪彝；李筼仙户曹，名寿蓉（诗学高、岑）；王壬秋孝廉，名开运（精选理，才绝大，近

□研经);高碧湄进士,名梦汉,更名心夔,二人即弟书言及者。李梅生兵曹,名鸿裔;林勿邨太守,名鸿年(留心治道);樊文卿县令,名彬(讲金石);张香涛孝廉,名之洞(诗文有豪气);刘子重比部,名铨福(杂博);张叔平孝廉,名世准(长于画)。诸人早晚已有行期。适龙皞臣(名汝霖)县令,自晋解饷至,又得再三往还,所以缁尘落寞,颇慰穷愁。唯郭筠仙使山东,本相知而未及一面耳。又闻李申夫榕主事,为蜀才之最,已在涤帅幕中,想尔当见之也。以上诸人,楚才居三之二,信乎楚之多才也!"

但是,莫友芝的在京生活绝非称心快意。政治腐败,经济崩溃,屡兴大狱,"如此昏昏,真是不成世界",且因战事频仍,捐例大开,且纳捐者遇缺尽先,反优于进士、举人等正途出身,一缺往往数十人排队候补,有至老死未得一缺者。莫友芝候的是正班,前面只有四人,但该年虽有四五十缺,"捐得其七八,军功得其二三,所谓常选正班,竟是一人不选"(皆引自十二月一日致莫祥芝信),因此候补知县渺茫无期。六月间,莫绳孙又大病一场,花销不小,以致在京生计艰难。莫友芝只好去老友赵州知府陈钟祥处度岁,并欲明年恩科试后出京访曾国藩,曾国藩亦寄来二十金佐行。

咸丰十年(1860)恩科榜发,莫友芝依然落第,遂决意出京,然出京之资一时不能筹齐,淹留京中寓所,与何愿船、高心夔、李士菜、李鸿裔、潘祖荫、章永康、翁同龢等时相过从,谈艺论学。至七月,京城局势渐危,英法联军不断侵逼,莫友芝于本月十二日出京南下,开始了新的漂泊生活。

咸丰十年九月十九日,莫友芝抵武昌,与好友黎兆勋相见。宴饮之际,邸报传来,京师陷于外夷,故乡又遭兵乱,莫友芝不由痛切赋诗,有"逐客吞声看北极,傍人茧足向寒天。北塘谁遣虚屯戍,黄屋何堪尚播迁"(《抵鄂城寻柏容,饮次,京师及故乡警报沓至》)之句。次年正月,欲往祁门访曾国藩,先过太湖谒胡林翼,由于道路未畅,遂暂留胡林翼幕中,并与但培良、彭玉麟、李续宜、翁同书等结识。二月底,胡林翼委托莫友芝往武昌为其校所著《读史兵略》并检点箴言书院藏书，至五月底告竣。其间与刘熙载、李鸿裔、但培良、黎兆勋、丁取忠、阎敬铭往来颇密。

咸丰十一年（1861）六月廿四日，莫友芝告别胡林翼，往东流访曾国藩，并与但培良相约中秋前后同返贵州，此时因安徽、湖北前线战局未明，莫友芝亦未能确定未来行止。七月三日，谒曾国藩于双流行营，曾国藩赞其"学问淹博，操作不苟，畏友也"（《曾国藩日记》），并邀其入幕，莫友芝对以"幕府人材鳞萃，自愧迂疏，不克效万一之用，苟得依公为闲客，免饥寒，于愿足矣"（莫祥芝《郘亭先生行述》）。八月一日，安庆克复，战局好转，莫友芝随营同往安庆；九月，曾国藩使其遥领庐州庐阳书院讲席，以济生计。从此莫友芝以客卿位置，长期留居曾幕，江南成为他事实上的第二故乡。

（三）"安庆—金陵—苏扬"时期

咸丰十一年八月廿五日至同治三年（1864）九月七日，莫友芝一直在安庆度过。他或与曾国藩及其他幕客谈文论艺，或收买古籍书画，或往来酬应、挥毫泼墨，或奉命评阅考试幕府委员之试卷，或为诸后进指示学业（莫友芝收有姚浚昌、刘献葵、徐元伯等弟子，曾国藩还以其子曾劼刚所著《说文分韵解字凡例》请其指正）……曾幕人材济济，莫友芝与欧阳兆熊、李榕、赵烈文、李鸿章、许振祎、李鸿裔、洪汝奎、周腾虎、程桓生、方翊元、张裕钊、万启琛、甘晋、彭玉麟、穆其琛、丁日昌等都结下了友谊，日子过得还算充实。其中有几件事特别值得关注：

一是同治元年十月十八日，其子莫彝孙携莫友芝、莫祥芝两家人来安庆相依；妹婿黎庶昌因以廪贡生应诏上《万言书》，痛陈时弊，朝廷降旨以知县补用，并交曾国藩江南大营差遣，亲戚得以异乡聚首，实是人生大幸。

二是同治元年初夏，莫祥芝自祁门来安庆，言黟县令张廉臣有唐人写《说文解字·木部》残卷，莫友芝遂令其借钞，仓卒不得就，张廉臣慨然赠予莫友芝。同治二年正月残卷至安庆,莫友芝爱若拱璧,数十日不出门户,分取大、小徐本《说文解字》校其异同,写成《唐写本说文木部笺异》一卷,并作《引》与《后识》。该年十二月,由曾国藩资助刊成。

三是同治二年(1863)十二月,曾国藩接朝廷廷寄,"将郑珍、莫友芝、邓瑶、赵烈文、成果道、向师棣等十余人发往江苏,以知县用,因中外臣工先后保奏也"(《曾国藩日记》)。但莫友芝计虑再三,仍予婉辞,同治三年五月廿一日致莫祥芝信云:"(曾国藩)谓我弟兄必不可不有一官,欲催我趁时一出。我总要看得弟有出路,我仍不出为善。宜徐计之也。此间至好者,皆以我不出为善,我出为不是,须看到势逼无法时决之耳。"后来莫祥芝宦途顺利,也就无需莫友芝为五斗米折腰了。

同治三年六月,天京(金陵)被清军攻克,九月八日,莫友芝赴金陵。因仅遥领庐州书院山长薪金不足以维持全家生计,遂向曾国藩请实授,并乞资助于南京购住处,曾国藩皆诺之,并于同治四年正月,札委莫友芝往扬州、镇江一带搜求文汇、文宗两阁《四库全书》残本。同治五年丙寅,莫友芝又奉李鸿章札委,往江南诸郡游,续完采访两阁《四库全书》公干,兼查各儒学各书院官书兵后留存情况。事实上,这只是曾、李二人从老友生计和兴趣着眼,想出的一个公私兼顾的美差。莫友芝也因而得偿遍历名山大川、尽交魁儒豪彦、饱览秘籍善本之愿。同治七年,丁日昌在苏州开江苏书局,聘莫友芝为总校。同治九年,庞际云又聘莫友芝为扬州淮南书局总校。莫友芝晚年足迹往来于江南各地,停留时间以其寓居和工作的金陵、苏州、扬州为最多。他也没有辜负诸位知交好友的美意,利用自己的学识和影响,在书籍文化史上做出了不菲贡献。

首先,来看莫友芝奉命调查文汇、文宗两阁《四库全书》残本的结果。此事广为人知,而结果又多语焉不详,直至宣统二年(1910),张元济仍就此事专门致函莫绳孙相询。《邵亭日记》记载了这次访书的详细经过:

　　行二十里，至金山下泊……此山殿宇、行宫、书阁经藏被焚一空。先是，寺僧□华恐寺不可保，捆载藏经避之五峰山中，而书阁四库书旧管于运司，僧不与闻，竟未有谋及移避者，今佛藏存而四库尽毁，甚可惜。（同治四年三月十四日记文宗阁藏书）

　　欲访金雪舫长福，而雪舫至。问以文汇阁遗书，谓：咸丰三年毛贼陷扬时，贼酋欲睹行宫，索宫中及大观堂弄藏于天宁寺僧□云，僧坚不应，遂火寺及堂阁，僧亦被火，数日夜不熄，后有捡灰烬得担许残纸，皆烂不可理矣。唯闻尔时经管阁书为谢梦渔增，今用山东简缺道，其家往扬州城康山旁，尚有借钞未还者数种。贼未至时，董事者请运司以二三千金移阁中御赐及《全书》避之他所，坚不肯应，运库寻为贼有，时盐运使刘良驹也。（同治四年四月九日记文汇阁藏书）

同治四年（1865）五月十四日，莫友芝上书曾国藩，汇报了这次访书结果：

　　友芝奉钧委采访镇江、扬州两阁四库书，即留两郡间二十许日，悉心谘问。并谓上两项书向由两淮盐运使经算，每阁岁派绅士十许人，司其曝检借收。咸丰二、三年间，毛贼具至扬州，绅士曾呈请运使刘良驹筹费移书，避深山中，坚不肯应。比贼火及阁，尚扃钥完固，竟不能夺出一册。镇江阁在金山，山僧闻贼将至，亟督僧众移运佛藏，避之五峰下院，而典守书阁者扬州绅士，僧不得与闻，故亦听付贼炬，唯有浩叹！比至泰州，遇金训导长福，则谓扬州库书，虽与阁俱焚，而借录未归与拾诸煨烬者，尚不无百一之存。长福曾于甘泰间三四处见之，问其人，皆远出，仓猝无从究诘。以推金山库书，亦必有一二散存者。友芝拟俟秋间，更历两郡，仔细搜访一番，随遇掇拾，不限多少，仍交运使恭弄，以待将来补缮。

　　莫友芝后来的藏书中,有抄本《文宗阁四库全书装函清册》(今藏国家图书馆),估计即为此期寻访所得。

　　其次,关于胡注《资治通鉴》的校刻,也是书籍史上的一段佳话。《资治通鉴》自宋以来,版本颇夥,胡三省注本因有裨于阅读而最受欢迎,但其祖本元初兴文署刊本传世既稀,沿刻者又增误不少,江苏巡抚胡克家觅得元兴文署刊本,并请顾千里等校理,于嘉庆二十一年(1816)重刻问世,人称精善。道咸间东南战乱,人欲觅斯本而不可得。同治七年(1868),莫友芝任江苏书局总校伊始,就以开雕此书为要务,该年四月,议定从最末一卷雕起,六月初,闻方浚益、何栻、桂嵩庆等人言胡克家刻《资治通鉴》残本犹在,遂驰告丁日昌买至,恰与局刻版本泯然相接,成一完本。莫友芝作《〈资治通鉴〉后识》云:

> 右司马文正公《资治通鉴》,胡身之氏注二百九十四卷,附《释文辨误》十二卷。其二百有八卷以下暨《辨误》,同治戊辰江苏局刊;以上二百有七卷,则购鄱阳胡氏嘉庆丙子覆元兴文署旧椠,合之者也……戊辰初春,丰顺中丞奏开书局江苏,命友芝董斯役。议治史部,则挟是编以请,中吴士大夫佥然之。议授工何始,则以最末一帙层累而上。既若干卷就,友芝有事于秣陵。伏暑中,方县令浚益、何太守栻、桂观察嵩庆,一日之间先后来告曰:"鄱阳《通鉴》板犹八九在,曷致诸苏局,补缀以行,必事半功倍。"友芝亟驰书告中丞,再旬再往返,则已檄刘郡丞履芬行,先得邮实存亡卷数。则其后三之一,道光乙未前楼火,并《文选》板烬焉,前之太半在后楼,即今板也。冬十月,郡丞航以至,而局刻适完所阙卷,泯然相接凑,异矣哉! 更一月以校讹补脱易漫,万叶巨编,首尾艳艳,距肇功之初夏,九阅月尔。当储本议刊,岂知鄱阳板在? 逮经始考工,更安知何阙漏而豫弥缝? 而率然巧合如此! 天之趣成人事,恒若待其时而一兴何也? 十有二月立春日,识于经训堂。

洋洋三百余卷，费时不过九个月，实乃版刻史上的奇迹，无怪乎为后人津津乐道。

同治六年（1867）至同治八年间，莫友芝还完成了《持静斋书目》和《持静斋藏书记要》两部目录学著作。同治六年九月廿四日，莫友芝受丁日昌委托，开始为丁氏持静斋藏书编目，费时两月余，将丁氏三百多匣藏书清理一过，但未及编排。次年六月，又费时四十日，将书目按四部初步分类。同治七年八月二日其致丁日昌信云："《静持斋书目》，自六月中旬考证次叙，约费四十日整功，于零星部件都有头绪，依经、史、子、集为次，每类各依时代，每部下，其收入《四库提要》者，但注《四库》著录，《四库》存目，未收者皆不注。其中有未传秘本，则各为解题以明之。其已收之宋元板及旧钞善本，亦为疏明。将来全目脱稿后，更于其中将有解题、有疏说者别录成册，使一备一精，各自为编，而此目乃完也。""备"指《持静斋书目》，"精"则指《持静斋藏书记要》。但直到同治八年春，莫友芝才真正完成了这两种编目。同治八年二月十四日《邵亭日记》记："谒中丞，缴其属编《书目》。"三月八日又记："《静持斋藏书记要》二卷编成。"《持静斋书目》和《持静斋藏书记要》较为详细地反映了丁日昌藏书及其版本状况，其中不乏善刻珍本，对研治版本目录学具有重要价值。

值得一提的是，莫友芝同治六年八、九月间在杭州访书，借得丁丙所藏一种邵懿辰标注《四库简明目录》的副本。同治六年十二月十四日至同治七年二月十一日，陆续将邵懿辰的标注过录到家藏《四库简明目录》空白之处，并将汪士骧在邵目中的朱笔批注及自己所知所见书目亦杂录其中，该本后来经莫绳孙整理成书，即为著名的《邵亭知见传本书目》。

同治十年九月，莫友芝整理完《黔诗纪略》第三至二十一诸卷，他卷尚待审定，因访书乘舟至兴化，染疾不起，九月十四日未时卒于舟中，春秋六十有一。

曾国藩闻讯后不胜感怆，亲往莫愁湖停柩处捧香祭吊，并挽以联云："京华一见便倾心，当时书肆订交，早钦宿学；江表十年常聚首，今日酒樽和泪，来吊诗魂。"

二

莫友芝在文学上的成就主要体现在诗词方面。他的诗生前身后都有不少人称誉。郑珍言其诗似"东野、后山"，与韩愈、苏轼也仅有一间之隔（《郘亭诗钞》序）；黄统认为其诗似李商隐、黄庭坚、陈师道，已造杜甫、韩愈门庭（《郘亭诗钞》序）；翁同书认为其诗"不尚流美""风骨高而性情出"（《郘亭诗钞》序）；徐子苓认为其诗"肇原韩、孟之间，气体却自冲粹"（《郘亭诗钞》跋）；汪士铎认为其诗"如秋霄警鹤，汉苑鸣蜩，风露凄清，知为不食人间烟火者。又如五丁开山，斧险凿崖，绝无一寸平土，真可药袁、蒋之性灵，起钟、谭之废疾"（《莫郘亭遗诗》跋）……大要皆指向莫友芝诗思、诗境、诗语之精严不苟。今观莫诗，如"栗尾劳清饷，锋心谢妙书"（《简梦湘观察，兼致张杨园先生书》）、"石竹迂通径，岩花淡拂楼"（《小晴出游》）、"径兼朱果烂，垣枕绿苔荒"（《苦雨》）、"午日鱼开钥，秋风马脱衔"（《西斋》其二）、"夜潮春客魂，梦醒犹惘惘"（《羊崖关》）等精于炼思、炼境、炼字之例不胜枚举，颇可见出诗思、诗境、诗语之生新不俗。

翁同书认为莫诗不俗的原因在于"子偲天性惇朴，家多藏书，而又能善读之，以蕴蓄为辞章，故能远去尘俗，不失涪翁质厚为本家法"（《郘亭诗钞》序），即其诗学成就建立在深厚学养之上，此亦为诸家所通识，皆将莫诗视为"学人之诗"，或将之视为晚清"宋诗派"的主要成员。陈衍《石遗室诗话》云："郑、莫并称，而子偲学人之诗，长于考证，与子尹有迥不相同者。如《芦酒诗》后记一二千言，《遵乱纪事》廿余首，《哭杜杏东》亦有记千百言附后，皆有注，可称诗史。"又云："道咸以来，何子贞（绍基）、祁春圃（寯藻）、魏默深（源）、曾涤生（国藩）、欧阳磵东（辂）、郑子尹（珍）、莫子偲（友芝）诸老，始喜言宋诗。"此亦为有识之见。然莫诗对于山水的深摹细描,又上接韦、柳而远踪二谢,非宋诗所能牢笼。《贵州通志·莫友芝传》云其诗:"早岁刻意二谢,中间希踪韦、柳,晚乃苍劲古秀,由宋人以远希杜陵。"就山水诗而言,所评近之。就诗歌体裁而言,莫诗实富于变化:"律诗胜于古体;而七律之出入黄、陆,又胜五律;五古之骖骊杜、韩,又胜七古;绝句则全是宋派,意所不属故耳。"(郑珍《〈郘亭诗钞〉题识》)

莫诗亦有过于追求新奇精严,而致板涩枯槁之弊,郑珍评莫诗:"惟用思太深,避常过甚,笔墨之痕,时有未化。……郘亭与柏容平时论此事每推我,平心自揣,实才不逮两君,只粗服乱头,自任其性,似稍稍不无一得者。"(《〈郘亭诗钞〉题识》)然而莫诗虽不及郑珍诗歌腾跃自然,"而朴属微至,洗尽腥腴,亦偏师之雄矣"(钱仲联《梦苕盦诗话》)。

莫友芝词,其生前藏拙不肯付梓。后朱孝臧得其抄本,激赏之,誉为"高健之骨、古艳之神,几合东坡、东山为一手。国初诸家俱无从望其肩背,无论后来矣"。民国凌惕安收入《黔南丛书》第四集中,但一直未能引起重视,近年来莫词始为学界关注,并给予较高评价。细观莫词,写恋情之缠绵,写亲情之真挚,写本意之体贴,写黔中风情之清新,写赠答寄怀之遥深,皆的然名家。刘扬忠云莫词是"心绪文学"的一个范本①,莫立民谓其"当得起晚清名词人的称呼"②,词史中当为莫友芝留一席之地。

莫友芝的学术成就,主要体现在音韵训诂、版本目录和地方文献三个方面。

音韵训诂方面,莫友芝的《唐写本说文木部笺异》以唐人写本《说文》木部残篇一百八十文,校孙刻大徐本、祁刻小徐本,足补正者将及百条,且不仅校异同,亦辨源流、校是非,从中可窥由上古到中古之语音变化,在说文学史上应有重要位置。他的《韵学源流》在音韵学史上

① 刘扬忠《莫友芝〈影山词〉简论》,《华南师范大学学报》2011年第5期。
② 莫立民《近代词史》,人民文学出版社2010年版,第363页。

亦具重要意义。陈振寰评价云:"它是第一部'理明事简'的汉语音韵学史……对普及音韵和音韵学史知识,起到了积极作用。""它最先明确地分古韵研究、今韵研究、反切研究三方面阐述韵学史,对后世音韵学和音韵史的编撰,有一定的影响。""它在不少地方以提炼旧说和综合评点的方式,提出了自己较有价值的见解。"①莫友芝对水书文字也有所研究,其《黔诗纪略》卷九《红崖》序云:"吾独山土著有水家一种,其师师相传,有医、历二书,云自三代。舍弟祥芝曾录得其《六十纳音》一篇……且云其初本皆从竹简过录,其读迥与今异而多合古音,核其字画,疑斯籀前最简古文也。"水书系水族人民的百科全书,已被列入中国首批非物质文化遗产名录,莫友芝算得上是较早研究水书水字的学者。

版本目录方面,莫友芝不仅校勘刻成《张杨园先生集》、《中庸集解》、胡注《资治通鉴》等,且传世有《持静斋书目》《持静斋藏书记要》《宋元旧本书经眼录》《郘亭书画经眼录》《郘亭知见传本书目》等多种目录学著述,对考察古籍源流、版本、存佚、流通、优劣皆具重要参考价值。尤其是《郘亭知见传本书目》,汇南北图书目录之长,简注诸书传世不同版本,各目之注又常见"辨章学术、考镜源流"之语,向得赏鉴家珍爱,虽未足与邵懿辰《四库简明目录标注》相颉颃,然亦不失为一代名著。

地方文献方面,莫友芝可谓黔省文化保存与传播的功勋之臣。其与郑珍合撰的《遵义序志》,"博采汉唐以来图书地志、荒经野史,披榛剔陋,援证精确,体例矜严,成书四十八卷。时人以配《水经注》《华阳国志》"(黎庶昌《莫征君别传》),梁启超甚至誉为"府志中第一"(《中国近三百年学术史》)。其编辑完成的《黔诗纪略》三十三卷,网罗明代二百多位贵州作家二千余首诗,"因诗存人,亦因人存诗;旁征事实,各系以传,而大要以年为次。无诗而事实可传、文字有关暨山川可考者,相

---

① 陈振寰《韵学源流评注》,贵州人民出版社1988年版,前言第5页。

因附见,按以证之。国朝人文字足备掌故者,间附录焉"(莫绳孙《黔诗纪略》序)。贵州文献始灿然可述,堪称贵州历史文化之瑰宝。

莫友芝的学术特点,可以博闻、综理、独断六字目之。其平生好交游,足迹遍南北,知交满天下,故能博闻广识;其学术以综合整理前人为主,如《韵学源流》《记周景王大泉》《记王少伯龙标诗》《河图洛书俱不可考说》等,大半文字均转述概括自前人著述,郑珍谓"其读书,谨守大师家法,不少越尺寸"(《郘亭诗钞》序)。但莫氏绝非"有脚书橱",而是每能于比较中见出对象之特点与价值,颇有独创,此亦得其博闻之助也。

莫友芝的书法成就,当时已有美誉,黎庶昌谓其"真行篆隶,蕴藉朴茂,极书家之能事"(《莼斋偶笔》)。莫祥芝谓其"尤善书,篆隶楷行皆能力追古人而运以己意,足迹所至,人争求之,得者以为幸。近年自谓楷书更有心得云"(《郘亭先生行述》)。旧山楼主人赵宗建还常临莫氏法书以自遣。后人评价愈高,《清史稿》本传谓其"真行篆隶书不类唐以后人,世争宝贵"。沙孟海谓:"学邓石如的莫友芝最好,赵之谦、吴熙载其次。"(《近三百年书学》)张舜徽谓:"咸同间之能书者,自以莫郘亭为一大家。真行篆隶,兼擅其长,而篆隶尤有名。下笔辄刚健有势,知其沉潜于古者深也。"(《爱晚庐随笔》)而马宗霍评价较为平允:"郘亭篆隶,皆古拙有金石气,不以姿致取容,虽器宇稍隘,固狷者之美也。"要之,莫氏亦无愧为晚清一大书家。

三

莫友芝其人其学既已胪述如上,整理编纂莫氏全集之意义便不言自明。

莫友芝著述,生前刊刻者有:《〈樗茧谱〉注》一卷;与郑珍合撰之《遵义府志》四十八卷;《唐写本说文木部笺异》一卷;《持静斋书目》五卷;《持静斋书目记要》二卷;《郘亭诗钞》六卷。

身后梓行者有:《黔诗纪略》三十三卷;《郘亭知见传本书目》十六

卷;《宋元旧本书经眼录》三卷,附录二卷;《郘亭书画经眼录》四卷,附录二卷(附录二卷为其子绳孙撰);《郘亭遗诗》八卷;《郘亭遗文》八卷;《影山词》三卷;《古今集联》四卷;《韵学源流》;《莫友芝诗文集》《莫友芝日记》等。

知而未见或已佚之著作:《过庭碎录》十二卷、《棠阴杂志》一卷、《声韵考略》四卷、《资治通鉴索隐》、《郘亭经说》、《梁石记》等。

整理编纂莫友芝全集,难度颇大。这不仅因其种类遍涉四部,而且因其同一种著述往往存在稿本、抄本、刻本等不同形式,有时还不止一种,都不能不予以重视。如著名的《郘亭知见传本书目》,传世版本有十余种,但最重要的两种却鲜有人注意:一种是莫绳孙首次整理的抄本,现藏国家图书馆;一种是莫友芝的原笺录稿本,学界以为早已佚失,实际上藏于上海图书馆,为笔者无意中发现,此稿本的现世,可以清除覆盖《郘亭知见传本书目》之上的各种迷雾,为准确定位《郘亭知见传本书目》的价值和意义提供最直接的帮助。经研究发现,《郘亭知见传本书目》系莫友芝在同治六年(1867)十二月中旬至同治七年二月初的较短时间内,撮录邵懿辰、张金吾、阮元、于敏中、彭元瑞、钱曾等人著述并杂以己见而成,因而存在诸多缺陷,莫友芝并无意成书。后人或罔于莫绳孙之序,或慑于莫友芝之名,相信《郘亭知见传本书目》系莫友芝长期笺注《四库简明目录》的重要成果,堪与邵懿辰《四库简明目录标注》齐名,这种判断距离事实真相甚远。降低了《郘亭知见传本书目》的文献学高度,不等于取消其文献学意义。《郘亭知见传本书目》毕竟记载了莫友芝生平访书之见闻心得,且颇有诸家书目不备者;对邵书的撮抄,固然失误不少,但也不乏对其补正加详之处。只有将《郘亭知见传本书目》与其撮录之书仔细核对,标明出处,且利用今存公私藏书,通检其得失,在此基础上做一精审校笺,才能更好地发挥其文献学功能,使之真正成为近代重要的版本目录学工具书①。

---

① 　参见笔者《〈郘亭知见传本书目〉真相发覆》,《文献》2015 年第 1 期。

　　再如《影山词》，笔者整理《莫友芝诗文集》时，除《黔南丛书》铅印本，还找到了台湾"国家图书馆"藏莫绳孙抄本和南京图书馆藏朱孝臧批校本，颇觉欣慰；后来南京大学陈昌强先生又提供了笋香室抄本、《同声月刊》本、海粟庼抄本，使笔者得以在修订版中补正遗漏，自谓已题无剩义；但贵州师范大学吴鹏先生又提供了贵州博物馆藏莫友芝原稿本，可补佚词达二十余首，对推进《影山词》研究起到了重要作用。

　　又如莫友芝之文，其子莫绳孙曾辑为《郘亭遗文》八卷，初刻于光绪元年。这次则广为搜集，增补至二十卷；莫友芝之诗，民国前刊刻者有《郘亭诗钞》六卷、《郘亭遗诗》八卷，共十四卷，这次则增补为二十二卷。由于新发现的各类材料较多，本次整理基本上是重编性质。

　　另外，莫友芝遍交天下俊彦，书札数量甚巨。笔者苦心搜罗至二百余封，但仍不断有所发现，有些书札颇能解决一些莫氏研究中的疑难。如同治元年（1862）十月，莫彝孙携家人来安庆，莫友芝本住在学使马恩溥的寓所，担心家眷无法容纳，遂在李八街新租房子，《郘亭日记》该年十二月廿六日记："大雨。家人乘午雨少止，移寓李八街。"莫友芝同治二年元月二日致莫祥芝信亦云："新租屋子在李八街，聊所容膝。"但观其同治三年、四年活动，似仍寓于马雨农处，如同治四年七月二十四日记："自辛酉秋来东流，与雨农倾盖如故，既同至皖，明年遂分屋居我者三年。"咸丰十一年（1861）八月莫友芝至安庆，同治元年马雨农分屋请莫友芝同住三年，似乎与同治元年莫友芝即移居李八街不合。但由于同治二年至同治三年八月《郘亭日记》佚，很难回答此一矛盾，笔者撰《莫友芝年谱长编》时亦未能解决。去年徐雁平兄偶翻郑炳纯选择、严宝善雠校《书林碎录》（广陵古籍刻印社 1981 年版），发现有《莫子偲与眉公札》一则，遂相赐示，信为同治二年正月末莫氏致金安清者，中有云："居停雨公以贱眷无多人，又分两间屋，使挈同住，良便遗惠料理，李八宅子又将舍之。唯所寄存诸籍，则并移以来。"则恍然同治二年因马雨农多分两间房安置莫氏眷属，李八街房子最终退掉未住。

　　鉴于上述情况之复杂性,整理编纂《莫友芝全集》时,就应该把握这样两个原则:一是求全,特别是稿本,凡所闻见,就绝不该轻易放过,因为遗漏任何一条信息,都有可能造成对事实的误判。二是求精,因为任何时候,全都只能是相对而言,在尽量求全责备的基础上,还应体现"精",体现出判断和眼光。仍以《郘亭知见传本书目》为例,虽传世版本颇夥,但没必要都予出校异同,而应对底本和校本有所选择,上海图书馆藏稿本自然有充足的理由作为底本,校本中则应以国家图书馆藏莫绳孙抄本、台湾"国家图书馆"藏光绪二十七年(1901)守机山人抄本和今人整理本《藏园订补郘亭知见传本书目》为主,因为莫绳孙抄本系莫氏家藏本中最早的整理本,守机山人抄本系"莫棠—侯念椿"版本系统中目前所见较早的本子,订补本代表了今人整理本的最高水平,故可选此三种版本为校本。

　　总之,只要始终遵循求全和求精两条原则,就一定能为学界提供较为理想的整理本,切实推动莫友芝及晚清文化的研究。

　　(原载《中国政法大学学报》2015年第2期,副标题原作"兼论《莫友芝全集》的编纂"。)

莫友芝《影山词》考论

莫友芝是晚清著名的学者和诗人,这一点似乎众所周知,但他在词上的造诣,却极少为人注意。本文试图对《影山词》做一较为全面的考析和讨论,为准确把握莫友芝词作情况和词史地位提供参考。

一、版本源流与词作编年

莫友芝词集名《影山词》,共三卷。传世有稿本、抄本、印本三种类型。拙文《〈影山词〉三题》(《北京大学学报》2006 年第 3 期)和陈昌强《莫友芝〈影山词〉新论》(《文献》2014 年第 4 期)均有考述。陈文后出转精,收罗全面,但由于没有看到莫经农藏黎兆勋批稿本,亦有小误,今在此基础上撮述介绍:

莫友芝手稿《影山词》尚存于世,即存于贵州省博物馆的莫经农藏黎兆勋批稿本《影山词》。民国时又有《黔南丛书》本和《同声月刊》本两种刊本,以及凌惕安"笋香室抄本"出现。《黔南丛书》本《影山词》影响最广,系民国二十五年(1936)贵阳文通书局铅印本,扉页署"据莫氏家藏稿本校印",内有《影山词》二卷、外集一卷,共收词一百一十四阕(其中《凤凰台上忆吹箫》重出),卷末有凌惕安跋。上海书店出版社1994 年出版的《丛书集成续编》第 160 册、兰州大学出版社 2003 年出版的《西南稀见丛书文献》第十二卷《黔南丛书》,其中所收《影山词》均据此本影印。龙先绪、符均所作的《邵亭诗钞笺注》(三秦出版社 2003年版)附录有《影山词》,亦据以排印,并删去了重出的《凤凰台上忆吹箫》。《黔南丛书》本之祖本即莫经农藏黎兆勋批稿本。凌惕安另据该稿本钞有副本,即南京大学图书馆藏"笋香室抄本";该本曾经叶恭绰收藏,收词二卷、外集一卷共一百二十一阕(重出《凤凰台上忆吹箫》一阕),其中有四阕未见于其他诸本。"笋香室抄本"又有任心白藏本,龙榆生《同声月刊》第一卷第十至十一期即据任藏本将《影山词》全文刊布。以上为莫经农藏黎兆勋批稿本《影山词》版本系统。

《影山词》尚有莫绳孙钞稿本系统。莫绳孙钞稿本《影山词》①至迟光绪十九年(1893)已经钞有清稿,现藏于台湾地区"国家图书馆",三卷,末附古今体诗二十三首,共收莫词作一百二十三阕,系金镶玉包角六孔线装,每半页十二行,行四十六字,上鱼尾下方印"郘亭集"三字,以蓝格稿纸、蝇头小楷抄写,间有涂改,但字画甚为清晰,观笔迹为莫绳孙钞。1997年台湾新文丰公司出版《丛书集成三编》时曾将之影印,收入第64册中,题名作《影山草堂学吟稿》。该本收词顺序及字句与莫经农藏黎兆勋批稿本多有不同,当别有祖本(莫氏手稿往往一改再改,同一题名有时并非仅有一种稿本)。该本又有朱祖谋校抄本,今藏南京图书馆;红格,每半页十行,行二十一字,双鱼尾,版心题"影山词"。凡三十页。与"台图本"相比,基本全同,惟卷一尾少《苍梧谣》一首,卷三后多朱孝臧跋,该本上有朱孝臧校改笔迹。凌惕安贵阳本《影山词》跋云:"经农始以原稿本寄示,并谓近代词宗朱彊村祖谋曾击节叹赏,亟钞副本去,拟序而刊之,未果,而彊村遽逝,是诚遗憾。"朱孝臧欲刊者当即此本,观笔迹亦为莫绳孙所钞。朱祖谋校抄本还派生出一个抄本,即现藏于上海图书馆的海粟庼抄本,卷末有王謇跋。兹改陈文中《影山词》版本流传图如下:

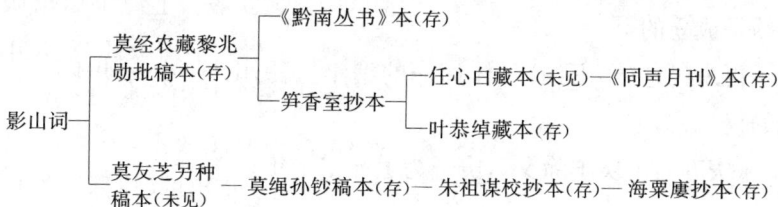

```
                        ┌── 《黔南丛书》本(存)
           ┌ 莫经农藏黎兆 ┤
           │ 勋批稿本(存)  │            ┌── 任心白藏本(未见)──《同声月刊》本(存)
影山词 ──┤             └ 笋香室抄本 ┤
           │                          └── 叶恭绰藏本(存)
           └ 莫友芝另种
             稿本(未见) ── 莫绳孙钞稿本(存) ── 朱祖谋校抄本(存) ── 海粟庼抄本(存)
```

---

① 本文所引词除特别说明外,均据此本。

　　剔除重复，两种版本系统共收莫友芝词作 144 首。再加上中国社会科学院文学研究所善本室所藏的一首失题《菩萨蛮》："玉梅花下成欢聚，春光正好抛人去。梦逐海东头，雪残明海楼。归期知不远，争奈劳心眼。拚了上元灯，和衣卧月明。"（见莫友芝手稿《影山草堂杂稿》）共 145 首。这应该是所知存世莫友芝词作的全部数量。

　　由于莫友芝对《影山词》不欲存世，自己生前并未做过整理，故上述两种《影山词》版本系统均未能编年，次序较为混乱。如铅印本《庆春宫·庚子除夕》后面却排有作于庚子除夕前的《暗香》（老腰就直）、《解连环》（残年无几）；抄本作于道光二十四年（1844）的《鹧鸪天》（天地穷愁不可删）后也有作于道光二十三年的《百字令》（破衾何爱）。莫友芝的词作本重展现个人心灵的意绪，不知其创作时间无疑增添了理解《影山词》的困难。这百余首词中明确纪年的信息虽然极少，但依然可以根据其他材料对其中近三分之一的词作时间作出推断，为进一步研究《影山词》打下坚实基础。

　　首先来讨论《影山词》的整体创作时限。莫友芝《郘亭遗文》卷二《莳烟亭词草序》云："余少长遵义，交郑子尹，既冠言诗，乃因以交其内兄黎柏容，岁率唱和，三四往来，而填词亦旁及焉。"莫友芝与郑珍定交在道光八年，"既冠言诗"，"填词亦旁及"，说明莫友芝作词时间的上限在二十岁后，即道光十年以后；友芝咸丰十一年（1861）七月赴东流依曾国藩后，兴趣转向学术研究，连诗歌都极少创作，其咸丰十一年后日记基本存世，未见有作词记载，以咸丰十一年为友芝作词时间的下限，大约是成立的①。

　　再来讨论《影山词》具体词作的编年。《影山词》中有明确纪年标识的仅三首，即：

　　《庆春宫·庚子除夕》，庚子为道光二十年。

────────────

　　① 　莫友芝生平系年及日记、书信内容均据笔者《莫友芝年谱长编》，中华书局 2008 年版。

《百字令·癸卯冬,子尹假余羊裘赴礼闱。裘是先君公车遗者。甲辰夏末归以见还,怆然歌此》,癸卯为道光二十三年(1843)。

《鹧鸪天·甲辰中夏,伯荃兄自故乡来邵亭,住两月,欲归去,歌以留之》,甲辰为道光二十四年。

根据词序或内容提示可以明确判断作年的有九首,即:

《暗香·呈夏辅堂外舅方致洛川知县归》,作于道光十六年,该年夏鸿时致仕归。

《台城路·悼璋女》,作于道光十九年,该年孪生次女阿璋殇,《影山草堂学吟稿》卷下另录有友芝该年所作《璋女觞》诗三首。

《解连环·寄内,时携庚儿之麻哈归宁,儿殇于外家》,作于道光二十年冬,该年十一月,长子庚孙殇于麻哈,词中又有"残年无几"句,知当作于岁末。

《渡江云·冬杪过青田,因与黎柏容、郑子尹极十日山川诗酒之兴,将入城度岁,歌此留别》,作于道光二十四年冬末,因稿本"冬杪"二字原作"甲辰冬杪",后涂去"甲辰",据此系年。按道光二十一年至二十三年,友芝丁忧,未有诗词之作。道光二十四年服满,冬,在青田山庐,与郑珍、黎兆勋两家过往密切,饱览青田、尧湾、檬村的山水风光,并与诸友谈古论今,把酒吟诗。莫友芝、郑珍、黎兆勋就消寒之会唱和多篇。岁末友芝欲返城,复作《渡江云》词别之。

《水调歌头·次日未行,同饮梅屺,乘月上琴洲,再歌此阕》,作于道光二十四年冬末,该词接于《渡江云·冬杪……》后,据此系年。

《八声甘州·送柏容云南省觐》,作于道光二十五年九月,该年重阳后,黎兆勋去云南大姚县省觐任知县的父亲黎恂,友芝同时又有《送柏容之大姚省觐》诗,见《邵亭诗钞》卷二。

《琵琶仙·梅屺怀子尹,闻方自古州归,未至》,作于道光二十五年十一月。郑珍《巢经巢文集》卷三《望山堂后记》(作于道光二十六年)云:"忆去年仲冬,归自古州。"该年十一月廿四日冬至,友芝已在去麻哈探望岳父的路上(见《邵亭诗钞》卷二《息烽至日》),词当作于此前。

《渡江云·外舅夏辅堂先生暨外姑姜孺人八十寿言》二首,作于道光二十六年(1846)冬,词中有"江梅传腊信"句,友芝本年冬即赴京会试,次年夏初始归,而夏鸿时八十岁生日在来年二月,故知词当预作于本年冬。

另有三十首需综合分析,方能推测其大致作年,即:

《采桑子·有序》九首,当作于道光十七年。时遵义知县德亨虑遵田薄瘠、民有不给之患,欲推广饲蚕及缫丝织绸技术,友芝向其推荐郑珍所著《樗茧谱》,因其文辞雅奥,不便传播,遂请友芝为音注以传。友芝四月中以三日夜工夫成之,德亨出资,于七月刊布。观此组词序有"洎乎种自江南,法始传于近岁;教劳桂守,事欲遍于穷闾",故知作于该年。

《如梦令·郭店驿梦中赠答》二首,作于道光十八年。该年友芝与郑珍赴京会试,至新郑县郭店驿,有诗《郭店题壁》,词亦当此时作。

《消息·寄胡长新》,作于道光十九年。道光十六年,胡长新父亲胡秉钧病故,长新扶棺还乡,友芝词中有云:"寄语阿荷,三年不见,新知奚似?昨日书来,开筒草草,总然堪喜。"知当作于道光十九年。

《满江红·为方仲坚题〈冬菜图〉》,作于道光十八年或十九年。友芝与方仲坚交往在此两年,方仲坚道光十九年夏归江南,词应为此前作。

《江城子·接山堂雨对木香》,作于道光二十年春末。接山堂在遵义府署内,距来青阁不远,友芝移来青阁修志在道光十九年春,道光二十二年春志局已撤,"接山堂雨对木香"事当在道光十九年至二十一年之间。友芝道光二十年诗《接山堂前木香一架,俗谓七里香,开甚盛,郡署一大观也。花时,以病不得赏,比起,而愁霖相续,飘落尽矣,颇念旧游,因成长句》,有句云"接山堂中香溢山,盛赏佳哉思去年。故人坐满迎夏前,老酿百泻飞春泉"。若《江城子》词作于道光十九年或道光二十一年,皆不会有"佳哉思去年"之句,故知作于道光二十年。

《瑞鹤仙·初夏,杨虚斋大令、丁右衡孝廉偕招蔡莅溪、杨竹坡、袁佩苍、左吉亭四学博,会饮影山草堂,歌以侑爵》,作于道光二十年(1840)四月。《郘亭杂文燹余录》收《补刻桃源山铜标铭于石跋》云:"道光二十年夏四月,署遵义县事八寨同知杨书魁,遵义府经历胡祖寅重立石。"杨书魁任遵义知县时间为道光十八年至道光二十年。道光十八年夏,友芝尚在由京师返家的途中;道光十九年夏,忙于修志;道光二十年夏,始多游宴之乐,且有为杨书魁作跋事,故当作于本年。

《买陂塘·寄平越峰旧守松桃》,作于道光二十年夏。道光十九年三月,遵义知府平翰降调松桃同知,次年五六月间,与友芝颇多诗词唱和。观词中句"记去年、莺轩迎客""听蝉噪虫号",知当作于斯时。词题"旧守",指平翰旧守遵义,"松桃"指平翰今日所在。

《菩萨蛮·黄园》,当作于道光二十年冬。道光二十年冬,庚孙殇于麻哈,友芝痛心不已,写有多篇作品寄怀,中有友芝《庚儿墓志铭》云:"道光庚子十一月庚寅,庚儿从母归宁麻哈州高枧堡,殇于外家,是日葬之堡旁小师山下黄土园。"《菩萨蛮》中之"黄园",疑指"黄土园",观其词:"碧云遮断安江路,黄园不改伤心处。园外六桥波,似伊清泪多。莲生黄檗浦,忘了心头苦。苦苦不回头,教侬独自愁。"与《解连环·寄内,时携庚儿之麻哈归宁,儿殇于外家》同为寄内词,词境、词意暗通,可以参证,故断作于本年。

《蝶恋花·答柏容,即书其〈无咎庵词草〉》、《蝶恋花·留别柏容》、《卖花声》(春草蕙芳家)、《卖花声·青田山庐答柏容》、《百字令·答柏容》四首,当作于道光二十五年。友芝道光二十五年春夏有诗《次韵答柏容,时挟〈词草〉相视》,已收入《郘亭诗钞》卷二,可知《蝶恋花·答柏容,即书其〈无咎庵词草〉》亦当作于斯时;其他数首,观词意及黎兆勋原作(黎兆勋《葑烟亭词》卷二有《蝶恋花·以词草就正郘亭》、《卖花声·过青田山舍呈郘亭、芷升》、《百字令·怀郘亭》四首等),《蝶恋花·留别柏容》、《卖花声》(春草蕙芳家)、《卖花声·青田山庐答柏容》应作于春夏之季,《百字令·答柏容》四首则应为秋冬季作。

《金蕉叶·怡轩对雨有怀》《更漏子·影山草堂夜话,赠赵芝园》,

当作于道光二十六年。按黎兆勋曾将《莳烟亭词》略按时间顺序编订，卷二《更漏子·莫五斋中偕赵大芝园夜话》《金蕉叶·怡轩对雨》，皆在道光二十五年（1845）秋冬季所作《百字令·怀邵亭》四首后，观词意，当作于次年即道光二十六年秋。故莫友芝《金蕉叶·怡轩对雨有怀》《更漏子·影山草堂夜话，赠赵芝园》亦当作于此时。

《生查子·乐平宿，感旧》，当作于咸丰三年（1853）夏。咸丰二年二月，友芝携彝孙往麻哈奔岳母丧，与岳父夏鸿时先生话旧，次年友芝再来时，夏鸿时已于去年仙逝。《生查子》词题中"乐平"指"乐平司"，词中有"刚是来年行，泥印成今古"，似为咸丰三年悼怀夏鸿时之作。

《木兰花·九月十五夜送聂秀才归师山》（莫绳孙抄本题作"九月十五夜饮成山草堂呈唐鄂生"），当作于咸丰五年九月。因惟该年秋，友芝在唐炯家中寓居较久，并为之作《通奉大夫二品顶戴湖北按察使前湖北布政使唐公神道碑铭》，见《邵亭遗文》卷七。

《菩萨蛮·石固驿梦中赠别》，当作于咸丰十年八月。该年七月，友芝由京城南下往依曾国藩，八月，过河南长葛县西南石固驿，有诗《石固驿书事》，见《邵亭遗诗》卷六，词亦当作于此时。

二、词学思想与创作实践

清词号称词史的中兴期。清初词坛流派纷呈，声势最浩者是陈维崧为首的阳羡词派和朱彝尊为首的浙西词派。陈维崧推扬苏、辛，弃词为小道、为艳科之习论，以词并肩经史，抒国事、写民生，豪情中寓悲愤；朱彝尊推崇南宋姜张，音律精严，力倡醇雅，虽写宴嬉逸乐而不落艳秽。然学陈者之弊流于格粗气浮、叫嚣空洞；学朱者之弊流于务安难字、竞为涩体。至雍、乾时期，词坛有厉鹗为浙西扛鼎，以清幽深秀纠枯涩之偏，遂使"家白石而户梅溪"（谢章铤《赌棋山庄词话》卷十一）。而厉鹗之弊，复在意浅境狭。浙西派中，又有吴锡麒以姜、史兼融苏、辛，惜呆滞不灵；郭麐欲摅写性灵，然骨脆才弱，皆未足振起浙派之衰。嘉庆以降，有张惠言常州词派出以"寄托"之说，欲破诸派之弊，成为清代晚期词坛的最强音。然各派词人，由于派别立场不同，往往贵己贬人，不能持平。莫友芝却能跳出众派藩篱，对阳羡、浙西、常州诸派予以客观总结：

> 窃论近日海内言词，率有三病；质犷于藏园，气实于谷人，骨孱于频伽。
>
> ——《莳烟亭词草序》（《郘亭遗文》卷二）

> 词自皋闻选论，出其品第，乃跻诗而上，遒然国风、乐府之遗，海内学人始不以歌筵小技相疵衊。嘉、道以来，斯道大畅，几于人《金荃》而户《浣花》。然或意随言竭，则浅而寡蕴；音逐情靡，又荡而不归。其贮兴也风舒，其审味也水别，其引喻不出乎美人香草，而古今升降、事物变态，罔不可以摄诸意言之表，荡堙郁而理性情。同岁息凡子，夙擅诗笔，年余四十，始涉为词，即洞其奥，亦既更历世故，牵掣宦场，属时多事，鞅掌鲜有居息。涸怵耳目，枨柱怀抱，默之不甘，言之不可，忧从中来，辄假闺闱謷笑，倚声而写之。如集中无题诸令、引，读之迷离惝恍，使人无端哀乐，一往而深。非真有妙会于风舒、水别之微旨，决不能道其一字。
>
> ——《陈息凡〈香草词序〉》（《郘亭遗文》卷二）

莫友芝认为近阳羡词派的蒋士铨（号藏园）词风粗犷，又认为浙西词派的吴锡麒（号谷人）词风凝滞，郭麐（号频伽）词风软弱，都有不足之处，属于"三病"。而张惠言的常州词派将词提升到了与《诗经》《乐府》等驾齐驱的地位，使香草美人能寓古今升降、事物变态，但末流却意随言尽，使人迷失于语言字面上的香艳，难有兴寄之感。莫友芝指出，真正的词道，不在于尊奉后世某词派的主张，而是直接回到五代、两宋的婉约词作传统，综合学习，精严格律，始为正途：

既柏容秋试累踬，余亦春官数摈，牵连人事，幽忧无聊，乃复相与上下五季、两宋，逮本朝巨公之制，准玉田绪论以相切劘。

……其偶然不囿习气，而溯流正宗者，又有三病：专淮海而廓，师清真而靡，服梅溪而佻。故非尧章骚雅，划断众流，未有不撷粗遗精，随波忘返者也。柏容少近辛、刘，翻然自嫌，严芟痛改，低首秦、周诸老，而引出以白石空凉之音，所谓前后三病，已无从阑入。顾犹不自信，见面必出所得相质证。余每持苛论，即一字清浊小庾于古，必疵乙之，而柏容常以为不谬，日锻月炼，不尽善不已，近则每变愈上。虽子建好人讥谈，人亦何所置喙？

——《莳烟亭词草序》（《邵亭遗文》卷二）

新编诧我，道秦周姜史，近添生活。嚼征含宫南北宋，脱口一炉冰雪。

——《百字令·答柏容》

在莫友芝看来，专学某人，容易遗精得粗，如专学秦观（号淮海居士）易流于肤廓，专学周邦彦（号清真居士）易流于浮靡，专学史达祖（号梅溪）易流于轻佻，只有像黎兆勋那样，"上下五季、两宋，逮本朝巨公之制，准玉田绪论以相切劘"，将秦、周、姜、史等两宋正宗婉约词人融化其间，始能"脱口一炉冰雪"，具有自己独特的价值和风格。

莫友芝的词论，总体上没有摆脱"词为艳科"的婉约正宗词论的影响，但却比专主某家某派者眼光宏通。他肯定了常州词派的"寄托"之说，强调词具有内在情感的蕴藉，避免流于字面上的轻浮靡艳。他又肯定了浙西词派对姜夔、张炎的推崇，并以之为基点，将之扩展为对历代讲求格律的词人的综合学习，避免固执一隅的狭隘。这不能不说是一种较为全面的词学见解。

莫友芝的词作，与他的词论既有相合之处，又有所背离。统观《影山词》，涉及男女相思离别之情者占了总数的三分之二，从题材上看，确以婉约为主。这些词，情意缠绵，格律和谐，亦属婉约风格。但它们只有少数篇章明确写自己情事，如《解连环》（残年无几）题序中明标"寄内"，大多数篇章却是纯粹的代言体，看不出明显的兴寄。如《点绛唇》："三面窗开，殢人春色无关锁。绿杨婀娜，学得腰肢嚲。姊妹撩人，若要寻花课。行无那。故遗针裹，回傍檀郎坐。"描写了一位怀春的少女，在意中人面前尽显杨柳风姿，忽被同伴唤去赏花，故意装作回来寻找丢失的针线，以便能继续陪伴在意中人身旁，体贴小儿女情怀甚是细腻生动，但很难说寄托了作者本人什么样的思想感情。他集中十首《洞仙歌》，也只能看作无关寄托的悱恻相思的情歌，举第七、第八首为例：

> 桃溪十里，便红尘不见。何况燕台八千远。又清明过也，消息都沉，风更雨，深闭落花庭院。　　逢欢偏是梦，当梦成真，半榻鸳衾独寻遍。若是再逢伊，紧紧相持，端莫放悄魂轻散。却夜夜铜龙送残更，怕一缕归云，枕边凄断。

> 驻鞍几日，认眉峰依约。只在墙阴画阑角。对东生明月，挨到西弦，秋波里，不算玉人情薄。　　重门迟未锁，螺径潜通，金屋初看四花拓。芳思软于云，嚲玉慵香，回腕处守红轻落。尚悄语低筹慰相思，便解意阿嬷，者番瞒着。

前首写别后相思。上阕层层递进，实写别离之苦，桃溪在遵义城南十里，相隔不过十里，相会已不方便，何况这次意中人是去八千里路外的燕台呢？又逢清明时节，不但音书全无，就连踏青遣兴，也被摧花的风雨破坏，只好孤独地待在深闺中品哑相思的滋味。下阕写相思的表现，更多使用了虚实相生的手法，梦中相偎，可见白日思念之深，梦醒不甘，满床寻觅意中人身影，进一步见出相思之苦，一个"独"字，已暗示了寻觅的没有结果。只好幻想着再做梦时一定不要轻易让梦醒来，否则就像今夜梦醒，再难入寐，惟有凄苦地伴着孤灯打发残夜。视此词为寄托之作,明显不妥。后首写幽会偷情,上阕写男子等待与情人相会的场景和心情,下阕写女子的胆大、多情和无悔,她与情郎商量:"即使是善解人意的阿嬷,这回也要瞒着她。"这真是词中的"西厢记"。非要说是寄托了什么,未免败兴。

莫友芝的不少词作,可以看出他所推崇的秦观、周邦彦、姜夔、史达祖等两宋正宗婉约词人带来的影响。如《八声甘州·送柏容云南省觐》词境近似秦观的《望海潮》(星分牛斗),连词的收束句"会心处,挥毫万字,一饮千钟"也是从秦词的"最好挥毫万字,一饮拼千钟"中脱化而出。《琵琶仙·梅圮怀子尹,闻方自古州归,未至》更是模拟周、姜词的上乘之作:

> 送客逢春,记垂垂、一树江边初发。疏影淡写金樽,无言对愁绝。人渐远,金沙路隔,悔多少那时轻别。红豆牵思,翠丸压醉,都是虚设。 又还见,篱落横枝,想慵倚、吟鞭信摇兀。空把夜来幽梦,付疏窗残月。今古恨,千头万绪,待青梢、细捻重说。几度凝立黄昏,满身香雪。

道光二十五年(1845)正月,郑珍署古州训导,友芝从遵义城内赶往郑珍所居的望山堂送行,在尧湾桂花树下与郑珍联句甚欢,友芝先后作有《送子尹权古州厅训导》《人日尧湾联句次韩韵》《十一日姑园夜坐,用前韵再送郑大》诸诗和《送郑子尹署古州厅训导》送别老友,希望郑珍以东汉先贤尹珍为楷模,努力提高古州文化教育水平,郑珍在那里苦心经营,使古州一带向学之风蔚然兴起,但该年十月,郑珍即被人取代,十一月启程归家,友芝闻讯来探望,郑珍尚在归途,友芝遂作此词怀之。梅圮是郑珍望山堂附近的一片小山,郑珍于上植满梅树,并作有《梅峓记》。全词扣紧梅花:垂垂一树初发的春日之梅和下酒的青青梅子,篱落横枝、香袭满身的冬日之梅,深夜残月照耀下的梦中梅影……情思渺远,境界幽婉,词句空灵,微妙地寄托出对好友的绵绵思念和自己的落寞情怀。深得周邦彦的《花犯》和姜夔《暗香》《疏影》之神髓。

除了秦、周、姜、史一派,作者对苏轼和贺铸的接受尤其值得注意。试看以下两首词:

> 仰车长卧,笑弄人天地,无休无歇。北走南驰,谁信道、此外定非生活。两戒河山,十州人海,自古谁飞出。尘沙莽莽,消沉多少豪杰。　　可笑杜宇催人,定干卿何事,只声声啼血,劝饮提壶,差解事、醉倒万情俱彻。盖世成功,求仙学道,一例飞烟灭。浮生寄耳,那须惆怅华发。(《念奴娇·车上作》)①
>
> 山月残辉恋碧纱,林风吹酒醒栖鸦。玉人和泪折梅花。无限云山无限意,一重烟水一重遮。红墙东畔即天涯。(《浣溪沙·书别》)

前首词明显借鉴自苏轼《念奴娇·赤壁怀古》,后首词则反用贺铸《减字浣溪沙》词:"楼角初销一缕霞,淡黄杨柳暗栖鸦。玉人和月折梅花。　　笑捻粉香归洞户,更垂帘幕护窗纱。东风寒似夜来此。"虽然友芝《影山词》从未提到过贺铸,对苏轼也只在评价黎兆勋词时说过一句:"腻柳豪苏何处用?"(《蝶恋花·答柏容,即书其〈无咎庵词草〉》)但观此两词即知,他受两人的影响笃定存在。又如《念奴娇·和郑子尹》(畏人残暑)、《买陂塘·寄平越峰旧守松桃》(记去年)、《迈陂塘·春晚饮李仪轩家大醉作歌》(少年场)、《迈陂塘·陈相庭学博更历世故,悟中为诗,令为以此曲写之》(问此身),其中磊落不平、苍凉宕迈处,亦颇神似苏、贺中的豪放之作。

朱孝臧是第一个别具只眼指出莫词与苏、贺词之间的联系的。南京图书馆所藏《影山词》抄本卷三后朱孝臧跋云:"高健之骨、古艳之

---

① 此据贵阳铅印本,抄本无此词。

神,几合东坡、东山为一手。国初诸家俱无从望其肩背,无论后来矣。归安后学朱孝臧谨注。"作为晚清词学大师,他不仅指出莫词兼有苏轼和贺铸之长,而且认为其成就胜过清初阳羡、浙西诸家,即使后来者亦有所不逮,评价如此之高,实在令人吃惊。难道他仅仅是就上举的少数词而言,而忽略了莫词中三分之二是正统的婉约之作吗?

事实自非如此,从南京图书馆所藏抄本看,上有朱孝臧诸多校改意见,而跋语写在最末,应是他认真批阅后所做的总体评价;再看评语本身,"高健"大致指高峻劲健,"古艳"大致指古雅艳丽,情韵古艳而骨格高健,是符合友芝绝大多数词作特点的。因为即使友芝写女性、写相思、写柔情,也很少有对女性容貌、身体的窥视欲望,更少有对女性衣饰、居室的猎奇兴趣,他的柔情纯粹、雅致,他的词汇峭洁、流丽,故能不带轻靡气,尽显高格调。不妨举《解连环·寄内,时携庚儿之麻哈归宁,儿殇于外家》一词为例来看:

　　　　残年无几。更何堪别后,伤心两地。记昔岁、风雪兰江,也不似今番,恁般滋味。万错千非,只为着、当初放你。把童乌断送,绊着娇纨,几多懊悔。　　遥知小棠榭底。便旧时碧槛,怅绝孤倚。强支持、药店飞龙,到暗里啼痕,定深沉水。月没星沉,想一样、空中抱被。问几时、黄蘽林中,果来莲子。

这是道光二十年(1840)岁末写给妻子夏芙衣的一首词。当时妻子带了不满周岁的儿子庚孙归省麻哈(今贵州麻江)娘家,不幸庚儿夭折,莫友芝闻讯作此词寄妻子以相安慰。上阕写相别之苦、丧子之痛和懊悔之情。临近新年,爱人远别,以致铸成丧子这万错千非的大错,如果当初不放妻子归省,也许这一切都不会发生,这一番伤心绝望,纵然是过去赴京途中遭遇风雪,冻饿几死的心情也无法比拟。下阕遥想妻子在麻哈的凄凉怀抱:她怅立在出闺前经常玩耍的旧时亭榭,倚着碧栏杆茶饭不思,她的身体比药店龙骨还要瘦,她流的泪比沉水还要多。

"月没星沉"既隐指庚儿之逝,又可指连天下的星月都黯然无光,在这样的夜晚,夫妻俩两地别离,同怀着丧子之悲和相思之苦;这诸般苦难,几时才能让诗人回到妻子身旁,以便安慰她呢?别妻丧子,皆属私人凄婉之情,但友芝却拓开词境,每与天地物事相缩合,写己之感受,联想到"风雪兰江",写丧子心情,联想到"月没星沉",遂使气格高健,情感厚重。另外,莫友芝还注意选用非常之典和词汇,如以"药店飞龙"来形容妻子的憔悴消瘦之状,典出《乐府诗集·读曲歌》:"自从别郎后,卧宿头不举。飞龙落药店,骨出只为汝。""想一样、空中抱被"典用《乐府诗集·华山畿》:"不能久长离,中夜忆欢时,抱被空中啼。"指夫妻相思,亦契合丧子之情。以"黄檗林中,果来莲子"形容对别离的愁苦之深和对相聚的期盼之切,典出古乐府中"自从别郎来,何日不咨嗟。黄蘗郁成林,当奈苦心多""高山种芙蓉,复经黄檗坞。果得一莲时,流离婴辛苦"(见《乐府诗集》),皆成功避免了柔情词常带有的软媚俗套之感。值得注意的是,这些典故皆关合情境,不显奥涩,反而增强了情感的内蕴,这和浙西词派末流务为奇字涩体是有天壤之别的。

创作时间稍后的《庆春宫·庚子除夕》,也是怀念在麻哈的妻子和夭折的儿子的:

> 才说今番,郎州度岁,佳怀定胜当年。爆竹催来,依然故我,还添一片关山。四香东阁,料独倚、梅花小阑。碧云黄土,触绪凝愁,两地漫漫。　　烧香暗祝神前。那为浮生,利锁名牵。但愿从今,人间离恨,凭教一笔勾删。中郎伯道,都注与、征熊兆兰。便偏于我,吝着些儿,不算天悭。

其用词和构思,都与《解连环》异曲同工。"一片关山""碧云黄土"已拓词境,"碧云黄土"又兼用白居易《长恨歌》"上穷碧落下黄泉"之意,复暗指庚孙葬于黄土园。"中郎伯道",用汉蔡邕(官至中郎)惟有孤女、晋邓攸(字伯道)有子终失之事,意谓烧香神前的目的,非为一己名利,而是愿人间无离恨，愿如蔡邕之才学、邓攸之品格的人皆有子，自己就算无子亦无遗憾，颇带老杜《茅屋为秋风所破歌》结句之风神，遂使词作情境变得更为高健阔大。

不妨再举一首纯粹代言体的例子《谒金门》：

> 春悄悄，也作花枝恁好。莺燕不知人意恼，故故窗前闹。
> 索性风欺雨搅，把个春儿送了。稳着梦魂呼不觉，日日辽西道。

这首词代言思妇，上阕言春光春花春燕，这一切春的美好反撩惹出思妇的烦恼；下阕转进一层，言思妇竟希望风雨速送春归去，少了外界的反差和刺激，也许就可以睡得着觉，做个与丈夫相会的好梦。整首诗化用唐人金昌绪《春怨》诗意，却多出一层希望风雨送春的波澜，较原诗曲折有味，情感也明净健康。

友芝《影山词》中最为香艳的当属十首《洞仙歌》，但即使上举描写最露骨的第八首"驻鞍几日，认眉峰依约……"，友芝的重点也不在描摹女性的钗梳环佩、眉眼肤肌，对于幽会的过程和结果，更不像宫体诗和色情词那样大肆渲染，只用一句"回腕处守红轻落"轻轻带过。因此词的总体基调仍不显得淫靡。

总之，友芝那些写婉约柔情的词作，在他纵横自如的一支健笔下，呈现出朱孝臧所谓的"高健之骨、古艳之神"，这种以健笔写柔情，也是苏、贺词的一大特点，正是在这里，苏、贺、莫三人找到了共同的契合点。但是将影山词视为兼有苏、贺之长，并凌驾有清一代，则显然出于朱孝臧的偏爱，并不是令人信服的判断。

友芝博学众家、不主故常的词学观，使《影山词》除了秦、周、姜、史、苏、贺之外，还有更为广泛的学习对象。如《百字令·答柏容》其一中的"万言杯水"取自李白《答王十二寒夜独酌有怀》"万言不直一杯水"，"正是落木千崖，澄江一道，孤月分明白"取自黄庭坚《登快阁》"落木千山天远大，澄江一道月分明"；《蝶恋花》（江上桃花禁细雨）全词皆点窜杜甫诗句而成;《诉衷情近》(翠衾鸳帐)则点窜自柳永的《隔帘听》词;《满江红·渡乌江》苍郁豪愤,颇带辛词之气等。他的词作题材和风格也显出一定的多样性,除上论所引外,再举数首以窥豹:

> 午窗蝉噪声中,带来一片秋光嫩。闲阶小立,葱纤初试,藕纱才褪。几点栖鸦,绿杨枝上,薄云成阵。乍微风拂过,小开群褶,凉意暗侵肌粉。　　渐是夕阳下了,放萝月、一钩清润。心香炷罢,低鬟拜起,满身花印。悄语檀郎,此时天上,佳期又近。料双星应是,巴来不到,鹊桥尖笋。(《水龙吟·初秋》)

这是一首恋情词。通过处于恋爱状态下的女儿家听觉、视觉、触觉的敏感体认,多层次写出秋光之"嫩",又通过初秋风物的逐次展现和主人公的行为举止,透露出恋情初炽的女儿家的特殊心理情态,情、景、人巧妙合一,趣味隽永。

> 天地穷愁不可删,弟兄长阻碧云端。一回相见一回老,何处有钱何处宽。　　休便去,过今年。粗茶淡饭也成欢。梧桐一叶征衫薄,风雨萧萧行路难。(《鹧鸪天·甲辰中夏,伯茔兄自故乡来郘亭,住两月,欲归去,歌以留之》)

道光二十四年(1844)五月初,年已六十二岁的长兄莫希芝自独山来遵义省父母墓,兄弟欢聚两月,希芝辞归,友芝作此词送之,另有《送伯兄》诗:"好共今年住,田功兔自任。大儿痴未极,垂老念何深。风雨双愁鬓,关山一破衾。秋声渐萧瑟,客思若为禁?"(《郘亭诗钞》卷一)皆质朴恳挚,不假雕饰,深挚传达出兄弟友于的亲情。

> 风信度无痕,是何时,绿遍前溪芳草?唯见碧连天,金堤外、涨足半篙春晓。鱼梭燕剪,靴纹皱入汀烟杪。一阵飞花乘水去,

> 开过棠梨多少。　　　去年愁雨连江，送征帆开也，鸥眠未了。咫
> 尺小渔庄，分携处、生遍绿苔谁扫？沧波浩淼。斜晖脉脉平芜悄。
> 但是归船凭问信，只被去帆颠倒。（《南浦·本意》）

这首本意词扣紧南浦送别这一关锁，上阕铺写南浦春景，满溪春草、半
篙春水、鱼燕烟汀、棠梨飞花……似都带有淡淡哀愁，棠梨之"梨"又谐
"离"之音，巧妙与下阕的送别关联起来，下阕重在抒写别情，却仍在愁
雨连江、渔庄绿苔、浩淼沧波、斜晖平芜的南浦场景中展开，情中有景，
景中寓情，反复致意，怅惘绵邈，堪称同类词中的翘楚之作。

> 此身饮罢，叹荒江浪迹，年年凄窘。谁乞草堂资半亩、空忆往
> 时严尹。字不充饥，经难发迹，万事输人敏。室人谪我，岂惟时俗
> 相哂。　　　赖有椰叶、青田，櫽村咫尺，投老堪中隐。往古来今无
> 限恨，破涕对君差损。白发浩歌，青春作伴，一念终难泯。乡关何
> 处，烟波日暮无尽。（《百字令·答柏容》其二）

词中既有浪迹江湖，无人赏识的悲哀；又有"字不充饥，经难发迹，万事
输人敏"，室人俗人交相讥的自嘲；复有能得到郑珍、黎兆勋这样志同
道合的朋友互相勉励的庆慰；还有对故乡绵绵不绝的思念。在易流于
空洞的酬答词中注入如此复杂的情感，使整首词摇曳多姿，含咀不尽。

> 问此身、从何来也，又从何处归去？浮沉偃仰人间世，总是不
> 知其故。无赖处，把三十年中旧事从头数。和心自语，觉离合悲
> 欢，随风逐电，于我了无与。　　　都云假，现在我身如许。是真何
> 者堪据？汉武秦皇贪不死，究竟一堆黄土。嫌世苦，又是个、百年
> 未满终无主。还须耐住，把案上陈编，消年过日，余事听分付。
> （《迈陂塘·陈相庭学博更历世故，悟中为诗，令为以此曲写之》）

这首词借鉴了元好问的咏雁名作《迈陂塘》(问世间情是何物)的结构艺术,首句破空发问,追问人生的来去和意义问题,然后上阕细数人生悲欢离合,其实都非"我"之本身;不仅如此,下阕连"我"也否定了,即使贵为秦皇汉武,最后亦是一堆黄土,"我"又何在? 想清了这些问题,便能忍受生活所赋予自己的一切,按照自己的兴趣读书治学,其余一切听天由命。莫友芝晚年在给友人的书信中也多次叙说自己的这种思想:

> 衰年多病,终日向纸堆求生活,岂不可笑? 赖平生乐此不疲,差未苦耳!(同治六年十一月初四日致高均儒信)
>
> 友芝性耽故纸,得此足以送老,特炳煜煜之光为明几何,转自笑耳。(同治八年四月廿九日致曾纪泽信)
>
> 弟老懒成癖,百虑都付之空花。惟故纸堆未能舍去,然精力颓愈,炳烛余光,更复几何,自怜复自笑也。(同治九年十二月廿四日致马恩溥信)

词虽为友人所写,实则自况,情绪虽低落消沉,却是作者真实心态和价值观的反映。其实看透人生,各安所命,各乐所业,又何尝不是一种幸福?

> 山家滋味在春朝,鲑烟苗,续春巢。角笋斑斑,柮火带衣烧。两盏三杯随意下,浑胜得,庾郎饕。 故人相访渡江皋,步林坳,自甄料。豉饤酰丝,添着两三肴。展取生生莴菜叶,和杂糁,试春包。(《江城子·柏容、子尹过青田小饮》)
>
> 清明谷雨蚕功起,大妇籧筐,小妇柔桑。各自工夫各自忙。 今年三月晴三日,喜杀蚕娘,不怕蚕荒。直到收成叶叶穰。(《采桑子》九首其二)
>
> 初蚕叶子才开卷,软弱芬芳,弄晓含光。渐有疏阴隐画

墙。　　　乌儿食叶无多子，只拣娇黄，不在盈筐。慢展纤纤缓缓

装。（《采桑子》九首其三）

《江城子》词后原有小注："故乡三春会饮，取席上肴饤，生莴苣叶打小
包合噍之，谓之春包。"此词描绘黔中春季生起树根火煨酒，并品尝杂
取各种鲜菜卷成春包，亲切随意、其乐融融，字里行间，流淌着作者对
黔中乡村的浓浓深情。《采桑子》是描绘农村蚕家生活，赞美妇女劳动
的组词，共九首，多用村家口语，自然、通俗、明快，这从我们所选的两
首中不难品味出来。

　　总之，缠绵蕴藉的恋情词，真挚动人的亲情词，体贴入微的本意
词，清新自然的黔中风情词，以及感慨万千的友情赠答词和寄怀词等，
风雨争飞，鱼龙百变，俱有可观可叹之处。我们理应将莫友芝视为晚
清词学的重要作家甚至是大家。词史上对他研究的长期缺位，不能不
说是一种遗憾。

三、余　论

　　莫友芝词作的遭遇，绝非个别现象。长期以来，由于种种因素，如
地域偏僻，位卑言轻，文献失佚，作者秘而不宣或自己不够重视，被其
他方面的才能所掩，读者受传统帝王将相史观的影响等①，致使很多
本应在文学史上留下一笔的人物湮没无闻，这也使文学史的抒写不够
完整，甚至不够真实。

　　以莫友芝所在的贵州词坛而论，由于开发较晚，文化相对落后于
江浙、中原诸省区。至明永乐十一年(1413)贵州设布政司，正式成为

---

　　①　莫友芝在词史上缺位的大致原因，一方面是因其词名为学术和诗歌的盛名所
掩，一方面也是因为自己对词并不重视，创作既少，又疏于整理，本不欲传世。他的儿
子莫绳孙在致亲友的信中就说过：《影山词》系"先君所不欲存者，故不以示人"（见台湾
"国家图书馆"藏莫绳孙光绪十九年正月三日致黎聪信稿）。

行省以来,其经济、文化得到较大发展,出现了一批优秀诗人,但以词名家者尚未出现。入清之后,情况丕变,贵州词坛开始人才辈出,特别是道、咸、同年间,遵义沙滩词坛上活跃着以郑珍、莫友芝、黎兆勋三个家族为主、联系紧密的词人群体,他们的创作实绩,像莫友芝的《影山词》、莫庭芝的《青田山庐词钞》、黎兆勋的《葑烟亭词》、黎庶焘的《琴洲词钞》、黎庶蕃的《雪鸿词草》,皆可抗衡当时词坛其他名家。如果再加上遵义唐树义的《梦研斋词》,贵阳陈钟祥的《香草词》《鸿爪词》《哀丝豪竹词》《菊花词集》《牡丹亭集》,毕节女词人周婉如的《吟秋馆诗词钞》等,贵州词坛的成就不容小觑。研究这批词人的意义,如刘扬忠先生所言:"小而言之……可以填补小区域文化如沙滩文化、遵义文化、贵阳文化研究领域中的空白;大而言之,可以梳理贵州词体文学兴起和发展的全过程,进而构建出一部贵州词史,填补贵州地方文学和文化史的一个大空白。"①然而,笔者所见,仅黄万机先生的《贵州汉文学发展史》(贵州人民出版社 1999 年版)中对这批词人有较为详细的论述,其他鲜见论及,这批词人和莫友芝一样没有得到应有的关注。这些现象,难道不值得研究者重视和反思吗?

(原载《长沙理工大学学报》2008 年第 3 期,此次据新发现史料对文章第一节做了较大改写)

---

① 见刘扬忠《莫友芝〈影山词〉简论》,《华南师范大学学报》2011 年第 5 期。

附录：《翁心存诗文集》前言

翁心存（1791—1862），字二铭，号遂庵，江苏常熟人，道光二年（1822）进士，由翰林院庶吉士历官编修，右中允，翰林院侍讲，左右庶子，国子监祭酒，奉天府府丞兼学政，大理寺少卿，内阁学士，工部、户部侍郎，工部尚书兼署左都御史、刑部尚书兼管顺天府尹，兵部尚书，吏部尚书，以户部尚书协办大学士，体仁阁大学士；历充上书房行走，日讲起居注官，经筵讲官，教习庶吉士，实录馆、国史馆、武英殿总裁，上书房总师傅，广东、江西、奉天学政，福建、四川、浙江、顺天乡试考官等，咸丰九年（1859）因病奏请开缺，咸丰十一年（1861）起复，以大学士衔管理工部事务，充弘德殿行走（同治帝师）。谥"文端"。

一

在晚清文学史上，翁心存虽然并不著名，但这并不意味着他的文学没有值得称道之处。翁心存七岁即能下笔，十六岁考取秀才，所为诗文多出同侪之上。嘉庆十九年陈希曾督学江苏，二十四岁的翁心存以《玉皇香案吏赋》被陈希曾列为苏太两属第一，陈至有"国士"之目。道光二年翁心存进士及第，入为翰林院庶吉士，散馆试又以《任官惟贤才赋》《小阑花韵午晴初诗得兰字》列一等第一名。后来他屡典乡试，数任学政，颇有知人之鉴，论对制艺文的精熟，当时恐无人出其右。

他的诗歌，祁寯藻以为"坡、谷两融贯"（《次和遂庵相国〈谢诗舲尚书饷粉餐用东坡《赠段屯田》韵〉》），即兼得苏轼和黄庭坚之长，这自然有溢美之嫌，不能算是很准确的评价。其实翁心存对宋诗派奉为圭臬的山谷诗并不喜爱，受山谷影响极小，对东坡他倒是顶礼膜拜，有数十篇和东坡诗韵之作,至于化用、引用东坡诗句的例子更是不胜枚举。

不过,翁心存似受唐诗影响更大,李白、杜甫、白居易、李商隐等人的诗歌,是翁心存经常学习的对象。如《行路难》明显受李白《蜀道行》影响,《有感》"文告已修干戚舞,何缘一使有苗平"则借用李白《古风》三十四"如何舞干戚,一使有苗平";《拟何处难忘酒》已经标明仿效白居易的《何处难忘酒》,《香谷饮我》"青衫沦落天涯路,未听琵琶泪已倾"则翻用白居易的《琵琶行》;《夜深独坐玩月口占》"雨落月明若个知"化自李商隐《屏风》"雨落月明俱不知",《山左怀古》其七"范泉此去无多路"、《晨发介休》"绵山此去无多路"、《张诗舲观察以秋闱提调诗见示即次元韵奉酬》"双江此去无多路"则均化自李商隐《无题》"蓬山此去无多路";对于杜甫,翁心存更是心摹手追,除《宝应夜泊集杜一律》《九日城外晚眺集杜一律》《秋日书怀集杜一律》这样的集句诗外,其他活用、化用、翻用杜诗者不下百首。钱仲联在《翁同龢诗词集序》里曾说:

> 阮元雄视嘉、道时期,祁寯藻导晚清宋诗派之先河,二铭诗结道光前宗唐之局,曾国藩为山谷诗之首倡者,张之洞号称以宋意入唐格,巍然巨子,是皆宰相而无惭为专家诗人,并足以领袖风雅。

认为翁心存诗是"道光前宗唐之局"的结束,并认为翁心存和阮元、祁寯藻、曾国藩、张之洞等人一样,都是"宰相而无惭为专家诗人",这个评价是很有眼光的。只不过晚清文坛是宋诗派和桐城派的天下,诗宗唐风、文擅制艺的翁心存当然会淡出那些诗论家和文论家的视野,况且他本人也不以文人而是以文臣自居。

二

翁心存是晚清重臣,久历部院,位极人臣,他文集中的史料价值,恐怕还要超过其文学价值。

比如发生于咸丰年间的户部官票案和五宇奏销案，波及翁心存、杜翰、沈兆霖、基溥、宝鋆、刘昆、王正谊、台斐音、李寿蓉（谭嗣同岳父）等一大批中高级官员，牵涉官商民等数百人，可谓一场大案。户部官票案源于咸丰三年（1853），户部制造发行了五百文、一千文、一千五百文、二千文四种宝钞，为长号；咸丰五年（1855）又陆续添造五千、十千、五十千、一百千四种宝钞，为短号。短号与长号相比，又有视长号为零钞，短号为整钞之别。整钞因便于携带，用来发放外省，为了稳定都城物价，京师只许以长号零钞易短号整钞，而不准以外省短号整钞易换京师长号零钞，然而却有官票所官员违规以短号整钞换出长号零钞，涉嫌从中渔利（市间长号价值高于短号）。咸丰八年岁末，肃顺调任户部尚书，次年八月风闻此事，遂派员访查，结果发现自咸丰七年六月至咸丰九年五月，以短号换长号即有八十余万串。咸丰九年十月，肃顺遂以户部名义上《谨奏为查出官票所司员代换宝钞显有情弊折》，请求将经手兑换的具体官员忠麟、王熙震等听候刑部传讯。咸丰帝命怡亲王载垣会同刑部审讯，忠麟、王熙震为推卸责任，供称曾经当时户部尚书翁心存、侍郎杜翰同意。咸丰帝遂两次诏令翁、杜明白回奏。翁心存细思并无此事，遂据实奏明。载垣复奏以虽无确据，然"事涉两歧，碍难悬断，可否请旨饬下翁心存、杜翰再行明白回奏，抑或革去顶戴，听候传讯"，意欲倾陷。咸丰帝谕以忠麟、王熙震不得以"影响之词，意存诿过"，着翁、杜两人先行交部议处，毋庸再行回奏，亦无庸传讯。吏部议以"翁、杜均照防范不严降一级留任，例上加等，各议以降五级留任"，谕旨改为"俟补官日革职留任"。然而事情并未完结，肃顺、载垣等又以宇谦、宇升、宇丰、宇益、宇泰五所官钱号商人和经办户部官员有添支经费，未经立案，即滥支经费，蒙混报销行为，发起了打击范围更广的五宇奏销案，一大批官员和商民被查抄入狱。最终当时的户部堂官翁心存、沈兆霖、基溥、宝鋆皆以革职留任论处，刘昆则降一级留任。这次收入《翁心存诗文集》中的《户部官票奏钞》，具载控辩双方奏折及咸丰帝谕旨,则此案始末及中间曲折,可以完全清楚。

翁心存咸丰二年(1852)曾以工部尚书兼署左都御史,咸丰三年兼管顺天府尹事务,该年九月,太平军北进至直隶境内,天津戒严,京师震动,咸丰帝迅令加强京畿防务,"时郡王僧格林沁驻兵王庆坨,贝子德勒克色楞、大臣伊勒东阿分驻杨村、固安,众不下二万,锅帐、火药取给工部,而顺天府则供橐驼车马人夫之属,设粮台于顺天府署"。身为工部尚书兼顺天府尹的翁心存"文书旁午,日数十至"(《先文端公年谱》)。这次收入《翁心存诗文集》中的《京兆退思录》里保存了当时诸多珍贵史料。比如僧格林沁军队的骄横、残忍和野蛮,就在翁心存《奏报出征官兵沿途滋事折》中可窥一斑:

> 奏为奏闻事。窃据良乡县禀称:本月十二日据窦店甲长冯玉禀报,该村义和馆店内有一人被伤躺歇,称系跟提督府恩三老爷出京押包,行至琉璃河北,官兵嗔其阻道,用腰刀将伊脑后砍伤等语。又据琉璃河甲长高俊等禀报,十一日官兵行至该处,不知何故开放枪炮,并用刀砍扎,致死七人,被伤四人等情。该县随即驰抵窦店、琉璃河分别验明各尸伤,捐棺盛殓,其余各生伤验讯生供,妥为调治。至该兵丁等究系因何起衅开放枪炮,用刀伤毙七人之多,并内有一人割去首级,此外被伤四人虽有生供,究须查讯明确,方可核办。该县现已驰禀参赞大臣暨直隶总督,兹将验讯各情禀报前来。臣等伏查此案既经该县禀明参赞大臣,应由该大臣查明办理,除仍饬该县将被伤民人妥加照管,上紧调治外,所有验报缘由,理合恭折陈明,伏乞皇上圣鉴。谨奏。咸丰三年九月十六日。

如此军纪,如此军民关系,真是惊心触目。这样的军队怎会受到人民的拥戴和支持,又怎会形成真正强大的战斗力?读罢不由让人掩卷三叹。

　　翁心存曾先后担任过福建、四川、浙江、顺天乡试考官，试差经验丰富。《翁心存诗文集》中不仅收入他赴任、到任、考试、试讫时所上的诸多奏折，可以借此了解当地民俗风情、士习风尚，而且还罗致到一篇《试差事宜》，这是一份异常珍贵的乡试科举文献，记载了作为乡试考官所有应该注意的具体事项，如赴任沿途应答礼节：

　　　　初出都时，沿途州县多不来见，繁剧处亦然，其他多有来迎并禀见者。来迎时须出轿阑握手致殷勤，见时必答拜，延上坐极意周旋，将弁亦然，并可随手记其名字、行第、籍贯、出身，此中亦可留心人材也。往时不得答拜，须以帖谢。步回时亦可亲答之。至佐杂末弁亦须加以礼貌，即停舆慰劳，答礼周谆，亦无不可。远省致敬星轺，多有武职排队出迎者，其官若系千把，亦不妨降舆款接（可先令家人驰往，下马致意，称不敢当）。若兵目属橐鞬领队跪迎者，则不必停舆，拱手请起，叱舆夫疾趋过之，其兵丁则命轿头大声呼起去，墩汛兵丁迎者亦然，轿中略为欠身亦可。……

再如刻印试卷及阅卷过程中须注意之处：

　　　　刻题刷题时，须将茶炉等物安放堂隅，令茶房伺候，将各门封闭，与内监试监视，毋任透漏。至吃点心、吃饭时，则两主试分一人启门放入，并传饭与匠役食，食毕仍将门封固。盖主试关会重在题目，而首场为尤重，故须竭半日一夜之力亲督之也。次日仍将咨部题纸刷好，即将题板起贮正考官房内，起板须迟至次日者，恐发题后外帘或来补取也。……
　　　　阅卷时佳卷固须圈点到底，不可遗漏以防磨勘，即不取之卷，亦必花点到底，诗亦点数句，三场俱要动墨（二、三场点行足矣），遇誊录脱落重写错误处，只可抹出，不得用墨笔添改点去。
　　　　堂上例设一木箱贮卷，凡未阅之卷及不取之卷，俱贮其中，每日退堂时将卷数、束数点明入箱(仍每日记一清单以备次日查核),亲手加锁,再加封条封固(官衔封条出京时须带,如无则向闱中照例取),即退食及有他事暂离亦须加锁,但不必封耳。木箱及屉戍均须极结实者,锁者自用好锁,闱中供应者多滥恶故也。其佳卷已中及备取者,并阅卷、收卷各簿,均用书布(或包袱)包好携归住屋,不可疏忽忘记室中,另备一结实小箱安放卧榻旁,以便将佳卷收贮(退食及他事暂离时或一并暂存堂上木箱内,锁固亦可),用极精之锁锁好。每夜将就寝时,所有现阅之卷及各簿亦均归入,其钥皆亲身佩带,不可暂离。

这些细致入微的说明和提醒,给人一种强烈的在场感。《翁心存诗文集》还收录了作为《试差事宜》补遗的《试差行李并各件清单》,其中连护膝、厚薄棉袜、夹袜、单袜、包脚布、浴布、鞋子、鞋拔、板刷、刷靴粉、胰脂肥皂、鼻烟、小算盘、戥子、嗽口盂、剪子、小洋刀、面盆、夜壶、防臭虫的蚊帐、剃头背心家伙包等都一一开列;对于行李驮箱,还特别提示"锁门须向下方,不透雨进去",真是无微不至。乡试考官们往往会多备赏对、赏扇,有时甚至多达数百件,其用途何在?《试差行李并各件清单》中也有揭示:

> 赏对、赏扇。每一尖赏一扇或一对,宿则扇、对各一,又有办差家人、马号、书吏另乞者,须扣算来往程途,临时酌备,宁多毋少。到省后各官送礼送食物,及各项人求乞,所用尤多,每件在该省总用二百以外,连路途所用,远省每件须五六百,即最近之省,每件亦须三百,买就即令人印图章,对则卷整停妥,每十件为一包,易于取用。

在各个环节,试差不仅要视情况给各色人等赏扇、赏对,还要有更为实质性的赏银:

路上赏轿夫，近京如良、涿一带须略多，每站约二三百文，以后可略少，亦须视其道里之远近，送数站则多至四五百文，近则一二百文，如半站即交卸，不赏亦可，劣者虽远亦不赏。入本省可不赏，如暑雨艰苦酌赏。

每尖宿公馆听差人役一百文（尖或略少），民壮帮轿每交印约赏百文（半站者不必赏）。

州县差役押行李者（间或有之），如出力无误，酌赏一二百文，渡黄河江船数百文（办差家丁予以扇对）……

差旋时公馆众人如厨夫、茶房、剃头匠、轿夫各项，人夫、号房、吹炮手、门差、更夫、打扫夫等照例开单请赏（经巡捕手）。如四川则几及三十千文，他省似略减，须照例给之（于起身前一日发）。

沿途来回或有督抚差弁护送者，或留或辞，辞则约赏二金并扇对，回帖令去，再致书谢（留则加厚，亦不过四金）。

沿途庙宇和尚香资三五钱不等，如系先贤祠庙有奉祀生者或酌送一二金，金山寺送水一两（勿受其菜）。

复命时宫门内监苏拉可托小军机总包去，余冒名来索者勿给（或带二两封两个在身边，如奏事门内内监索者酌给，不带亦可）。

军机章京相熟者托办折子及一切事宜，送土宜外酌送十金八金。

《试差事宜》和《试差行李并各件清单》是翁心存写给儿辈的经验之谈。他的儿子翁同书和翁同龢均做过乡试主考官，翁同书道光二十三年（1843）典试广东，翁同龢咸丰八年（1858）典试陕西，《试差事宜》和《试差行李并各件清单》应是道光二十三年写给翁同书的，因为《试差事宜》中有"今年有闰，晚凉须防"，而该年七月闰月，与之正符，咸丰八年则不逢闰。正因为是叮嘱儿子，才将许多他人不道、他书不载的细节和盘托出，为我们留下了洵为宝贵的科举史料。

从《翁心存诗文集》中,还可以探寻当时的吏治人心、皇室丧仪、工程勘修、京城物价、书画题跋、文献考订、人物事迹(大名鼎鼎的钱泳墓志铭即载其中)等,以上所举,仅其数端而已。

三

《翁心存诗文集》的整理难度,超过了原来的想象。翁心存存世著述,仅由翁同龢整理出《知止斋诗集》十六卷,于光绪三年(1877)十一月刊印;而二十七册手稿日记,直到前两年才由笔者整理出版(见《翁心存日记》,中华书局 2010 年版)。但他还有大量的诗文(包括制艺文与试帖诗)、奏折、书札及各种杂著,散藏于各大图书馆和私人藏书家手中。仅以藏量最为丰富的国家图书馆为例,就藏有翁氏各种手稿数十种,其中又以《知止斋遗集》数量最大,也最为庞杂,其扉页曾开列目录,计:

> 知止斋诗稿七册;淮海集一册;学言集、石室诗钞、梦葛集、兰言集、中吕集、了观集合一册;知止斋文稿四册;知止斋剩稿一册;知止斋奏议一册;知止斋折稿偶存三册;折稿七十九册;馆课诗赋稿一册;诗赋稿一册;古文稿一册;课艺六册;陔华馆制义存二册;陔华小题文存一册;翁氏名贤录一册;京兆退思录一册。以上二十一种一一〇册。

虽然号称有一百一十册,但《折稿》七十九册其实只是七十九封奏折,可以视为一册,即使如此,亦有三十二册之巨。内中前后互见、反复涂乙处比比皆是,且多未经编次。再加上国家图书馆所藏其他手稿及南京图书馆、上海图书馆和私人手中所藏,如果全部予以搜集整理,既可能蒇工遥遥无期(尤其是书札),篇幅亦势必大增。特别是制艺文与试帖诗,今天看来,因是遵命作文,其意义与价值都较有限。古人编订文集,亦多不收制艺文和试帖诗,或是于文集之外,单独编订《制艺》《试帖》,并常以"以贻家塾""留示子孙"等语表示不足外传。因此这次整理,近四百篇制艺文和二百多首试帖诗暂未收入集中,书札亦仅就所见编次入集,不再求全责备。庶几既方便读者,又保留《翁氏诗文集》的主要价值。兹就体例简单说明如下:

一、是集以文体分类,顺次为诗十八卷,赋二卷,赞、铭一卷,论议一卷,序三卷,题跋三卷,记一卷,书启二卷,传一卷,碑铭一卷,行状一卷,祭文一卷,杂著一卷,奏议十四卷,统计五十卷。

二、诗文皆以《知止斋遗集》为底本,诗集中部分诗作又有草稿和清稿之分,今以清稿为基础,与草稿互校,分别称作"草稿本"与"清稿本",另校以《知止斋诗集》刻本,并增补翁宗庆所藏诗卷;文集亦据各种来源对《知止斋遗集》予以增补。

三、每卷诗文大致按时间先后排列,不能确定时间者编入卷末。

四、原文所无的增补文字,或出校记,或加方括号以示区别。

五、为便读者检核,每卷或每篇后皆详细标注出处。

整理者水平有限,未妥之处,敬请读者批评指正。

(《翁心存诗文集》,凤凰出版社 2013 年版)